中国|故|事·黄|河|书|系

爱 情 史

常 芳 著

中国出版传媒股份有限公司
中国对外翻译出版有限公司

图书在版编目（CIP）数据

爱情史 / 常芳著. —北京：中国对外翻译出版有限公司，2013.8

ISBN 978-7-5001-3793-1

Ⅰ.①爱… Ⅱ.①常… Ⅲ.①长篇小说-中国-当代 Ⅳ.①I247.5

中国版本图书馆CIP数据核字（2013）第180976号

出版发行 / 中国对外翻译出版有限公司
地　　址 / 北京市西城区车公庄大街甲4号物华大厦6层
电　　话 / (010) 68358718　68359376　68357328
邮　　编 / 100044
传　　真 / (010) 68358718
电子邮箱 / book@ctpc.com.cn
网　　址 / http://www.ctpc.com.cn

作　　者 / 常　芳
封面摄影 / 孙占礼

策划编辑 / 张高里
责任编辑 / 曹晓雅　于建军

排　　版 / 竹叶图文
印　　刷 / 北京天来印务有限公司
经　　销 / 新华书店

规　　格 / 690×980毫米　1/16
印　　张 / 20
版　　次 / 2013年8月第一版
印　　次 / 2013年8月第一次

ISBN 978-7-5001-3793-1　　定价：32.00元

中国故事·黄河书系
出版前言

  "中国故事·黄河书系"是一项大型文学原创精品书系，也是中国文化"走出去"的重大出版工程之一，它与"中国故事·长江书系"是比肩而立的两个姊妹项目。黄河、长江是中华民族的母亲河，是孕育中华民族五千年灿烂辉煌文明的摇篮。"中国故事·黄河书系"意在以黄河为精神纽带，遴选沿黄河流经地域的作家创作的优秀长篇小说和长篇纪实文学来反映中华民族的精神文化传承和现当代特别是改革开放以来中国发生的翻天覆地的巨大变化、中国人民的心路历程和精神追求。

  中国对外翻译出版有限公司（简称中译公司，英文缩写为CTPC）成立了由国内外知名评论家、作家和出版专家组成的"中国故事·黄河书系"出版工程专家委员会，负责挖掘优秀作家资源，遴选优秀原创作品，首先出版这些作品的中文版。同时，"中国故事·黄河书系"出版工程的多语种版项目也已启动。中译公司将在国家有关部门的大力支持下，联合国际上的著名汉学家、翻译家，选择具有持久生命力和重大出版价值的优秀作品结集持续出版下去，并以每年8—10本的规模将这些优秀作品译介到海外。我们将努力把这一重大出版工程打造成在海内外具有重大影响的标志性品牌。

  中国对外翻译出版有限公司是在海内外享有盛誉的国家级翻译

出版机构，为联合国提供翻译服务已达四十多年，承接了 2008 年北京奥运会、2010 年上海世博会等大型国际活动的口笔译服务和许多重大出版项目的翻译工作。随着中国社会经济发展脚步的不断加快、国家综合实力的不断增强，"中国话题"逐渐成为全球关注的热点。莫言获得 2012 年诺贝尔文学奖便是最好的明证。中国对外翻译出版有限公司将发挥自己在多语种翻译方面的优势，架起语言的桥梁，让更多的中国作家和作品走向国际市场。

我们相信，华夏文明必将伴随着中华民族的伟大复兴而再创辉煌，优秀的中国当代文学也必将吸引越来越多的国外读者。

目 录

第 1 章　　耳朵像阳光穿透云层一样好　　　　　　　3

第 2 章　　砌龙凤宅有不少讲究　　　　　　　　　16

第 3 章　　"非物质文化遗产"　　　　　　　　　30

第 4 章　　要有光就有了光　　　　　　　　　　45

第 5 章　　墓地公园　　　　　　　　　　　　　56

第 6 章　　骡子驮着盐飞上了天　　　　　　　　67

第 7 章　　被一条蛇咬了舌头　　　　　　　　　86

第 8 章　　一百户九十个姓　　　　　　　　　　105

第 9 章　　人该做的事情都推给了机器　　　　　122

第 10 章　　你还真就是个人物　　　　　　　　　130

第 11 章　　"国家大事"　　　　　　　　　　146

第 12 章　　你一辈子都在寻找证据　　　　　　　158

第 13 章　　蛤蟆屁股上的鸡毛　　　　　　　　173

目 录

第 14 章　麦子金色的波浪 ································ *183*

第 15 章　一封从美国来的信 ························ *192*

第 16 章　世界地图 ····································· *202*

第 17 章　童年都是在乡下度过的 ················ *214*

第 18 章　车前子举着一柄小巧的利剑 ·········· *230*

第 19 章　桑叶上的月光都是绿色的 ·············· *239*

第 20 章　俗话说水至清则无鱼 ···················· *252*

第 21 章　身在江湖心存魏阙 ······················· *262*

第 22 章　想捞金子就要先筛沙 ···················· *273*

第 23 章　在地上行走的鱼 ·························· *285*

第 24 章　撑什么船也要见风使舵 ················ *298*

后　记 ·· *310*

上 | 卷
Part One

第 1 章
耳朵像阳光穿透云层一样好

在尚宗仁三岁时，母亲背着他到崇光寺去上香。走到庙门外咸瞎子的摊子前，母亲忽然想给尚宗仁算算关煞，就从背上放下尚宗仁，牵着他的手到了咸瞎子跟前。报完生辰八字，咸瞎子掐着指头算了一阵子，突然停下掐动手指，手指僵在了脸前，他缓缓地开口说："二嫂子，您也别给我钱了，省下两个钱，领上孩子到庙里进香去吧。"

按照锦官城的习俗，被瞎子算命不要钱的人只有两种：一是快死了；二就是命贱得不值两个铜板的算命钱了。尚宗仁的母亲急了，慌张地问："大兄弟，这年头兵荒马乱的，您这是怎么说的？"

咸瞎子翻动着两只空洞的眼睛说："乡里乡亲的，我平日里又没少得到您家老太太的施舍，就再遭一次天遣，泄一回天机吧。不瞒您说，别看您家里现在置了几十亩地，还开着饭铺子，走着油盐驮子，可您这个儿，命里注定就是个数门鼻子的命。"

咸瞎子的一番话，听得尚宗仁的母亲心里惶惶的，庙也忘了去，抱上儿子扭头就往家走。回到家里，她不敢和家里人声张，连丈夫二梁也没敢说，只是整天在背地里偷偷抹着眼泪。她反复想的是：除了要饭，这世上还有什么活计，用得着挨家挨户地去数人家的门鼻子？

一九五〇年，县里到锦官城设了个邮政分所，要在锦官城招募一名送报送信的投递员，还特地说明"人要热情，老实本分"。可惜告示贴出去一个月，也没人愿意去干这种跑腿受累的活。锦官城的人普遍认为：身上背着个布袋子走村串户地乱转悠，挨家挨户地打听着门口送信，不知道的还以为是要饭的呢，人家还不放狗咬？邮政分所挨着剃头匠子老冉的剃头铺子，尚宗仁到老冉的铺子里剃完了头，站在门口朝邮政所里瞅，就看见了所长老苏。老苏手里拿块抹布，站在里头擦着柜台，抬头间看见了在朝里张望的尚宗仁，就笑着招呼道："进来看看。"

尚宗仁笑了笑，摸着刚理过的短发，走进了邮政所的门。一间屋子，一节水泥柜台，两眼就瞟完了。尚宗仁看着老苏说："现在，锦官城的人朝外写信，给你就行了？"

老苏说："买张印花贴上，给我就行了。"

尚宗仁有点怀疑地说："真是天下什么地方都能收到了？"

老苏折身走进柜台里，一会，手里拿着几封信转了出来，把信举到尚宗仁眼前说，你看看，这是从哈尔滨寄来的，这是从上海寄来的，都是远路里来的。

尚宗仁看着老苏手里的信，问："只花几分钱，几千里路远的小村子里也能给送到手？"

"对呀，只要有地址，全天下什么地方都能送到。"老苏点着头，眼睛盯了一眼尚宗仁，"你愿意不愿意来这里给我帮帮忙？这可是个行善积德的好活。眼下是要步行着去送，可过不了一阵子，就能配上自行车。那时候，两个车轮子一转，路就变短了。"

　　老苏是南方人，人长得和善，说话的声音也绵软。尚宗仁一时没好意思拒绝，摸着头皮，支吾着说："要是没人来干的话，我就试试。"

　　回到家里，尚宗仁把他答应老苏去邮政所里帮忙的事一说，他母亲眼里的泪水就顺着眼角流了下来。她看着儿子，抬手抹着泪说："看来你真是这个命，让我担惊受怕了这些年。现在你去干这个也好，等于把要饭的命冲了。"

　　整整一个春天，锦官城的人已经习惯了老邮差尚宗仁从家里走到墓地，又从墓地走回家里。在路上，他时时地会停下来，站到路边，茫然地向四周观望着，样子像是在等待着锦官城那些被楼房和水泥覆盖着的土地上，重新长满庄稼。

　　清明过后，阳光的穿透力直抵了地心，地温就从深处的泥层里泛出一层一层的暖意，仔细地包围了草木万物的根。草根暖了，就伸开了细长的触须，饱吸着温暖，恣意地冒出了成片的绿芽，夸张地把地面弄成了一幅一幅随心所欲的水彩画；树木暖了，就齐齐地把枝叶梳理得一片清明，把该绿的叶子、该开的花朵都排上了枝头，它们或是星星散散、淡淡雅雅，或是熙熙攘攘、媚态百生，手拉手地演绎着春暖花开的阵势。

　　一到墓地，老邮差就把拐杖潦草地扔到了草地里，双膝重重地跪在了地上。草是新发的碧青的草，鲜嫩、柔软、安静地贴在地面上，轻轻地在和泥土耳语着什么。老邮差身子前倾，两只手远远地朝前伸着，掌心贴在地面上，手指头像草根一样紧紧地抠进泥土里，怎么看，他都像是耕地翻起来的一大块土坷垃，匍匐在油亮的田垄里。

　　墓地对面是一家工厂，厂子门口站着的几个年轻人，正在那里说笑着。老邮差跪在地上后，有个小伙子停止了说笑，手朝老邮差跪着的方向指了指，朝着背向墓地的小顺说："小顺你看，那个老头跪拜的姿势，像不像电视上那些去布达拉宫朝圣的人？"

　　小顺是几个人里唯一的锦官城人。他转过身子张望着墓地，认

5

出跪在地上的人是老邮差后,继续嘻嘻地笑了两声,说:"你们知道他是谁吗?他是大东公司老板尚进东的爹。这个老邮差,他光知道朝圣,他知道布达拉宫在地图上的位置吗?"

二先生和他的黑狗走到工厂门口,听见小顺那种城里人的笑,厌恶地扫了他一眼。"假鬼子。"他嘟哝着,和黑狗一前一后地往墓地里拐去。

一拐进墓地,他就诧异地张开手,一路惶惶地惊呼道:"老邮差,你这是怎么了?"

黑狗已经跑上前去。它围着老邮差转了一圈,又拿鼻子在他的拐杖上嗅了嗅,嗅完了,平静地扭过狗头,仰脸望着二先生。二先生没理黑狗。他小跑着到了老邮差跟前,弯下腰,侧过脸看看老邮差的脸色。看见没有什么异样,他就拿脚尖踢了踢草地上的拐杖,抖着胡子嘿嘿笑着蹲下来,慢条斯理地说:"这是给谁上香呢?跪得这么隆重。"

老邮差早就听见二先生和他的狗从后边过来了。走到哪里,这个老东西都落不下他的黑狗。那条黑狗就是他的影子,要不他就是那条黑狗的影子,反正他们从来都是形影不离,人狗不分,看得人眼花缭乱。老邮差缓缓地抬起头来,慢慢地从地上爬起来,嘴里嗯嗯啊啊着说:"我这是给自己上香呢。老了,不中用了,脚底下没有根了。"

"我一路都在后头跟着你呢,可没看见你脚下什么时候没了根。"

老邮差满手的泥土和草汁,它们新鲜的味道,正从指缝里缭绕着散出来,混合进了空气里。瞅了瞅手上的泥土和草汁,老邮差笑着说:"你看那边,老鸟人也在这里。"

远处,鸟人于树平颤颤巍巍地从墓地深处奔了出来,披着一身的浓荫。走到老邮差和二先生近前,他眼睛死死地盯住他们,惶恐不安地说:"老邮差你摸了一辈子报纸和信,二先生你去济南读过洋学堂,你们都见过大世面,快给我说说,咱们这块墓地还能不能保住了?"

黑狗在二先生身边摇着尾巴。二先生摸着黑狗的头，瞅着老邮差抖动的手，迟疑地说："老邮差，你这手怎么一直在抖？你来给鸟人说说，让他安安心。"

"墓地还能跑了？"老邮差没回答他的手为什么抖。他重新把手摁在地上，仰头看着鸟人，口齿含混了半天后，抬起一只手，伸出食指抖抖瑟瑟地冲鸟人点了点，嘲笑道："这个老鸟人，到底还是熬不住了。"

路边是随意蔓延、高低相错、姿态各异的杂草和树木；老邮差看着那些在春风里耐不住性子竞相盛开的花朵，心里缓缓地叹着气：如果还有庄稼地的话，眼下正是人们忙碌着到地里给麦子灌水施肥的日子。可惜呀，锦官城的人现在已经没有种庄稼的地了。

一路走着，老邮差走几步，就要站下来歇一歇脚。坚硬的水泥路面硌得他脚底板难受。

锦官城早就面目全非了。老邮差不想看见没有各种庄稼披盖的锦官城，他的眼睛没处着落，索性就只盯着触在路上的拐杖。随着他的步子，拐杖有节奏地敲击着水泥路面，那动静就像一头新挂了掌的毛驴走在新铺的青石板路上，声音聒得人耳朵眼里直起毛刺。没有了庄稼做外衣的锦官城，像是被一个卖豆腐的人挥着把钢刀子，切一包软豆腐似的，三下两下、利利索索，就把一个锦官城切成了无数零零碎碎的块块和条条。那些长条的被铺成了一条一条硬硬的水泥马路，小块的就被无数的砖头和瓦块团团地吞吃进去，弄成了各种形状、各种名目的工厂和店铺。

整个锦官城就剩下一块墓地，还草丰木盛地退缩在那里，没有被坚硬的水泥壳子固住。

早上往墓地里走时，孙子尚连民喊了第一声爷爷，老邮差就听见了。他的耳朵好使着呢。可他装作没听见孙子的话，在几棵槐树下，一步一步朝前走着，右手里的拐杖连触都没有触到地上，在他手里前后地晃动着，既像在给他的步子打着节拍，又像在给他数着从家里走到墓地去的步数。

他不说话，不是冲着孙子，而是在和小儿子尚进东生气。

孙子一有空闲，就会到河边去，看河底里种的那些麦子，这使老邮差多少感到了点欣慰。现在，家里就孙子还能懂他的心思。去年秋里，眼看节气到了秋分，他心里突然像麦芒子扎着一样想种麦子。夜里睡觉，梦见的都是成片成片或青或黄的麦子地。那些麦芒子扎得他实在难受了，他才去给孙子说："你找空弄点麦种，到河道里种上点麦子去。"孙子听了，神都没愣一下，把手里的书本一扔，起身去弄来了麦种，还弄来了肥料，下到河底里，刨地撒种去了。麦子种上以后，孙子竟然比他还勤快，每天不计早晚，总会抽空到河边去转转、看看，回来再津津乐道地给他说那些麦苗子的长势。

让孙子去河底里种麦子之前，他给三个儿子都说过这话。三个儿子听后除了置若罔闻，就是用异样的眼光在背后揣摩他，那情形就像他是在说天书。他们根本弄不懂他要表达的那点意图，只有孙子按他的意思办了。孙子知道他喜爱庄稼，喜爱长庄稼的地，喜爱有庄稼的锦官城。儿子们当然也知道他喜欢这些东西，只是儿子们对他喜欢的东西，都在东躲西藏地避着，已经迟钝和麻木了。他们有他们的观点，认为事情往哪个方向发展都有它的历史规律和狗屁道理，在这一点上，他们的态度都出奇地一致，旗帜鲜明。尤其是最小的儿子尚进东，早就跟他这个老古董说过多少遍了。小儿子说："古人还知道逐水草而居，顺天时而动呢。全世界的城市都是由乡村演变而成的，远的不说了，深圳就是一个活脱脱的例子，谁敢说现在的深圳人还在怀念过去的乡村生活？还有，就算是美国的农场主，他们也照样喜欢城里舒适方便的生活。"

儿子们的理论一套一套的，老邮差从来不去和他们争辩。争辩什么呢？二先生评论过，说他们家是有其父必有其子。想想也是，他们都是他的儿子，从骨头和肉到血水，都和他一模一样，臭脾气上来了，十头牛也拉不回来，都是撞到南墙上也不会回头的主。

锦官城的人都习惯叫他老邮差，他心里也叫自己老邮差。现在又不用拿着粮本、油票到粮站里买粮买油了，除了领工资会用到尚宗仁这个名字，平时，他的名字就跟现在派出所里挂的那些空户一样，只是树叶子似的挂在一个树杈上。

关于树叶子这个比喻，是锦官城最有名的人物小顺说出来的。这个小顺，在大街上一走，丁零当啷地能晃悠出一摞新名词来。二先生喜欢说"五色令人目盲"。这个从城里跑回来的小顺，恰恰就是染缸里一根搅颜色的棍子，身上不知道沾染了多少颜料。老邮差不喜欢这个从城里跑回来的小顺，他现在称呼小顺，都说是"那个从城里跑回来的小顺"。不喜欢归不喜欢，小顺说人的名字是像树叶子一样挂在树杈上，老邮差心里还是有几分赞同的。

老邮差尚宗仁一辈子没有离开过锦官城。

从高处俯瞰河道里的麦子，和在麦子身边看它们的感觉彻底不一样。站在麦子边上看，麦子和人连在一起，人和麦子是一个完整的整体；在岸上看，麦子就像是在梦里了，遥遥地浮动着，起着涟漪，一点也不切实际的边。

那些在风里涌动、起伏着绿色波浪的麦子，总是让尚连民心里头觉得别扭。若是在十年前，锦官城的人就是用手指头去思想，也不会有人想到，有朝一日，会有人把麦子播种在这条河道里。河道是什么地方？顾名思义，它就是流水的地方，流水的地方可以生长水花水草，生长鱼虾水虫，生长石头和水苔，生长鸭和鹅，但绝对不是麦子扎根生长的地方。可是，现在，这片麦子却不容置疑地被种在了河道里，堂堂皇皇地长在河道里，就像一个怪异的梦张扬着一头飘忽的头发，盘踞在河床一样。尚连民摇晃了一下脑袋，想从脑袋里晃走这个奇怪的梦。

太阳升起来了，金色的马车轮子飞过河边一片杂乱的树木，那些麦子就被太阳柔韧的光芒罩住了。麦子还没有抽穗，叶子和那些崭新的杨树叶子一样，也像涂了层细密的油，在风里软绵绵地摇晃着。刚过了清明，还不到谷雨，它们的叶子还是软的，还不能哗哗啦啦地在风里发出那种勇敢和明亮的响声。麦子地边的湿地上，开着一朵朵紫颜色的小碎花，半褐半绿的心形叶子紧紧地贴在地皮上，只用细细的绿茎子顶出了那些紫色小花瓣，像是在开花的空档里突然受到了意外的惊吓，模样战战兢兢地僵在了那里，惊慌地观望着，花瓣再也不敢往大处张扬了。

站在麦子身边看麦子时，尚连民脚下就踩踏着这些紫色小花，把它们身体里一滴一滴紫色和绿色的汁液都踩了出来。踩着它们，尚连民并没有注意到脚下的地面上有花开了，更没留意，那些汁液后来是怎么一点一滴地，渗回了它们扎根的泥土里。

那一阵，他的眼睛和心思，全都在河道里的麦子身上。

河道里的麦子，在锦官城里那些外来务工的人眼中，种植它们的这个背景，一定是非常滑稽和可笑的。

河道里已经没有水了，河床是干涸的。但是，没有水的河道，依然还是河道。河道里那些被清澈的河水冲刷着，不知道干净了几百年几千年身躯的沙砾和石头，在几年之前，就被尚进东工厂里制造出来的黑色污水，湮埋在了污泥底下。两边沿岸的湿地里，同样淤积着一层厚厚的烂泥。只剩下中间一线水沟，在积存流淌着一缕散着淡淡臭气的黑色污水。

在河道里种麦子，是他爷爷的主意。在家人眼里，这个老头子已经老得有些古怪了。

种麦子那天，锦官城的好多人都跑来瞧热闹。他们弄不清在河道里种麦子是谁的主意，都以为是尚连民自己的主意。尚连民也不解释，随便他们怎么说去。他们看着尚连民在那里认认真真地刨地、花垄、施肥、撒种子，就都站在河岸上居高临下地看着笑，七嘴八舌地说面粉多少钱一斤，又不是金子的价。就是金子的价，整个锦官城的人都饿死了，也饿不着他们家一颗牙。他们家里有那么多厂子，钱和树叶子一样多。

那个从城里回来的小顺，先是在人群里站着。后来，他朝那些七嘴八舌的人瞪了两眼，就甩掉脚上的皮鞋，挽了裤腿走下河岸，从尚连民手里接过镢头说："我来刨地，你来撒肥料和种子。"

尚连民说："还是你撒吧，撒种子轻快些。"

小顺弯腰刨着地说："多少年没干这活了，手生得没数了，肯定撒不均匀，还是你撒吧。"

刨了一会地，小顺直起身子，看着站在岸上朝他们观看的人群，嘲笑着说："现在，整个锦官城的人都在等着当城里人了。"

手里的田地慢慢地变成宽阔的马路和一个一个工厂后，锦官城的很多人，都在憧憬着当城里人了。他们在快活地说：看呀，咱们锦官城就要变成城里了。他们说：谁不想当城里人？城里人活得多滋润，不种粮、不种菜，天天变着花样吃好吃的、穿好看的。他们说：城里的女人只把往脸上搽粉化妆当作活干，描眉画眼，涂抹一张脸就要花上一个钟头。不用到城里去，看看尚家那几个从城里娶来的女人就知道了，她们的鞋柜里光是高跟鞋就有几十双呢。男人们呢，进进出出开着轿车，身子上上下下不沾一星儿尘土，鞋底鞋面干净得上床睡觉都不用脱。

因为期待着当城里人，他们就花尽了心思，想象着城里人的那些生活细节，然后把这些细节转变成具象的言词表达了出来。嘴里吐出这样的言词后，他们就仿佛超前地享受起了城里人的生活，眼睛里洋溢了脱离开土地的快乐。对城里人未知生活的向往，使他们全都变成了一只只努力挣脱着想往天空中飘飞的风筝。

种罢麦子，锦官城的人就没有前来河边观看麦子的了。他们一是嫌河中飘上来的臭水味不好闻，二是他们的眼睛早就看够了麦苗子的青色。祖祖辈辈都在看的东西，还有什么可稀罕的？锦官城人谁都知道刚从地里长起来的麦苗子是青的；结了穗子被南风吹熟后，麦子是金黄的；割了收了，打了扬了，麦芒子扎人，毒日头底下晒麦子时太阳还会晒死人，实在没什么宝贝的。

只有小顺，日子久了会溜达到河边来，或是瞅上两眼麦子就走了，或是站在一棵树底下，眼睛看着麦子发上半天呆。尚连民发现，除了在河边和墓地里，在别处，他从来没看到过小顺有这样的表情。

爱 情 史

麦苗子一点点地青着，就过了清明，到了谷雨。再有两个月，麦子就会熟得一片金黄，在太阳底下叮当作响着散发出一地喷香的味道了。尚连民想，如果在前几年，一过了清明节，锦官城的孩子们看着地里开始"噌噌"响着拔节的麦子，就会像盼过年一样，盼着过六月六了。

锦官城的地里种满麦子那些年，麦子熟了、收了、晒了，装在了缸里囤里，到了六月初六，锦官城家家户户都会用新收的麦子磨了面，蒸大馍馍、蒸面鱼、蒸面仓龙、蒸面兔子。面鱼都是一色的大鲤鱼，甩着弯弯的尾巴，人们用缝衣裳戴的顶针在鱼头上按下圆圆的鱼眼睛，再半侧着顶针，在鱼身上按出半圆的鱼鳞，用剪刀剪出鱼鳍，用切菜刀花出鱼尾。仓龙一律都是盘起来向上的，头上的大角和身上的小刺，也是用剪刀一剪子一剪子剪出来的。头上的大角夸张地张扬着，身上的小刺则像受惊吓后的刺猬，所有的刺都尖尖地，一根一根张扬着。小兔子的耳朵要先用剪刀剪出一个轮廓，然后再用拇指和食指一点点地捏扁，爪子同样是用切菜刀的前尖仔细地划开，红红的兔子眼睛就用色泽鲜艳的红小豆来代替。蒸熟的大馍馍用来敬天，感谢上苍一年里风调雨顺；面鱼是送给亲戚朋友的，一取连年有余的意思，二是相互祝贺地里的庄稼又有了一个好收成；仓龙一般都放在粮缸粮囤里，为的是祈求粮仓里年年有余粮，年年缸满囤满；面兔子和活的小兔子一样活泼可爱，蓄着蹦跳之势，当然是给孩子们预备下的。他们手里拿着个面兔子，个个都会眉开眼笑，如获至宝，像小兔子一样满街上蹦跳。

三个外地来锦官城打工的人从远处走过来，眼睛都在朝河底里看着。他们看见了河底里的麦子，笑着站下来，讨论河道里那些水草那么绿，是不是拿绿漆漆过了。中间那个人听后开心地大笑起来，笑完了，认真地说："听说有拿着绿漆漆荒山糊弄政府的，还没听说过谁拿着漆来河里漆水草。应该是这条河里的泥沙被大东公司弄出的臭水熏泡透了，劲大得要命，草才长得这么茂盛，绿得发黑。"

另一个往河边靠近了两步，仔细地瞅了瞅，看清了河道里的绿色植物是麦子，不是染了漆的水草，也不是因为营养过剩绿得发黑的水草。他拍了一下说水草是拿漆漆过的那人的胳膊，笑着说："你们两个什么眼神，都仔细瞅瞅，那是水草吗，那是麦子！"

"麦子！居然会有人在河道里种麦子？"

另两个人的语气里，迅速带出了不容置疑的惊讶和怀疑，显然觉得这是一桩不可思议的事情。

尚连民相信，民国时期的人在他们那个朝代里看见了彩色电视，最多也就是这几个人现在的模样。

"居然在河道里种麦子！"那个说水草是拿漆漆过的人声音里带着感叹，"锦官城人就是聪明，竟然会想出来这样一个主意。在这一河的烂泥里种麦子，连肥料都不用施。"

"还施肥呢。"那个认出了麦子的人说，"你们没听说过吧，前两年大东公司里流出来的臭水，顺着河道流到了下游种稻子的村庄，那里的农民用河里的水灌溉了稻子，结果稻子全部被这些臭水臭死了，颗粒都没收。这些水连稻子都能臭死，你们开动脑子想想吧，锦官城的人，前些年都被臭成了什么样子。要知道，他们喘的每一口气里，都飘满了这些臭死稻子的水散发出来的恶臭味。我那时候来过一次锦官城，差一点就被臭死在这里了。现在想想，锦官城的人没被那些臭气臭出白血病、神经病、肺癌什么的，真是他们祖辈子烧了高香。一村子人要是都被臭得患了那些毛病，腰里有再多的钱有什么用？所以，如果我是大东公司的老板，我情愿让锦官城的人都穷得去外面打工，也不弄这样的破厂子来祸害锦官城。"

"无毒不丈夫。所以，你现在就只能到锦官城来打工。"那个说水草是漆过的人说。

尚连民在一棵杨树底下站着，手扶着树干上的一只树眼睛。树是分成两排栽的，是那种老品种的杨树。一排栽在路的左边，一排在路的右边，样子像是把中间的路夹成了一条河，那些树就顺理成章地纷纷扮成了河岸。刚下了一场蔓延细密的细雨，路面还没干透，颜色看上去比平日里要深沉一些，在阳光里不动声色地冒着一缕一缕的湿气。

　　小时候，尚连民一直没弄明白，杨树干上怎么会长满了眼睛，一只一只地，晴天不闭上，雨天不闭上，白天晚上都不闭上，把树伐倒了也不闭上。直到把树皮剥下来，晒干了，放到灶底下烧成了灰，那些眼睛才不见了。在五岁时的一个黄昏里，他第一次注意到这些树的眼睛，就被它们吓哭了。他哭着跑到了奶奶身边，奶奶听明白他是被树上那些眼睛吓哭的后，就拍着他肉嘟嘟的屁股蛋子，哈哈地笑起来，笑得尚连民止住了哭声。奶奶说那些树睁着眼睛不睡觉是给小鸟看家的。又问他看没看见树杈子上那些鸟窝，树睁着眼睛不睡觉，鸟窝里的鸟才能闭着眼睛睡觉呢。你睡觉的时候，你娘不是也睁着眼睛看着你？尚连民想想也是，他是没见他娘闭着眼睛睡过觉，他娘的眼睛，就像那些树的眼睛，从来也不闭，总是在一边看着他睡觉。听完奶奶的解释，尚连民才不害怕了，他想树的眼睛原来是那些小鸟的娘。他又想起了天天学着各种鸟叫逗他们玩的鸟人爷爷，觉得他肯定是小鸟的爹，要不，他怎么能够让飞来飞去的小鸟认认真真地站在树上，不停地和他说话呢？

　　三个议论麦子和水草的人走了之后，尚连民转身拍了拍树干上的眼睛。就是在拍树干上的眼睛时，他看见了健步行走的爷爷老邮差。看着爷爷的背影，他知道爷爷准又是到公墓里看墓地去。尚连民没弄明白，爷爷硬朗的身体，行动起来半点也不像八十岁的人，怎么突然变得像那个喜欢到墓地里去学鸟叫的老鸟人，天天要到墓地里去？墓地在那里好好地长着草，长着树，用得着天天去看吗？不看别的，你单看他手里那根装饰一样的拐杖吧，在手里提着，眼熟得像老电影里上海阔佬们手中拿的文明棍，那就是作派用的。这样一副身板，再下去十年的工夫，大概也不会躺到坟墓里去。可这一年里，他却像着了魔似的，天天去看墓地。墓地里有什么好看的呢？一大片树林子遮天蔽日，胆小的人走进去，甚至会觉得它阴森森地凉透人的脊梁骨。

　　尚连民就亮开嗓子喊了一声："爷爷，您又看墓地去？"

一棵一棵刚放出了叶子的树木间，穿梭着猎猎的南风。风像旗子一样，在树木间眉飞色舞地展动着，把尚连民喊出的声音缠裹起来，悄悄地留下了一些，绕在旗子间把玩着。不过，尚连民想就是逆着风，老头子也准能听得见他的声音。老头子的耳朵好使得晚上都能听见蚂蚁打架，听见老鼠给猫捋胡子，还能听不见他这么大的声音？

老邮差没有停下来理会他。尚连民的声音就像一阵微不足道的细风，从树叶子的边缘上擦过去就擦过去了，丝毫没有摇动那些沉浸在某些回忆里的树叶子。

心情好的时候，老邮差的耳朵会像阳光穿透云层一样好使。心情一不好，他就立即装作耳朵聋了，不去理会家里的任何一个人。家里老老少少摸准了他的老小孩子脾性。所以，在他装耳朵聋时，家里人就故意打着各种各样的手势和他说话，有时候还故意把手势打得乱七八糟，想在老头子眼里形成手舞足蹈的效果，希望他看了后会忍不住开心一笑。只要他咧开嘴巴笑了，耳朵马上就跟着好使了。

老头子还在生他那个叫尚进东的儿子的气。因为关键时刻尚进东没从西安赶回来，老头子没能如愿以偿地修成龙凤宅。老头子已经生好几天的气了。这次家里人怎么打手势，他的耳朵也没好使。

看爷爷迈着轻捷的步子走远了，尚连民就在阳光里转过身子，继续看着河道里的麦子。

第2章

砌龙凤宅有不少讲究

老邮差有五个孩子。五个孩子里，只有二儿子尚进国在城里工作，其他四个，都在锦官城。大儿子尚进荣是锦官城村里的一把手；三儿子尚进东是锦官城最大的集团——大东集团的老总；两个女儿呢，也都嫁在了锦官城。老邮差说城里的那个儿子就是一条漏网的鱼，一眼没看住，就让他游到城里去了。城里有什么好呢，到处是坚硬的水泥地，人住在火柴盒子一样的楼里头，一点地气也接不上。喝的水里全是漂白粉的味道，灌进缸里连条鱼都养不活。在老邮差眼里，二儿子一直是最老实的一个，也最听话。就是这个最老实、最听话的儿子，高中毕业时自己竟偷偷地报考了县里的卫校。后来看着儿子快毕业了，老邮差又一厢情愿地想着让儿子回锦官城来工作，并提前把锦官城的医院给联系好了。可惜儿子尚进国不听老子的安排，他说我女朋友的家在城里，我理所当然也得留在城里，不然散了算谁的？老邮差骂了他一声没出息后，也只能听之任之了。

说来说去，几个孩子里，老邮差还是最喜欢小儿子尚进东。小儿子不肯低头服输的个性，最像他。因为退休时没能够让这个儿子顶班，老邮差心里一直觉得对不起他。本来他是想到了退休的年龄，不管儿子闺女，哪个孩子赶上哪个顶，但二儿子一到城里去，闺女小雨还没定亲就睡在了一个男人的床上，这些都扰乱了他的心，也让他当下就认准了，让小儿子尚进东顶班。没想到政策在一夜之间突然就变了，上头的一纸红头文件下来，用杠杠一卡，尚进东就没能顶成。弄得他老伴到死都在埋怨他："老东西，你要是提前一年退下来，小儿子吃上国库粮，小素做了尚家的媳妇，他就吃不了这些苦了。"

老邮差说："我怎么也得干到该卸套的年龄吧。谁知道上头政策会变得这么快，一阵风头说来就来了！"

老伴赌气地说："你这头犟驴子，在外头挣扎奔跑了一辈子，摸了一辈子报纸，也等于瞎混了，末了竟没安排出去一个吃国库粮的孩子。"

"那时候城里的孩子都在往乡下塞呢，乡下的孩子哪能再生生地往城里挤！"老邮差心里非常恼火，嘴上却理直气壮。

小儿子尚进东见他们没完没了地争吵，说不顶那个破班又怎么样？蹬辆破自行车挨个村子跑，一天下来，弄得浑身是灰土，样子就像头在土里打过滚的土驴。

听见儿子骂自己土驴，老邮差的火气倒消退了下去。从答应了老苏到邮政所里帮忙，在老苏手里接过了帆布邮包和一副同样是帆布的裹腿开始，他的腿就带着自己的身子，在一个又一个泥巴村子里行走着。早上披着星星出门，晚上顶着星星回来。什么是披星戴月？只有老伴手里不停地缝补着的一副一副裹腿，他脚下踢踏着的路和落到身上、邮包上那些尘土，还有那些风霜雨雪和路边寂静的树木杂草知道。

过春节时，趁着儿子们都在家里过节，老邮差就把砌龙凤宅的事摆到了桌子上。最近一段时间，他老是做梦，梦里老伴不停地叨叨着，让他快点去砌龙凤宅，说再不去占下一个窝，以后怕是就没地方了。老伴在梦里说的话，渐渐地成了他的一块心病。

老邮差一开口，儿孙们就赶紧放下手里的扑克牌，隆重地召开了一个紧急会议。商量的结果是最好在清明节那天弄。他们商量是商量了，可老邮差瞅着他们，总觉得他们的表情有点古怪。他早看透他们了。他们都在想：大过年的，他怎么突然想起砌龙凤宅了？他们都认为，就他现在这个身体状况，活到一百岁都不成问题。他没给他们说他做的那些梦，他不想告诉他们。

锦官城的习俗一直是这样：除了兵荒马乱，在太平年景里，人过了七十都要提前给自己砌好龙凤宅，省得去世后，子女们手忙脚乱地失了方寸，弄不出个方和圆来。锦官城的人一向不讲究吃喝拉撒，粗的细的，软的硬的，不饿肚皮不受冻，就是皇帝的日子。他们讲究的是生和死，觉得人生没有什么事能比生和死大。在砌龙凤宅的事上，他们就认为阳世阴间一个道理，盖房砌屋丝毫都马虎不得。老邮差的老伴王玉兰去世时，就是因为太突然了，突然得人手足无措，突然得他没来得及砌龙凤宅，就只能草草地先把她送走了。

"她是个没有福的人，"老邮差给儿女们说，"一个人活不到七十岁，还没等砌起龙凤宅就走了，可不就是个没福的人。"

锦官城的人盖房砌墓都不找风水先生。锦官城过去是座皇家庙地，又是凤凰落过的地方，河里还有过蛟龙，角角落落都是风水宝地。正因为这样，锦官城的人才一直把预砌的墓穴叫作龙凤宅。谁家老人准备砌龙凤宅了，都会被当作一个非常隆重的话题，在街巷里传播来传播去。然后，锦官城的老人就成群结队地前去墓地里观看，私下里比对着谁家老人的龙凤宅砌得排场、气派、有势、儿女的孝心大。

砌龙凤宅有不少讲究。在早些年间，富裕人家还会大摆三天的宴席，款待前去道贺的亲朋好友和村里人，有的人家甚至还要请来城里当红的大戏班子。次的，也去请来清水河的草班子，在村里搭台子唱上三天的大戏，比给要结婚的人暖房还隆重十分。结婚暖房也是锦官城人独有的一种习俗，谁家儿子要娶媳妇了，都会在娶亲的前三天把亲戚朋友请了来，在新人的房子里摆宴席喝喜酒，请来的响器班子在院子里不停地吹笙奏乐，敲锣打鼓助着酒兴。老老少少一边喝着喜酒，耳朵眼里响着百鸟朝凤这类喜庆的曲子。没黑没白地说笑，没白没黑地嬉闹。新房里撑起彩色的鸾帐，热死牛的天，也要用豆秸和芝麻杆点着火盆，噼噼啪啪地燃烧着，驱邪逐魔，汇聚人气。但是，在娶亲暖房时，多富裕的人家，请多有名的响器班子来，也没有人家去请戏班子的。

接下来是比工匠。有钱人家请的工匠，都是当地的顶尖高手。他们人人都能绘善雕，在青石的墓壁上雕龙画凤，雕绘出的莲叶莲花栩栩如生，莲叶上滚动的水珠，能让你的眼睛看见它们一直在上面来回地滚动。至于落在莲花上的蜻蜓，更能让人忘了那是雕绘上去的，它们纱一样透亮的翅膀上，会绕着一层淡淡的看不见的雾气。仿佛你的手落上去，就能摸到那透明翅膀上的潮湿。锦官城是围着崇光寺衍生出来的，锦官城的人天生崇拜莲花。热了冷了，日子闲了淡了，他们都习惯到庙里转悠两圈；遇上个病呀灾的，更要到庙里烧香拜佛，祈福求佑。他们的耳朵里听的是庙里的木鱼声、和尚的讲经布道声；眼睛里看的是佛祖、端坐在莲花台上的观音、笑口常开的弥勒佛和降龙伏虎的十八罗汉；甚至他们呼吸的空气里、喝的河水里，都沾染着香烟缭绕过的气息。所以，锦官城的人都虔诚得没了谱，认准了人离世后，脚底下只有像如来和观音那样踏着莲花，才能离开十八层地狱，渡过苦海到达极乐世界。

除了雕莲叶刻莲花，人们一般还要求在墓壁上描绘出鸡吃白菜、狗追鸡这类的日常生活场景。一些女人也会在自己的寿衣和寿鞋上绣上这类的图案，说有了这样的图案，人躺在坟墓里，才能时时地想起活着时那些有滋有味的日子。

龙凤宅砌好之后，就是龙凤宅的主人带着一群子孙后代，齐齐地来到龙凤宅前，举行落成仪式。一家人先是围着龙凤宅左走三圈，再右走三圈，然后停下来，由龙凤宅的主人把他的一双新鞋子郑重地放进"神门"里。放完鞋子，老人就一边往神门里面洒酒，嘴里一边念念有词地唱着：

"这座龙凤宅修得好，金银财宝都往里跑。这座龙凤宅修得强，辈辈都出状元郎。"

老人唱完了，子女们就跟跑接力一般，齐了声接着唱：

"别看今天来送酒，寿星现在还不走。别看今天来送鞋，寿星现在还不来。"

唱完了，在桌子上摆开酒菜点心水果祭祀一番，儿孙们才去燃起鞭炮，到家族里每个坟墓前烧纸钱、磕头、叩拜。

这些仪式一一做完了，老人的子女就纷纷聚到新砌的龙凤宅跟前，开始往龙凤宅里撒钱。撒多少的钱，都算工匠的工钱。所以，工匠们动手干活之前，都是量着主人家的家当和他们在锦官城的名声去施展自己的手艺的。

锦官城历史上往龙凤宅里撒钱最多的一户人家，据说是小顺的一个祖宗，往里撒了一千八百块大洋。

现在是太平盛世，砌龙凤宅在锦官城一些老人眼里，又成了十分重要的一件事。虽然没有人家再去请戏班子了，可雕龙刻凤、描荷绘花、燃花放炮、设席开宴还是一样的热闹。

清明节前一天，老邮差一直忧虑和担心的事情还是发生了：小儿子尚进东果然没从西安赶回来。

大儿子尚进荣传达完尚进东电话里的意思，老邮差就执意不去砌龙凤宅了，谁劝也没劝动。他闷头坐在那里，一直想西安有多远，不是说现在一张飞机票还飞不了两个钟头吗？又不是早些年间的一封信，上了牛车上马车，上了汽车爬火车，要走上十天半个月的才能到达锦官城。他闷着头不去理会家里人，是他忽然觉得在儿孙们眼里，他这个老东西已经成了一堆废物，没有钱重要了。他们都在忙着挣钱，没有人在乎他了。

锦官城的历史有两种算法。一种算法是单算村史，武清去查地方志，发现锦官城的历史还不到三百年。另一种算法完全是凭着辈辈流传的庙史算，但算到什么时候，又不好断定。二先生说应该算到唐朝，证据自然还是锦官城那些传说。锦官城的能工巧匠们在一次翻修庙里的大殿时，曾有人在殿顶的一处暗格里，无意中翻出了最初建造这座庙时留下的一些文字记录。文字中有一处，记录说当时监工修建此庙宇的，是唐朝的宰相魏征。

二先生说："史书上都有记载，李世民夺了天下后，为追悼阵亡的将士，便拨出专项银两，四处选宝地修建寺庙，超度亡灵。魏征是李世民的宰相，他说在哪里建座庙，当然就能在哪里建座庙。"

整个锦官城，只有袁大材最爱听二先生讲这些没人信的传说，也只有袁大材最爱和二先生掰扯。袁大材说："二先生，你怎么就能认定是魏征来修的这座庙？你说了，魏征是李世民的宰相，一个位高权重的宰相，会跑到这么个破地方来修庙？你读的那些什么屎书上尿书上，可没有这样的记载吧？"

"你袁大材就是屎尿的脑子，白听我讲了魏征那些故事。世界上有的是比权势重要的东西。"二先生气得抖着胡子，手里拍打着毡帽子。

魏征当年带兵打仗，曾在锦官城操练兵马，并在这里打过一仗的传说，在二先生的故事里是这样的：在一个下大雪的夜里，那雪花大得像席子一样，遮天盖地。趁着大雪，敌人偷偷地摸了来，偷袭了魏征的兵营。因为风雪大，守卫的兵卒都放松了警惕，躲到草棚子里避风雪去了。睡觉前，魏征多喝了几杯御寒的酒，所以，倒下后就睡得一塌糊涂。半夜里，魏征被厮杀声惊醒过来时，手下的兵卒已经死得差不多了。魏征慌慌地穿戴好，带着剩余的人马厮杀了半天，最终还是寡不敌众。眼看情势危急，几个人趁乱匆匆地护着魏征悄悄地撤退。雪太深了，加上风大，马匹在雪窝子里根本迈不动步子。后边追兵一路厮杀着追了来，眼瞅着就要追上了，兵士们急得团团乱转。这时候，魏征突然跳下了马，双膝跪在雪地里，对着飘飘洒洒的大雪说:"看来这里注定是我魏征的葬身之地了。"说完,他一撩战袍站起来,吩咐兵士们去迎上追兵,跟他们决一死战。就在这时,魏征忽然看见,从远处飞奔来了几匹白马,嘶叫着站到了他们面前。魏征心里大喜,知道这是得到了神助,就号令手下飞奔上马。他们一跳上马背,几匹白马就在飘飘洒洒的大雪里腾空飞了起来,带着他们离开了险境。后来,李世民要广修寺庙,为阵亡的将士超度亡魂,魏征感念那几匹飞来的神马救了他的性命,就亲自来到白马救他的地方,修了崇光寺。大庙里设有一个专门的殿,里头塑的就是那几匹白马。

讲完故事,二先生就会说:"全国各地的庙宇里都是晨敲钟暮敲鼓,可唯有咱们这崇光寺里,是早晨击鼓,暮晚里撞钟。"

袁大材每次听完了都会哈哈大笑,说二先生这个故事编得有失水准。"不说别的,单说那些从远处飞奔来的白马,天上下着那么大的雪,飘飘洒洒,雪花还大如席,肯定让人睁不开眼。又是在黑夜里,魏征的眼睛要不是带着红外线扫描仪,他能看见远处飞奔来的白马?这说明什么,说明故事编得太离谱了。"

看过地方志的武清也提出了质疑,他说崇光寺要是有一千四五百年的历史,地方志上怎么会没有这样的记载?可见这个算法不靠谱。如果说它有五百年,还差不多能对上茬。至于晨鼓暮钟这一说法,也仅仅是个说法而已,早就不新鲜了。现在好多庙里,都有这样的传说,好像一把晨钟暮鼓倒过来说,一说成是皇家建的寺庙,就给寺庙披了件金袈裟似的。

袁大材和武清尽管怀疑他们的,实际上,他们一点也没有改变锦官城的老人们对二先生那种算法的认同。他们说:庙里有一间殿,里头专门供奉了几匹白马,这话一点出入也没有。我们小时候常去庙里看那些白马,把它们身上都摸黑了。你们想想,要不是这些白马立过大功,人家为什么给它们塑像。不信你们到全世界的庙里去转转,看看哪座庙里有专门供奉白马的?

历史真伪难辨,可崇光寺却是真切存在过的,谁也不能否认。

锦官城本身就是依着这座大庙聚起来的。

锦官城是一个不大也不小的镇。很多年前就是，现在还是。至于说以后还是不是了，锦官城的大多数人都抱着漠不关心的态度。他们说眼瞅着正在实行小城镇化呢，我们又活不了三百年，谁知道以后还是不是？就算是，我们也看不见了。

锦官城有些人是喜欢看地图的。在市区地图上比量，锦官城距离市里也就二指宽的距离，用脚量出来，是不差一分一毫的四十五里。锦官城人说的里数都是单数的华里数，不是双数的公里数，更不是英里和俄里。当然，那都是指几十年前的里程了。现在，城区像开着飞机一样的速度往外扩张，锦官城也是如开着汽车一般马不停蹄地往四周围里画圈子占地，两头往中间挤，中间的距离日夜不间断地缩进，过去那四十五里长的路程，也就成为过去式了。不过，锦官城的人说起从锦官城到城里的里程，张嘴还是四十五里。

要是给锦官城绘张地图，那么落笔就应该先绘中间的一条官道。这条官道纵穿锦官城的中心，像中轴一样，把锦官城从中间一劈两半，分成了左右对等的两片。这样的格局是：官道的左边有两排房子，一条街；那么官道的右边就有两排茅屋，一条街。如果官道的右边住着一百户人家，那么官道的左边肯定也是这个数。锦官城一直在遵循着崇光寺的布局，沿着中间这条官道的脊背，向两边展着翅翼。二先生分析说，崇光寺的这个布局，要么就是按着飞奔的马的样子建造的，要么就是按着凤凰展翅的形状建造的。不管它是白马的形，还是凤凰的像，其含意旨在说明，锦官城是块风水宝地。不然的话，凤凰也不会真的飞来落在了锦官城，落在了崇光寺的那棵白果树上。

早年的官道是沙土筑的。后来，好像是到了 20 世纪 70 年代末，它才慢慢地演变成了石子混着柏油铺的黑乎乎柏油路。现在，它又变成了白灿灿的水泥路。六十多年前，二先生在省城里读过书，是锦官城里少有的进过洋学堂的人。他说，书上记载，早先，这条官道穿大庙而过，一直是条专门的驿道。至于早到什么时候，他也说不上来了。

　　没有地种了，手里两个建材店由几个雇来的小伙计撑着，袁大材闲得难受，就天天拍着瘦瘦的屁股朝人多的地方钻。他喜欢听二先生讲锦官城的历史传说，也喜欢刁难二先生取乐。听见二先生说到"驿道"两个字，他就刁难二先生，问他"驿道是个什么玩意？"二先生摘下头上的毡帽子，屈起中指弹着，说你袁大材还喝过几天墨水，扛过几天枪呢，连"驿道"都不明白？驿道就是给政府递文件的人马走的官路。一眼看见老邮差影影绰绰地从远处走来，他又伸着毡帽子朝老邮差指着，说："像老邮差这样的，那时候也是顺着这些驿道在来回地跑。"

　　袁大材朝周围的人挤巴着眼睛，有意拖着长长的腔调说："二先生你说点白文，说送信的人马走的路不就行了。驿道驿道的，驿字边上是站了匹马，问题是谁清楚那匹老古董马是驮什么的。"

　　二先生假装气乎乎地把毡帽子扣到了头上，说你袁大材再驳我，往后别来听我讲锦官城的事了。

　　"我不来听，你那些故事还不在肚子里闷出绿毛来？"袁大材在那里嬉皮笑脸。

　　锦官城一大半建筑，都是建在旧庙址上的。二先生缓缓地说。

　　建筑指的是村里人居住的屋舍，还包括猪的圈，牛的棚，鸡的窝。锦官城早年的老房子都是屋顶起龙脊的，上面苫着层麦秸或者稻草，脊上扣一排灰不溜丢的弯月形小瓦子。稻草都是从十几里路以外的清水河买来的。锦官城人自己不种稻子，又花不起钱去远处的山里买上好的黄草，还嫌麦秸苫的屋顶不经年岁，大多数人家就到清水河去买稻草。现在不买稻草苫屋顶了，又一家学着一家，都用水泥钢筋和砖头弄成了平顶的房子，还用水泥封了院子。那些水泥房子也是白灿灿的，跟水泥马路一个颜色。夏天里毒日头一晒，屋子里就跟水泥路面一样昼夜地发热。盖了的人家嘴上不说，在心里后悔。没盖的人家呢，却在一门心思地想着早点盖。看得二先生和老邮差直叨叨，说锦官城的人现在都乱了心性，就知道相互攀比，没有人去讲求实用了。

村里七十岁以上的人，都见识过大庙残败前的辉煌景象。他们中有去登过泰山的，说崇光寺当年的气势，一点也不逊于泰山上那些庙宇。要不是五十年前破四旧把庙拆了，现在光门票和香火钱就赚老鼻子了。你看泰山上那香火，旺得满山都是缭绕的青烟。

早年的崇光寺是一座规模宏大的庙宇。眼下的锦官城，只有为数极少的人，还知道庙的名字叫崇光寺，说得出崇光寺的规模和大致的布局。在锦官城的传说里，大庙南北长是三十六里，东西宽是十八里，一条驿道纵穿大庙南北大门而过。这里指的当然还是华里数，锦官城的人一直没有使用公里的习惯。

大庙南北的长度和东西的宽度，说的是寺庙辖地的范围，不是指庙宇本身。庙址本身南北长是十里，东西宽是六里。因此庙又分成了北庙、南庙和东庙。北庙里有大雄宝殿、观音殿、天王殿、地藏殿、藏经楼、伽蓝楼、讲经殿、佛仓、钟楼等。西边的一个配殿，专门供奉着那几匹栩栩如生的白马。南庙里供奉的是痘神。隔一条河是东庙，东庙是关帝庙。

北庙修得最有气势，大殿配殿都是飞檐走翘，古朴典雅，雕梁画栋，饰有金、银、琉璃，身披五彩，金碧辉煌。内供着威严的如来，祥和的观音，笑口常开的弥勒佛，愤怒的文殊，骑白象的普贤，安忍不动的地藏，和形象各异的四大天王和十八罗汉。尊尊神像都是表情生动，金衣塑身，衣纹鲜活如水波。北庙里供奉有各路神仙，香火也就最盛，一年四季香客不断，香烟日夜缭绕。木鱼声、诵经声琅琅无晨昏。南庙里平时香火冷清，只有每年的六月初六痘神节时，香火才渐渐旺盛起来，周围几十里路远的妇女，也会备上香烛及各色供品，用白布染出赤橙黄绿紫五色的布条，赶在六月初六以前，来到痘神殿里朝拜，乞求痘神保佑孩子们不染痘疹。家家有孩子，有孩子的人家就会前来朝拜，一个孩子一份，那几日里也就忙坏了南庙里的和尚，颂经声亦是不绝于耳，日环夜绕。

河东边的关帝庙里，香火虽然比北庙里差一点，但比南庙里又旺一些，也是天天香火缭绕，香客络绎不绝。

北庙里有最负盛名的三个景点。一是月牙桥，二是照亮碑，还有就是一道活门槛。凡到庙里的人，无不去走走月牙桥，在照出人影的青石照亮碑前整整穿戴，然后再到大雄宝殿前摸着活门槛进门。在镇寺的青铜大鼎边长着的，是一棵粗大的白果树。原来那棵落过凤凰的白果树被南蛮子偷走后，第二年就在它的根上，又冒出来一棵。巧的是大雄宝殿上的门槛磨损没之后，这棵白果树的一条根恰恰在殿门口处从地下凸了一节出来，天长日久的，就长成了大殿的门槛。因为是活的树根拦在了门口，长成了活门槛子，所以远近来上香的香客，无不称其是天下的一道奇观。

每年一开春，地里的残雪还融化不净，早萌芽的草刚鼓出鹅黄的嫩芽尖，那些从南方来，到泰山上去朝拜的香客，就到了这里。不论早晚还是晴雨，这些南方人都必然会在此逗留上几日。南方人到了这里，一开始并没有招庙地周围那些佃户的讨厌。这些南方人在庙里上完香，喜欢到庙地四周去走动，还会站在田地的头上，说一些让人听不明白的话。那些给庙里种地的人，没有一个能猜测出来，这些南方人为什么会这么清闲，来这么远的地方上香。他们怀疑：难道南方就没有庙，没有菩萨能拜？他们说的一嘴鸟语里，尽是些锦官城人琢磨不透的话。后来，一直到他们盗走了庙里的白果树，锦官城人才逐渐发现，这些四处朝拜的南方人不仅善风水，而且还会巫术。他们四处当香客朝拜神灵是假的，到处破风水、盗宝物才是真的。于是，再看见南方人，他们就都厌恶地叫他们南蛮子，轻易不愿意和他们打交道。

南蛮子在崇光寺里盗走青铜鼎旁边的白果树之前，锦官城的人和庙里的和尚，都不知道那棵白果树上曾经落过凤凰。

每次讲到南蛮子偷白果树这一节，二先生都要先评判一番南蛮子，说袁大材你做生意精，他们却要比你精明上一百倍。他们真是比鬼还精明。

几个南蛮子偷白果树的方法极其简单。他们带着大量的杉木条，第二次到锦官城来的时候，也是春草刚刚萌芽。几个人在庙门外停下车子，先到庙里找了老和尚空明，说他们是上年来过的香客，今年带了一批杉木条来，一部分想奉给崇光寺，一部分想运到泰山上去。空明大师说："阿弥陀佛，善哉善哉，本寺里用不着这些杉木，你们还是一并运到泰山上去吧。"

一个南蛮子撇着拐弯抹角的腔调说："大师慈悲为怀，我们也就不客气了。但是，我们还需要在贵寺里打扰大师几日。"

空明大师说："粗茶淡饭，各位施主就请便吧。"

南蛮子住进了崇光寺，顺理成章地就把那些长短不一的杉木条，从车上卸下来，寄存在了庙里，抵着白果树的枝枝杈杈，把白果树的树干围了个密不透风。

过了几日，南蛮子在黑夜里装好了两车杉木条，然后去告知空明大师，他们想先运两车杉木到泰山上去，剩下的一些暂时放在崇光寺里，待他们从泰山上返回来，再把这些杉木卖了，供奉给崇光寺当作香资。从崇光寺到泰山还有几百里的路途呢，路远，他们又想早去早回，所以想等月亮上来了，他们就趁着月色早些赶路。

时光转眼过去了两个月，树木都一片葱茏了，几个南蛮子还没有从泰山上返回来。一日，寺里两个小和尚打扫院子扫累了，就杵着笤帚站在白果树下歇息。有只喜鹊在树上喳喳地叫，一个小和尚就仰了头，眼睛在一片一片扇面似的白果树叶子间寻找喜鹊。看着看着，小和尚觉得哪儿有些不对劲儿。细想想，好像是白果树的叶子。往年这个时候，白果树的叶子都是油亮油亮地在太阳下泛着光了，可现在，白果树的叶子怎么看都有些蔫不唧的，没有一点亮闪闪的光彩。

小和尚就问另一个小和尚："师弟，你说今年春上雨水足还是不足？"

那个小和尚就笑了，说："师兄你又没有随师父去四处云游，怎么会不知道今年雨水足不足。我觉得好几年都没有今年雨水足了。你看寺外地里那些麦苗子，青色多足，一点也不泛黄。还有河边上那些桃花，开得比哪年都亮堂，花枝子探在河里，影子染得那些河水都红了。雨水要是不足，能有这样的景象？"

小和尚挠了挠耳朵，说："既然雨水这么足，你瞅瞅这棵白果树，它怎么就像缺了水分似的，叶子干干巴巴的，一点也不舒展。"

那个小和尚就迎了太阳站着，看白果树。因为迎着太阳，看了一会没看清楚，他就转到背对太阳的地方，站在那里仰着头细细地瞅，瞅了半日，才摇着头说："我好像没看出来。你说它叶子不旺相，是不是这棵白果树太老了，没有力气供了？"

"肯定不是树老了。"小和尚把下巴顶在笤帚把上说。

又过了两日，小和尚慌慌张张地跑到了空明大师的禅房里，也顾不得空明大师正在那里闭目打坐，他就一路跑着，一路上气不接下气地说："大师，大师，大事不好了，白果树被人偷走了。"

"阿弥陀佛。什么事这么惊慌，你说哪里的白果树被人偷了？"空明大师睁开双眼，看着慌慌张张的小和尚。

小和尚急得口齿不清，说："是寺里的大白果树被人偷了，就是铜鼎边上那棵啊。"

空明大师摇了下头，笑呵呵地说："又在打诳语了，一棵白果树怎么能偷走。"

"大师，白果树真的是丢了，不信您就随弟子前去看看。"小和尚见空明大师不信他的话，更急了，在那里捶胸顿足。

空明大师看着小和尚急白的脸，就从蒲团上站起来，手里捻着佛珠说好好好，我随你前去看看就是。

走到白果树底下，空明大师指着白果树枝叶茂密的树冠说："阿弥陀佛。白果树明明立在这里，你怎么口打诳语，说白果树丢了？"

"白果树真丢了，它现在就剩下一个树冠在这里了。"

空明大师又摇了下头，眼睛看着白果树，猜不出这个小和尚到底在胡说些什么。

见空明大师没明白他的意思，小和尚几步跑到树下，飞速地扛开几根杉木条，用手指着露出来的一个洞说："大师，您看里头，白果树已经没有树干了。"

老和尚一拂袖子，说你说话怎么越来越没有型了，要是真如你所言，白果树只剩下个树冠，没有树干了，一个树冠不靠树干支撑着，它怎么还能绿叶婆娑地长在半空中。

小和尚又扛开几根杉木条子，不等空明大师反应过来，他跑上前拉住空明大师的手就钻了进去。空明大师借着从洞口和杉木条间透进去的光线，看见白果树的树干果真被人掏空了，一棵大树，仅靠着一层树皮，和南蛮子抵在白果树周围的一圈杉木条，支撑着树冠。

空明大师从洞里钻出来，朝着一根杉木条拍了一巴掌，猜测这事一定是那些刁钻的南蛮子干的。他们去了泰山两个月还没有返回来，就说明了这一点。但是，空明大师想不明白，他们为什么要费尽心思，千里迢迢地来崇光寺里偷一棵白果树的树干呢？

待众和尚搬完杉木条，让树冠落下来，空明大师看了一眼树冠下端的锯口，手就哆嗦了，他从那个圆圆的木轮上，清晰地看见了一只鸟的图案。空明大师一口鲜血喷了出去，落在了那只鸟形图案上面。

空明大师听人说过，世上凡是凤凰落过的树木，树身里必会留下无数凤凰的影像。他终于明白南蛮子为什么要费尽心思地来偷这棵白果树了：这是一棵落过凤凰的宝树啊！

第 3 章
"非物质文化遗产"

在街口的拐弯处，老邮差喜欢和二先生坐在那里，瞅着街上走来走去的人，想法把一些和他们打招呼的行人挽留下来，给他们讲锦官城的种种传说。因为这个，好多人走路都绕着他们常坐的路口，害怕被他们拉住了，被迫留在那里，听那些陈谷子烂芝麻的事。

锦官城现在的年轻人，没人喜欢听他们说什么锦官城的历史。年轻人们谁还相信那些有鼻子没眼睛的传说，认为那不过是先前人们生活单调，一些无聊的人夜里睡不着觉，编出些无聊的事打发漫漫长夜，给自己解闷的。那些传说再好听，能好过《聊斋》里那些鬼怪和狐狸精的故事？所以，二先生一说到凤凰，说到崇光寺里被南方人盗走的那棵白果树，再说到天书和河里的蛟龙，他们就会嬉皮笑脸地说："凤凰？天下还有凤凰！"

这些嬉皮笑脸的人里，小顺就是其中的一位。他习惯摆出一副玩世不恭的样子，大大咧咧地说："你们到网上查一查，看看世界上有没有过一只凤凰的影子？凤凰，那都是戏里和故事里杜撰出来和那些没影没踪的龙配对用的。要说孔雀嘛，世界上倒是有两种，有一种蓝孔雀，还有一种绿孔雀。云南省的西双版纳，就盛产绿孔雀。现在，只有锦官城这些掐着指头等死期的老人精们，还在相信锦官城的树上落过什么凤凰，河里有过什么蛟龙，还有什么天书。可笑的是老邮差和那个二先生，他们信锦官城有什么凤凰，竟然信入了迷，就差给它们雕出个像来，天天在那里顶礼膜拜了。凤凰算个什么鸟！"

和丁珍珠离了婚，从城里回到锦官城后，有事没事的，小顺都喜欢在锦官城的大街小巷里晃悠两圈。一会从这条街上冒出来，一会又从那条街上钻出来，神出鬼没，弄得整个锦官城的人都说他像抗日打鬼子那些年间的奸细。一些看不惯小顺做派的老人，看见小顺走过去，眼睛直直地盯住他的背影摇着头，直到他的脚步远了，人消失在另一条大街上，或是拐进了谁家的门洞里，他们才停下摇摆着的头，一脸无奈地说：在城里混了两年，再回到锦官城来，小顺现在也算是个响当当的"人物"了？

锦官城的人祖祖辈辈种庄稼，和泥土、庄稼打交道打得多了，日子也过得泥土、庄稼那般朴实、安静；有些沉默寡言，也缺乏一些生动和情趣在里头。所以，在生活中，外人根本看不见锦官城人具备什么幽默的才能。但凡事都有例外。锦官城人嘲笑起别人时，就绝对格外地幽默，听得人心里忽地"噢"一声，觉得锦官城人原本都是很幽默的，只是那些泥土和庄稼混在一起带来的杂乱无章和忙忙碌碌的日子，遮蔽了他们幽默的才华。可他们一旦嘲笑起人来，那些幽默的本领自然而然地就回归到了他们身上，好像种子落入了泥土一样，使他们顷刻间就变成了另外一种状态。比如，他们喜欢把所有不务正业，做事过日子都不着调的人，统统地称作"人物"。

从城里回来后，小顺天天游手好闲，在锦官城的大街小巷里来回地踩脚印子玩，当仁不让地就享受到了这个殊荣。

　　时不时地，老邮差就会这样说两句小顺。尚连民听见爷爷这样指责小顺，就笑着对爷爷表示抗议，说您管他"人物"不"人物"干什么，他又没妨碍谁。他就是根烂木头，谁还能把他放到灶底下烧了？

　　小顺这样的"人物"不听锦官城的传说，并不意味着锦官城的各种传说就要面临失传的危险，流传不下去了。

　　上午，市群艺馆里就下来了一个采风的女人。女人没去镇里找文化站的武清，而是径直走进了锦官城，然后非常懂行地奔进了村委会，要在村里找个会讲故事的人给她讲一些锦官城的传说，说是要抢救什么非物质文化遗产。

　　村委会里值班的是尚进荣。和尚进荣一起值班的，是妇女主任潘红莲。潘红莲坐在门旁的太阳地里，膝盖上放着一只要绣的鞋垫，手里拿着把子彩色的细毛线，耐着心地在那里给一朵莲花配线。村里一些女人，私下里都在传说潘红莲绣的那些鞋垫，说她绣的鞋垫上只绣莲花，从来不绣别的图案，她究竟是什么意思呢？她们翻来覆去地猜，横竖就是猜不出来原因。越是猜不出来，她们就越是动情地猜，猜得天昏地暗。小顺就因为这个骂过几次潘红莲，说潘红莲为什么只绣莲花，因为她是个无比自恋的女人。这样的女人，除了爱她自己，其他任何人她都不会去爱。

　　尚进荣坐在旁边看着一张过期的《人民日报》。看一会报纸，就去看两眼院子里的一树樱花。樱花树上粉色的花朵昨天还一团一簇的、拥拥挤挤、在枝条上纷纷繁繁的，今天就纷纷地落了一地，弄得地面上也似染了一片彩霞，既像樱花树把影子投落在了一潭清澈见底的水里，又像尚进东的客厅里挂的那幅油画。都说戏如人生，岂不知这花也似人生，还没咂摸出年轻的味道来呢，就已是花落纷纷春去也。看完了樱花，他又去看法国梧桐。法国梧桐的枝子上，叶子也已经顶破了铜扣子样的芽苞，悄悄地把那点藏了一冬天的绿色，小心翼翼地抹开了。尚进荣摸着下巴颏，觉得法国梧桐这个树名真是有意思，原来在中国时它叫悬铃木，多么生动、形象、有灵气的一个名字，可从中国飘洋过海到了欧洲，再从法国飘洋过海折回来，它就被叫作了呆板的"法国梧桐"，俨然成了一位外来的和尚。

研究完了法国梧桐树，扭脸见潘红莲还在那里配线，拿着一团彩色的线比量来比量去的，在阳光底下看得人眼花缭乱，让人心里替她着急。尚进荣就笑着说："人家给桃花授粉的，这半天工夫桃子都结出来了，你那里还没给一朵花配好色。绣得跟真花一样，不是还要踩在脚底下。"

潘红莲从彩色的线里抬起目光，眼神有些涣散地看着尚进荣说："锦官城的男人没一个懂女人的。拿来绣好的鞋垫子，只知道往臭鞋里一塞，哪里知道绣花的人花了多少心思。"

春暖花开了，成群结队的蠓虫子就寻着太阳的光线，沿着季节的缝隙，张开翅膀飞了出来。尚进荣拿着报纸扇了两下，驱赶着一群飞来飞去的蠓虫子。刚才就有一只，或许是在明媚的光线里跳舞跳花了眼，晕头晕脑地就飞进了他的鼻子里，弄得他一直想打喷嚏。他停下摇着的报纸，捏住鼻子揉了揉，没把喷嚏揉回去，干脆就仰起脸对着太阳，让太阳光的钩子把一个响亮的喷嚏给钩了出来。打完喷嚏，他又揉了揉鼻子说："谁说没有，派出所的李所长，就是一个最懂女人心思的男人。"

潘红莲想着锦官城街面上流传的那些关于李所长的花花臭事，心想这样的男人还配叫男人？早该诮猪一样诮了他。她便撇撇嘴，说你可找了一个"好男人"作比照，也不怕脏了你的牙口。

在锦官城，这个李所长是很有些意思的人，他趁着工作之便，睡遍了锦官城所有娱乐场上的小姐。锦官城人背后一说到他，统统都叫他花所长。花所长爱钓鱼，锦官城的人就围绕着他钓鱼的背景，到处挖他的故事，说他每次去钓鱼，都要带上那个又漂亮又浪气十足的"俄罗斯小姐"。找到钓鱼的地方，支下杆子，他就会对着那个俄罗斯小姐喊饿。俄罗斯小姐当然明白他的意思，就摇曳生花地扭捏着，故意静着声气说鱼还没钓上来呢，饿也得忍着呀，你听我的肚子也饿得叫唤了。花所长冲俄罗斯小姐淫秽地吐两下舌头，眼睛盯着她的裙子，说鱼是没钓上来，那就先来点现成的垫巴垫巴呀。小姐去包里往外摸安全套，故意先摸出一支口红来在眼前晃着，说包里只有一支口红，是如何都不能吃的呀，哪还有什么能吃呢？花所长斜着眼睛看着俄罗斯小姐，一本正经地说，实在没有吃的，就只能先请你吃根火腿肠了。

想到这里，潘红莲手里配着线，又撇撇嘴，冲着尚进荣说："你以为我也像那个假俄罗斯小姐，在花上扑了春药，在摇你的心？你领导脚底板子正，哪里还有歪鞋能扎着脚。"

尚进荣闭着嘴笑了笑，说："你看看那树樱花。其实人跟花一样，花事过去了就过去了。"

群艺馆里下来的女人走进院子里时，潘红莲刚刚配好了线，正对着针眼准备穿针。抬头揉脖子的工夫，一眼看见了走进来的女人。潘红莲用女人的眼光扫了几扫，就端详清楚了进来的女人。女人收拾得很是精致，眉毛和嘴唇都细细地描画过，偏又让人看不出一丝描画的痕迹来。腮上的桃红颜色，一猜也是花了心思打的腮红。脖颈子上系的一条颜色纯正的淡绿色丝巾，犹如枝条上一串鲜绿的叶子，耀眼却不轻佻，一个角在微微地颤着，既像细风掠过了一簇新生的树叶子，又像蝴蝶张着翅膀在草尖上轻展漫舞。还有肩膀上挎的那个大包，哪里是锦官城女人的行头。断定女人不是锦官城地面上的人后，潘红莲就捻好了线头，继续低了头穿针引线，低着声对尚进荣说："还说花呢，抬头看看，又来了一树。"

早在潘红莲看见女人之前，尚进荣就已经看见了进来的女人。他不用像潘红莲那样细眼瞅着，从头发看到脚趾头，他扫了一眼女人脸上凝着的气质和收着小腹提着气走路的姿势，就看出女人是打城里来的了。他二兄弟尚进国的媳妇丹青，一直就是这样走路，目不斜视，挺胸翘臀，看得人心里都在替她的身子抽筋、难受。尚进荣每次看见丹青，都觉得她走起路来昂首挺胸的姿势活像一只伸长脖子的鹅。嘴里吃着五谷杂粮，肚子里一肚子臭屎臭尿，你再高傲，能傲过枝子上那些饮风餐露的梨花杏花桃花梅花？那些花朵，已经是天生的丽质了，还不就三天五天的艳头。

女人介绍完自己，说出了来锦官城的目的，又从包里找出两张名片，一张递给了潘红莲，另一张递给了尚进荣。

潘红莲早年唱过几天戏，模模糊糊地知道点群艺馆里的创作员大概是什么意思。她象征性地看了眼女人递过来的名片，觉得范扬扬这个名字有点稀奇古怪的，还不如叫"饭撒撒"呢。她把印着范扬扬名字的纸片子放到要绣的鞋垫子上，去屋里给女人搬出来一把椅子，说今天的太阳这么好，坐在太阳地里晒一晒，暖洋洋的特别舒服。发现女人坐下后一直在看她，她又给女人送上一个笑脸，然后才看着尚进荣问："咱锦官城有什么非物质文化遗产？"

范扬扬说什么都可以，神话传说、民间小调，这些都可以列入非物质文化系列。

尚进荣摸了摸刮得光光的下巴，眼睛朝一棵杨树上的绿叶子看着，说："现在也就二先生对过去那些老事能说出个子和丑来。但从尧舜帝到秦始皇，再到清朝那档子事，还不都是书上记载的历史。至于咱们锦官城，哪有什么文化？祖辈子上就一个庙。"

"有庙肯定就会有大量的故事。我的意思是能不能找些老人来，让他们回忆回忆小时候听的故事和唱的小调，说不定就能挖掘出我想要的东西来。"

群艺馆的女人范扬扬看了眼潘红莲手里的针和线，往下引导着尚进荣。

"一个庙能有多少故事。前两年省里有人下来说是采风，都讲过多少遍了。"尚进荣说。

潘红莲停了手里的活，说你就叫几个人来嘛。这讲故事也跟唱戏一样，同一出戏唱出来，肯定是各有各的唱法。你去看看大街上发生的那些事，保证几张嘴就撰出几个不同的说法来。

"讲来讲去的，枝枝节节还不是一样。"尚进荣露出些为难的样子。

尚进荣没明白潘红莲什么意思。潘红莲的意思是让尚进荣随便找几个老人来，给这个女人讲一讲，一是给女人一个面子，人家毕竟是从城里的群艺馆里大老远跑来的；二是不管讲的东西有没有新鲜可用的，反正已经给她讲了，把她打发走就完事了。

"上一次采风的时候我去了外地。"范扬扬解释道，"以前我翻过一些地方志，知道锦官城这儿原先有座庙，还知道这座庙原来非常大，很壮观很有气势，香火旺盛得甚至能和泰山上的碧霞祠有一比。若是真像地方志记载的那样，这座庙现在还存在的话，你们锦官城仅凭着过年时举办一个新春祈福大典，就能拍出几百万块钱来。"

潘红莲说这怎么拍？一问完，潘红莲心里就后悔自己嘴快了。

"比如拍卖新春祈福会的总冠名，再拍卖新春第一钟、第一鼓、第一香和第一福，这每一项，大概都能拍出几十万块钱去。再加上一年两个黄金周，那些城里人的钱，还不轻而易举地就转移到你们口袋里来了。所以，单是这样一个庙，就能养活你们锦官城一半子的人。"

尚进荣看了一眼范扬扬，没想到这个女人对锦官城的历史还有一点了解，心里便对她有了几分好感。恢复建这座大庙的事，他们早就讨论过多少个来回了，众人的意思也是把大庙重新建起来搞旅游。但讨论来讨论去的，至今还停留在一层纸面上。

"大庙的设计图我们早就弄出来了，现在只等着领导最后拍了板，看什么时候动工了。"潘红莲说。

尚进荣暗暗地笑了笑，心想这个潘红莲，真是一丝上风也不肯让人占了去。他站了起来，准备打电话叫他爹老邮差和岳父二先生来，让他爹借着来说故事驱驱心里的郁闷气。清明节时尚进东没从西安赶回来，没能给老头子修成龙凤宅，他这几天一直在生闷气，家里人怎么和他打手势，他也是装眼花装耳聋地耍脾气，谁也不搭理，弄得一家人都拿他没办法。想想老三尚进东也真是够呛，一头扎到西安，真就忙成那样？连爹都不顾了。

拨了好几遍，电话都没人接，尚进荣猜测老头子一准又看墓地去了。这一年里，看墓地成了他的主要活动项目。要是一天不去墓地里看一趟，他夜里就会连觉都睡不着。

他岳父家里的电话也没人接。尚进荣心里想到的另外几个能讲故事的老人，他又都不知道他们家里的电话。他不想跑腿，就伸头对着门外的潘红莲说："干脆把你家袁大材叫来吧。我看等这些老人走光了，也就他还能讲讲大庙里那点事。不如现在先叫他来练练功夫。"

潘红莲看着群艺馆里的女人，摇摇头说："就他那两根肠子，还能弯弯出好花样来？什么样的好戏，也能让他唱散了台子。"

潘红莲还没说完，小顺就从门外晃晃悠悠地走了进来。他先是打量了一眼坐在潘红莲旁边的女人，然后走到潘红莲跟前说："你准备什么时候给老太太送生活费？你去看看，她缸里还有没有一粒米，你是不是想让她到马路上啃水泥去？"

"她去推牌九，天天不着家，我把钱给谁，塞给门神还是门框？你那么有钱，去了怎么不先多给她点？"

"我有钱是我的，我的孝心代替不了任何人。你们没有一个前去陪她说句话的，她不推牌九干吗去，躺在家里等着当木乃伊，叫你们送进博物馆里展览去？"

"我在上班呢，"潘红莲说，"你没事满大街遛弯，不能回去陪她说话去？娘也是你的娘，又不是你哥自己的娘。不行我把钱给你，你给她去。"

"你又错了，她不光需要钱，她可能还需要你这个妇女干部无微不至的关心和温暖的问候。人家上头那些大领导，还不时地下到基层来访贫问寒呢，你架子倒不小，让我替你代劳。"小顺皱下眉头，抖着嘴角说。

潘红莲嘴角上挂着冷笑说："下一回武清再心血来潮，想起来给锦官城人搞个排比的话，我就建议他排一排锦官城的二十四孝，到时候好把你再排进去。"

听到小顺在外面和潘红莲叽叽喳喳，尚进荣放下手里正翻着的电话号码本，在屋里喊着小顺，让他帮下忙，去把他岳父二先生和他爹老邮差找来。

走到门口一小片法国梧桐树梢画下的花花搭搭的树荫里，小顺把脑袋探进屋子里瞅了两下，说你领导也太会节约了，还土皇帝呢，连个电话都不舍得打。

"他们都没在家，电话没人接。"尚进荣停顿了一下，又补充道，"我爹一准又去了墓地。"

"你在喇叭里喊一喊呗，喇叭一响，人在蚂蚁窝里都能听见，多省事。"小顺看着尚进荣手边的电话本，又说，"你们家老头子也是真有意思，没事干了天天去看墓地。那玩意还有人去争抢？人一老，想法也跟着古怪了。"

"放狗屁！我爹我怎么喊？我是喊我爹的名，还是喊我爹请回家？人家听了还以为我爹丢了魂，我在给我爹叫魂呢！"

"干部说群众放狗屁，群众就只能放狗屁了。"小顺打趣地说，"你不喊我爹请回家，还不会喊尚进荣的爹请回家。"

"你去不去？"尚进荣说摩托车就在梧桐树底下。

"找他们干什么？领导使唤人，也得叫人知道被使唤的理由吧。我还不知道这个理由是一二三，还是四五六呢。"

尚进荣往门口走着，说你没看见群艺馆里下来的领导坐在院子里吗。人家来这里采风，想听听大庙里那些故事。走着扔给小顺一根小熊猫的烟。

"群艺馆的人身上又没贴标签，我怎么知道谁是谁，来采风还是采雨。"小顺掏出打火机给尚进荣点上烟，叽咕着，侧头朝群艺馆里下来的女人身上瞅瞅，又抽着鼻子嗅了嗅飘在眼前的烟雾。"那些凤凰天书的烂故事，还真有人找到门上来听？都什么年代了，还来挖这些破古董，就是编出本书来，也只能堆在那里等着当废纸卖。要是闲得难受了，还不如到你家三哥的公司里看猪打架去。猪打架也比什么凤凰天书的传说有看头。"

坐在那里的范扬扬听见了，朝小顺笑笑，说："猪打架什么时候都能看。那些口头文化失传了，回头想再找的时候，恐怕就再也找不回来了。"

"什么事到了你们城里人嘴里，怎么就变得危言耸听起来？"小顺嘲弄地看着群艺馆的女人，"好像你们把这些民间文化看得多崇高似的。说到底，一个两个的传说失传了算个鸟。中国地大物博，上下五千年的文明历史，失传的东西早就数不胜数了。"

见范扬扬只是笑着，不再说话，尚进荣瞪眼小顺，说你还不快去找我爹他们，哪里有这么多淡话。天下人都像你这副德性，眼里什么都不算个鸟，那人种灭绝也是早晚的事了。

不是没有这种可能，小顺说，侏罗纪时期的恐龙不就灭绝了。就是现在，世界上每天还以不下几千种的物种在消失呢。你看美国人，他们为什么花那么大的价钱到火星上去搞探测？他们肯定不是吃饱了撑的。他们是害怕有一天地球遭到毁灭，不适合人类居住了，人类会像恐龙一样遭到灭绝。他们那是在为人类寻找未来的居住地。

潘红莲说就你这个势头，说不上哪天真能窜到火星上去转一圈。你看你玩了几天什么破网，就把自己弄成条见识过风浪的大鱼了。

因为有群艺馆的女人在那里，小顺没再理会潘红莲。这些女人，清一色的乱麻团，越理她们越乱，干脆就让她们自己乱着去。不到万不得已，他才不愿意和女人纠缠不清呢。

看小顺骑上摩托车走了，潘红莲又在心里骂了句"王八蛋"，才低下头去绣鞋垫子。

等待老邮差和二先生的空里，尚进荣把电话打到了镇里。他想借着群艺馆里下来的女人，叫上书记和镇长一起吃顿饭，顺便商谈点事。没想到书记和镇长都不在，都去了尚进东的大东公司。尚进荣想了想，就叫来了文化站站长武清。武清骑着辆破摩托车，屁股后头拖着一股子黑烟，好像弄把染成了黑颜色的大扫帚，拖在摩托车后面，毁灭证据似的一路扫着车轮子在地上压出来的印痕。

摩托车冲进院子，熄了火，人还没从摩托车上跨下来，武清就对着坐在太阳底下的范扬扬嚷嚷道："范老师，您这是微服私访呀！

来了也不先到镇里去喝口水，给我们提供个表现的机会。您看您，一头就扎到基层来了。要不是我们锦官城的土皇帝给镇里打去电话，说您今天来了，您说日后我们知道您来了锦官城，却没能左右地伺候着，您让我们以后还怎么进群艺馆的门。"

"你好，武站长。我本来是想悄悄地找几个老人，听他们讲讲锦官城的传说，看看还有什么新鲜的故事可以挖掘。没想到，最后还是把你武站长的大驾给惊动了。"范扬扬款款地站起来，轻轻地和武清握了下手。

武清继续神态夸张地说："您能来锦官城采风，这简直太好了！简直是锦官城的福分！锦官城的这些传说，是需要您这样的大家来好好挖掘挖掘了。不然的话，这些民间非物质文化遗产，这些宝贵的东西，肯定都会失传了。"

"就是这样啊。"范扬扬轻轻地点着头，模样可爱得像蜻蜓在水面上一起一落地点着水。她口气里带着些惋惜说，"现在很多地方只顾着抓经济建设，这些非物质文化遗产就慢慢地没人去关注和感兴趣了。我们搞文化的人再不抓紧去整理，后果真就不堪设想了。你看现在，世界上有多少珍贵的东西都在慢慢地消失。这样的东西一旦丢失了，到时候再想找回来，可就千难万险也找不到了。"

"文化人就是文化人。这遗产那遗产的，你们一说就通，跟我们讲，差不多就是对牛弹琴。武清你今天任务很重，得陪好市里下来的领导。"尚进荣搬着一把椅子从屋子里走出来，递给武清，又接过武清的一支烟点上。

潘红莲从鞋垫上抬起眼睛来，看着尚进荣，脸上的表情和武清一样夸张地说："武清得陪好市里下来的领导这句话，你说对了，但你说我们是牛，我得抗议，你可以说你自己是牛，但不能包括我在内，我可不想陪着你去嚼干草。"

武清和范扬扬听了，都在那里吃吃地笑。笑完了，武清扭头看见了那棵花事正盛的樱花，就指着樱花好奇地说："没想到这里还有这等稀罕物，哪里弄来的？"

说着就站起来，走过去围着樱树看。转了两圈，停下来看着众人说："我前几年在省城的植物园里看见过一次，上百棵樱花连在一起，红的粉的好几个颜色，那个气势，真叫一片花海，如火如荼。"

"老三给那里捐了些款，人家回赠的。拉了一车来，说是栽在他的厂子里当纪念。我弄了一棵，栽到了这里。"

尚进荣淡淡地说着，走到了樱花树下。

"你家三哥真叫厉害，当初谁能想到他日后干得这么大，把分厂开到了全国各地去。一些跑运输的回来说，现在那些大城市的人到超市里买肉和火腿，都直奔着大东的牌子去，不是大东牌子的产品人家根本不吃。哎，不是说他们公司里弄了内部发行的股票吗，你什么时候有空了，到三哥那里给我弄上几股，到时候他们公司一上市，我也好跟着喝口肉汤，腰里长点膘。"

"那都是瞎说。"尚进荣说，"要是那么办，还不成非法集资了。他这几年是在准备着公司上市的事，什么时候弄成了，我给你弄上点。"

"那太好了，"武清说，"讲故事的人呢，找了吗？上次省里来人采风的时候，二先生他们讲得就很好。现在再把他们叫来，随便给讲上几个，凑合凑合就行了。"

群艺馆的女人范扬扬没看樱花，她一直在那里探着头，看潘红莲绣鞋垫，说潘红莲绣得这么好，简直都是工艺品了。这么漂亮的东西要是让外国人看见了，不知道会惊叹成什么样子，肯定满嘴里都是啧啧的赞美声。如果拿到国外去，他们说不定还会像我们挂画一样，把这些工艺品装在画框里，挂在那里欣赏。听见赞美，潘红莲不免有些得意地说："我爷爷第一次从台湾回来看家，走的时候带走了几双。他回去后写回信来，说带去的那些都没够分的。有人带着去了美国，送给了美国人，美国人真把它们放在那里当了装饰品。还说这么美的东西，怎么能垫在鞋子里穿着走路呢，真是太不可思议了。"

"你还是台属啊？"范扬扬说，"你爷爷每年都回来吗？"

是我婆婆家的爷爷，去年去世了。我婆婆奶奶在的时候，他两年回来一趟；我婆婆奶奶去世了一年，他也接着走了。人老了，就活个牵挂。"

"又在那里牵挂谁了潘主任？你亮亮嗓子，给我们范老师来上一段呗。你当年在台上演的那些节目，将来也都是非物质文化遗产。不如现在先让范老师给你记录记录。"武清手里捏着朵樱花，往两个女人跟前走着。

范扬扬看了看潘红莲，惊讶地说："潘主任还唱过戏呀？真没看出来。快给我们唱一段。"

潘红莲一个劲地摆着手，推辞着："听武清在那里瞎说呢。文化大革命那会子唱了几天样板戏，那算什么唱戏，都是在那里瞎唱。"

"你当时唱的那个《红灯记》，我觉得比现在的什么戏都好看，你看你演的那个铁梅，扮相，唱腔，大辫子一甩，一个高潮接着一个高潮，台下各个村里来看戏的那些小青年，都快被你迷疯了。"武清说。

"那时候乡下除了开批斗会，就是在地里干活，搞阶级斗争，满眼里除了庄稼，除了树上开的那些杂七杂八的花，就只有宣传纸是花花绿绿带颜色的，不说那些戏好看说什么。你放在现在，电视二十四小时有台，天上地下什么节目都有，谁还稀罕看那个。就是放在那以前，你看清水河戏班子里那京剧唱得，有板有眼，有身有段，花团锦簇，行云流水。什么叫唱戏，那才叫唱戏哩！唱戏的过瘾，听戏的更过瘾。就是不懂戏文，光听听台上那咚咚呛呛的锣鼓家什，管乐丝竹；听听那咿咿呀呀的唱腔，人就赛了神仙。要不过去有那么多的人听戏听得入了迷，茶饭不思，就是这个道理。"

武清平常最爱油嘴滑舌地和潘红莲开玩笑，这会子倒装作一本正经地说："你唱那些样板戏的时候，也有很多人茶饭不思。我就经常不回家吃饭。"

"你那时候还光着小屁股吧？不吃饭，那要么是你家里没有吃的东西，要么就是你肚子不饿。"尚进荣说，说得武清和两个女人都在哈哈大笑。

几个人正笑着，小顺回来了，他把尚进荣的摩托车往梧桐树上一靠，说："什么破车，真是越有钱了越能装穷酸。家里一群有钱人，还弄这么辆破车糊弄自己。一会熄火，一会不上油，我骑它的工夫还没有伺候它的工夫长。一会我干脆帮你卖了废铁去。"

"人呢？"尚进荣问，"都找到没有？"

"今天邪门了，白跑一趟，一个也没找到。你爹没在墓地里，二先生也没在街口上，就连拍鱼鼓的贾三也不知道到哪里云游去了。看来抢救非物质文化遗产的人今天抢救不了了。"

"小顺真是越来越幽默了。不过，把搜集这些民间文化说成是抢救遗产，真是再贴切不过的话了。现在，尤其是范老师这些人，肩上的任务非常艰巨啊。"武清说。

小顺在背后踢了踢武清的椅子腿，嘲笑地说："武清你喝过两瓶子墨水，别的没学会，就学会装神弄鬼地穷酸了。少了什么，地球还不照样转！"

武清笑笑，没去理小顺。他转头看了看群艺馆的女人和尚进荣，问："找不着人怎么办？怎么这么巧，一个都找不到。"

"我真是该提前给你来个电话，让你来找他们预约一下。我以为这些乡下老人平常都不会出门。"范扬扬看着武清说。

"你又错了。"小顺接过了范扬扬的话茬，"我在这里替锦官城人民郑重地声明一下：现在锦官城已经不是什么乡下了。锦官城人民都不种地了，不纳农业税了，不种地不纳农业税了，就不是原先意义上的乡下人了。锦官城现在虽然还属于小城镇的范畴，但是现在的锦官城已经是一个跟国际接轨的锦官城了，你知道世界上有多少国家的人在吃锦官城生产的火腿吗？所以，锦官城人这些年所见的世面，绝对不比你们这些城里人少。所以，你们城里人在锦官城说话，最好别用这种居高临下的口气了，乡下人乡下人的，归根到底，大家一样，都是中华人民共和国的公民。"

范扬扬没想到小顺会把矛头指向她，一下子就被噎住了，窘在那里。她先是看了看尚进荣，又扫了眼武清和潘红莲，突然不知道该怎么往下说了。

尚进荣瞪一眼小顺打着圆场说："你怎么就改不了这阴阳怪气的毛病。从来不分场合，也不分和谁说话，一套子胡咧咧。这就是人家市里范领导有涵养，不和你计较。这样吧，为了将功补过，你就再跑趟腿，到荣昌酒店去安排个房间，待会吃了午饭，下午我们再给范领导找人。范领导来了，又是为了锦官城，咱们得先把范领导照顾好了。"

范领导。领导是什么，领导就是饭桶。小顺心里这么想着，刚要开口，却被武清嘻嘻哈哈地抢在了前面。

武清猜不出来小顺一张嘴，嘴里又会蹦出什么惊世骇俗的话来，就赶紧地堵在了小顺的前头，说："范老师你不知道，小顺这人特别有趣，思想意识在锦官城是最超前的。他提倡的一些事，听起来还都像那么回事。不过，毛病也有，就是说话爱让人下不来台。好像在城里待了几年，城里对他伤害有多大似的，一说和城里有关的事他就戴不住笼头了。"

小顺踢着武清的椅子腿，说你这是褒奖我还是贬低我？纯粹二百五的话。

范扬扬笑了笑，借着武清的话说："意识超前的人都比较有个性，我很欣赏这样的人。"

潘红莲心里嗤笑着扫了范扬扬一眼，又暗暗地看了眼小顺。小顺若无其事地抽着烟，眼睛在盯着一院子的树和天空，像一匹桀骜不驯的野马，在空旷的原野里傲视着眼中的一切。看着小顺那副自命不凡的德性，潘红莲就在心里冷笑起来。潘红莲冷笑是因为她觉得袁大材和小顺真是同一个娘生出来的，毫无二致，一样的自私，一样的目空一切。不同的是，袁大材比小顺更小气，更爱猜忌，做事更狠毒。小顺呢，走到哪里都是一颗炸弹。潘红莲经常对袁大材说："你和小顺要是不去加入塔利班组织，可惜了两个人才。"

第 4 章

要有光就有了光

　　和煦的春风在锦官城的大街小巷里穿行着,在各样颜色的花朵和各种形状的叶子间穿行着,锦官城就有了一种花团锦簇的雍容和郁郁葱葱的生机。尚进东从西安赶回来,已是四月末了。车子进了锦官城,行驶在锦官城的街道上,看着满眼的花朵和绿叶,他心里才缓缓地松了口气,踏踏实实地把脊梁靠在了后靠背上,吩咐司机慢慢地开,直接去他父亲那里。

　　这些年,无论在锦官城还是在外地,尚进东都习惯一天给父亲打一个电话,即便是听父亲在电话里咳嗽一声,他也觉得心里踏实。但是,从过了清明节到现在,他的电话父亲一个也没接过。不仅不接他的电话,大哥还在电话里反复地说:老头子一直不理会家里的任何一个人。这个老头子,一辈子都是钢板一块,老了老了,还是不能在钢板上生一丝锈。

尚进东当然知道他们老子的脾性。在这一点上，他承认，他们弟兄三个里，只有他最像父亲。他和父亲的共同特征，就是把他们放在高温炉里化成了钢水，他们的属性也还是刚，那么凉下来，依旧还是块不变性的钢疙瘩。

他母亲活着时，一直就是这么抱怨他们父子俩的。他的母亲是个虔诚的基督教徒，一直在劝丈夫和儿女们跟她信奉上帝。但是，直到她去世，她的丈夫和儿女也没有谁听从她的劝告。那时候，他母亲劝得急了，他父亲就固执地回敬她说："那是西洋人的教。要是真有上帝的话，连上帝说的那些话你都听不懂，那是外语。你忘了，咱爹被咱三叔砍掉胳膊肘的那一年，住在德国人开的医院里，那里面有个护工，就是那个德国老太太，她就是信上帝的。你想想那时候，那个老太太和他们外国人说的那些话，你能听懂了？你还在一边问我，他们说的那叫什么话。单凭这一点，我就断定，外国即使有上帝，他说的话咱们也听不懂。"

他母亲说不过丈夫，就踮着小脚跑到床边，从枕头边上拿过一本《圣经》，去那里面找证据。她翻开第一页，一行一行地给丈夫读。

神说："要有光，就有了光。"

神说："诸水之间要有空气，将水分为上下。"

神说："天下的水要聚在一处，使旱地露出来。"

……

神说："水要多多滋生有生命的物，要有雀鸟飞在地面以上，天空之中。"

神说："地要生出活物来，各从其类；牲畜、昆虫、野兽，各从其类。"

神说："我们要照着我们的形象，按着我们的样式造人，使他们管理海里的鱼、空中的鸟、地上的牲畜和土地，地上所爬的一切昆虫。"

……

尚进东在一旁看着母亲，不禁有些愕然。他实在不知道母亲读出的这些"神的话",是她背下来的,还是她真的认识了那些字。他记得母亲说过,她只上过几天识字班,认识不了几个字。

证明完了天地万物都是神造的,上帝是万能的,他母亲又一页一页地翻下去,找到了神故意变乱众人言语的一节,证明上帝既然能变乱人的言语,就能听懂天下人的言语,也能让天下人听懂他的言语。她把《圣经》往丈夫面前一推,理直气壮地说:"不信你就看看,天下这些话语,是不是上帝在巴别塔故意把它变乱的。"

老邮差并不看她手里端着的书,只是含着笑强辩道:"不管怎么说,那都是外国人的教,都是过去洋人想来攻占中国,来乱人心的。日本人来攻打中国,一开始还给小孩糖吃呢,那不就是收买人心。这基督教和糖是一个道理,就是叫你觉得后面还有个甜头。"

说服不了丈夫,她就说丈夫真是比刚还硬。说完了,又看着在一边瞅着他们笑的儿子,说:"你也别笑,你和你爹是一条战壕里的,都愚昧、钢硬。我让你给我读读里头的诗篇,你推三阻四地不动弹。你沉下心读进去,就知道神的话句句都是有道理的。"

车在父亲门前停下,尚进东从车里下来,一眼先看见了门旁儿垄绿油油的韭菜,几棵辣椒,几棵小葱,还有两棵丝瓜,就蹲下去看。他父亲这个人,一辈子就喜欢侍弄地里的活计,好像他自己就是一棵什么树或是一棵什么庄稼什么菜,离开了那些泥土,就没了活命的源头。

看完了那些绿得透亮的菜,尚进东走到门口伸手推门,推了一下没推动,才看清门是锁着的。父亲准又是看墓地去了。他笑着绕到前面,进了大哥尚进荣的家。尚进荣正站在葡萄架底下,仰着头在瞅架子上的葡萄藤。葡萄藤上刚冒出来的葡萄叶子毛茸茸的,像裹在一层薄薄的霜里头。

尚进荣转身放着手里的剪刀说:"还是飞机快,那边都弄好了?"

"彻底弄好还需要一些日子,但大眉目下来了。咱爹呢,又看墓地去了?"

"他还有什么项目，天天就那个活动。"尚进荣又伸手把一根斜出去的藤蔓整理了整理，说，"这回你真是把他惹急了，到现在十几天了，谁也不搭理，我担心再这样下去，到时候别弄出个什么毛病来。"

尚进东递给大哥一支烟，说："我是真赶不回来。你想想，好不容易把地方上几个主管的头头拢到了手，要是再一耽误，不知道多少日子又下去了，这一天是一天的成本。那个墓，早一天晚一天弄，有什么区别，谁说非得赶在清明节那天弄。"

"这不是老规矩嘛。"

"什么规矩，规矩还不是人定的。"尚进东也仰头看着葡萄藤。

尚进荣不满地瞟了一眼兄弟。他这个兄弟，简直就是颗钢珠子，磨脱了像，磨变了形，也不变色性，甚至越磨越亮。这个特点，早在尚进东从东北弄来那些烂核桃办果仁厂开始，就慢慢地体现了出来。只是那时候，锦官城的人还没看清他，还没真正把他放在眼里。当时，他被一个从东北来锦官城泡人参药酒卖的人伙同着，在锦官城搞开了果仁加工，说是能出口赚外国人的钱，投进去一个钱就能生出仁来，前景广阔得没法描绘。

锦官城历史上也没记载过这样的发财机会。投资的人蜂拥而至，很多人甚至把手里准备买猪仔和鸡鹅鸭的钱都拿了出来。从分地到了户，锦官城已经好几年没有这么多人踊跃着集体去干一件事了，场面热闹得没法控制。一眨眼的工夫，果仁厂的班子就紧锣密鼓地成立了起来，贷款、集资、建厂房、招工人、配套炼核桃壳木炭的炉子，该有的一切步骤，一夜之间都从草图纸上落到了地面上，运转速度快得超乎想象，让人看了直觉得眼晕。锦官城的老人们，个个都被惊得目瞪口呆。二先生更是心惊肉跳。他对同样忧心忡忡的老邮差说："老邮差，你看这事悬不悬？是不是比一九五八年大跃进那阵子，放火箭和卫星还快？"

他的话被走到他们跟前的袁大材听见了。他凑到老邮差和二先生跟前，满脸带着笑，口气夸张地说："你们两个老古董不用目瞪口呆，也不用板着肠子替锦官城担忧，现在是什么时候了，不是一九五八年了，再有两年就跨入崭新的 90 年代了。我们现在不甩开步子赶美国，那要什么时候才能过上美国人的日子，天天吃面包牛肉，喝牛奶，吃得白白胖胖的。"

事情总是会出人意料。袁大材那个天天吃面包喝牛奶的美国日子里，还没跑进来一只面包，连牛奶子都没摸到，果仁厂里筹备到的钱，就悉数被那个弄药酒的石大川卷跑了。

果仁厂里的钱被骗走后，老邮差组织着两个儿子，把家里所有的积蓄都拿了出来，连一分一分的钢镚都搜罗了出来，亲戚朋友家里也借遍了，还是没凑够钱数，去偿还尚进东经手的那部分集资款。老邮差在四处筹钱，尚进东则把自己关在屋子里，在翻看一本又一本心理学的书。那些书是他二哥尚进国上卫校时，从学校的图书室里弄回来的，现在都给他派上了用场。对那些上门讨集资款的人，尚进东不闻不问，看都不看一眼，好像那些人与他没有一点干系。渐渐地，那些上门讨钱的人，气势汹汹地进门来，看见尚进东痴痴地坐在书堆里，手里呆呆地拿着一本书，两眼散乱无光，口里念念有词，都以为他是被骗走的那些钱吓傻了。他们看见活蹦乱跳的一个尚进东，现在已经变成了一副死鱼模样，就不忍心责问他了。他们不仅自认了倒霉，反过来还坐在尚进东面前安慰他："我们就等于喂了一年的猪都害病死了，咱们锦官城的人，哪能因为那几块钱就穷死了。我们都商量过了，这钱就不让你赔了，当初集资都是我们自己找到门上来的，说实在话，这事还真不怨你。你也是为了咱们锦官城的人手里有个活钱。现在我们不要钱了，你别再坐在书堆里发呆了行不行？"

任何人和尚进东说话，尚进东都不抬一下眼皮，好像他的魂已经飞出去，不在他的身体里驻守了。几个上了岁数的老太太来看了，就悄悄地扯了他母亲的衣襟走到一旁，告诫她："你看孩子那眼，眼里都散得没神了，这可不是好兆头。要是在过去，都该舍到庙里去了。孩子的魂不知道游到哪里去了，你们得抓紧哪。抓紧找个明白人给孩子瞧瞧，把魂叫回来。"

"明白人"的意思谁都明白。在锦官城，"明白人"就是通晓仙术，能灵魂出窍入得阴间，到阎王面前把人的魂灵索要回来的大仙。

尚进东的母亲泪眼婆娑地应着，连连地点着头，其实根本不知道该用什么办法，才能找回儿子被吓丢的魂魄。众人走后，她"扑通"就跪倒在了地上，声泪俱下地祷告着，祈求万能的上帝赦免了她的罪过，保佑她的儿子平安无恙。

老邮差在一边生气地瞪着眼睛，见她没完没了地祈求，就厉声喝道："你在那里求求求……半天了，你的上帝给你送钱来没有？"

"你要是早退下来一年，让孩子去顶了班，哪里还会有这档子事出来！你这个比钢还硬的人，心眼子也是钢铸的，不通气。孩子这回要是有个三长两短，我就和你拼了这条老命！"尚进东的母亲闭着眼睛，泪流满面，她没去理会丈夫的讥诮。祷告完了，她忽然眼神生硬得像针那样，看着丈夫，用针刺般的声音说。

"你放心，"老邮差说，"他的命比我这个钢硬的人还钢硬。他能折腾，就一准死不了。不但死不了，你继续往后看着吧，他一准还会折腾出个花样来给你看看。"

尚进东的母亲叹了口气，声音散散地说："我哪里还顾得了以后，以后的事情只有神知道，人是猜不透的。我只知道，现在看着儿子这个模样，我的心就已经被他揪碎了。"

从那一刻起，她开始形影不离地守在儿子旁边，眼神无限温暖地看着儿子在那里翻书，小声地给儿子说着话，希望靠着她声音的力量和眼神的温暖，让儿子从书本上抬起眼睛来，早一天停止翻动那些书，看见她这个母亲为他担忧的心思。晚上睡觉，她就睡在儿子的脚底下，为的是早一点关上灯，逼着儿子去睡觉。她说，如果她不去夺下儿子手里的书，不强迫着去熄了灯，儿子就会彻夜不眠地在那里翻书。而她相信，人只有在睡觉的时候，心灵才可以得到神灵的修复。

两个月后，尚进东的二姐夫黄翔喝醉了酒，想起自己投进去的两万块钱全打了水漂，就跑来把尚进东打了几拳，踢了几脚，恶狠狠地骂了一顿。尚进东依旧不说话，任凭黄翔打骂。但是，那天夜里，他主动地放下了手里所有心理学的书，趁着母亲去祷告的空隙，偷偷地打开家门，冒着雨走出了锦官城。

他母亲祷告回来，发现儿子不在了，儿子的房间里，只有他翻动的那些书，还在灯光下杂乱地放着。她慌张地叫着丈夫，从儿子的房间里奔出来，四处找着儿子。末了，当她从丈夫那里确定儿子已经离开了锦官城之后，她就坐在雨水里号啕大哭起来。

黄翔听说尚进东逃走了，哈哈大笑着对老婆小雨说："你们尚家，终于也出了软蛋了！"

小雨恶狠狠瞪着男人，声音尖厉地说："你是男人，你的蛋不软？外人还没起火呢，你这个当姐夫的先去放火给点了屋子！"

"你来数数，你数数我种多少颗秤星子，才能挣出那两万块钱来？"黄翔把手里正在修的一根秤杆子朝脚下一扔，愤怒地说。

小雨冷笑着说："我没想到，你黄翔会这么没出息。你投钱的时候，可没人拿刀架在你的脖子上。你等着吧，老尚家早晚会翻倍地把你这点臭钱还给你。"

"那我就等着。"黄翔捡起了秤杆子，灰丧着脸说，"我从现在起就开始数着秤星子等着。"

尚进东走后，她母亲就把尚进东的房间锁了起来，谁也不许迈进去半步。每天晚上，等丈夫睡着了，她就悄悄地爬起来，摸出钥匙，去打开儿子的房门，摸进儿子的房间里，然后在黑暗中坐在儿子的床尾上，一遍一遍地摸索儿子翻过的那些书，摸索着问："儿子，你今夜是睡在什么地方的？是睡在地上，还是睡在草上？"

她说："我知道你是追那个骗子去了，可是，骗子的嘴里从开始就是谎言，你上哪里去找他呢？"

她说："你这个不安分的孩子啊，安安稳稳地种地有什么不好？当初你祖爷爷为了几亩地，都情愿舍了男人的脸，瞎了男人的心，不惜害了人的命，到边家去入赘。从你祖爷爷到你爹，你们尚家哪一个男人娶亲，不是和几亩地有关联？尚家的祖辈男人，个个贪地都贪得不要命，就是你爹，人在信局子里干着，心一辈子都是在锦官城的地里活着。"

她说："如今你倒好，竟是拼命地不喜好种地，好像你根本就不是尚家的一个男人。"

光阴一天一天地过去，随着时光的推移，整个锦官城的人都淡漠了尚进东的存在，淡漠了锦官城曾经还开过一个果仁厂。人们只有到地里去侍弄庄稼时，眼睛偶尔扫到路边，看见路边的一片荒地里，七零八落地矗立着的那些炼核桃壳木炭的炉子，才会猛然想起来：噢，锦官城曾经还开过一个果仁厂。

即使有人偶尔地谈论起尚进东来，也仿佛是在说一个无比遥远的人和事。就是那些被骗走了集资款的人，也把尚进东埋进了离脑子最远的地方，或者干脆就把他从脑子里挖出来喂了狗，然后把狗拉出来的狗屎埋进了地里。有惦记他一个败家子的工夫，还不如挥挥锄多耪两垄豆子两垄玉米，多收成几粒粮食呢。

在锦官城，只有尚进东的母亲，每天黑夜里都固执地去摸着儿子翻弄过的那些书，不停地和儿子说着话，她说："儿子，你今天到了哪里了？"

她说："儿子，你打听没打听到骗子的行踪？一天吃了几顿饭？"

她说："儿子，今天你待的那个地方下雨没有？刮风没有？"

她说："儿子，娘的眼睛已经变得像一只老猫了，在最黑的夜里，也能看清落在地上的树叶子是叶面朝上，还是叶面朝下。叶面朝下的时候，就是你在想锦官城了，就是你在后悔当初没好好地待着种庄稼了。儿子，只有地和庄稼，是不会像骗子一样说那些花言巧语的。"

有一天，她突然对丈夫说："我梦见儿子回来了，他的背上背了一麻袋钱，但是他没到家里来，就站在当街上给人分呢。"

老邮差苦笑着说："你以为钱是树上落下来的树叶子，能让他成麻袋地背回来。你别做梦了，好好地歇歇吧。"

丈夫不信，她就无限苦恼地说："你怎么就不信呢，我真的梦见他回来了，背上背着一麻袋的钱。"

过了三天，让一家人意外的事情真的发生了。谁都没有想到，尚进东真的回来了，背上也真的背回了一麻袋的钱。尚进东没有回家，他直接就站在锦官城的街上，像他母亲梦里梦见的一样，给那些集资的人家分了钱。

那一天，整个锦官城的人都被尚进东那一麻袋钱惊呆了。

尚进东的母亲被老邮差搀扶着走到街上，她拉着儿子的手，把他领回了家里。尚进东在镜子里照了照自己的模样，对母亲笑了笑，装出一副满不在意的样子说："我要是不弄成这个样子，这些钱就一定背不回来。"

两个人在葡萄藤底下站着吸完了两支烟，老邮差也没回来。尚进荣说这个老头，出去就没个回来的准时候。"喝不喝茶？"他问尚进东。

"颠簸了一路，还真有点累了。那就沏一壶解解乏。"

沏了茶，尚进荣继续东一句西一句地，和尚进东说着话。说完了尚进东在西安弄的厂子，又说到了西安的风土人情和那些兵马俑，问尚进东有没有去看看兵马俑。

尚进东往沙发里靠了靠，抬起一只手扳着脖颈子，打着哈欠说："天天忙得焦头烂额，哪有工夫去看那些景。再说，我对那些古董又没有多大的兴趣。不就是泥人泥马吗，无非是多了几个。倒是从当地的报纸上瞅了一眼，说现在已经从那些兵马俑的身上发现了四十多种病菌，好几个国家的专家都在那里研究怎么对付那些菌。别看秦始皇把他们埋在地下几千年都没坏，弄不好，这些兵马俑的生命真就被现代人给消灭了。"

"那现在最好的办法，就是跟没出土时一样，再照原来的样子把他们埋回地里去。不跟空气接触了，哪里还有什么病菌。"

尚进东笑了笑，说："你这个想法还真不错。问题是，就算埋回去，谁能保证那些病菌就能跟着消失了。所以，这仍然是个问题，世上好多事情都是这样，请神容易送神难。"

尚进荣的老婆小燕从超市里买东西回来，进门看见尚进东窝在沙发里喝茶，就问尚进东什么时候回来的。

"刚到，"尚进东说，"一壶茶还没喝完呢。"

放下袋子，小燕往外掏着买回来的东西说："你晚上有没有空？有空的话，就在家里陪着咱爹吃顿饭，凑在一块热闹热闹，哄着他把气消了。这些日子，我和你哥就怕他憋出个好歹来。你们弟兄俩坐在这里，我可得再提醒你们一句，钱重要是不假，可因为忙着赚钱把爹气没了，到时候你们就是拿多少钱，花多大的力气，也买不回爹了。"

尚进东被嫂子说得有些哭笑不得，他放下手里的茶杯，说："嫂子，你这么说话，听起来简直就是在埋怨我。你以为我在西安不着急？咱爹那个脾气，我还不清楚？我原先是计划着一准能赶回来，但西安不是锦官城。有些环节你掌控不了，就得顺着人家的安排。光等一个分管的副市长，我就等了两个多星期。你们以为我愿意等？我待在那里比谁都上火，你们瞅瞅我这脸色，憔悴得还像个锦官城人吗？"

尚进东满脸上都堆积着无奈的表情，看上去像是受了万分的委屈。尚进荣想这个老三，就差像那些欧洲人，端端地耸起肩膀，摊开两只无辜的手掌了。

小燕洗着手，不紧不慢地说："在外头干事是不容易，这我知道。我的意思是说，你们弟兄几个，得先把咱爹哄好了。你们弟兄们在锦官城不说是最有本事，但也没几个能和你们相比的，咱不能叫人家说咱们眼里只有钱，没有爹了。我觉得咱爹生气也是这个意思，他是觉得你们都不重视他了。人老了，就怕在儿女们眼里没了分量。"

"我琢磨着，咱爹也就是这层意思。你晚上要是有安排的场合，就都推了，在家里陪着咱爹吃顿饭，让他高兴高兴。"尚进荣附和着小燕说。

"我哪里还敢有什么安排，公司都没回去，直接就奔到家里来了，想的就是回来陪他吃顿饭，先哄着他把气消了。人越老，心思越是古怪得让人没法琢磨了。"

尚进东皱着眉头说完了，摸出手机给门外的司机发条短信，让他给公司里人说都别等他了，就说飞机晚了点，他们现在济南刚出遥墙机场，回来会很晚，让他们自己玩着，好好陪好书记和镇长一帮人。公司里一群人，还有镇里的党委书记和镇长，都在公司里等着给他接风呢。他们要是知道他现在是在他老爹这里，一准都会闹哄哄地赶了来。

"不把丛琳她们叫来？"尚进荣说。

尚进东想了想，又给老婆打了个电话，叫她带着孩子赶到这里来吃饭，把家里的好酒带两瓶来。又嘱咐道："有人问，别说我回来了。"

打完电话，尚进东从哥哥那里要了父亲院子里的钥匙，去了父亲的院子，想在那里等父亲回来，单独陪父亲说会儿话。父亲的院子里种满了花花草草，不时地有几只蜜蜂在花朵间起起落落地飞着，细细的爪子上沾满了黄色花粉。他在花草间转悠了一会，在几盆丁香花跟前停下来，看着正在开花的紫丁香。丁香花浓郁的香味飘起来，丝丝缕缕地，刺激着他的鼻子。他盯着那些花，闻着丁香花略带苦涩的气息，忽然想起自己已经很多年没注意这些花草了，这几盆丁香，当初好像还是他讨回来的。小素结婚后的那一阵子，他特别地迷恋养花种草，一心想弄个苗圃场，所以，在哪里看见好看的花，都会弄一棵回来，放在院子里养着。

看着那些花，尚进东嘘了口气。他觉得自己离那个要办苗圃场的尚进东是那么遥远，遥远得都有些面目模糊了。

第 5 章

墓地公园

温暖的阳光沿着树木的枝条披落下来，仿佛掷地有声，但蔓延的方式却是像流水一样轻柔，把光泽遍布了锦官城的每一个角落。在河边看完麦子，尚连民就踩着一地的阳光，到家里接了李蔓，开车去了他们的铝厂。

铝厂是李蔓的父亲李佑辅给他们投资办的。

李佑辅投资给女儿女婿开了厂子，尚连民背后里却一直说他是个暴发户。李蔓听了也不生气，因为她恨透了她的父亲。

李佑辅原先是一家石英钟厂里的司机，专门给厂长开车。有一年他的母亲得了癌症，住了半年的院，他手里的积蓄就全部花光了。开始还能拖几天，暂时不交钱，医院里也能先给病人用着药。随着药费单子一天比一天高，医院里不愿意了，说再不交钱，他们就只能给病人停药，赶病人出院了。李佑辅一听急了，他跑到院长室里

56

拉着院长的袖子，要求人家再宽限几天，说我比你们谁都急，病床上躺的可是我亲娘呀。院长说我们真是没有办法，要是都这样拖，医院还不就垮掉了。医院要是垮掉了，老百姓有病了上哪里瞧病去。所以，眼下只有两条路让你选，一是立即交钱，二是马上出院。

回到病房里，看着病床上奄奄一息的母亲，李佑辅当时就决定铤而走险，用他平时练着玩练出来的厂长的笔迹，模仿厂长签字，到财务上报销票据。想好了，他就立即行动起来，找来各种票据，模仿着厂长的笔迹签了字，变着花样拿到财务上报销，领了钱立马到医院里给母亲交上住院费。日子一天一天地过去了。就在他暗自佩服自己把厂长的字迹模仿得天衣无缝，没人能看出破绽时，财务上到底还是发现了漏洞。他们拿着几张单子去找厂长核对，一对就把他对出来了。厂长是个比较善良的人，弄清楚他签字领出来的那些钱都拿去给母亲交了住院费后，又想到他给自己开了多年的车，沉默了一会，没到公安机关报案，只是把他给除了名。

被厂里除了名两天，他母亲就死了。他也不再找地方开车了，和老婆商量着，到老婆的皮鞋厂里弄来了一批质量有问题的鞋，在路边摆起了鞋摊子卖鞋。在路边卖了两年，慢慢地，他就把摊子摆进了批发市场里，渐渐地成了一个不大不小的业户。在批发市场里批发了几年鞋，他发现市场上开始有独家代理品牌服装的，就扔下鞋，开始去代理服装。一个偶然的机会，他在酒桌上发现纸业的利润其实并不是像纸一样薄，就开始转行做起了纸业。几年之后成立了草木纸业公司，有了几千万的资产。资产几千万了，老婆也就跟着更新换了代。李蔓恨他，不仅仅是因为他更新换代，换掉了她的母亲。法院判决他们离婚的夜里，李蔓的母亲敲碎了玻璃窗子，用玻璃划烂了十个手指，在楼道里写满了别人看不懂的话，弄得楼道里全是她的血腥味。写完了，她就奔跑到城西的铁路上，趴在铁道上卧轨自杀。家里人找到她的时候，她已经身首异处，十个手指尖上全没有了肉，露着尖刺刺的骨头。后来，李蔓看见他的父亲，就会想起她母亲露着尖尖骨头的手指。想起母亲的手指，李蔓就会全身打颤，抖个不停，一天比一天地恨着她的父亲。

李蔓的父亲决定到锦官城来给他们投资建厂时，尚连民和李蔓考察了很久，最后决定办一个铝厂，生产铝合金器材。建厂子的初步意向一达成，尚连民先是缠着尚进荣把一块地皮弄到了手，然后和李佑辅商量：除了普通的一线工人，厂里从管理销售人员一直到技术人员，能不能全部聘请温州人。

坐在李蔓父亲的办公室里，尚连民前倾着身子，讲他的理由。根据他在市场上考察的结果看，他认为从生产工艺到产品销售，做得最好的都是温州人。李佑辅做纸张生意，在纸张行业里折腾得像一条蛟龙，但他对铝合金市场心里还没有一个着实的底，只能算有个大概的了解。听尚连民谈完想法，他只简简单单地说了句不能完全迷信南方人，就没有下文了。尚连民知道他这么说是指他的纸业。他的公司里从上到下都是清一色的本地人在为他工作，销售网络却涵盖了大江南北，放眼看去，到处是草木纸业的客户。李佑辅的下一个目标就是：凡是有草木生长的地方，就会有他草木纸业的客户。

尚连民还试图举出更多的例证，来说明纸业和铝业的不同，看李佑辅端着一杯茶靠在椅子里，眼神飘渺，就闭了口不再说。尚连民觉得，李蔓的父亲这一代人，本质上还是属于暴发户土老帽类型的人物，干什么都讲究亲历亲为，对手下人疑心重重。他们从不会去想想，美国的微软公司，要是全凭着盖茨自己去亲历亲为，不靠着全世界的精英在那里给他搞开发，搞管理，搞销售，拼天下，他只坐在那里当他的框架师，能拥有今天的微软？

过了良久，李佑辅才又说："这里面是不是也有李蔓的意思？"

李蔓的母亲死后，李蔓处处都在和父亲拧着劲干。包括她嫁给尚连民，起因就是尚连民在草木纸业里实习时，她父亲听说尚连民总是给她打饭，把尚连民调到了下边分公司里去的结果。尚连民从南京大学毕业后，没去尚进东的工厂实习，而是自己找到了草木纸业。进草木纸业的当天，他就遇上了在父亲公司里实习的李蔓。刚进去的时候，尚连民并不知道李蔓是公司老板的女儿，只知道她和老板一个姓，都姓李。李姓是中国三大姓氏里的一个，所以李蔓和老板一个姓，一点也不会让人产生联想。草木纸业刚在城郊买了一片地，盖了栋员工宿舍，上下班都用班车接送员工，李蔓就和其他员工一样，一起住宿舍，坐班车，吃食堂。有时候李蔓去给客户发货回来晚了，赶不上吃饭的点，尚连民就替她打好饭菜，放在她的桌子上。给李蔓带饭的次数多了，食堂里的汪师傅一看见他手里拿着两个饭盒去打饭，就嘻嘻地笑，每次都故意问他给谁带的。

"给女朋友带的，怎么了？"尚连民硬硬地说。

汪师傅听了，就用勺子敲着盆沿，说你小子做美梦做到天宫里去了。你是不是想往你们锦官城引一只凤凰去？小心凤凰还没落到你这棵树上，树就被人给劈开当柴烧了。

尚连民说老板还能不让员工谈恋爱？王母娘娘还管不了七仙女嫁董永呢，他又不是李蔓的爹。就算他是李蔓的爹，恋爱自由，他也干涉不了。

汪师傅又敲了敲盆沿，说老板是不是李蔓的爹，你还不知道？你小子够狡猾的。都说锦官城的人手里有过天书，下水能缚蛟龙，上天能骑凤凰，是不是那天书就藏在你家里？

什么狗屁天书！尚连民说你怎么比锦官城的人还明白。没天书就不能上天骑凤凰了！

汪师傅说："好，算你小子有种。看来锦官城真是出人物的地方。你们锦官城的小顺你认识吧？他凭着会学几声鸟叫，就把我们居委会集团老总的闺女丁珍珠，忽悠着娶到了手。我们居委会集团老总是个什么人物，手里掌管着好几个批发市场，一呼百应，手下光保镖就有一打，但是，他就愣拿着小顺没有辙，白白地让他把闺女娶了过去。"

尚连民瞪了汪师傅一眼，说你少拿我和别人相提并论，小心我把你弄到锦官城的肉联厂里去，当猪宰了。

实习期刚过去一半，尚连民就被调离总部，去了下面的分公司。尚连民无所谓，他去打饭时，嘴上油嘴滑舌地和做饭的师傅开开玩笑，心里可没把李蔓当什么女朋友培养对象。他的目标是工作两年后，再去考研究生，然后出国。他爷爷老邮差是锦官城有史以来第一个邮递员，是锦官城第一个摸过美国来信的人，所以他从小就在想，他怎么也得在锦官城弄个什么第一，和他爷爷一样，成为锦官城历史上独一无二的一个人物。虽然不能像国内外那些叱咤风云的大人物，能把自己写进世界读本和中国读本的什么历史传记里去，但能成为锦官城历史上一个独特的小人物，也足够了。除此之外，尚连民觉得自己没有更大的野心了。倒是锦官城的人，似乎个个都揣着极大的野心。但是，在目前，他们的野心也只限于有朝一日能成为尚进东那样的人物，有那么多的人给他打工，腰包里有敞开花也花不完的钱，出来进去都开一辆黑色的沃尔沃小卧车。

　　锦官城人有不少和别处不同的习惯，比如他们习惯把轿车叫作小卧车。虽然锦官城还没有几个人知道尚进东那辆小卧车真正的价码，但是锦官城的人记他的车牌号，却比记他们自己的身份证号码都熟。打个比方吧，一百个锦官城的人，可能只有一个人能记着自己的身份证号码；但是，同样是这一百个锦官城的人，他们当中可能就会有九十个人，能熟练地说出尚进东那辆黑色小卧车的车牌号。对于这种现象，尚连民觉得不足为怪，锦官城的人除了那些跑运输的，很少有人去外面的大地方走动，也就很少有人用得着他们的身份证。不用的东西，记它干吗。所以，锦官城人对身份证的认识就非常模糊，意识非常薄弱，不认为它是一样什么重要的东西，也就是很自然的事了。你到锦官城去看看，除了那些跑运输的，没有一个人会把身份证随时带在身上。他们惦记的，是怎么多挣几毛钱塞进腰包里。

　　实习期结束的时候，尚连民收到了李蔓的一份礼物：一部最新款的诺基亚手机。

　　尚连民先是看了看阳光，又看了看身边树木的影子，说李蔓是不是在和他开玩笑。一部这样的手机，他们在草木纸业干三个月，也挣不来这部手机的钱。

李蔓忽闪着眼睛，绯红着脸说："拿着呀，你都说我是你的女朋友了。"

看见李蔓脸红，尚连民的脸也跟着红了，支吾了半天："我那样说，是……为了给你带饭时名正言顺一些，不是有意要冒犯你。"

李蔓说："我是很认真的，我想让你确认，我是你的女朋友。"

尚连民的确也有些喜欢李蔓。他笑着说："就是让我确认，也不用买这么贵重的手机吧。你干了这几个月的活，可是都白劳动了。哎，你家里是不是很有钱？就是很有钱，也不是你的，它是你家里人的。"

"你就说，要不要吧？"李蔓突然委屈起来，眼里含了泪水，声音里也含了泪水说。

看着李蔓脸上的眼泪，尚连民慌忙说："我要。但是，你必须同意我把买它的钱给你。"

李蔓说："你把钱给我，还承认我是你女朋友吗？"

尚连民说："承认啊。韦小宝不是说，'君子一言，什么马都难追'吗？"

看着李蔓笑，尚连民也笑了，心想自己怎么把《鹿鼎记》里的人物都搬出来了。

铝厂建起来后，尚连民和李蔓按着最初的想法，从管理到销售，一直到车间里的技术人员，聘请了清一色的温州人。温州人来了以后，到锦官城的市场上去买各类生活用品，锦官城的大街上，就到处有了一些锦官城人听不懂的南方鸟语。老邮差知道了街上这些说鸟语的南方人都是孙子弄来的，就点着拐杖一个劲地摇头，提醒尚连民说："锦官城早年间那棵落过凤凰的白果树，就是被南方人偷盗走的。你们现在倒好，竟敢大模大样地把厂子交给南方人给攒着。看吧，他们不把你们的家底子抽光了才怪！"

说完了，见孙子只是在笑，老邮差又语重心长地说："你们不知道这些南蛮子的厉害。他们算计人的手法，怪异得你想扁了头发都想不出来。听爷爷的话，赶紧地把这些南方人都赶出锦官城去。老祖宗的经验，条条都是真传，你别以为那些传说只是传说。一来南蛮子，锦官城的地界就会不太平了，你可不要成为锦官城的口彩。你看你三叔的厂子，好几千人，没有一个是南方人吧？在锦官城开厂子，就要先用锦官城的人，这样他们才不会说你忘本。"

尚连民在办公室里拿着哑铃锻炼身体时，想起了老邮差这段话，便重复给李蔓听，李蔓笑得弯了腰说："你爷爷侍弄了几十年的报纸，你还说他是锦官城第一个摸过美国来信的人呢，竟然这样不开明。他那样说，对人家南方人也太不公平了。不能因为几个南方人曾经偷过锦官城的白果树，就让所有的南方人都跟着背黑锅。再说了，那不都是传说吗。你们锦官城这些老人真有意思，拿着个传说也当家训。南方人在管理模式上那一套细致功夫，可是咱们北方人模仿也模仿不来的。就像中国的丝绸，打死外国人，他们也弄不出这么华丽的东西来。你听没听说，在欧洲，有些国家就称温州人是东方的犹太人。这么称呼他们虽然不乏贬义，但也足以说明他们有多聪明了，他们简直就能从石头里制造出蜂蜜来。"

尚连民弯腰把哑铃放回桌子底下，抬头看着在饮水机前给他接水的李蔓，吩咐道："在爷爷面前，你可不能这样乱说话，他有他的人生信仰。"

看着尚连民一本正经的样子，李蔓不屑地笑了笑："你难道和他们一样，也相信你们锦官城是落过凤凰的什么风水宝地？先生，清醒清醒吧，传说永远都是传说。"

尚连民坐在电脑前浏览着网上的新闻，说一个地方有这样的传说也不错。比如你，现在就是落到我们家里的一只凤凰。难道你会拒绝我把你和凤凰相提并论？

李蔓喝着水，说我可不想成为一个传说。

喝完水，打了几个电话，尚连民看着手腕上的表说："走，今天事不多，带着你出去透透气，踏踏青去。"

春天的风吹到脸上，就像在舌尖上化软的巧克力，绵绵的甜味里，逶迤地拖着植物淡淡细细的清香。尚连民觉得，这个世界上没有一种香味，是可以和自然界里这些植物发出来的香味相比拟的。他看着满面春风的李蔓，看着她被风吹得飘扬起来的头发，放慢了车速说："带你找个公园去看野花野草怎么样？早晨在河底里看麦子，看见有那么多的花都开了。"

"到公园里看野花？"李蔓看着尚连民说，"也就你能够想得出来，到公园里看野花。"

尚连民说："去城里的公园还叫看野花吗？我说的是锦官城的公园。"

"锦官城什么时候也有公园了？我好像没听人说过。"李蔓夸张着神情说。

"听你的口气，好像锦官城有个公园太意外了？要是真那么想，就是你太缺乏想象力了。这么大一个锦官城，岂能找不出一个让李蔓同志看野花野草的公园？我带着你去了，你就知道以后不能小觑锦官城了。"尚连民神采飞扬地说。

看着尚连民志得意满的神情，李蔓不以为然地说："锦官城就是有一个开满野花的公园，你也不能自得成这样吧。如果是用你自己的财富，给锦官城的人打造出了一个大广场，让锦官城的人像真正的城里人那样，老人可以在广场上放风筝，女人可以在广场上跳舞，孩子可以在广场上溜冰、奔跑、疯狂地玩闹。那个时候，你也许还有资本这样得意上一把。"

尚连民鸣着喇叭，尖声叫了一嗓子，学着外国人的口气说道："上帝啊，你给我定的这个目标也太远大了吧。如果能修这么一个广场，我们最起码得先登上那个叫胡润的英国人搞的什么富人排行榜，而不是锦官城武清那个家伙搞的排行榜。只是，等我们真有了那么多财富，恐怕早就变得为富不仁了，哪里还能想到来为锦官城的人修一个大广场，让他们在那里跳舞、放风筝、溜冰？你知道中国的富人目前最缺乏的是什么吗？就是一颗慈善之心。"

李蔓把手伸到车窗外头，叉开手指过滤着绵绵软软的春风，眼睛看着路边葱茏的树木说："锦官城有这么宽的马路，又有这么稀疏的人口，你看是不是很有点欧洲情调？"

尚连民沉静下来，他用手掌拍了拍方向盘，瞅了眼李蔓，散漫地说："什么欧洲情调，亏你想得出来。"

锦官城没有了那些绿色和金黄的庄稼覆盖着，原先长庄稼的地里，现在长出了一条一条宽阔的大马路，长出了一排一排的厂房店铺，这令尚连民和他的爷爷老邮差一样，心里面充满了伤感。看着这些马路和厂房店铺，尚连民老是觉得锦官城变得越来越荒诞和陌生了。夜里他一个人开着车往家里走，看着路边像鬼眼一样闪烁的灯火，脑子里就会反复地想：这还是锦官城吗？我怎么不认识它了！所以，去年秋天爷爷让他到河底里去种麦子，他犹豫都没犹豫，立马就去了。他突然发现，不知道从什么时候开始，他已经变得和他爷爷一样了，想看见原来那个充满着庄稼气息的锦官城，想看见锦官城遍野的庄稼，看见那些麦子、玉米、花生、芝麻、大豆。现在，他每天到河边去站一会，就是想从麦子的颜色上，看见过去的锦官城。虽然锦官城的人像小顺说的，做梦都在想着成为不种庄稼的城里人，想生活得像城里人一样舒适干净。但是，在尚连民心里，只有铺满庄稼的锦官城，才是真正的锦官城。

见尚连民半天没作声，李蔓就扭过头来看他，她竟意外地从丈夫的眼睛里，看见了雾一样升腾蔓延的悲伤。

李蔓惊讶地说："你怎么会这样？这不是很奇怪吗？锦官城慢慢变得和城里一样了，这是多好的事情。如果是你爷爷和你姥爷那样的老人，看着锦官城一点点地变迁，一时不适应，去留恋过去的锦官城也就罢了，你怎么还会这样？"

"你从小在城里长大，根本不懂得什么是庄稼。我也是在锦官城变成现在这副模样后，才慢慢地认识到什么是庄稼的。"尚连民说。

李蔓摇着头："我是弄不懂，就像现在一样弄不明白，你说带着我去公园里看野花，怎么把车开到墓地这里来了。"

尚连民说的公园就是指墓地。他把车子停在墓地的边上，说：

"到了，这里就是公园。"

一看尚连民说的公园原来是指墓地，李蔓靠在靠背上笑得要岔气："尚连民，你们尚家的人到底怎么了？你爷爷天天来看墓地，一天不来就睡不着觉。你现在又把墓地叫作公园，带着我来这里欣赏野花，你不觉得你们家里人现在都很怪吗？你按照你爷爷的吩咐到河底里种麦子的时候，我就觉得你们有些奇怪了。"

"这有什么奇怪的。在河底里种麦子是有些奇怪，但把墓地当成公园一点也不奇怪。你看北京的十三陵，沈阳的北陵和东陵，还有南京的中山陵，不都是墓地公园吗，在锦官城怎么就不行了？咱们到欧洲去玩的时候，你看人家外国人，也是最喜欢到墓地里去散步休闲，说那里是最幽静的闹市区。"

李蔓还在座位上笑着。"先生，"她说，"你要看明白了，这里既不是南京的中山陵、北京的十三陵，也不是沈阳的北陵和东陵，更不是什么国外幽静的闹市区，这里是你们锦官城！只有你爷爷和鸟人那些古怪的老头子，才会天天跑到墓地里来，坐在这里怀古悼今。"

尚连民把李蔓从车里拉下来，拉着她的手往墓地里走着，说："不是只有帝王的陵墓，才有资格让众人去瞻仰。天下没有这些平凡人的墓地，哪里会有什么帝王的寝陵。我一直在想，以后铝厂规模大了，赚了钱，我就把这里改造成墓地公园，让锦官城的人把这里当作一个休闲的场所。这样，既节约、合理开发了资源，又给锦官城的老人保留住了一块让他们安睡的墓地。你有没有发现，整个锦官城，就只有这里，是将来建公园的一个理想之地了。现在，我们先享受一下锦官城未来的公园。"

在墓地里转了一阵子，尚连民弯腰从地上掐了一朵金黄色的苦丁子花，别在了李蔓的耳朵上，和她在一块青草地上坐下来，然后指着远处说："看见我爷爷了吧，他正在那里清理我奶奶坟上的草呢。你说等以后我们变老了，谁先进了坟墓，活着的那个，会不会像我爷爷这样，天天到墓地里来，给地下的那个人说话、拔草？"

"等我们老了，就让我先进坟墓，把说话拔草这个光荣的任务留给你。你就像你爷爷这个样子，天天往墓地里跑，让孩子们说你活成个老怪物了。"

尚连民揪着李蔓的耳朵说："你敢说我们尚家的祖宗是怪物？真是吃了熊心豹子胆了。看我不在你肚子里制造出一个小怪物来，踢得你肚皮疼。"

"给你生小怪物？做梦吧你，我还没长大呢。"李蔓笑着爬了起来，薅了一把青草和零零碎碎的野花，天女散花一般，撒在了尚连民的身上。

第 6 章
骡子驮着盐飞上了天

　　老邮差说不清楚锦官城的历史到底该怎么个算法，对尚家的先祖列宗究竟是从什么年代、从哪里来锦官城给庙里当佃户种地的，他也说不上个子丑寅卯。但是从他爷爷尚大贵开始，他们尚家这棵树上冒出来的那些大枝大叶，他却都记得非常清晰。他爷爷尚大贵去世那年，他十二岁，他爷爷尚大贵六十岁。那天是他爷爷尚大贵的生日。他奶奶亲手擀了一碗长寿面，然后用清水煮了，拌了香椿大蒜泥，端到他爷爷尚大贵跟前，碗里还放了半个咸鸡蛋。每年割了麦子之后，地里下来了新鲜的大蒜，尚大贵就开始吃拌了香椿大蒜泥的清汤面。

　　吃完面条，尚大贵摸过水烟袋，吩咐人去叫他几个儿子和媳妇，说他有话要说。

　　尚大贵坐在梨木雕花的椅子上，手里端着一只黄铜的水烟袋，呼呼啦啦地抽着水烟，不时地垂下眼睛去，用烟签压着烟筒里的烟丝。水烟袋的一个面上刻着一棵松树，一个面上刻着一只仙鹤。那只单腿立着的仙鹤，伸着脖子，像是在探头看着屋子外面明亮的阳光。

吸完一袋烟，儿子媳妇就陆陆续续地到了跟前，垂手立在两旁。他把手里的水烟袋往四周雕花的八仙桌子上一放，扫了眼站立的儿子和媳妇，点点头，开始说话。

他的嗓音一直很洪亮，那天也是一样的洪亮，如庙里敲响的铜钟，深远而透彻。给每个人布置完了该做的事情后，他又语重心长地说："咱们尚家的男人们，一定都要学会惜土如命；女人们呢，都要学会勤俭持家。"

尚大贵一生都在责备自己是个没有出息的男人，当初是靠着娶女人，得到了几亩田地。"那都是没有办法的事情。"他每每想起自己因为几亩地背叛的那个女人，想起她紧紧闭着的眼睛，想起她身上湿漉漉的那些花朵，难受得喘不动气息的时候，就用这句话在心里反复地安慰自己。他想如果自己不那么做，他就得离开锦官城。可是，他不能容忍这样的事情发生在自己的身上，不能容忍自己的脚带着身子挪出锦官城，因为他的祖宗们，已经在锦官城的地面上生活了几辈子，他们的尸骨都埋在了锦官城。

尚大贵抬手指了指坐在桌子另一边的女人，又说："是你们的母亲带着几亩地，嫁进了咱们尚家，尚家才有了现在的几十亩地。在你们的母亲进门之前，咱们家一直是庙里最穷的佃户。所以，今日你们记住了，在我走后，你们要好好伺候你们的母亲，她的话就是我的话。"

几个儿子和媳妇都听得稀里糊涂，如坠云雾之间，觉得他们的爹尚大贵实在有些反常。在这之前，他可从来没透露过半点自己的过去。

尚大贵手里有一个油盐驮子，常年去山里贩了豆油到东海边去卖，再从海边驮了食盐回来，卖到山里。尚大贵为人活泛，舍得花钱结交各路朋友，从东海边到锦官城三百里的路，别人谁都跑不了，只有他，来回地畅通无阻。既便他不跟着去，伙计们在路上走，只要说是锦官城尚家的驮子，就没有一个人会难为他们。

他的二儿子二梁，以为他说的走是要再跟着伙计们进山里去，就说："爹，天热了，您就别亲自去跑了，让手下的伙计们去就行了。您要放心不下，就指派我们兄弟仨，谁去都行。"

尚大贵前天刚领着几个伙计从海边驮盐回来，回到锦官城的时候，都已经是月上枝头了。在靠近大庙的一片树林子边上，尚大贵对伙计袁青山说："你们先回去吧，我的腿有点乏了，在这里坐一坐，抽袋烟再回去。"

他靠着一棵燕子树坐下来，眼睛瞅着天上像圆盘一样的月亮，不紧不慢地抽了袋烟。抽完烟，觉得身子轻快了，站起来刚要抬脚走，忽然就想小解。尚大贵瞅瞅地上的月亮光，看见天上的月亮照得地面跟白昼一样，树叶子上的一根一根叶脉都清晰可见。他已经解开裤带了，又提着裤子往里走了几步，怕路上突然有女人走过来，这么亮的月亮照着，跟白天似的，被人看见实在是不雅。

尿完一泡尿，系好裤带，刚往外挪了两步，尚大贵突然觉得浑身乏力起来，眼皮上像被谁压了一块大磨盘，迷迷瞪瞪地怎么也翻不动了。

这一晚的月亮，皎洁明亮得有些异常。尚大贵使劲地睁眼，使了半天劲才把眼睛睁开。眼前还是一地明晃晃的月光，像冰块一样滑溜溜地铺在地上，他晃晃悠悠地走出小树林，在树林边上扶着一棵小桑树张望了一眼回家的路，忽然就看见了驮盐的两匹骡子在前面走着。尚大贵心里纳闷，这些骡子不是都跟着伙计们回家了吗，怎么还落下了两匹？他吆喝了一声，快步在后面撵着。眼看就跟上了，他加紧走了两步，想上前去牵住它们。在他伸出手去，即将挽住缰绳的瞬间，两匹骡子越走越快，蹄子下如同生了风一般，在明亮的月光里飘飘摇摇地离了地面，眨眼就飞到天上去了。尚大贵站在月亮地里愣愣地仰着头，不明白这两匹骡子怎么会腾云驾雾地飞到天上去了。

几个伙计回了家，卸完骡子身上驮的盐，把它们牵到棚子里，在槽子里拌上料，看着饭菜都上桌了，还不见掌柜的回来，几个人就坐在那里说笑着，等尚大贵回来吃饭。等了一顿饭的工夫，还不见回来，二梁就问袁青山怎么回事。袁青山说："我也正纳闷。掌柜的说在那里吸一袋烟，歇歇脚就回来。"

几个人在树林子里找到尚大贵，晃醒了他时，尚大贵看看众人，看看树林子，又看看天上的月亮，问袁青山："骡子呢？"

袁青山说："都卸了盐，在槽里歇着呢。"

尚大贵点点头，知道自己刚才是在这里睡着了，在梦里看见驮盐的骡子驮着盐飞上了天。他在众人的前头走着，猜测刚才这个梦一准不是个好梦。

这两天，尚大贵天天琢磨在树林子里做的这个骡子升天的梦，琢磨来琢磨去，觉得或许是自己的大限要到了。

二梁的话还没落地，尚大贵就摆摆手，说："油盐驮子以后就由老三去弄吧。我老了，已经弄不动了，你手里又张罗着饭铺子。你大哥……我已经不指望他了。"

说完，尚大贵意味深长地看了看小儿子三梁，第一次没骂他，只说要他把手上该戒的东西都戒了。家里人都心知肚明，清楚尚大贵说的那个该戒的东西是指什么，三梁站在那里唯唯诺诺地应着，拿眼角扫着二梁。

大儿子一梁不找女人，一直在热衷于赌钱。可三梁呢，天天都在找女人吃花酒。只有二梁还稍微有点板眼，掌管着家里的饭铺子，卖着水饺、馄饨、面条和油盐火烧，但身边也不缺花花绿绿的女人。尚大贵夜里睡不着觉，听着外头那些零零碎碎的狗叫，最担心的就是这个家早晚会败在三个儿子手里。

大儿子一梁始终没来。他一直坐在牌桌上赌钱，尚大贵派人去叫了他三趟，也没叫动他。

给儿子和媳妇训完了话，挥手把他们打发走了，尚大贵又摸过水烟袋，继续坐在桌子旁抽水烟。一梁因为什么赌钱，尚大贵心里比儿子还清楚。他明白，儿子一直是在拿赌钱的方式，和他赌气。他给一梁娶了个有痨病的女人。这个痨病女人不能生养，也没有像他们起初预料的那样快死掉。现在，尚大贵只能承认他这步棋走得不怎么高明，或是说错了。他觉得自己愧对了儿子，委屈了儿子。痨病女人带来的嫁妆钱，给尚家买了二亩上好的田地。一梁知道他贪地如命，因为这个，一梁不敢和他明着理论，就不停地拿着赌钱来气他。

一梁的婚事，是一梁娘先提出来的，娶的是一梁姨家的表妹。一梁娘去了趟姐姐家，回来对尚大贵说："我姐夫说，谁家娶他那个有病的闺女，他都陪送上二亩好地的嫁妆钱，要是咱们一梁娶了，他也照样陪送。"一梁娘觉得这真是个天上落下来的便宜，又说："这丫头病病歪歪的好几年了，怕是也没有几天的好活头，不如让一梁娶了她，日后她去了，再给一梁续娶一个也不迟，省得肥水流了外人田，怪可惜的。"

尚大贵想想，也行，能白得二亩好地，就答应了。

娶了痨病女人三年，她也没死。一梁看看没有盼头了，就开始和尚大贵赌气，家里一应事情他全都不闻不问，只是一头扎在了牌桌上，没白没黑地在那里赌博。

儿子走了下道，一梁娘觉得脸上实在无光。一天，她从走村串乡的货郎挑子上，用碎铁换了根最粗的钢针，回家穿了根长长的麻线，不动声色地来到了一梁的牌桌前，拉过儿子的耳朵，一针就扎进了他的耳朵上，把麻线拉了过来。鲜红的血先是染红了麻线，接着就滴滴答答地落在地上，像一朵一朵鲜艳的花瓣，盛开在了光滑的地面上。

一群人都在围着看。一梁立着眼角看一眼母亲，一声没吭，就随着母亲手里的麻线，被母亲牵着耳朵站了起来，犹如一口牲口，被牵出了赌场的大门，牵到了街上，牵回了家里，拴在了院子里一棵海碗粗的榆树上。一路上引来的黑压压的一群人，都跟到了门口，挤在门外指指点点地，看着一梁耳朵上的麻线和滴滴答答往下滑落的血。

一梁的耳朵上被他娘穿过三次麻线。直到日本人来了锦官城，一梁参加了八路军的队伍，一根麻线还在他的耳朵上穿着。一梁故意不往下剪那根麻线，进进出出地在肩膀上悠拉着，好像在展示着他对母亲无比的愤怒。

耳朵上穿着麻线，一梁被他母亲在院子的榆树上拴了十天。十天里，他母亲天天过去拷问他还赌不赌了，他要么是翻着眼睛看着天，要么是低头看着在身上爬上爬下的蚂蚁，就是不回答他娘的话。后来他娘手里扬着一根细细的白蜡条子，像抽猪一样抽着他，一边咬牙切齿地骂道："你当我说的话都是在放屁吗？你竟然半句都不理会。"

尚一梁一动不动，任凭他娘左一下右一下地抽，就当他娘说的话是条狗在他跟前放了个屁，他鼻子都不抽一下。他爹也像一条狗，在他被拴到树上后，他爹进进出出都绕着他，在他的背后走路。他依然一声不吭，觉得他爹不是不屑于看他，而是他根本不敢正眼来看他，至于他娘那副凶神恶煞的样子，更是在竭力掩饰自己做错事情之后的悲哀。

痨病女人几次端了水去给一梁喝，举到一梁嘴边，每次都被他一脚踢了出去。女人坐在地上，看他一眼，目光仍然清澈得让人胆寒。他奇怪她的眼睛里怎么会有那么多亮光。

从树上被二梁放下来，一梁径直就朝大门走去。去了赌场，仍然去泡在赌场的牌桌上，吃着瓜子、喝着茶，悠闲地出着手里的牌。

丈夫的耳朵被穿了麻线拴到树上后，痨病女人就一天比一天咳得厉害了，咳到后来便开始吐血。二梁到牌桌上找一梁，把这些说给一梁听，劝一梁回去看一眼。一梁不吱声，依然慢条斯理地出着牌，好像二梁说的那个人压根就与他没有一丝关联。

实际上，一梁知道，这些年，痨病女人每天都把家里人给她煎的那些草药，悄悄地集到一个罐子里，等到夜深人静时，偷偷地提到河里去倒掉了。他也知道痨病女人和二梁的媳妇最好，她每天给二梁媳妇说的都是同一句话："我怎么还不死呢？"可一梁就是不想看见她。

抽够了水烟，尚大贵站起来，走到院子里，站在一院子明亮的阳光里，仰头看了看天，看见一只灰翅膀的大鸟正在天空中展动翅膀飞着。他的眼睛跟着大鸟飞了半天，看见大鸟飞远了，就收回眼睛来，扫视着院子。扫视院子的时候，他看见了在树下读书的尚宗仁，就叫道："宗仁，你过来，陪着爷爷到地里转转去。"

出了锦官城，祖孙俩的眼里就是满眼的翠绿了。路两边的野草野花，都在撒着欢地往路中间蔓延拥挤，好像是它们觉得人类太奢侈了，把地头上的路弄得那么宽，如果它们再不去长上些草，开上朵花，那地土就更是浪费得离谱了。

田野里高高低低的庄稼一片葳蕤，生长得都没有了节制。

少年尚宗仁跟在爷爷尚大贵的身后头，捧着爷爷的黄铜水烟袋，亦步亦趋，学着爷爷的做派，跟随着爷爷的目光，打量着地里的庄稼，打量着脚下通往远处的路。

尚大贵时不时地停下来，指点着旁边的某一块地，告诉孙子那块地是什么时候花了多少钱买来的，那块地原本是什么人家的，那家人是什么时候买到手的，后来又是由于什么原因卖给他们家的。末了，还告诉孙子一遍，那块地到底是肥沃还是薄瘠，最适合种些什么，种麦子和黍子能收几担，种豆子和谷子能收几担，种高粱又能收几担，要是种芝麻或者绿豆，又能收几斗。

日头偏西时，尚大贵领着孙子来到他们家最初得到的那几亩地边，也就是他入赘边家时，得到的那几亩地。因为地薄，几亩地里都种了豆子。现在，豆子碧绿的圆形叶子，在夏日的微风里轻轻地摇曳着，一副轻歌曼舞的姿态。尚大贵迈过了地头的水沟，尚宗仁也跟着跃了过去。站在地头上往另一头看去，一眼望不到头的豆子地就铺成了一条绿色的大河，太阳的光在绿色的河面上波光鳞鳞地照耀着，仿佛往河水里洒着一把一把碎碎的金子。尚大贵从远处收回眼睛，蹲下来，伸手拔着几棵缠绕着豆棵的菟丝子，菟丝子细细的黄茎子，像金丝一样绕住了豆子的叶和茎，那些白色的豆子花，略显羞涩地藏在豆叶撑开的绿伞下面，好像怕太阳晒焦了它们细腻的花瓣。

拔完菟丝子，尚大贵拍拍手，从孙子手里接过水烟袋，坐在地头上看着豆子吸烟。水烟袋里的水在烟筒里呼呼啦啦地响着，犹如夜晚里的河水在哗哗啦啦地流淌。

日头要落山了，天上是一片一片紫红色的云霞，可气温还是热得人喘不动气。尚大贵身上穿着白粗布的对襟褂子，后背上一直被汗水浸透着。他那些体面凉快的山茧绸衣裳，只有外出的时候，才舍得穿到身上。尚宗仁挨着爷爷坐着，在爷爷呼呼啦啦的抽烟声里，看着远处树梢上红色的太阳。太阳已经藏起了满身的金针，收起了耀眼的光芒，尚宗仁的眼睛可以随心所欲地盯着它看了。他记得爷爷曾经说过，太阳就是一只金色的凤凰。只是，他现在怎么看，也看不出凤凰的影子来。他想象不出凤凰是一种什么样子，也想象不出爷爷说的大庙里那棵被南蛮子偷走的白果树上，是不是真的落过凤凰。

在他想象凤凰的过程里，尚大贵已经吸完了一袋烟。尚大贵把有些温热的黄铜水烟袋放到地上，眼睛扫着眼前的豆子地说："因为这几亩地，爷爷曾经害死过一条人命。可是，回过头去想想，如果没有这几亩薄地，就没有咱们今天这一大家子人，就没有今天爷爷和你清闲地坐在这里看豆子。孙子，记住爷爷的话，无论到了什么时候，在任何朝代，都是田地最重要，地是人活命的命根子。"

尚大贵说完地是人活命的命根子，就不再吱声了。太阳隐没到了一片云霞里。尚宗仁扭头看看爷爷，爷爷的眼睛一直在望着那片一望无际的绿色豆子地，脸上挂着心满意足的笑。他叫着爷爷，说我们该回家了吧。叫了几声，爷爷一直没说话。他再看看太阳，太阳从云霞里出来了，在远处的树梢上挂着，还没有坠落下去，好像是有意在等着他爷爷，然后和他结了伴，一起去某个地方畅游。

尚宗仁吓得哭都不会哭了。

一直到尚宗仁跑回家叫来人，他也没弄明白，他和爷爷坐在豆子地头上，看着豆子圆形的绿叶子，爷爷怎么就变得跟一地豆子似的，突然不能开口说话了呢？

那天是尚大贵六十岁的生日。尚大贵是坐在自己最初拥有的几亩地的地头上，看着一地的豆子走的。在以后的几十年里，老邮差一直忘不了爷爷去世时的神态，和那片绿色的豆子地。每年一到除夕，他把祖宗们的牌位摆上桌子，眼睛看着爷爷的那个牌位，就能看见爷爷坐在豆子地头上和他说话的样子。

老邮差退休后，先是生了一场大病，住了两个月的院。中间有两次，医生一天里下了两次病危通知，叫家属准备后事。一家人慌得像在风里摇摆的草，不知道朝哪里磕头朝拜才好。他老伴抹着泪，趴在他的床头上，拉着他冰凉的手说："老头子，你才卸下了套子，还没歇过腿来呢，怎么就这么没有出息？你不是早就说过，要我走在你的前头，你好把我有板有眼、风风光光地送走吗？你一辈子说话算话，到了大事上，怎么就妄言了。"

尚进荣看着母亲悲凄的神态，就把眼睛盯在了老二尚进国身上："一家人就你懂点医术，现在就指望你拿主意了。那个丹青的父亲，不是院长吗？"

尚进国的嘴上已经急得起了一圈水泡，他看看尚进荣，没说话，转身就走了出去。

丹青的父亲是院长不假，可是，第一他不是这家医院的院长；第二，有一件事尚进国一直瞒着没给家里人说，就是丹青的父亲至今还不同意他和丹青的婚事。丹青的父亲给丹青找了个卫生局局长的儿子，说丹青如果嫁给了局长的儿子，他就有希望到卫生局里去谋个副局长。谁知道丹青不但不听他的安排，还和他说，她已经怀孕了。丹青的爸爸一生气，就不认这个女儿了。

　　从病房里出来，尚进国就给丹青打电话，和丹青商量怎么办。丹青沉默了一会，说："你刚进医院还不懂，有些药就是找人也不可能弄到，那都是给大人物用的。我就是打着我爸爸的幌子请客送红包，人家一个电话就给戳穿了。你先别着急，我另外想办法。"

　　晚上，丹青回到家里，先把尚进国父亲的病情告诉了爸爸，然后对他说："只要你出面，找药治好了尚进国父亲的病，我就答应你和那个卫生局长的儿子来往。"

　　她爸爸瞅她一眼，说："好了，你从小那点小聪明，我还不清楚？你也不用费心思了，那个姓张的局长因为贪污受贿，今天上午刚被抓进去。你一会打电话给那个尚进国，就说明天我先到肿瘤医院去了解了解病人的情况，然后再研究方案。"

　　丹青的爸爸是个医术非常高明的医生，他把老邮差做的各项检查拿来一对照，又询问了些情况，心里就明白病人是被弄错了病因，治疗反了。打个小小的比方，病人的身体本来就是锅开水了，需要马上冷却。但是，现在不但不给他冷却，还天天在那里给他烧猛火，时间长了还不把水熬干了，把锅烧炸了？

　　治病这种事，就好比抽丝剥茧，只要找准了线头，往下的事就好办了，虽说不能药到病除，但至少方向是对了。丹青的爸爸把老邮差转到他们医院里，没出一个月，老邮差的病体就恢复得差不多了。

　　出了院，老邮差身体慢慢地恢复了健康，人却变得唠叨了。有时候干脆就在那里自言自语着，说些家里人根本不明白的事情。他老伴在一旁听见他自言自语，就伸头看着他的嘴巴，说："你有什么事不能和我说，非得自己在那里唠叨，像是老鼠在夜里啃木头磨牙。"

　　老邮差说："说了你也不懂，我是在说锦官城和咱们家过去的那些地呢。"

　　老伴就嘲笑他："你们家那点地有什么可炫耀的，你都在床头上翻腾一辈子了。"

"你们女人懂什么？"老邮差说，"地可不光是活人的命根子。"

每年一到除夕，老邮差就按照锦官城的习俗，先用草纸叠好一个一个牌位，用毛笔在叠好的牌位上写上每个祖宗的名字，然后拿一根筷子粗细的高粱杆，把写上名字的牌位夹住，插在一块切得方方正正的萝卜块上。到了傍晚，他让儿子们用红漆漆过的木头托盘端到村口，在那里焚完了香、烧完了纸、放罢了鞭炮，再一路喊着祖宗们的称谓，把祖宗们一一请到家里来过年。每到过年，锦官城家家户户都会到村口去，接家里那些过世的人回家来过团圆年。锦官城的人认为，人去世后的前三年，门神是不阻拦他们的，他们可以像活着时一样，自由地进出家门。但离世三年之后，他们再想回家来走动，门神就拦着不让他们进了，必须由家里活在世上的人引着路，才被门神允许走进家门。

吃罢晚饭，率领子孙们在请回来的牌位前磕完头，供上果品，焚上香，这些仪式都举行完了，老邮差就坐下来，看着桌子上那些牌位，开始给儿孙们说家史。他的开头从来都是一成不变："尚家的祖宗要不是因为在锦官城得了几亩薄地，咱们今天就不是锦官城的人了。"

在尚连民小时候，每次听到这里，他都要打断老邮差的话，问他："爷爷，如果我们不是锦官城的人，现在会是哪里人？"

老邮差吸着烟锅，眼睛虚无地看着他爷爷尚大贵的牌位说："谁知道呢？爷爷也不知道。"

年年这样重复着讲，儿孙们逐渐听腻了，慢慢地就不听了，剩下老邮差独自坐在那里讲他自己的。他们则吆三喝四地摊开桌子打牌，围成圈开拖拉机，由着他自己在那里看着祖宗的牌位来回地叨叨。老邮差也不理会儿孙们的态度，他偶尔地瞧他们一眼，还是径直念叨自己的。儿孙们，媳妇们，打牌的打牌，看电视的看电视，说笑的说笑，闹闹哄哄地闹腾着，闹成一锅粥，满屋里都是热气腾腾的味道。他自己说完了家史，就在一边心满意足地想着心事，看着孩子们打牌，等着他们谁输了牌，走到他面前嘻嘻哈哈地伸着手向他讨钱。

　　每年过年前，老邮差都到银行里换回一沓子崭新的钱，早早地准备好了，等着孩子们年夜里打牌时讨要。孩子们向他讨钱，都是在逗他开心，等到电视上新年报时的钟声一响，牌局一散，他们纷纷跑出去燃花放炮，庆祝新的一年到来时，桌子上所有的钱，就都归还给他了。那些钱，会是他掏出去的好几倍。他呢，等孩子们放完了鞭炮，就把这些钱当作了压岁钱，一一地分给孙子孙女们。老邮差不需要钱，看着这些儿孙们在眼前走来晃去的，他就满足了。他想这样的场面，肯定就是他的祖宗们最希望看到的场面。孩子们到院子里燃花放炮的时候，他就站在祖宗们的牌位前，继续嘀嘀咕咕地和他们说话。

　　尚大贵去世很多年后，村里来了工作组，开始搞土改，根据每户人家土地多少定成分。尚宗仁在奶奶的屋子里翻找地契，翻了一下午，最后在一个圆形的葫芦里，找出了他爷爷尚大贵坐在地头上去世的那块土地的地契。

　　他摆弄着几份地契，有一搭没一搭地跟奶奶说着爷爷。就是这个下午，尚宗仁手里拿着那张地契，从奶奶嘴里，知道了爷爷尚大贵和这张地契之间藏着的一个巨大秘密。他奶奶说："这块地可不像你爷爷说的那样，是奶奶嫁过来时带来的，它是你爷爷尚大贵入赘到我们边家，为我爹娘养老送了终，才挣来了这几亩地。你爷爷年轻时候看上的也不是奶奶，他看上的是村西头柳家的闺女小菊。你爷爷最后入赘到边家，全是因为这几亩薄地。他一心地想把尚家的坟墓迁到尚家自己的地里去。"

　　和边家的小女儿榆叶成亲那一年，尚大贵二十岁。

　　头一年七月，锦官城的庄稼地里一夜之间就爬满了粘虫子，虫子犹如天降一般，铺天盖地。它们先是食庄稼的叶，叶子光了，继而去食穗，穗子没了，旋即又去食秸杆，五六天的工夫，原本枣核长的虫子就长到了一寸多长。黍穗谷稗吃光了，又吃高粱豆子，没几天，地里的虫子就繁衍得有一寸多厚，路上连个插脚的空都没有。

锦官城的人见过飞起来遮天避日的蝗虫，但没见过这些怪异的五色虫，不知道它们是怎么来的。一开始，很多人都以为这些没有翅膀仿佛从天而降的虫子是神虫，都诚惶诚恐地拿了烧纸和香火到庙里求拜，请庙里和尚们做法事，念经驱虫。在庙里拜完了，人们又拿了烧纸和香火到地头上拜，期冀这些神秘地从天而降的虫子，会在他们闭目乞求时神秘地消失掉。但是，众人送了一天的香火，烧了一天的纸，磕了一天的头，奇迹也没有发生。人们见识过蝗虫，蝗虫吃了人的庄稼，人还能撑起口袋，捕了蝗虫回家炒熟了填肚子。可这些青的、黑的、黄的、红的和灰白的五色虫，人们却是头一回遇着。烧纸焚香都不能驱了这些虫子，有人就开始琢磨着这些虫子有没有毒，能不能像蝗虫似的捉回去吃了解饥。人们犹犹豫豫的空里，虫子就没了，好像变成无数的飞蛾在眨眼间飞走了。虫子没了，放眼望去，广袤的田地里只剩下了一片光秃秃的荒凉和残败。

地里没有了一棵庄稼，到了秋天可上哪里去收粮食？整个锦官城的人都坐在地头上，看着光秃秃的田地垂头丧气，骂天咒地。骂够了，还是指望着秋后地里能播上小麦，来年夏日里能有个称心的收成。

到了秋分，家家户户都在早起晚睡地播种麦子，巴望着快快地越过了冬天，到来年收获了麦子，也好度过这饥荒年。麦子种下去了，人们的眼睛看着地里冒出来的齐崭崭的绿麦苗子，好像麦子已经熟了，收了，吃到了口里，心里都欢喜得不得了，纷纷商量着下来新麦子后怎么摆供敬天，怎么到庙里敬奉各路神仙。一锦官城的人都陷在绿色麦苗子带来的喜悦里，兴奋地期待着好日子的到来，谁也没去想这样的好景象会不会长久。

从九月初开始，天气就干旱起来，一个冬天无雨无雪。旱到来年开春，锦官城人的心就又揪了起来。天天盼着老天爷能开开眼，来场贵如油的春雨救救麦子。村子里的妇女和孩子，纷纷组织起来，头顶着簸箕，簸箕里放着水瓢，一趟一趟地到河里去求雨。河里早就没有水了，她们象征性地用水瓢在河里舀几下，走回碾台前，围着碾台走七遭，再做一个泼水的动作，当作把水泼在了碾台上。以前天旱的时候，村里人就是这样祈雨的。可是这一年，这些妇女和孩子来来回回求了七七四十九天的雨，一直到了五月，天上也没落下一滴雨水。地里所有的麦苗子，都干成了枯草叶子。

在这一年连续的饥荒里，先是尚大贵的爹娘生病死了，接着就是几个兄弟姐妹，陆续地饿死或生病死了。吵吵闹闹的一家人，转眼就剩下了尚大贵一个，住在河边的一间窝棚里。

又到了秋里，眼看着该种麦子了，雨水也好，庙里就给佃户们赊了麦种，让佃户们趁着墒情好及早地播种。尚大贵背着条破口袋，磨磨蹭蹭地去庙里赊了麦种回来，走到庙门口，就遇上了柳家的小菊。

尚大贵家是庙地周围佃户里最穷的一户，可尚大贵是锦官城长得最体面的一个青年。尚大贵父母在的时候，他和小菊互相就看上了。小菊家也是庙里的佃户，种了庙里的十多亩地，到了收种庄稼忙不过来的日子，他们家就招短工。尚大贵每年都和他爹到小菊家里去打短工，日子久了，尚大贵和小菊之间就眉来眼去地生出了情意。

耪完头遍地，东家要按照锦官城的惯例，做顿打散场的饭，犒劳短工。小菊家打散场的这天，她趁着给尚大贵盛饭的空，偷偷地示意尚大贵回去托人，到她家里来提亲。

回到家里，尚大贵不是勤快地帮着娘烧火，就是帮着喂鸡，在母亲面前转了三天的圈子。母亲瞅着儿子，问他是不是有事。尚大贵吭哧了半天，才敢开了口，央求着娘能不能去托个媒人，到小菊家里去提亲。母亲心疼地看了儿子半天，叹口气说："你那亲事，娘比你还急。可咱们家这个底子，人家能答应吗？"

嘴里是这么说。既然柳家的闺女也有意思，尚大贵的娘还是去街上果子铺里赊了包甜果子，提着去了媒婆胡三娘家。胡三娘看着尚大贵母亲放下的那包甜果子，迟疑了一会，说："你家贫是贫寒了些，七八口子人挤在一间窝棚里，连间像样的屋都没有。不过，你家大贵那副身架子，倒是能赢人。那我就去给你跑趟腿，成不成的，就看你们家的造化了。"

尚大贵的娘站在榆树下的阴影里，极力讨好着说："那就劳动三娘了。在咱锦官城，谁都知道三娘您的威望，您保的媒，还没听说有不成的。"

胡三娘往铜盆里舀了瓢水，探头照了照，伸出手去沾了水抿头发，手腕上的银镯子叮叮当当地敲着铜盆的边沿，发出清脆的响声。抿完了头发，胡三娘说："你先别说恭维的话，回去等我的信吧。"

"那我就回去候着三娘您的喜信了？"尚大贵的娘满脸上都堆着笑容。

从胡三娘门里诚惶诚恐地走出来，尚大贵的母亲走在锦官城夏日的热风里，看着那些在街上溜达的猪和鸡，狗和人，还有那些在风里摇晃的树，盘算着柳家如果答应了这门亲事，她该上哪里去弄钱给儿子娶亲。

回到家里，尚大贵的母亲对着丈夫和儿子说了胡三娘的意思，一家人就惴惴不安地等着胡三娘来回话。天还不黑，胡三娘来了，进门就骂柳家的老头子不长眼。尚大贵的娘一听，就明白什么意思了。她忙迎上前去说："辛苦三娘你了，都是大贵还没修来这个福分。"

胡三娘撇撇嘴角，忿忿地说："整个锦官城还没人驳过我的面子呢。那个老烧火棍子是把闺女当成压宝的骰子了，说他家里已经地无一垄了，不能再给闺女找个没有一指地的人家。你看着，我要是能叫她闺女找到个好人家，我就不是胡三娘。"

虽然和柳小菊情投意合，她父亲不同意，尚大贵也就没了办法可想。

这天，尚大贵背着半口袋麦子站在庙门口，没说话，只是拿眼睛睃了一眼小菊。小菊的脸红红的，她也只瞅了一眼尚大贵，就匆匆地低下头，和她爹抬着口袋闪过去了。

夜里下起了雨，尚大贵躺在窝棚里，回想着白天遇见柳家小菊的情景，觉得小菊的脸红得像一朵盛开的桃花，撩得他的心到现在还想往外蹦。尚大贵在床上翻来覆去地烙着饼，想着走过庙门口的小菊，想着小菊脸上桃花一样的红颜色，耳朵忽然就听见窝棚门外的雨声大了一阵，一个人影影绰绰地推开窝棚的门钻了进来。

窝棚里除了尚大贵，什么值钱的物件也没有，连做饭的锅都是破的。尚大贵以为是进来避雨的过路人，就探了身子问："是谁?"

人影没应声，却摸索着到了尚大贵的脚头坐下了。尚大贵说我家里就这张床，忒窄了，你睡在地上吧，门后头有个蓑衣。说完了，再细听来人的喘息，觉得像是个女的，尚大贵心里猛地掠过了小菊的影子。他摸着黑瞪大眼睛，瞅了半天，爬起身子来抖着声音问："你，你是小菊?"

小菊坐在黑暗里，从嗓子眼里应了一声。

果然是小菊。尚大贵鱼跃水一样，挺身从床上跃了起来。

尚大贵做梦也没想到，小菊会偷偷地跑到他的窝棚里来找他。他又惊又喜，又有点惊惶失措，最后，磕磕绊绊地说："我不是在做梦吧? 外面这么黑的天，还下着大雨，你是怎么摸索着走来的?"

小菊说："我心里想着来见你，就不觉得路上黑，也顾不得下雨了。"

尚大贵沉默了一会，说："你爹不愿意我们的亲事，你现在就是来了，我们又能怎么样? 我实在没有办法变出几亩地来给你爹。"

小菊不说话，开始抽抽嗒嗒地哭。尚大贵听着小菊哭，愈加手足无措，他不知道该怎么安慰小菊，就只好坐在那里，等着小菊什么时候自己哭完。

哭够了，小菊抬起袖子擦了擦脸上的泪，在黑暗里看着尚大贵的眼睛说："大贵，前年你叫胡三娘去提亲，不是俺不愿意，是俺爹不愿意。头些日子，俺爹给俺找了个比俺大二十岁的男人，让俺去填房。俺爹说那个人家里有十几亩好地。昨日里，那户人家已经来递了小柬子，说三天后就来送日子。"

在锦官城，递小柬子是传启之前必须走的一个过场，定亲前的男女双方，要把各自的生辰八字拿到一块去，找个算命的先生给批一批，看两人的八字划着划不着。两个人的八字能划着，双方就定亲；要是划不着，犯什么忌讳，两家就不往下续了。

传启是对定亲的一种叫法，两家递了小柬子，算算八字能划着，男方就给女方买上衣料、胭脂粉、首饰，包在一块大红包袱里给女方送去，就算是定亲了。传启的时候，包袱里要包上两棵葱、一对艾、一管子香、一包盐、一包糖，这些东西依样用红纸裹了，象征着日后夫妻过日子能从从容容、恩恩爱爱、香香甜甜、有滋有味。

一经传启，两家的亲事就算是金科玉律地铁定了，女方至死也不能悔改，只等着男方什么时候选定了迎娶的日子，女方用花轿把人送了去。

尚大贵自然明白传启是什么意思。但是尚大贵生小菊爹的气，便坐在那里不吭声。

尚大贵不说话，小菊就猜不出他是怎么想的。小菊说："大贵，俺来找你讨主意呢，你怎么个说话？"

"你让我说什么？我刚才说了，我手里又变不出几亩地来。没有地，你爹就不会让你跟着我。"尚大贵故意冷冷地说。外边，雨被一阵旋风刮到了窝棚门口，声音响亮地在拍着那扇破门。

小菊听完又哭了。她呜咽着说："大贵，你别说这么绝情的话。你带着俺逃出锦官城吧，只要咱们两个人在一起过日子，就是逃到山南海北去要饭也行。"

"我们逃走了，你爹娘怎么办？"尚大贵叹着气说。

"俺管不了那么多了。要是管他们，我就得去给人家填房。我不愿意。"

尚大贵想了想，说："你下了决心了？"

小菊坚定地说："下了决心了。"

尚大贵心里怦怦地跳着，牙齿打着颤说："那你回去收拾收拾，咱们明日夜里就走。"

第二天，尚大贵还没起床，正躺在床上盘算着和小菊往哪里跑合适，媒婆胡三娘就到了他的窝棚里。胡三娘走进窝棚门口，就用手在脸前扇着风，说大贵你这窝棚里的味，比猪圈里都难闻，可是你小子还就是有大富大贵的命，净被那桃花瓣一样的俊女子看上。

尚大贵以为夜里小菊来的事被她知道了，就慌慌地爬起来，给胡三娘磕着头说："三娘，您可要积德行善。"

胡三娘笑着说："你小子慌的什么神？三娘就是积德行善，给你保媒来了。你说你怎么就交了这富贵运了。"

尚大贵听胡三娘说完，才明白是老边家的三闺女榆叶看上了他。

不仅榆叶看上了尚大贵，榆叶的爹也相中了尚大贵。他托胡三娘来，就是想问问尚大贵愿不愿意到他家里入赘。只要尚大贵愿意入赘边家，能给他们养老送终，他就把手里三亩地的地契换到尚大贵名下，永远归尚家。尚家在河滩里的祖坟，现在就可以迁到那块地里去。

胡三娘走后，尚大贵青着脸跑到了埋家人的河边，坐在那里看着他们的坟墓。看到下午，尚大贵就决心辜负那个要和他私奔的小菊，娶家里有田地的这个榆叶，好把他家里人的坟墓迁离河边，迁到他自己家的地里去。河边的这片坟地是在一片荒滩上，夏日里河水大了，坟墓就被淹在了水底下。锦官城只有像他尚大贵这样的穷光蛋，才会把家里人埋在那样会被水淹的地方。

一个月后，在尚大贵和榆叶成亲的头一天晚上，小菊跳井自尽了。

成亲的早上，尚大贵从窝棚里走出来，看见很多人往不远处的井边跑，吆喝着说有人跳井了。一听有人跳了井，尚大贵心里突然哆嗦了一下。他拉住从井边回来的一个人，问是谁跳井了。

那人说："还有谁？老柳家那个小菊呗。快成亲了，她倒好，不知道什么事想不开，跳井死了。你去看看吧，那闺女死还穿着一身成亲的红衣裳。"

尚大贵晃晃悠悠地往井边跑着。远远地，他看见井边围了一圈人，都在高声地议论着小菊为什么会跳井。尚大贵拨开人群，看见小菊静静地躺在地上，脸上的水顺着眼角的头发滴滴答答地滴到了地上，像是眼睛里不停地落下来的眼泪。小菊身上穿着大红的衣裳，衣裳边上绣的那些花朵，湿湿地、润润地、鲜鲜艳艳地盛开着，好像正在散发着一阵一阵的香气。花瓣上那些透明的水珠子，仿佛是早晨滚动在花瓣上的露水珠，晶莹、透彻，又像是穿着它的人隐在花朵后头，在甜甜美美地对着尚大贵笑。

看着小菊红衣裳上那些美轮美奂的花朵，尚大贵一屁股就坐在了人群里。

媒婆胡三娘在井边找到尚大贵的时候，尚大贵还在傻傻地看着柳小菊衣服上盛开的花朵，茫然不知所措。那些花朵在尚大贵的眼睛里来回地摇晃着，和小菊眼睛里流出的那些水珠子一起，不停地在向他说着什么。他觉得自己也跳进了一口深不见底的井里。

胡三娘上前拉住他一只耳朵，把他拉出了人群，咬着他的耳朵说："你这个不知道好歹的王八蛋，今天想死还是想活？想死，现在你就一头给我扎进井里去，我来给你和小菊张罗阴婚；想活，就乖乖地跟我去边家拜堂成亲，以后在自家的田地里打着滚，体体面面地过富足的日子。"

尚大贵咬咬牙，跑回窝棚边，跪在那里朝河里磕了三个响头。他记得母亲说过，天下的水都是连在一起的，既然水是连在一起的，那么他朝着河水磕头，小菊在井里的灵魂就一定能够看得到。然后，尚大贵爬起来，跟在胡三娘后头，跌跌撞撞地拜堂去了。

第 7 章

被一条蛇咬了舌头

　　锦官城有三分之一的人，是在尚进东的大东公司里上班。还有三分之一的人，是树藤一样地依附着大东公司这棵大树在生存，包括养殖户、运输户、加工销售饲料的、用猪粪鸡粪为外地蔬菜种植基地提供有机肥的、给大东加工各种包装箱的，还包括周围加工鸡毛的、用碎肉和鸡肠子提炼脂油的、粉碎猪骨粉的和帮着养殖户捉生猪的。除了这些，还有酒店、旅馆、小食摊、电影院、歌舞厅、美发美容店、足疗按摩室、连锁超市、服装店、杂货店、报刊亭、手机电脑店、各式各样的出租车，甚至修鞋的、卖福利彩票的，人人都喜欢在大东公司附近的繁华路段上租赁门头房、跑马圈地、占据地盘。

　　尚进东坐在电脑前，一手捏着下巴，一手滑动着鼠标，浏览着公司上一季度的产品销售网络图。电脑里的锦官城就像一块磁力无

86

限的磁铁，正在把一个又一个陌生的地域名称拉进他的网络图里。而每一个地域名的加入和扩张，都是大东资本膨胀的一个细胞核。正是有了这些细胞核，有了这些细胞核的不断裂变、生长，再裂变、再生长，才有了大东公司羽翼丰满的今天。

走进办公室里，一个人静静地坐在网络图前，看着眼前不断变化扩大的地域图案，这是尚进东内心里最舒畅的时刻。这时候，他就会屈起手指，在桌子上轻轻地敲击出一些欢快的调子，表达着他极其愉快的心情。西安的厂子建起来后，整个西部的营销网络，将会以快速推进的方式铺开一张全新的网，这就如同他在沈阳的分厂迅速地覆盖了东北市场，南京的分厂迅速地占据了江南一样。现在，一切都与计划中的步骤丝丝相扣，整体操作中的每一步，都达到了比预期还要好的效果。尚进东坐在电脑桌前，连自己都有些怀疑，大东怎么就成了肉制品行业内的一个代名词，成了行业发展的方向和行业内举足轻重的一根标杆呢？

现在，大东公司不仅仅是锦官城的龙头企业，是市里的龙头企业，在省里也占着响当当的分量。市里大大小小的领导，哪一个都把大东公司捧在手心里呵护着，把尚进东当作宝贝一样地宠着。市里领导们一致的态度是：凡是大东公司想办的事，所有部门一律绿灯放行。

什么是天时地利人和？在尚进东眼里，步入小城镇开发建设的锦官城现在拥有的就是天时、地利、人和，是锦官城千载难逢的一个机遇和一次转折。大东公司发展起来以前，尚进东心里想的是怎么去干成一件大事，让小素的父亲瞧瞧。大东公司发展起来以后，尚进东的思想也跟着发生了质的蜕变，就像从一条丑陋的毛毛虫，变成了一只五彩斑斓的彩色蝴蝶。他想小素的爹算根什么葱，我要用自己的实力，带动锦官城一步一步地从乡村演变为城镇，让锦官城的历史在我的影响下发生改变。我要把自己当作化学课上的一滴试剂，让锦官城在我手里彻底改变一下颜色。

十年前，大东公司刚有了规模，市里就安排尚进东担任了镇里的副镇长。从宣布他当副镇长那一天开始，尚进东就计划好了他给锦官城改变颜色的步骤。

当副镇长的第一个月，尚进东便做出了一件让锦官城所有人瞠目结舌的事情，他拿出了五百万块钱，要在锦官城修一条长十里宽一百米的大道，样子完全按照城市街道的标准。

消息传开，锦官城就像烧开了一锅水，到处是烟雾腾腾的水汽。开始时，很多人还在怀疑，说尚进东是不是傻了，他要没白没黑地杀多少头猪，才能挣到五百万块钱。他能舍得用这些钱，给咱们铺条路走着玩？

袁大材在路口上听二先生讲大庙的传说，听完了，伸着个尖尖的脑袋问："二先生，你和老邮差是儿女亲家，肯定知道内幕，你说说，尚进东是不是杀猪杀了猪神，中了什么邪，要花五百万块钱修条马路。他把五百万给咱锦官城的人分分，大家伙不是更记着他的好处？"

"你袁大材这样的人，从小到大就会算计别人。所以，你腰里有了再多的钱，也想不到布路修桥行善积德上去。"二先生瞥了一眼袁大材，不屑地说。

"你别老翻旧账行不行？你再翻变天账，我就不来听你说大庙里那些事了。除了我，没人来听你瞎叨叨那些乱七八糟的什么凤凰跟和尚。没人来听，就让你把那些传说烂在肚子里，带到土里发芽去。"

二先生说："我从来不问别人家的事。你在这里问破了天，我也不知道丁和卯。"

土地都承包到了个人手里。修马路征用土地时，征到谁家的地，谁都不同意。袁大材站在一群人面前，指着石灰水画出来的白线，怂恿着说："修这么宽的路，都和北京的长安街差不多宽了。长安街修那么宽，一是为了中央领导检阅部队、接见全国五十六个民族的人民时，能容得开；二是为了苏联、美国、英国、法国、德国、意大利那些外国人来到北京后，咱们也让他们看看，中国自古以来的气势有多么磅礴。在锦官城修这么宽的路，锦官城有多少人走？中央领导既不到这里来检阅部队，那些外国人也不来这里观光，这不是白白地糟蹋土地是干什么！"

地里被石灰水画了线的人家，本来就心疼着地里青绿的麦苗子，袁大材这么一说，他们心里更舍不得了，就挥着拳头一齐抗议，坚决不同意毁地修路。潘有邻的老婆在她家的麦地头上，一下就掀倒了推石灰水的车子，然后撒着泼地冲进麦子地里，披散着一头乱发去撞提着石灰水画线的两个人。一群人在袁大材的带领下，吵吵着，非要上前去掀翻尚进东和镇长坐着来的小卧车。说他们天天坐着小卧车进进出出，哪里知道老百姓的疾苦，知道老百姓是要靠着土地种庄稼吃饭。他们把地祸害光了，锦官城的人找谁要粮食填饱肚子去？

镇长的脸都黑了。他指手画脚地让尚进荣给派出所打电话，说不把这些捣乱分子全铐了去，让他们坐上几天班房，锦官城简直就无法无天了，就成了刁民的天下了。

尚进荣也觉得，袁大材煽风点火闹腾得有些过火。现在镇里来人他就这么闹，到时候如果区里和市里领导来了，袁大材再领着人这么闹，可就谁的脸上都不好看了。他觉得现在得先杀杀袁大材的嚣张气焰。尚进荣走到袁大材跟前去，发狠地说："你这么做，对谁有好处？你就是闹破了天，这条路该怎么修还是怎么修。锦官城人要想致富，就得先修这条路。"

袁大材扫尚进荣一眼，满脸不屑地说："尚进荣你听着，你以为你们兄弟们有权有钱了，就可以为所欲为，就能把锦官城的天遮住了？走到天边说理，我也陪着你们。现在讲民主了，想修这条路，就得锦官城的老老少少、石头瓦块都同意了，你们才能修。"

尚进东清楚袁大材的火气为什么蹿得这么高。这些年，袁大材的眼睛一看见尚进荣，就像公牛看见了舞动的红布。这个狗日的袁大材，天知道他脑子里到底哪根神经搭错了，老是认为尚进荣和他的老婆潘红莲纠缠不清。实际上呢，尚进荣给尚进东说过，他和潘红莲年轻的时候好过是好过，但他从来没动过她一指头。

当天夜里，袁大材就开始挨门串户地搞串连，动员村里人起来反对尚进东滥占锦官城的农用耕地。让大家找出土地承包合同书来，说你们看看上面，上头明明白白地写着，土地承包期三十年不变。现在呢，尚进荣却在利用手里的权力，联合着他兄弟，滥占咱们的基本农田。

袁大材用在部队上学来的口气说："团结才有力量！咱们一定得组织起来，不怕强权，跟尚家的兄弟斗争到底。实在不行，我就带着你们到市里省里和中央上访去。"

接下来，他让人把锦官城所有小卖部里的红纸都买了来，连夜安排人写大字报，又打了一水桶的糨糊，大街小巷地去张贴，弄得轰轰烈烈、铺天盖地。天亮后，家家户户的屋头上都是大红和粉红的纸糊成的大字报。

二先生早上从家里出来，一眼看见满街上的大字报，就在路口拉住了去挑水的袁济堂，说我这是不是在梦里，这满大街的大字报，怎么又像是回到了文化大革命？这事是不是又是你家袁大材捣弄的？

袁济堂说你二先生也有害怕的时候？你这是在做梦呢，没人会批斗你了。这是他们在反对尚家弟兄们占地修路。

锦官城的人被满眼的大字报弄得情绪异常激动，他们去地里给麦子施肥，在街上遇到一块，就自动地停下来，相互打探着最新的消息。有人甚至趁机撺掇着，想推翻村委会的老班子，组建一个新的成员班子。

大字报贴了好几层，也没起作用，倒是搭进去了几百块钱的纸墨钱，糨糊也浪费了好几水桶。眼看着成堆的石头、沙子堆进了锦官城的麦子地里，袁大材急了，鼓捣着写大字报的那些人，带着他们到市委门口去上访。第一趟去，他们在市委门口待了一个钟头，就被派出所追去的人强行拉了回来。第二趟去回来得更快，人走到半道上就被拦住了。

上访回来，众人发现他们的胳膊根本就拧不过大腿。人家市里都支持尚进东修路，你再到市里去上访，还有什么屁用。

第三次，袁大材再张罗着去上访的时候，就没人响应了。众人七嘴八舌地说："那地是国家的，修路的钱是尚进东的，仔细算算，咱们好像也没有损失什么。既然没损失什么，咱们还告个什么状。现在，人家尚进东又提出来，再给咱们补偿一份这一季的麦子钱。一亩麦子能得两亩麦子的钱，还省了咱们弯腰下力地割麦子，这也算是件好事。"

袁大材指着那些人骂道："你们这些缩头缩脑的王八蛋，眼睛看见眼前一分利，就不管日后的死活了。日后没了地种粮食，你们都喝西北风去。"

众人都嬉笑着说，没地了咱们都过城里人的日子去。你看人家城里人，祖祖辈辈不种地，也没见人家喝西北风。相反的，人家都滋滋润润地活着，活得油头粉面，日子比我们强上一百倍。这就是车到山前必有路。

一百米宽的大道按照尚进东预先的设计，在预期的日子里开了工。全线动工修大道的那天，锦官城的人几乎是倾巢而出，都跑去看新鲜，他们看见尚进东和一群市里来的大人物一起，满面春风地举行着开工典礼的仪式，鼓乐齐鸣，鞭炮震天响，还有两排高筒的礼炮，对着天空嗵嗵嗵嗵地放个不停。

锦官城的人从来没见过一百米宽的路，都在想象着一百米宽的大道到底是什么模样。

开工修马路那天，锦官城只有两个人没去看，一个是袁大材，一个是老邮差。

尚进东的眼睛在人群里找了好久，也没看见他爹的影子。围绕着这条马路的修建，整个锦官城里一片沸腾，只有他爹老邮差一言没发。从尚进东提出修路开始，老邮差就用不闻不问、漠不关心的态度在对抗着儿子的决定。当然，老邮差不是心疼尚进东修路要花掉的那一大笔钱，他是在心疼修路要用掉的那一大片土地。但是，老邮差又知道，他儿子的脾性和他一样，一旦低了头要做一件事，那就谁也拦不下了。

这条上百米宽的马路一修起来，没出仨月，路两边就开花似的上了十几家投资上百万的厂子。夜里，尚进东开着车，慢慢地行驶在这条一百米宽的马路上，觉得自已修的这条马路只是给锦官城划开了一条细小的口子而已。不出五年，锦官城的土地上，肯定不会再有一棵庄稼的位置了。

现在，锦官城真就由当初的一片又一片庄稼地，蜕变成了今天马路纵横交错、各种工厂店铺林立的小城镇。

看完了电脑里的网络图，喝了一杯咖啡，尚进东就进了屠宰车间，开始一心一意地杀猪。这些年，尚进东一直坚持每周到屠宰车间里去干一天活。每次进了车间，他都是抓过刀子直接就到流水线上去杀猪，和车间里的工人一样，进了车间就跟着机器转一个班次。车间里的工人快到下班的时候，都喜欢多留下几头猪给他，看他在那里漂亮地挥舞着刀子，做一种炉火纯青的表演。

尚进东下车间，不是故意表演给谁看的，他下车间完全是想给身心提供一次放松和发泄的机会。开始，厂子里的一些中层干部看见他下车间，都诚惶诚恐地学着他的样子，各自规定了下车间的时间。他知道后，立即召开了一个一句话的会，在会上，他说："你们谁要真想下车间，那就先从中层的位置上退下来，一心一意地去车间里干；我现在给你们的工作，是让你们在现在的岗位上，给公司开创最大的利益空间。"他把这句话说完，就走出了办公室，剩下那些中层坐在那里面面相觑。

尚进东每周都到车间里去杀猪这个行为，被锦官城的人当作笑话传开后，大多数人都表示出了一种彻头彻尾的不理解。说当大老板了还亲自去杀猪，那不完全是刘备摔孩子的心思吗？潘红莲就多次对尚进荣重复袁大材在家里发表的演讲，袁大材说："尚进东的目的连傻子都明白，他那样做，纯粹就是资本家的行为，是为了让手下人更拼命地去为他卖力，以便他最大限度地榨取工人的剩余价值！"

尚进荣一副姑妄听之的态度，既没有反驳袁大材的话，也没有为尚进东进行什么辩解。回家后，尚进荣把潘红莲的话掐头去尾地说给老婆听，说完了，接着说："真不知道老三这么做是怎么想的。当老板就当老板呗，干吗非得下车间摆那个样子。"

老邮差在门口听到了，走过去说尚进荣："别人不理解老三，误会他，你得理解他！"

老邮差是在尚进东修了那条一百米宽的马路后，无意中知道他一直都在坚持到车间里去杀猪的。当天晚上，老邮差就一个电话把尚进东叫回了家。老邮差的声音在电话里有些异样，弄得尚进东一时没明白父亲急急地叫他回去的意思，放下手里的活就回了家。

老邮差看着儿子，端详了半天，有意轻描淡写地说："我知道你一心想为锦官城干点事，但以后要爱惜点身子，那是干事业的本钱。"

尚进东点点头，同样轻描淡写地说："我知道。"

从父亲那里往外走的时候，尚进东眼睛里有了些湿润，他没想到父亲把他叫回家，就是单纯地为了给他说这句话。自从当年小果仁厂被石大川骗了后，这是父亲给他说的最柔软的一句话。

尚进东是在武清家的老房子里认识的石大川。石大川是武清家的一个远房亲戚，从吉林长白山来的。他从老家弄来了一些人参鹿茸之类的东西，从夏天开始，就在锦官城加工乱七八糟的药酒卖。

一来到锦官城，石大川就在武清家的老房子里住下来，先是大张旗鼓地买了几口盛酒的大缸，接着又从县城的酒厂里拉来一些劣质的地瓜烧酒，末了弄了一些透明的大玻璃罐子来。他把从东北带来的人参、鹿茸，加上蝎子、蛇、枸杞子，还有乱七八糟的一堆东西混在一起，一一地装在大玻璃罐子里，再在罐子里灌上地瓜烧酒，一罐子药酒就炮制出来了。

冬天里不种地，锦官城的人陷在无所事事的清闲里，到了逢五

爱 情 史

逢十的集日，一些有头脑的人就骑着自行车，早早地赶到城里去，贩回一些外地产的稀罕东西到锦官城的集市上卖。有弄了甘蔗、橘子之类的东西来卖的，有弄了时髦的牛仔裤来卖的，有弄了葵花子来卖的，什么都不卖的，就三五成群地晃悠着看闲景。

尚进东在冬天里同样闲着没事干。没顶成班，也没娶到小素，每个冬天里他都无所事事。在平常，尚进东闲着也不喜欢到集市上瞎转悠。在街上瞎转悠，还不如站在河边上看着流水想想小素呢。想到小素，尚进东心里就充满了恨；他既恨小素的爹，也恨他自己的爹。他们一个因为固执，让他没顶成班；一个因为势利，让他没娶到小素。

这天和平常不一样，尚进东恨完了小素的爹和他自己的爹，就去了集市，他想去看看书摊上有没有培育苗圃的书。尚进东想办一个大苗圃，他要让小素的爹看看，人不是非得去吃了商品粮才有出息。

在供销社门旁的地上，有人用油毡布铺着摆了一摊子书。尚进东蹲在那里翻了半天，也没翻到一本有关苗圃的书。

头上飘起了细细的雪花。尚进东仰头看了看雪花，就把手里的书撂下，站起来拍拍手，把手插进裤兜里，迎着风，沿着街心，在人群里郁郁地往家里走。从集市上回家要路过武清家的老房子，尚进东走到武清家老房子门口，从敞开的门里，看见武清和他弟弟武明正在院子里搬弄那些装了人参、鹿茸、蛇和枸杞之类药酒的玻璃罐子。尚进东忽然想和武明开个玩笑，就站在门口冲武明喊道："武明，还不快松手！坛子里的蛇快咬到你的手指头了！"

武明抱着酒罐子停下来，嘿嘿笑着说："还说我呢三哥，我看它快咬到你的舌头了。"

武清看见尚进东，就把玻璃罐子放到了地上，说："三哥你进来看看吧。"

尚进东想看看泡在酒里的那些东西除了蛇，其他的都是什么，就走了进去。仔细地看玻璃罐子上贴的说明，然后又看着那些泡在酒里的人参、鹿茸和蛇之类的东西，问："武清，你亲戚弄的这个药酒好使吗？蛇是真的不假，这些人参和鹿茸，是野生的吗？"

武清说："我表哥说这是保健酒，治腿疼和腰疼药效最好了。人参和鹿茸是不是野生的，这个我也不知道。我表哥一会儿回来了，你问他吧。"

一会儿，石大川就从外面回来了，手里像拿棍子一样拿了根甘蔗。

石大川一进门，看到尚进东站在院子里，就走上前递给尚进东一支烟，问："兄弟你也是锦官城的？我们刚才在街上好像照过面吧？"

尚进东看着石大川放在一边的甘蔗，就笑了，说："在武清家造药酒的亲戚就是你呀？"

刚才在集市上，石大川把拉货的车送到路口，看见卖甘蔗的，就在那里给武明买甘蔗。买了甘蔗付钱的时候，石大川一把没抓住手里的甘蔗，甘蔗一倒，就歪在了从旁边走过的尚进东身上。尚进东满脑子里正在想着苗圃书，所以他看了一眼石大川，并没说什么，倒是石大川站在那里点头哈腰地对着他说了一堆好话。他当时还想东北人真是能说会道。

石大川给尚进东点上烟，说："我叫石大川，兄弟你贵姓？"

武明从门里探出头来，大声说："他叫尚进东。他爹是送信的老邮差；他大哥是村里的干部，天天在大喇叭里放屁虫一样放屁；他二哥是城里的医生，会给多生小孩的人择蛋。"

石大川虽然不知道老邮差是谁，但他明白村干部和医生是什么意思。石大川说："弟兄们，刚才我拿甘蔗碰了你，回到家里咱们又遇上了，这就说明咱哥们儿有缘分。这样，我高攀你一回，你今天一定要从这里搬一罐子药酒回去，给你们家老爷子尝尝，就算是我孝顺老人家的。这是保健酒，能延年益寿，老爷子喝着好了，你继续来哥们儿这里搬。"

武明说："三哥，你要是搬回去喝了，真等于叫蛇咬着舌头了。"

石大川笑着说："你小子武明，什么乱七八糟的，一套胡说，小心那根甘蔗没你的份了。"

"我刚才搬酒，他喊着叫我松手，说蛇要咬到我的手指头了。"武明说。

尚进东哈哈地笑着，看着石大川说："武明这狗蛋人小心不小，现在就知道以牙还牙了。"

武明喜滋滋地跑到甘蔗跟前，拿起甘蔗横放在一个膝盖上，两手握住甘蔗用力往下压着，想折断它，一边憋红了脸，一边说："都是你惹着我了，兔子急了还咬人呢。"

武清从后头踢了武明的屁股一脚，说："啃你的甘蔗去，你什么时候变成兔子了？小心三哥哪天一刀子剥了你的兔子皮。"

三个月后的一天，石大川打发武明去叫尚进东到他那里喝酒，尚进东就扔下手里正在修剪的一盆菊花，跟着武明去了。进了石大川住的屋子，尚进东发现他几天没来，屋里头已经变得空荡荡的，那些盛酒的大缸和泡着人参、鹿茸、蛇等东西的玻璃罐子都不见了。尚进东有些疑惑，忙问道："怎么，你不弄药酒了？"

石大川往杯子里倒着酒，说："这里的人思想不行，目前都还意识不到保健酒的功能，卖得不理想，我就把它们处理掉了，准备转行干点别的。"

尚进东说："这么说你要回东北了？"

石大川端起酒杯来，高高地举着说："来，先喝一口再说。"

两个人碰了下杯子，把酒喝下去，石大川才看着尚进东，重新开口说："我今天把兄弟你叫来，是有个大项目，想和你合计合计，看看你对这事感不感兴趣。你要是感兴趣的话，咱们就一起在锦官城大干上一场。"

尚进东放下手里的杯子，说你说来看看。

石大川说："我在锦官城也待了不短的日子了，认识了不少人，暗地里也考察了不少人。通过和你交往的这几个月，觉得只有你是最合适的人选，是可以和我合作干一番大事业的人。不瞒兄弟你说，我弄药酒纯粹是个引子，是这个大项目的序曲，是来做铺垫的，目的就是为了今天和你说的这个项目打基础。你明白我的意思不？"

尚进东模糊地摇了摇头，说："我好像还没弄明白你这话是什么意思。"

"这不太清楚了吗。"石大川看着尚进东说，"我的意思是说，我来锦官城，就是为了现在要给你说的这个大项目来的，弄药酒是其次的事。"

尚进东说："这回我听明白了。你的意思是说你来锦官城，目的就是想找个人和你一起在锦官城干你要说的这个大项目。"

"就是这个意思。"石大川说，"这个项目要是干好了，锦官城就不是现在这个样子了，锦官城的人都可以到我们的厂子里去当工人，整个锦官城的人都可以跟着我们去挣外汇。"

尚进东被石大川绕糊涂了。他懂得挣外汇是个什么概念，那是说去挣外国人的钱。但在锦官城开厂子，也能挣来外国人的钱？尚进东说："能挣外汇的项目，肯定不是个简单工序的活，锦官城的人能干得了吗？"

"那太简单了，每个人只需要一把锤子和一根针，任务就完成了。"

"你说的到底是个什么项目，真这么简单，工作起来只需要一把锤子一根针？"

尚进东觉得自己真正是被石大川绕迷糊了。

"我们在锦官城建一个果仁厂，到东北去把那里堆成山的山核桃和松子拉来，让锦官城的人把那些果仁用锤子敲出来，然后加工好了，出口到国外去。至于剩下的核桃壳，我们可以建一些烧木炭的炉子，把它们统统加工成木炭，销往各个大城市。你不知道，现在大城市里流行吃火锅，木炭好几块钱一斤。仅仅靠卖木炭，我们就能把成本挣回来。至于那些加工好的核桃仁和松子，出口到国外去，价钱就更不用说了。"

尚进东有些犹豫。开厂子是需要有资金的，建厂房、进原料，都是钱，并且还不是小数目。这么大一笔资金，从哪里来？

石大川看着尚进东，神秘地一笑，说："资金你不用操心。只要你愿意和我开厂子，前期的资金我来投，后期的资金咱们让锦官城的人集资入股，到年底，我们按股分红利给他们。"

"集资恐怕很困难，锦官城的人都仔细着呢，一分钱恨不得掰成八瓣来花。"尚进东说。

"越这样越好。只要我们声势造得得当，你看着吧，那些想投资的人保证会把你围得密不透风。"石大川看着尚进东，胸有成竹地说。

尚进东是抱着试试看的态度，答应和石大川一起干的。没想到事情的进展果然像石大川所预料的那样，让尚进东瞠目结舌。尚进东发现锦官城仿佛在上演一台热闹的皮影戏，所有的人物、剧情，都一一操控在了石大川的手里。

很快，石大川就拟好了两套方案。

第一套方案是：

果仁厂所租用的土地，均以锦官城年产粮食的最高纪录为底线折算。每亩地的粮款，果仁厂将按市场粮价的一倍补偿给锦官城。合同期十年，果仁厂预先支付所租土地两年的粮款。果仁厂建成后，招工首先招用锦官城人。

第二套方案是：

甲方（石大川与合伙人尚进东）和乙方（锦官城村委）共同出资，联合办厂，锦官城提供工厂用地，供果仁厂无偿使用。合同期十年，投资双方年底按投资比例分割利润。果仁厂建成后，工人首先招用锦官城人。

石大川留下两套方案，就带着尚进东去了东北。一个月后，几车皮核桃和松子先后从东北拉到了锦官城。

货一到，工厂的架子还没搭起来，石大川就把果仁厂招工的事宜委托给了村委会。消息一传开，报名到厂子里上班的人挤满了村委会院子，闹哄哄的热闹场面，把前去报名的人烘得热血沸腾。这边挤成一堆在报名，那边石大川又不失时机地在报名现场张贴出了个人投资分红的红利表。

大红色的红利表一贴出来，锦官城人又是一片哗然。锦官城那些喜好精打细算的人上前一看上面分红的成数，眼睛就瞪圆了，像是突然看到了钱生钱的聚宝盆，唯恐一眨眼就错过了这个千载难逢的好机会。袁大材第一个跑回家，拿来了三千块钱要求入股。接着是武清的爹也拿了三千。有人一挑头，锦官城人的毛病就出来了：别人都不怕，咱怕谁？有了发财的机会，个个都当仁不让。

黄翔修秤挣来的一点钱，一分一厘地都存进了银行里。第二天傍晚，他听小雨回来说完锦官城的人挤破头到果仁厂投资入股的事，就埋怨小雨是蚯蚓脑子，只知道把头往土底下钻，遇上这种天上掉金子的好事，都不知道回来言语一声。黄翔撂下手里正在修着的秤，急急慌慌地翻出存单，骑上自行车就往银行里跑。紧赶慢赶，还是赶上人家关门下班了。

黄翔站在银行门口，堵着银行里的人不让人家下班，嘴里嚷嚷着："我存在银行里的钱你们凭什么不给我？不给我钱，你们就不能下班！明天再取？明天再取就来不及了！我的损失你们能担得起吗？人家厂里已经说过了，过时不候。你们知道过时不候是什么意思吗！"

后来见实在取不到钱了，黄翔就转身跑去找尚进东，让他和石大川再协商协商，能不能宽限上一天。尚进东坐在灯底下，看着黄翔和其他几个因为来晚了没投上钱，焦急得坐立不安的人，觉得脑子里直发懵。他不知道石大川用了什么法力，能让锦官城的人个个都像着了魔似的，争着抢着往果仁厂里投钱。

晚上，尚进荣在一班子人的鼓动下，也在村委会里召开了群众代表会议，商议怎么到银行里贷款，怎么投资和石大川联合办厂。会议开得热火朝天，大家的思想空前一致，说搭上了果仁厂这辆车，挣上了外国佬的钱，咱们锦官城的人就算是过上花团锦簇的日子了。说不上日后连地都不用种了，还能到外国去转上一圈，看看外国的风景。

　　袁大材坐在人群里，一晚上就数他笑得最厉害，屁都笑出来了。他故意拍拍屁股，扫着一屋子的人说："到时候，咱们就去美国人的地里走一走，看看美国人种的麦子，和咱们锦官城的麦子长的是不是一个模样，一个颜色。我爷爷说他们顿顿吃面包，咱们也去尝尝美国的面包和什么黄油。"

　　几个人就纵声笑着冲袁大材摆手，说你到美国看麦子什么颜色吃面包黄油肯定都是假的，你是想去看看美国的女人，是不是都和潘红莲的屁股长得一样白，对吧？你爷爷从台湾回来的时候，不是说潘红莲长得像美国人那么白吗。

　　"你们回家害眼去吧！最好能把眼害瞎了，看不见日光。那样，你们就不用天天看着你们那些脸面像烧火棍一样，又粗糙又黑黄的老婆了。"袁大材说。

　　一屋子人都在哄堂大笑。

　　锦官城人人都充满了期待，脸上灿烂着、绽放着像开满了桃花一样的笑容。他们在外乡人面前走路的样子和说话的口气里，都有了一种不易觉察的改变，就像庄稼成长的过程，细微得肉眼几乎看不见，但内里却是在不容置疑地发生着翻天覆地的变化。

　　果仁厂的大框架一拉起来，人们就开始奔走相告。一些心急的人天天去工地上看，伸出指头摸料场上铺的水泥地面干到了什么程度。厂子早一天建起来、工人早一天来上班，就能早一天挣到外国人的钱，谁心里不着急。

　　整个锦官城都在沸腾不息时，老邮差悄悄地走过来扯住了尚进东，问道："你对那个石大川，心里有几成把握？你想准了，大家伙儿拿出来的，可都是攒了半辈子的命根子、家底子。"

　　"你都看见了，"尚进东扬眉吐气地说，"几车皮东西都在眼皮子底下摆着呢。厂子马上就运转开了，这有什么可怀疑的。"

　　老邮差仍然想不开，他带着几分忧虑的神情说："这些日子我一直在琢磨，这样的好事，他怎么不在当地做？非要费神劳力地花大价钱，还去动用火车汽车，把东西拉到这么大老远的锦官城来。"

　　尚进东思索了一下，替石大川找着理由："咱们这里的劳动力便宜。东北人会享福、都懒，没人爱出力，在他们那里敲出一斤果仁来，要比在锦官城多花一半的工钱。你这样算算，就觉得合情合理了。"

　　"账是这么个算法，"老邮差说，"怕就怕人心不古。你现在年轻，还看不透世道，不知道社会上三教九流里，什么人都有，什么手段都有。当年南蛮子到北庙里来偷树，就是打着给庙里送杉木的旗号。那个手段你至今都想不出来。"

　　尚进东笑了，说："整个锦官城这么多的人，我是傻瓜，不能人人都是傻瓜吧？厂子开在锦官城，几千人还能被这么一个外乡人耍弄了？那不是笑话吗！"

　　老邮差摇了摇头说："毛主席那会子就说过：不怕做不到，就怕想不到。什么事情，就怕这个想不到。一步想不到，到头来可就亏大了。"

　　看着大伙争相集资的火爆场面，尚进东的心里也有一丝隐隐的不安，但他觉得这种不安全是激动造成的后果。他就要在锦官城干出一件轰轰烈烈的大事了。他要让小素的爹看看，他尚进东是块什么料。

　　果仁厂开业以后，锦官城那些报名到果仁厂上班的年轻人，都穿着白色的工作服，在简易的厂房里加工果仁。那些砸核桃的，人人手里拿着一把轻巧的小锤子，一起一落地砸着坚硬的核桃壳。核桃壳敲开后，他们再用一根细长的钢针，一一把果仁挑出来，按果仁的完整程度，仔细地分出等级。砸松子的要轻快一些，他们用锤子轻轻地敲开松子薄薄的壳，基本上用不着再拿针去挑。

　　小顺在厂子里负责发原料。发完了原料，他喜欢去砸松子的车间里看那些女孩子。女孩子们都穿着白色的大褂，戴着白色的帽子，就像医院里的一群护士。她们坐在那里挥动着锤子，锤子落在松子上的声音，总在勾引着他，让他去想象那些在松树上嗑松子的小松鼠。小松鼠的长尾巴，也实在像那些女孩子脑门后头扎着的一把子头发，小顺就叫那些女孩子小松鼠。他觉得她们在工厂里的样子，比在田野里劳动好看多了。他猜测城里的女孩子在工厂里上班，最多也就是这个样子。

院子里一地的阳光，小顺从车间里出来，在料场上转悠时，看见了尚进东，就对尚进东伸着大拇指头，无限佩服地说："三哥，要说你真行，能和石厂长干出这么大的事来。我什么时候能像你一样，干一件惊天动地的大事，震震锦官城，那肯定就比牛仔裤还牛了。"

尚进东笑了笑，说："小屁孩，好好干活去。以后锦官城发展起来，像深圳那样变成了城市，一定会有更大更好的事等着你去做，你就穿着两条牛仔裤牛去吧。"

小顺好奇地问："深圳是个什么地方？我们学的地理书上可没见这两个字。"

"那你就去找张中华人民共和国地图好好看看，地图上肯定有。在地图上你还会发现，从深圳一下海，眨个眼就到了香港，你爷爷春天从台湾回来，不就是走的香港吗。"

"叫你这么一说，就跟你陪着我爷爷一起走过似的。"小顺说。

尚进东说："猪脑子，人没走过，眼睛还不会在地图上来回地走走，去见识见识。"

骂完了小顺猪脑子，尚进东就踩着一地金色的阳光，进了石大川的办公室。石大川坐在办公桌的后面，眼睛正看着窗子外头只剩下一垛货的货场。货场上空荡荡的，洒满了阳光。尚进东一走进屋子，石大川就从窗子外面的货场上收回了眼睛，看着尚进东，说他准备回一趟东北，抓紧去弄批原料来，要不就耽误生产了。见尚进东没言语，石大川又说："我刚给东北那边打了电话，问他们的货怎么还没给发过来。他们说现在是山货最紧缺的季节，要求咱们把原先的货款先清了，他们再把货发过来。我考虑了一下，还是咱们这边生产重要，就答应了他们，把前头的货款先给他们清了。"

尚进东说："这样一弄，咱们账上是不是就没有多少钱了？咱们发出去的货，人家也只付了一次货款，其余的都还没结。"

　　石大川对着一个玻璃烟灰缸弹了弹烟灰，往椅子背上靠了靠，说："先扛一扛吧，就这一两个月的困难。等到新核桃新松子一下来，主动权就在咱们手里了。到时候，咱们给他们签下整年的供货合同。有合同了，不管货源紧张不紧张，他们都得履行合同上的约定，给咱们发货来。货款那边，我这次绕道一块去看看，一块把货款催回来。"

　　尚进东多了个心眼，问："用不用我跟你一块去？"

　　石大川往椅子上靠了靠，说："不用，家里的业务还得靠着你，他们都不懂。你想想，东北那是我的地盘，谁还能黑了我石大川？"

　　尚进东笑了笑说："不是那个意思。我是想两个人一块出门，你能有个歇息的空。"

　　石大川说："现在是非常时期，辛苦就辛苦点吧。咱们一会儿去把货款给他们打过去。我争取快去快回，最多半个月的时间，厂里不是还等着米下锅吗。"

　　下午，石大川叫上会计袁大材去了银行，把果仁厂账户上的三十万块钱，全部划到了东北的一个账户上。

　　第二天一早，石大川夹着一个小包，站在院子里看了看，和尚进东招了招手，就转身钻进了半截的皮卡车里，一溜烟地去了双城坐火车。尚进东站在门口，看着车屁股后头喷出的一股黑烟，一直看到车没影了，才回了办公室。

　　左等右等地等了一个月，石大川人没回来，货也没发回来。尚进东心里着急地起火，跑进会计室里找袁大材，问银行账户上到底还有多少钱，还够不够工人这个月的工资。袁大材摊了摊账本子，说："还开工资呢，恐怕连一个人的钱都不够了。"

　　尚进东紧张地说："你还不抓紧时间打个电话过去，问问咱们发出去的那些货，他们什么时候给结账。"

　　袁大材摊着手说问了，人家说货款都结了半个月了，是石厂长亲自去办的。这个石厂长，家里都火上房顶了，他怎么还不急不燥，不赶紧往回赶呢。往东北打电话，也打不通。

袁大材这么一说，尚进东的脑袋里就钻进了一窝蜜蜂，嗡嗡地响起来，说你赶紧去银行的账上查查，看钱到了没有。

袁大材拍了拍腿说："我一天跑了三趟，腿都细成麻杆了，账上哪里有钱嘛。老三你说，那个姓石的不会卷了咱们的钱跑了吧？"

"不能瞎猜，说不定石厂长是拿了支票回来，在路上有事耽误了。"尚进东嘴里这么说，心里却咚咚地敲起了锣鼓，揣摩袁大材的话到底会有几分可能性。

第 8 章
一百户九十个姓

　　锦官城和中国其他地方的普通村镇一样，既不靠近山，也不靠近海；北不挨黄河，南不挨长江；远离着湖泊，也远离着贯穿南北平原的大运河。没有任何特殊的地理位置，自古以来也不是什么兵家必争之地，所以锦官城一直就是个平平常常的地方，和别处没有不同。几年以前，各家各户也是种着几亩旱地，杂七杂八地收着五谷杂粮。各家的院子里和院墙外，栽着一些树形和叶子都各异的树。院子外头，是一些春天来了就能发芽的树，有能掰了叶杆淹咸菜吃的香椿；有能采下榆钱来做榆钱饼，采下榆叶子能做窝窝头的榆树；有初夏里开满一树白花，香味能穿透半条街的洋槐树；有能把打苞的槐米采下来，在太阳地里晒干了，用土法子研制成黄绿颜色的染料来染布的笨槐树；有专门等着结了豆荚洗衣服的皂荚树；有专门用来打结婚床的臭椿树；还有专做门窗用的杨树。院子里头呢，大

105

都是随着季节开各样花的树，开火红花的石榴树，开淡粉花的杏树，开细碎小绿花秋里晃着一树红铃铛的枣树，还有花瓣能羞跑天上那些红云彩的桃树。另外，一些桑树、花椒树、苹果树、山楂树等，也都随意地长在院子的某一个角落里。锦官城人凡事讲求实用，栽的树也都是一些和日常生活紧密联系在一起的常见树，走到哪里满眼都是的那些。

　　杂七杂八的树里，只有柳树和梨树这两种树，锦官城的人很少栽种在家里，他们嫌这两种树名字不吉利。梨树里头的梨字和离一个音，听起来难听；柳树呢，树干长得扭七扭八，满身上是瘤疙瘩，只有在死人的时候被砍了枝干去做哀杖使，别的少有用处。和死人连在一起的东西，让人觉得更不吉利。整个锦官城在院子里院子外栽了梨树和柳树的，就只有老邮差尚宗仁家。

　　如果硬说锦官城和别处有什么区别和不同，仔细地找找肯定也有。比如锦官城人的祖宗都是崇光寺里的佃户，都是从四面八方逃荒来的，姓子自然就比别处的杂，几乎一百户里就有九十个姓。这样一来，大概就可以说锦官城唯一和周围乡里有区别的，就是锦官城的住户人眼杂，姓子多了。锦官城人一说到姓氏，个个都会豪气冲天地说：百家姓里有的，在咱们锦官城就没有找不到的。听起来不免有些夸张的成分，但也说明锦官城人的姓子确实杂。周围乡里的人听了锦官城人这话，都把它当作嘲笑锦官城的一个把柄，说锦官城人姓子杂，心就杂。心杂了，就是一盘散沙，一百股绳子往一百下里拧，各顾各的，哪一股都是一根指头就能挑断的货。

　　散沙就散沙。锦官城人听了都不以为然，不去理会这些毫无意义的嘲讽。他们说：这是锦官城大器，将来能成大气候。锦官城早先落过凤凰你们知道吗？有凤凰的地方当然需要百鸟来朝凤。百鸟朝凤，姓子不杂怎么能叫百鸟朝凤？锦官城的人口是杂，但我们什么都能包容，既不霸道，也不欺生，心眼子都不是窄巴巴的小水沟。

　　老邮差从墓地里回来，一路都在瞅着脚下的水泥地想心事。迈动一步，他就在心里回想着脚下这块地里，原先是种的麦子还是种的豌豆；再走一步，他又想这里是玉米长得好还是花生长得好，想着想着，就把拐弯忘了。一直走过了两个路口，有人和他打招呼，他停下来，才发现走过了头。和招呼他的人说了两句话，老邮差便就势拐了个弯，穿过鸟市往回走。

除了平常的市场，锦官城逢五逢十还有一个规模巨大的集市，集市上五花八门的东西，一样也不缺。除了通常的家禽市、牲口市、木料市、服装市、布市、鞋市、粮油市、杂货市、菜市、海货市、花市、干果市等这些不能或缺的市场之外，锦官城又恢复了多少年前的鸟市。锦官城的鸟市不同于别处，别处都是花鸟鱼虫地厮混着，这里的鸟市却是清一色的飞鸟。一到集日，从早到晚，鸟市里百鸟齐鸣百羽抖动，恢宏的气势和声震云霄的场面，活活把整个锦官城吵成了一片无边无际的鸟林子。

现在是散集子，没有卖鸟的，就没有群鸟热闹的喧叫，鸟市里就显得格外静，给人的感觉似乎还有些空空荡荡，甚至隐隐地透露着一丝清冷。老邮差的步子几乎是匆匆地穿过了几百米长的鸟市。他不喜欢鸟，从没到鸟市里来看过。他觉得玩鸟的都是些无所事事的闲人，和那些喝着闲茶下棋推牌九的人一样，不是什么正经人的做派。

拐出鸟市，绕过粮油市，再穿过细长的衙门胡同，一出胡同口，老邮差远远地就看见有人在他家院外的柳树上往下砍柳枝子，心想又是谁这么有福气，悄无声息地走了。

锦官城只有老邮差家的院里院外栽着柳树，所以锦官城谁家办丧事，都要到老邮差家的柳树上来砍柳木棍子。老邮差抬起拐杖，紧迈了几下步子来到柳树底下，仰了脸问柳树上的人："给谁家砍的？"

柳树上的人拨开柳叶子，从树枝子间低下头来，看清站在下面的是老邮差，就忙停了手里的砍刀，脸上嘻嘻地笑着说："大爷您回来了？我刚才过来，您不在家，我就先上来砍了。是给老鸟人砍的。"

老邮差心里一惊，问："给鸟人砍的？鸟人多会子没的？"

砍柳树的人说:"说是天亮前没的,谁知道,他也没个亲近的人看着。"

锦官城的习俗是,谁家有人去世了,大门口要立即竖上一根缠了白纸幡子的柳木棍子,对外人示哀,告诉外人这户人家正在治丧,去世的人还没有敛棺出殡。另外,在给死者泼汤和出殡时,死者所有家人的手里都要拉上一根柳木棍子的哀杖。出殡后,就把这些柳木棍子竖在棺木的一边,和棺木一起埋在地里,表示死者的家人一直在守护着死者。

老邮差听砍柳树的人说完鸟人,就点着头,嘴里嘟噜着一串话往家里走。砍树的人只顾着在树上咔嚓咔嚓地砍柳树,往下张望了一眼,并没听清楚他在说什么。

老邮差是在说鸟人。

锦官城最喜欢逛鸟市的只有一个人,就是鸟人于树平。于树平手里并没有鸟,他只是倒剪着一双手,像一只拢了翅膀的大鸟,在鸟市里穿行。白色的长胡须仿佛凝固住的寒风,徐徐地吹拂着那些被笼子困住的鸟翎。在鸟市里,所有的鸟看见了鸟人,都会在笼子里玩命地叫,拼命地扑棱翅膀,那样子是在用尽心思地想逃出他的眼睛去。那些手里架了鸟笼子的人,有不知道他是鸟人的,就拿眼奇怪地看着他,猜不出鸟看见了这个老态龙钟的白胡子老头,怎么会如此地惊慌失措。

于树平在鸟市里走,从不在任何一只鸟笼子跟前逗留,他只是蹒跚着步子,从鸟市的这头溜达过去,再从鸟市的那头溜达回来,一直走到鸟市散了,他就一个人站在那里,看着空空的鸟市发呆。在鸟市里,他偶尔也会学学某一种鸟的叫声,但是这种时候很少。他一学鸟叫,便引得笼子里的鸟拼命一般地随着他一起鸣叫。架鸟笼子的人呢,压根儿就不知道是这个干瘦的老头子,在逗引着笼子里的鸟,他们都以为是笼子里的鸟自己来了兴致,在叫个不停。

习惯了种庄稼的人,手里要是突然没了那些镰刀、镢头、锄头、铁锨,没了犁、耧、耙、种子、肥料,不用天天替地里的青苗子盼晴天盼阴雨地牵肠挂肚了；也不用一天三趟跑到地头上，去看那些该熟的庄稼熟没熟透，该不该收了，他们心里就一定会闲得长荒草。

　　锦官城人和天下所有习惯了种庄稼的人一样，眼前不看着庄稼，手里不一季一季地忙活了，他们眼里就没有了过日子的尺码，就觉得日子一天一天乏味得厉害，清水淡气。闲心都是从闲处生的。人闲了，日子乏味了，就开始有人琢磨着找油找盐地给日子调味道。找来找去，找的人就找到了狗身上，找到了猫身上，找到了鸟身上。跟河水决了堤似的，一个人开了头，划开了小水流，口子就越决越大。没出两年，锦官城的街上，喝茶下棋推牌九的，养鸟养狗逗蛐蛐的，这些五花八门的闲道道，就日复一日地兴旺起来。

　　养宠物的人一天比一天多，锦官城的鸟市、狗市、蛐蛐市，就跟逢春的草芽似的，蹭蹭地在地面上冒了出来，连成了片。但是狗市里没有平常的看家狗，都是些能搂在怀里耍弄的洋狗。有的有雪白的毛；有的没有尾巴；有的长得不像个狗模样，满脸是厚厚的褶子；有的比老鼠大不了多少；有的比小牛犊子都高大。那些狗千奇百怪的模样，叫人眼花缭乱，价格都高得上了天，弄得人一时间不知道什么狗才是狗了。二先生听说那些狗还要成天洗澡，还要吃专门的罐头，就来回地直摇头，对着老邮差说："现在人不大吃罐头了，原来都是拿去给狗吃了？这些狗真是比人有福。过去，人哪里舍得天天吃罐头。"

　　蛐蛐市里呢，一只小蛐蛐，卖蛐蛐的人就敢给它叫上几百块钱的身价，比头猪都值钱。什么事都怕比，比比价钱，再比比饲养起来费事不费事，比来比去的，很多人就认为还是鸟好养活，喂它点谷子虫子蚂蚱什么的，一早一晚的再提出去遛遛，就完事了。叫起来还悦耳醒神。因此玩鸟的人就一天比一天多，比早些年间的鸟市张罗得还大。

　　锦官城上些岁数的人都记得，锦官城的鸟市曾经声名远扬，连几百里上千里之外的地方，都知道锦官城有个庞大的鸟市。锦官城虽然不是什么地理要塞，但一条官道穿街而过，也就算是地处要道了。南来北往的商贾行人路过锦官城，不免把各地的特产带到了锦官城，同时也把锦官城的名声传播到了遥远的地方。远处山里有偶尔到锦官城来过的人，就把锦官城鸟市的信息带回了山里。一些山里人听说锦官城还有个鸟市，都好奇，说还有买鸟卖鸟的？他们便捉了形形色色的鸟，头上顶着星光，跑几十里上百里的路，带到锦官城来，想看看锦官城是不是真有人们传说中的鸟市。

这些山里人一来到锦官城，一走进鸟市，就惊呆了：鸟市里各色鸟的鸣叫声，让他们怀疑自己又绕回了他们的山林里。还有一样更让他们惊奇的，他们卖了鸟之后，发现锦官城的人买了鸟之后，并不是带回家喂养。他们提着鸟，都往同一个方向走，走到鸟市南边的一片树林子里，就撒手把笼子里的鸟放飞了。这些山里人不明白，在旁边打听了半天，才知道那些人买鸟，纯粹就是为了给鸟放生，求平安的。

那些在树林子边上好奇地打听着，问人们为什么买了鸟又要放掉的山里人中间，就有鸟人于树平。只是那时候他还年轻，还没有鸟人的称号。

来来回回地跑了一年，于树平就在锦官城混熟了。他慢慢地发现，锦官城的人买了鸟就去树林子里放掉了，因此锦官城的鸟并不比山里少，他完全没有必要再辛辛苦苦地回山里捉鸟来卖了。他便在锦官城找间破屋子住下来，就地捉了鸟卖。于树平在山里长大，最擅长的就是捉鸟。他弄了些鸟笼子，在锦官城的各个树林子里挂了，大笼子里套着小笼子，小笼子里放着雌鸟。然后，他在大笼子的笼门上刷上厚厚的桐油，用小笼子里的雌鸟去吸引雄鸟和小鸟。听见雌鸟叫，那些雄鸟和小鸟急着往笼子里冲，翅膀撞到笼门上刷的桐油，一下就粘住了羽毛。这样，闯进笼子的雄鸟就只能束手就擒了。除了用笼子套，于树平还用小袖镖射鸟的翅膀，一镖甩出去，百发百中。

锦官城那些比于树平小两岁，整天闲着无事的半大小子，都爱跟在于树平后头，看他射鸟，想学个一招一式。于树平射鸟时，每次都只射雌鸟。有个跟着他看热闹的半大小子不明白他怎么只射雌鸟，问他怎么就知道树上的鸟哪只是雌的，哪只是雄的。于树平眨巴着眼睛说："回去瞅瞅你姐去。"

问话的小子没明白过来什么意思，说我姐和鸟有什么关联？我姐又不是鸟托生的，身上又没长翅膀和羽毛。

于树平认真地说："怎么没关联，她们是不是都是女的？你说女的是不是都比男的长得俊俏，穿的衣服也鲜亮，好看。"

其他孩子一听，就都呲着牙嬉笑。问话的小子看见同伴笑，恼羞成怒地红了脸，把气转到了同伴身上，嘴里骂着："再也不跟你们这些杂碎一块看什么破鸟了。"

下一次，看热闹的人里还是少不了他。

于树平还有一手绝活，就是一次能射下两只鸟来。如果有鸟在树上交配，他看见了，一袖镖射过去，两只鸟准会一齐落下来。遇上这样的时候，跟在他屁股后面的孩子就对他佩服得五体投地，纷纷跑上前替他把翅膀受了伤的鸟捉回来。翅膀受了伤的鸟在鸟市里是最值钱的，那些在庙里许了大愿的人，都会争着买这些受了伤的鸟，把它们带回家，疗好了伤，再到南庙外专门放生的树林子里把鸟放了生，还愿。

在集市里卖了鸟，于树平就到尚宗仁家的饭铺子里吃饺子，或者要一碗卤水面条。于树平每次到铺子里来，尚宗仁听见他说话，就躲到一边去读千字文，从不和他打招呼。尚宗仁不喜欢这个捉鸟的青年，觉得他杀气太重。用小袖镖去射鸟的翅膀，简直是太残忍了。尚宗仁也讨厌那些买鸟放生的人，觉得他们放鸟都是假慈悲。若是他们不买鸟放生，这个深山里的人就不会跑到锦官城来，用他的小袖镖射鸟的翅膀了。用小袖镖射伤它们的翅膀，让它们不能在天上自由地展开翅膀飞，还不如一镖把它们打死好受呢。

于树平好像并不知道尚宗仁不喜欢他。来了几趟铺子，略微混熟了，于树平隔了几天再到饭铺子里来吃饭，竟给尚宗仁带了一只叫得无比婉转动听的画眉鸟来。于树平把鸟笼子放下，一引导，那只画眉鸟就叫起来,叫声明亮得像露水滴一样清澈,又像蜜水一样甜润。

以后,于树平每次从山里回来,都会带来一只平原里少见的五彩颜色的什么鸟,送到饭铺子里来。有一天,于树平带了一只会说话的八哥,欢天喜地地提到铺子里,站在门口就喊尚宗仁,说你出来教八哥背三字经试试,它保证能学会。

尚宗仁的爹二梁也不喜欢养鸟,但他似乎并不讨厌于树平,总是对他笑脸相迎。他这么做,一是开店人的规矩,凡是进了店里的客人,就是来讨一碗水喝,不吃饭,开店人也要像接待上宾一样,热情地接待人家;二是他觉得人家好心好意地把鸟送上了门,你就不能驳了人家的面子。所以,他每次都是把于树平新提来的鸟收下,再让于树平把上一次带来的鸟提走,说让你兄弟玩两天新鲜就行了。于树平也不计较,吃完了饭,把新带来的鸟挂到后面院子里的柳树下面,提了上次带来的鸟就走。

第二年正月里,锦官城按着往年的惯例,几个大户人家又凑了份子,请了南边清水河的戏班子来唱京戏。连台的戏还是从正月初二一直唱到十五元宵节。

刚过了年,锦官城大街小巷里都走动着来来往往听戏的人。大姑娘、小媳妇也都走出了家门,听戏看景。戏台下,卖糖葫芦的扛着插糖葫芦的苫子;卖花米团子的,把花花绿绿的米团子挑在细白蜡杆子上;卖玻璃鼓荡的,拿着一个细细脖子的玻璃瓶在嘴上一鼓一吸,鼓荡鼓荡地吹着;卖芝麻糖的把芝麻糖放在竹篮子里,挎在胸前,喊声比芝麻糖还甜。另外一些卖茼杆子做的小猴子的、卖竹子做的小花蛇的、卖刷了彩色水纹上了清漆的哗啦棒槌的、卖不停地点头喝水的永动鸟的,数不尽的新鲜玩意,都跟着那些小商贩在看戏的人群里挤来挤去,看上去比过年的那一天都热闹。

戏白天唱,晚上也唱。尚家的女人一般都是晚上去看。白天,一家人都要在饭铺子里忙活。就连尚宗仁的姐姐柳叶也放下了手里的针线，到铺子里帮着烧火洗菜剥葱。又粗又黑的大辫子甩来甩去，看得人眼花缭乱。

柳叶是尚大贵给儿子一梁抱养的闺女，按着尚大贵的意思，儿子房里孩子都稀少，就不再分谁房里的了，让他们学着大户人家的样子，一律都和爷爷奶奶住在一座宅子里。

一到冬里，柳叶娘就咳嗽得几乎起不了床，所以十五的晚上去看戏，柳叶娘不能去，柳叶就和奶奶婶子们一起去了。台子上先是咿咿呀呀地唱了一出《打龙袍》，接下去是《四郎探母》。《四郎探母》刚唱了一折，柳叶就不想看了，对坐在一边正看得入迷的奶奶说："今天过十五，外头到处张灯结彩的，俺娘自己在家里冷清着，俺回去陪她说说话去。"

奶奶榆叶从锣鼓喧天的戏台上收回眼睛，对着柳叶点了点头说："难得你有这份孝心，让你兄弟陪你家去吧。"

柳叶把站起来的尚宗仁按回到凳子上，笑着说："就一条街，街上还到处挂着花灯，我闭着眼睛也能走回去。"嘴里说着，就一个人挤出人群走了。

戏散了场子，已经晚了，柳叶的奶奶以为柳叶陪着她娘睡下了，就没打发人去看。第二天，日头都上来三杆子高了，奶奶还没看见柳叶，就急了，说这个丫头今日是怎么了，到现在还不来伺候她爷爷，就打发尚宗仁去叫。

夜里下了一场薄雪，地上白白的，尚宗仁就一路踢踏着薄薄的雪，往屋后柳叶家里走。走到门口，遇上了手里拢着暖炉朝外走的一梁，就站住了脚，先给大爷请了安，才问："柳叶姐呢？俺奶奶叫她呢。"

尚一梁看了看侄子，说："你柳叶姐回来过吗？我一直没看着，你进去瞅瞅。"

柳叶娘这天躺在床上，看见透进窗棂子里的太阳光好像特别暖和，就挣扎着起了床，这会子正倚靠着门站着，看着地上的雪走神。看见尚宗仁进了院子，她就招了手叫尚宗仁，随即转身去橱子里端出来一瓢子黑枣子和柿饼子，叫尚宗仁拿了吃。尚宗仁没拿瓢子里那些黑乎乎的东西，而是问："大娘，俺柳叶姐呢？俺奶奶急着找她呢。"

柳叶娘说："你柳叶姐什么时候回来过？"

"夜黑里她看了一场戏，就家来了。"

柳叶娘一下子慌了，手扶着门框，嘴唇哆嗦着说："你说她夜黑里看了一场戏就家来了？"

尚宗仁一听柳叶没回来过，没顾上回答柳叶娘的话，回头就跑。他气喘吁吁地跑到奶奶跟前，慌慌地说："俺大娘说柳叶姐夜黑里没回去。"

奶奶一听柳叶夜黑里没回家，惊慌得手里端的鸡蛋茶都撒了一半，嘴里说："这是从哪里说的？这是从哪里说的？没回去能是去了哪里？"

尚大贵在屋里也听见了，他使劲地在桌子上墩着水烟袋，气急败坏地说："看戏看戏，年年锣鼓家什一响，就忙了你们这些娘们！一群人守着还丢了孩子！"

每年请了清水河的戏班子来唱戏，过后都听说有跟人私奔了的大闺女。现在柳叶不见了，她奶奶就怀疑孙女是不是也跟人私奔了。但回头想想，又觉得自己这个想法是糟践了自己的孙女，不是一个当奶奶的人该这么想的。柳叶虽然是抱养来的，爹不争气，天天泡在赌桌上不下来，娘咳血咳得要死，没精力教她针线活，但她从小勤快聪颖，无论什么样的针线活，绣什么花，多难的绣法，花色多繁杂，她都是瞅一眼就会。尽管年龄还小，却一点也不像那些小门小户的闺女喜欢抛头露面，说话做事的都没有见识。过了年柳叶就十四了，早有很多人家上门提亲，只是她爷爷一直没有松口，怕一时看走了眼，委屈了柳叶。

家里人都喜欢柳叶。尤其是尚大贵，吃饭喝茶都要柳叶伺候，别人谁也不用。柳叶的名字也是他亲自给起的。给柳叶起名字的时候，尚大贵想了好几天，想起了为他跳井死的柳家闺女小菊，想起了自己因为几亩地上了边家的门，榆叶的父母死后，榆叶起早贪黑地忙活，才给尚家帮衬出这么一份家业。思前想后，觉得自己一辈子遇到的两个女人，都是天底下最好的女人，他就把两个女人的名字合在一起，搁在柳叶的身上了。

到了晌午，还是没见柳叶的身影，家里人都清楚柳叶这回真是丢了。这个时候，家里才有人想起那个捉鸟的于树平来。他每次来送鸟，都会借着去柳树下挂鸟笼子的空，到后头的院子里去。而柳叶，就是整天坐在柳树下绣花的。除了这个捉鸟的人，柳叶从来没和别的男人单独说过话。

尚宗仁说："我有一次就听见他在挂鸟的时候，在夸柳叶姐绣的花能闻出香味来。柳叶姐没吱声，只是低着头咬着嘴唇笑。"

二梁和三梁对看了一眼，相跟着出了院子，然后绕过一条胡同，急急地到了于树平住的破屋子跟前。四下里看了看，见没有人，三梁就过去推开了破屋子的门。破屋子里乱糟糟的，一股子多日没人住的阴冷气从门里头扑出来，一只老鼠跳下锅台，惊慌地从门洞里钻出来，穿过二梁的腿裆逃过了街。

二梁瞅着三梁说："咱们这不是犯傻？谁拐了人不往外跑，还留在眼皮底下等着挨收拾。"

尚大贵还在家里发脾气，手掌子把桌子拍得啪啪响，埋怨柳叶的奶奶和两个儿媳妇："看戏看戏，我让你们去看戏！这回真有好戏看了，你们再看去！"

柳叶的奶奶慌慌张张地去香火铺子里买了五色纸和香烛回来，打发两个儿媳妇赶紧到庙里去找老和尚拜佛求签，问问柳叶的劫数和吉凶，再求菩萨保佑柳叶遇难呈祥，逢凶化吉。

一家人折腾了一天，也没找到一丝柳叶的踪迹。

第二天过了晌，眼看天快麻花脸了，于树平背着柳叶匆匆地进了尚家的饭铺子。二梁先是看见了于树平，然后就看见了于树平背上的柳叶。于树平一进门，抬头看见二梁在往锅里舀水，就急急火火地说："二叔，二叔，快去帮我放下柳叶妹妹。"

115

　　二梁看了看于树平头上闪闪放光的汗，又看了看趴在他背上的人，以为自己抬头急了看花了眼。定睛看了看，趴在于树平背上的确实是柳叶，他的火就从心底腾腾地冒了起来。这个狗日的捉鸟人，果然是他拐走了柳叶。看见柳叶的第一眼，二梁心里就一颤，柳叶的脸上全是黑乎乎的血道子，人朝他这里耷拉着脑袋，看样子已经昏迷不醒了。他一边扑上去看柳叶，一边大声朝爹娘房里喊："娘，娘，柳叶回来了！"

　　一家人慌慌地从屋子里跑出来，齐刷刷的眼睛都傻傻地看着趴在于树平背上的柳叶。

　　放下柳叶，女人们围在床边上长声短声地唤她。二梁上前一拳，就把于树平打在了地上。他咬牙切齿地说："你这个狗娘养的，真是狗胆包天了，在锦官城，你也敢拐人！"

　　于树平趴在地上，抬起头来疑惑地瞅着二梁，说："二梁叔，你这话是从什么地方说起的，我把柳叶妹妹给背了回来，您怎么还打人？"

　　二梁不容于树平分辩，上去又是一脚，仍然恶狠狠地说："我打你还是轻的。你个狗日的现在还敢狡辩。你说，你把柳叶拐走后，怎么弄成了这个样子？今日说不清白，你这条狗命就算活到头了。"

　　于树平被打得直发懵。二梁说他拐走了柳叶，他要是真拐走了柳叶，还会和她回来吗？自己是喜欢柳叶，柳叶也喜欢自己，但喜欢是喜欢，自己心里却从来没想过要把柳叶拐跑。柳叶是什么人家的女子，家里有几十亩地，还开着饭铺子。这样的女子，你就是喜欢得要了命，也只能是在心里喜欢。你还喜欢天上的月亮呢，可月亮就是月亮，永远高高地挂在天上，你只能远远地看着。于树平觉得柳叶就是天上的月亮。

　　于树平虽然常到后院来挂鸟，和柳叶说话的次数却极少。有一次，于树平从山里回来，又带了只画眉来。卖完了别的鸟，到饭铺子里吃饭时，他就像往常一样，提着笼子里的画眉，到后面的院子里去挂。在柳树下面，于树平又遇上了坐在柳树下绣花的柳叶。看见他走过去，柳叶远远地就低了头，红了脸站起来，站在一边看他挂鸟。他每次挂好了鸟，都是先站在那里逗着鸟叫上几声再走。那天，他也是同样先逗着那只画眉鸟叫了几声。逗着鸟，在画眉鸟清丽婉转的鸣唱声里，柳叶说了句："山里的鸟叫得真好听，声音又甜又润，像蜜糖水。"

听见柳叶和他说话，于树平学鸟叫的嘴巴就停住了，心里像开了一山的鲜花。他几天没来，再来，柳叶竟能猜出他是回了山里。他想，看来柳叶一直在留心着他。

于树平看着柳叶脸上的红晕，指了指柳叶手里绣的花说："你绣的这些花怎么像是活的，都能让人闻到花瓣的香味了。"

柳叶手里绕着花花绿绿的丝线，没再吱声，只是在轻轻地咬着嘴唇笑。于树平看见柳叶手里绣的是一个烟荷包。

在锦官城，年轻女子绣烟荷包，除了给她家的长辈男人和兄弟，另外就只有和她定了亲的未婚夫，才能得到。

两个人站在柳树下说话，并不知道柳叶的爷爷尚大贵正站在木格子窗户里边，在看着他们。这天夜里，他给柳叶的奶奶说："给柳叶说，以后别坐到柳树下去绣花了。要绣，到她婶子们房里绣去。"

以后于树平再提了鸟笼子到后院里去挂，就看不见柳叶了。

年前，一过了腊月二十，于树平买了些鞭炮和山里没有的稀罕物件，趁着那几天没下雪，天气晴朗，就回了山里的家。过完年，又过完十五，于树平把在山上捉的一些鸟装在两个大笼子里，找根扁担一挑，就上了路，他想回锦官城赶正月十九的放生节。这是锦官城一年里规模最大的放生日，那些信佛的，不论有病的有灾的，还是平平安安的，在这一日里都会拿了鸟去让和尚们超度。等庙里的和尚们在庙外设的道场里念完超度经，他们就纷纷跑到放生林子里去放生。据说这一日里放了生，再到庙里求一个平安的符子回家贴到床边上，就会一年里没病没灾，风调雨顺，平平安安。所以这一天里，鸟的价钱卖得最高，是所有捉鸟人最盼望最欢喜的一个日子。

　　肩上挑着担子，于树平的脚下依然呼呼生风。他想早一点赶到锦官城，赶到尚家的饭铺子里，把新捉的一只凤头百灵挂到尚家的院子里，让百灵唱歌给柳叶听。从捉到这只百灵鸟开始，于树平就有些睡不着觉了，他想柳叶听了这只百灵鸟的声音，一定会喜欢得不得了。锦官城的人都喜欢凤凰，这只凤头百灵，你看它的凤头，真的就像一只没长大的小凤凰。说不定喜欢它的不光是柳叶，尚家的老老少少都会喜欢。

　　一路想着锦官城，想着柳叶看见凤头百灵后的欢喜劲，七八十里的路就在于树平的脚下走过去了。太阳快落山时，于树平走到了锦官城的地界上。锦官城的四面都是丘陵。在锦官城的外围看，锦官城就像一艘小巧的元宝船，泊在那里，浑身透着宝气。远远地看到崇光寺时，于树平想自己干脆绕过崇光寺，穿过麦地走过去算了。然后沿着河边走小路，到尚家的饭铺子还不天黑，说不定到院子里挂凤头百灵的时候，还能碰见柳叶。这么想着，他就抬脚拐进了麦地。

　　麦地里铺着一层白白的雪，那些露在白雪外头的麦苗子就格外的青，青得都有些发黑。走过了一块麦地，于树平听着脚下踩踏的雪发出的吱吱嘎嘎的声音，忽然觉得有点内急。但看看从雪地上刮过去的裹着雪屑的北风，大概一泡尿还尿不完，尿水就会冻成直直的冰挂了。于树平学了声百灵鸟的叫声，想活人还能让尿憋死了，还是待会找到避风的地方再尿吧。正这么想着，往左边一转脸，看见不远处的一块麦地边上，谁家上年看瓜的秫秸棚子还没拆，于树平就急走了两步，奔到瓜棚子门口，撂下肩上的鸟笼子，面朝东站在瓜棚子门口撒完了一泡尿。撒完了尿，看着雪地上袅袅的热气，于树平听见棚子里好像有个细细的声音叫了一声，就一边系着裤带，一边弓了腰往棚子里瞅了一眼，觉得里边怎么好像躺着个人？他以为是讨饭的，就又好奇地看了一眼，想从褡裢里掏点东西施舍给他。这一眼，他就看见了一根又粗又黑的辫子拖在棚子门口的地上。

　　于树平心里一慌，觉得地上的辫子怎么就像柳叶的呢，又粗又黑又长。心慌完了，他对自己嘲讽地一笑，心里说怎么会想到柳叶身上呢，柳叶怎么会在这里。肯定是讨饭的花子路过这里，天寒地冻的，好不容易遇见这里有个瓜棚，就进来当作避风的窝了。一看是个女的，于树平就忙去担起鸟笼子准备走，怕惹了什么是非。迈开步子了，于树平又停下来，重新把鸟笼子放回地上。他觉得有些不对劲，就是讨饭的花子，这冰天雪地的也不该躺在冰地上吧？地上没有铺的草，她顶多会坐着避避风。于是又弯了腰探了头去看。这回看清了，他看见躺在地上的女子穿的衣裳也像是柳叶的。于树平大着胆子又看了看女子的脸，看见她满脸上都是血道子。再细瞅瞅，老天爷，这不是柳叶还能是谁！

柳叶怎么会躺在这里？于树平惊得牙帮骨都哆嗦了。哆嗦完了，他跪在地上，扶着柳叶的膀子把柳叶扶了起来。他把柳叶揽在胸前，嘴里喊着："柳叶，你这是怎么了柳叶？"

他晃了半天，柳叶也没有动静。摸摸鼻子，鼻子里好像还有一丝气息。

于树平背起柳叶就朝尚家跑。

听完于树平的解释，三梁立即就出了门，去找于树半说的那块麦子地和那个瓜棚。果然在那里找到了于树平的鸟笼子。一家人看着三梁担回来的鸟笼子，知道他们真是错怪了于树平。二梁忙着给于树平赔礼道歉。赔完了礼，又要去炒菜款待于树平。尚大贵用水烟袋的长嘴子在空中点着儿子说："你也忒鲁莽了，不问青红皂白。就仗着树平这孩子不是外人，担待你，要是外人，我看你怎么收场！"

于树平木头木脑地摇了两下脑袋，说："只要柳叶妹妹没有事，二叔打我两下子算什么。二叔也是找不到柳叶心里急疯了。"

说完，到院子里挑起鸟笼子就走了。

于树平走后，柳叶的奶奶慌乱地叫儿媳妇们去烧了水，给柳叶擦洗身子。擦洗完身子，奶奶叹着气看了眼尚大贵，摇摇头，那意思是柳叶的清白已经没有了。一家人猜测柳叶一准是在看戏回来的路上，被恶人给虏走的。

　　在冰地上躺了一天一夜，柳叶回来后一直没有苏醒，三天后就死去了。因此柳叶在正月十五的晚上是怎么走丢的，就彻底地成了一个谜，谁也不知道。

　　柳叶死后，于树平就不到尚家饭铺子里吃饭了。他每天只是提着从山里带来的那只凤头百灵，不停地在野外头转。一天，尚宗仁到坟地里去找一种能嚼出酸味的圆边三叶草吃，看见于树平提着鸟坐在柳叶的坟前，一会逗引着笼子里的鸟叫，一会又自己学着各样的鸟鸣声，叫个不停。叫完了，就问："柳叶，我学的鸟叫好听吗？"

　　尚宗仁悄悄地跑出坟地，撒脚就往家里跑。跑回家，他一气两喘地对尚大贵说："爷爷，你说那个捉鸟的人奇怪不奇怪，他提着个鸟笼子，在柳叶姐的坟子边不停地学鸟叫，叫完了，还问柳叶姐他学的鸟叫好听不。"

　　尚大贵说："这话不许朝别人说了。这一定是你听讹了耳朵，他那是学着鸟叫，给鸟说着话，往笼子里引鸟呢。"

　　尚大贵知道这件事不久，就到了于树平的破屋子里，亲自去给他提亲。于树平想也没想，一口回绝道："我指望捉几只鸟卖，养活自己都难，哪里还有本事成家。"

　　尚大贵说："你在锦官城也没有什么亲人，你要是不嫌弃，就给我当干孙子吧。这么的，你成家后，我给你两亩地。两亩地是不多，但料理好了，总够你养活一个家了。"

　　于树平苦笑着说："承蒙您老人家看得起我，我给您当孙子行，但决不会要您的地。我四处捉鸟闲散惯了，不愿种地了。"

　　于树平明白尚大贵的意思。尚大贵之所以要拿出二亩地来给他，一是因为他把柳叶给背了回来，虽然柳叶没活过来，但他也算柳叶的救命恩人；二是柳叶死后，他天天提着鸟到柳叶的坟边给柳叶听鸟叫，尚大贵肯定知道了。不过，天底下有什么能换回来柳叶那张花朵一样的笑脸呢？

　　尚大贵往下没再说什么，他呼呼啦啦地抽完一袋水烟，站起来走出了于树平的破屋子。

　　于树平留在锦官城，一辈子没再回山里，也一辈子没娶亲，只是把捉鸟的功夫练得炉火纯青了。他把捉来的鸟提到柳叶的坟地里，和那些鸟一起叫给柳叶听。什么样的鸟鸣，他都学得惟妙惟肖，连鸟都辨不出真假来，慢慢地就得了一个鸟人的绰号。直到有一年，他用袖镖一下子又射下了两只鸟，从此就再也不捉鸟了。他逢了人就说："我明明看见是一只鸟，一镖射下来，怎么就会是两只呢？"

第 9 章

人该做的事情都推给了机器

在墓地的西北角，紧挨着柳叶坟墓的，就是鸟人的墓。柔和的日光穿过了树的缝隙，洒在了鸟人的墓上。墓上已经冒出了一层细密的青草，栽绒似的覆盖在上面。在日光的照耀下，新鲜的绒草就像鸟人嘴里跑出来的那些鸟啼声一般鲜亮、清丽、水灵。老邮差在鸟人的墓地边坐下来，拍着鸟人坟墓上的绒草大声说："鸟人，你现在见着柳叶了，是不是就比活着时叫得更欢了？"

拍着鸟人的坟墓，老邮差的心里忽然又涌上了那种莫名的悲凄。这种悲凄一泛上来，就让他两手抖个不停。他往前匍匐了一下，把两只手按在鸟人的坟墓上，阻止着手的颤抖。他已经发现，自己的手只要一摸到新鲜的泥土，颤抖就会立即停下来，一丝一毫也不再抖动。他猜不出来这里面的原因，但每次抖动的结果都是这样，一旦他的手摸到泥土上，手就会马上停止抖动，仿佛儿子给他弄的那

122

台按摩脚的按摩器一下子断开了电。

怎么会这样呢？这件事情想得令他的头皮都有些发麻了，他也没想明白。有一天他走在街上，想到墓地，他的手又抖动起来。他赶紧蹲下来，想把手按在坚硬的水泥地面上，让它们停止抖动。可是，令他意想不到的是，他按了半天，手不但没有停止抖动，仿佛水泥地面都随着他的手在抖动了。那一刻，他绝望地看着水泥地面，不知所措地看着自己的手，直到眼睛在路边的花坛里找到了泥土，他爬起来，把手伸进花坛的泥土里，手才终于停止了抖动。

星期天，二儿子尚进国从城里回来了。这个医生儿子一进门，老邮差就把这件事情说给他听。尚进国说："不能吧？您刚检查完身体，身体各种机能都良好，一点病症的迹象都没有，手怎么会抖动呢？并且，还一按到泥土就好？"

老邮差来回地翻弄着手，给儿子看着，说："我也觉得古怪。我把手按在街上的水泥地上，它怎么就不能停呢？"

尚进国说："那我再带您回去查查去。您感觉哪里还有不舒服的地方？"

哪里还有不舒服的地方？老邮差想了想，说："哪里都没有不舒服，就是手忽然就会发起抖来，跟通了电似的。抖起来后，只要一把它按到泥土里，它就立即不抖了。"

"这就有些奇怪了。"尚进国说，"我们小的时候跑路摔倒了，磕破了膝盖哪里的，按着你们大人教的法子，抓一把干土捂在伤口上，你们说那样伤口就不会流血了，也不会发炎。但我至今还没听说过谁的手发抖，按到泥土里就能好的。说不定，您这还真是发现了一种治疗身体颤抖的新疗法，我得去给您申请医学发明专利去。"

老邮差不喜欢儿子现在这种说话的方式，什么正经话到末了都能拿过来开玩笑。城里到底是个什么地方呢？人一到了城里，在那里混上几年，再回来，就好像是把泥土烧成砖块了，再也找不到原先那点能长草能开花的地方了。

老邮差不满地看着儿子说："别跟那个从城里跑回来的小顺似

的，把城里那些恶习都带回了锦官城。我在给你说我的手呢。我问你它到底是怎么了，它发起抖来，怎么只有摸到土才会停下来？"

尚进国说："您一辈子就这么板着，现在还是板着。我也回答不上来这到底是怎么一回事。等我再带您去查了，不就找到原因了。"

"现在离了那些机器，你们这些医生就什么都干不了了，望闻问切这些精髓的东西，你们还有几个人精练？"老邮差低头看着手，有些忿忿地说。

尚进国说："不是我说您，您就是头脑顽固。这都什么时代了，谁还抱着老中医那一套东西不放。您要是当了卫生部长，那些先进的医疗设备还不都得推回仓库里睡觉去。"

老邮差给儿子倒了杯水，推到儿子跟前，说："什么设备都是人的助手。我是说你现在坐在副院长的位子上，业务上各方面更得高人一筹。人不能因为有了那些设备，就敷衍了事，把人该做的事情都推给了机器。"

尚进国笑了笑，借机端起了水杯佯装喝水，没再继续和父亲辩解下去。他今天有心事，实在没有心思和父亲探讨那些医生和设备问题，他回来，是想悄悄地处理一些事。

尚进国现在是市中心医院的副院长，负责医药和医疗设备的采购。一直以来，医药采购就是一块诱人的肥肉，只是吃了肥肉的人吃完了，擦擦嘴巴，谁也看不见。但是这几年，这块藏在暗处吃的肥肉慢慢地移向了灯火通明处，甚至就赤裸裸地把桌子摆在了日光底下，并且吃的人都已经变得肆无忌惮。靠山吃山，靠海吃海，靠在药上的人，不吃药吃什么？在接手药购之前，尚进国在病房里给临床上开药，偶尔也会拿一些回扣，每月三百五百的，这在医院里已经是非常普遍的现象，尚进国也有些习以为常了。

接手药购后，尚进国看着第一笔巨大的回扣额，突然目瞪口呆起来。他疑惑地看着药品代理商吴小姐，怀疑她是不是弄错了？怎么会有这么大的利润空间！

尚进国暗暗地吃着惊，旁边漂亮的吴小姐看着他的神情，以为他对份额不满意，立刻从旁边的沙发上挪到他的身边，媚着眼睛看着他说："尚院长，您如果对这个空间不满意的话，咱们还可以再商量呀，我保证，直到让您满意了为止。"

这个时候，尚进国才发现，医药空间这块肥肉简直肥得让人不敢往下吞咽。病房里给病人开的处方签上二百块钱一支的药，在医药代理这里竟然二三十块钱就能拿到手。这是一个什么概念？尚进国觉得自己的智商都已经不够用了。虽然他是医生，但他的大脑里完全没有想到过，每天从他手里开出去的那些昂贵的药，昂贵的药价都是这么制造出来的。别人吃肥肉吃得都要脑溢血了，剩一口刷锅水分给他，他还在那里惴惴不安，这不是一件可笑至极的事吗！什么是牵牛抓住了拔蹶子的，这就是牵牛抓住了拔蹶子的。牛早就被人牵走了，而他手里握着一根细小的木蹶子，还在沾沾自喜，以为得了一个天大的便宜。尚进国想，老百姓都骂看病贵，骂医生开出的药是天价，他们哪里会知道，其实有很多医生，都是背了黑锅的。他们只不过是喝了一口刷锅水，舔了一口别人吃剩下的碗边子。

拿着第一笔医药代理商的回扣款，尚进国的脚步忐忑不安地迈进了院长办公室。院长坐在桌子后头看着他推门进来，就意味深长地打量了他几秒钟，然后笑着说："怎么了尚院长，看你的神情，就像是做了什么惊天大案似的。"

尚进国回身关上门，走到院长的桌子前，把手里的卡往桌子上一放，轻轻按着往院长跟前一推，压低了声音说："不知道你怎么看，反正我心里觉得真是做了件大案。大家是不是一直都在这么干？"

"是一直都在这么干。并且不光是我们这里。"

院长早就料到尚进国会有这样的反应了，但院长也早就拿准了尚进国。试想一下，谁敢把攸关前程的事情交给一个拿不准的人去办？院长把卡推回到桌边，让尚进国先收起来，然后轻描淡写地笑着说："堆在一起看是堆要命的大火，但把它分零碎了，就什么都不是了。"

在此之前，尚进国猜测过院长极有可能不知道事情的真象，即使知道，也可能只看见了冰山的一个角。像他在病房里一样，每月拿了几百块钱的回扣，虽然觉得有些荒唐透顶，但还不认为出格得难以接受。但是现在，尚进国从院长表达的意思里彻彻底底地看清楚了，那分明就是一副久经风雨的强盗头子的嘴脸，见识过了大风大浪，一切都太习以为常了。尚进国心里突然有些恐惧，嘴里说："我是觉得，这样做，后果会不会有点太可怕了。"

院长依然在微笑着，眼神像在安抚着一个做错了事的孩子，他语调亲切地说："有什么可怕的，一网打不了满河的鱼。目前，我不敢说全国所有的医院都在这么做，但我敢保证，百分之九十九的医院，肯定都在这么做。你想想，医院是个什么地方，说句不好听的，医院就是道鬼门关，在这里，谁敢手里拿捏着小命和阎王叫板？你在病房里多年，心里比我清楚，那些到医院里来要求用好药的人，他们哪个不是有钱有权的人？你给他们用便宜药，他们会忧心忡忡地认为你不重视他们的身份。其实说白了，这跟吃饭穿衣一个道理，有钱有权的人消费当然是去高档场所，吃高度营养的山珍海味，穿驰名天下的品牌服装。因为什么，因为他们根本就不会在乎钱，他们只在乎他们在别人眼里的身份。至于说那些没钱看病的百姓，他们没有钱看病是他们自己的事，这不在我们关心的范围之内。因为咱们这里是医院，既不是民政局，也不是慈善机构。这样一分析，你就会心安理得了。"

"万一出了漏子呢？"尚进国仍然忐忑不安地说。

院长说："进国啊，你现在不用想那么多，这个游戏又不是你开的先河，你怕什么？中国有句古话叫法不责众。这样吧，小吴不是又在组织各家医院到香港去玩吗，这次你跟着去玩几天，放松放松。你这个人，不是我说你，敬业在院里你是出了名的，但在爱护自己的身体上，你可是非常落后。人不是检查不出身体有毛病就代表着健康，健康是包括很多方面的。尤其精神方面，这是我们这些做医生的最容易忽略的问题，我们往往就忽视了精神生活，以为身体健康就万事大吉了。"

尚进国觉得脸上有条小虫子之类的东西在爬动，它们每一条细小的爪子，都弄得他奇痒难忍，浑身难受。他极力地推辞说："还是院长您去合适。我一接手药购就跟着他们去香港，怎么说都不太好。"

"这有什么不好？"院长说，"别说到香港，就是出国也得出。不开阔眼界、不交流，怎么知道我们的医疗卫生条件达到了一个什么水平？那样，我们岂不成了盲人摸象了？"

尚进国从院长室里往外走着，看着窗子外明媚的阳光，心想我们是看清大象了，但那些到医院里来看病的患者，他们想破了天，恐怕连大象的影子都想象不出来。

刚宣布他当副院长的时候，尚进国还有些自鸣得意，觉得自己靠着拼搏，终于进入了一个更大的施展才能的空间。那天他吃完了科室人员为他摆的升迁宴，抱着一大抱鲜花回到了家里。老婆丹青见他抱着一抱鲜花进了门，假装有些诧异地看着他，说："让我猜猜，你今天是买彩票中了几百万的头奖？还是找了个开鲜花店的情人，帮她进货回来走错了门？"

尚进国把花塞进丹青的怀里，说："你能不能不这么庸俗，往高雅的地方想一想。"

丹青把花往茶几上一放，有几支就滑到了地上。她看着落在地上的花，假装想了半天，才说："在我的记忆里，好像从来就没有人给我送过这么高雅的鲜花，你说我还能想出什么雅致的事情来。今天好像不是情人节？"

尚进国弯腰捡起地上的花，在丹青鼻子前晃着，笑嘻嘻地说："再想想。"

"再想想就是你荣升院长了？"

"院长还太远，不过，前边带副字的那个院长，今天倒是握在手里了。"尚进国有些飘飘然地看着老婆，"怎么样，今天晚上还不好好地给我庆祝庆祝？"

丹青仍然假装惊喜地看着他，说："事前你怎么没透露一丝风？"

"这就是策略，要是事先透了风，你现在还能这么激动？"尚进国说，"现在的关键是，我终于可以做一些事了。"

"你想做什么事？"丹青说，"科长带副，说话都是放屁，院长带副字，就好使了？"

"你不懂。院长再带副，也是院长。我听院长的意思，下一步可能还要把购买器械和药品的事情交给我。"

丹青说："如果那样的话，是应该祝贺祝贺。听说干药购的，都快撑死了。不过，所有的事情都是这样，待月满了弦，就会慢慢地亏下去。好事坏事，肯定都不会恒久地持续下去。你现在能赶上风雨前的最后一班车，不错是不错，只是千万别当了垫背的，做了冤屈的魂。"

尚进国说："别乱说，这可不是开玩笑的事情。别的地方可能有，但我们院里边，据我所知，这一块管理得还是比较严谨。你看我，每月才拿回来几块钱的提成。"

"有些话最好别说得这么绝对。"丹青看着尚进国，笑着说，"无风不起浪这句话，你总是知道的吧？凤阳路上开了一家药店，我去看过，那里所有的药品都比医院里便宜一半。不信我哪天可以陪着你去转转看看。"

"药店和医院是两个不同的概念，各种费用根本不是一个算法，这些你又不是不懂。买药不能只图便宜，里面还有个剂量的问题。"尚进国强硬地辩解道。

"那就等你什么时候干了药购，再说话吧。"丹青说。

尚进国根本没有预料到，他干了药购后，一切都超出了他的想象。并且，事态的发展趋势简直就可以用令他胆战心惊这样的词去形容。他曾经在报纸上看到过医院药购和医药代理商之间的黑色交易，当时还觉得那是一些媒体在危言耸听，如果真按他们披露的一些数据去计算，仅他手里开出去的那些药，每年提成就不下十几万，那也虚高得太没谱了。直到那个漂亮的吴小姐媚着眼神看着他，嘴里说着一些挑逗的话，一边拉过他的手往他的怀里靠近时，他才意

128

识到自己原来是这么愚蠢，看见水面上风平浪静，就以为水底下也同样风平浪静，是一个简单平和的世界，根本不会存在什么恶狗抢食的现象。

从香港回来，尚进国就留了一个心眼，他把每笔交易额和回扣额都作了一个详细的记录，和自己分得的那些提成款放在一起，存在银行的一个保险柜里。他想，说不上什么时候，这个记录也许就会派上用场。

第 10 章

你还真就是个人物

　　尚进国一个星期连续回来了两次。这次回来，他只在家里待了短短的十几分钟，就被尚进东打来的一个电话神神秘秘地叫走了。

　　老邮差跟到院子里，在阳光底下看着儿子一晃一晃地往门外走的背影，没说话。儿子好像很累，低着头，步子迟缓，背上背了座山似的沉重。老邮差在柳树底下站住了脚，想儿子今天回锦官城肯定不是单独来给他送什么药。直觉告诉他，儿子这次回来心里一定是装着什么事，并且还是个大事。从结婚到现在，尚进国每次从城里回来，都是和老婆孩子一块回来，即使丹青有事不能回来，他也一定会带着豆豆回来。但是这两次，都是他自己回来的。

　　这在以前，是从来没有过的事情。

　　什么是老了，老了就是儿孙们遇到了什么解不开的难事，也不愿来和你说了。老邮差在柳树底下的一只石凳子上坐下来，揣测尚进国到底遇到了什么事。尚进东打电话来叫他，说明尚进东知道他二哥今天回来，两个人事前早就联络好了。

到底有什么事呢？他端着茶水杯子坐在那里，端了半天竟然都没喝下去一口。老邮差看着地上的树影子，自言自语地问自己。那些枝叶鲜亮的柳条子在风里摇来摆去地晃着，地上的影子也就跟着摇来摆去地变换着位置。

尚连民从河边看完麦子回来，站在门口往里探了探头，看见老邮差坐在树底下发呆，不知道他又在想什么，就说："爷爷，河底里的麦子都抽穗了，你不去看看？"

老邮差听见孙子在门口说话，头也没抬地对孙子招了招手，说："连民，你过来。"

尚连民抬起手腕看了看时间，觉得还来得及，就边往院子里走，边问爷爷有什么事，说我一会要去厂里开个会，早就定好的，快到点了。

老邮差说："你要是忙的话，就去把你爸给我找来，让他到你三叔那里去一趟。"

"我二叔呢？刚才我去河边的时候，不是他的车停在门口吗？"尚连民问。

"他到你三叔那里去了。刚来就被你三叔一个电话叫走了，一杯茶还没喝完。"

"我二叔去，你有事怎么不叫他一块给我三叔说。我爸可能也没空，他们这几天又在忙着商量修庙的事。"

"怎么又议起了这档子事？他们也不睁开眼看看，锦官城现在哪里还有地方修庙？"

"群艺馆里一个女人来了两趟，说如果崇光寺还在的话，一定能给锦官城带来非常可观的经济效益，所以又把这事给勾了起来。听我爸的意思，还是按照原先的想法，在南边盖几座楼，学着城里的样子建一个生活小区，把锦官城的人都迁到小区里去住，然后把北边的老庙址空出来，再把北庙建起来，搞旅游开发。"

"噢，是这样。"老邮差机械地点着头说，"现在的人，干什么事都围绕着个钱转，满脑子里就剩下钱了。什么是金钱世界，这就是金钱世界。过去我们都笑话人家美国人，说人家只认钱，余下的六亲都不认。这倒好，咱们锦官城的人现在也快变成美国人了。"

"您放心，锦官城人都是黄脸皮，再变也变不成白脸的美国人。"尚连民看着爷爷笑了笑，觉得老头子满脑子里都是对锦官城的忧患意识，只可惜他老了，力不从心了，什么也做不了了。尚连民又抬起手腕子看了看表，说："您有什么事还是给我三叔打个电话吧，我该去厂里了。您要是不着急呢，就等我开完会回来去给您办。"

老邮差挥挥手说："走吧，去开你的会，我这里的事你就别管了。"

尚连民前脚一走出门，老邮差就从树底下站起来，跟着走出了院子。他要亲自去找大儿子尚进荣，让他到尚进东的公司里去，看看他两个兄弟鬼鬼祟祟地在搞什么鬼。这两天他的右眼一直在跳，不知道要跳出个什么事来。他已经三个晚上睡不着觉了。今天尚进国一回来，他的右眼突然就不跳了。他在想这个眼是不是为尚进国跳的。他今天又一个人回来了，脸上还挂着一脸遮盖不住的心思，脸上硬撑着笑出来的那个小模样，就跟被雨水浇了多少年的老土墙似的，沟沟坎坎里都冒着叫人牙疼的寒气，要多寒碜有多寒碜。

刚拐到街口上，老邮差就被小顺叫住了。小顺调侃地说："老邮差大爷，您今天怎么没去墓地里转转看看？天这么热了，墓地里的草可是一天能长出二寸高。"

老邮差看也没看小顺，只是说："就是一天长三寸高，那墓地还能被草拐带着跑了？它们一没长腿脚，二没人愿意去争抢。"

"那都是说不准的事。"小顺说，"要是以后锦官城发展的速度快了，跟提速的火车一样，时速到了二百多公里，锦官城改变模样，还能用几天的工夫？您看现在才几天，庄稼地不是都没了。您仔细想想，锦官城若是提起速来，变得寸土寸金了，那些规划它的人，还能让墓地安安稳稳地躺在那里睡闲觉？肯定会像城里一样，想法子把那片墓地迁走，空出闲地来弄别的。没腿没脚的一群死人，还能争过一帮子对地皮虎视眈眈的活人？所以，老爷子，墓地长腿，这只不过是个时间长短的问题。"

小顺的话一下就戳在了老邮差的心窝子上，戳得他心头一颤。他仔细地瞅了一眼小顺，小顺从城里回来后，他头一回觉得小顺的话说得顺耳。"小顺，锦官城的人都说你是个人物，今天看来，你还真就是个人物。你这个话，咂摸咂摸还真有那么点味道，照这样下去，早晚是有这么个苗头。"老邮差说。

虽然老邮差赞同不赞同他的观点都无所谓，但被老邮差赞同了，小顺心里还是有些快活。他看着老邮差手里的拐杖，又说："老邮差大爷，您天天只顾着去看墓地，就不关心别的事了？您细心观察观察，看看锦官城现在是不是热闹得像一出戏，您儿子他们现在想通了，要恢复建庙了，我倒又想建一座基督教堂了，您说这是不是有些热闹？您先来猜猜，是他们的庙能够先建起来，还是我的教堂先建起来，看看是外国的上帝战胜了中国的上帝，还是中国的上帝战胜了外国的上帝。"

老邮差觉得小顺的话又没谱了。他哪有工夫去管中国的上帝和外国的上帝谁能战胜谁。他既不想关心儿子他们建大庙的事，也不想关心小顺现在要盖基督教堂的事，他现在只关心那块还没有被水泥固住的墓地。人死后只要入了土，化成了泥，谁还管得了上天堂下地狱的事情。他从小就是在庙里玩着长大的，天天坐在那条活门槛上看着那些顶礼膜拜的善男信女，看着那些香烟缭绕中的佛像，听着晨鼓暮钟，听着笃笃的木鱼声，听着阵阵的诵经声，也没看见一个人得道成仙。还有他老伴，信了十几年的外国上帝，信得风雨无阻，一塌糊涂，末了还不是没白头发就走了。唉，信什么呢？只有信脚底下的土地最踏实，因为它天天在你的脚底下踩着，在你的手里摸着，在你的眼里看着，实实在在，毫不飘渺。

问题是，这些踏踏实实的土地，现在都已经被坚硬的水泥吃进了肚子里。被水泥吞噬的锦官城，再也不是原先那个五谷丰登的锦官城了。他想不出来，再下去两年，锦官城的人都搬进了水泥壳子一样的楼房里去住，他的手再抖起来时，要上哪里去找泥土让它们停下来？

撇下小顺，他只往前走了几步，就把手里的拐杖杵在水泥路面上，站住了。他看见了迎面走来的二先生。二先生的眼睛上架着一副玻璃片，在冲着他点头笑着，那神态就跟一只老猴子似的，身边跑着他的那条大黑狗。

老邮差还没开口，就听小顺在他身后说："二先生大爷，又到街口上传您的福音去？要是他们真能把大庙建起来，您就更有活干了，让他们在庙边上给您弄一个茶馆，您坐在那里滋滋润润地喝着茶，可以天天给来庙里旅游的人讲您那些凤凰的传说了。"

二先生慢慢腾腾地说："果真要重修大庙了？只可惜那些老旧的东西，一样也没有喽。就是重修起来，也不是原先的老味道了。原先那是一种什么情形，那股子缭绕寺院的宝气，怕是再也修不回来了。"

"原先的老味是些什么味？还不是经年历久的新味变出来的！就跟你们这些老古董似的，当年不也跟我一样年轻过。"小顺最不爱听这类好像历经沧桑的话，一听这样的话，他心里就澎湃，就想喊叫。他想这帮老家伙们幸亏不是从唐朝以前活过来的人精，要是那样，他们喘出来的一股腐朽之气，都能把锦官城活活地憋闷死。

二先生用指头点着小顺，笑着说锦官城的风水不知道是怎么凝聚的，就造出了一个小顺这等的人物。要是搁在文化大革命那阵子，除了袁大材，再加上这么一个小顺，真就能把锦官城搅翻了天，可惜小顺在运动开始后才生出来。现在回头看看，真不知道那要算是锦官城的幸事，还是小顺的造化。

小顺从城里回来后，锦官城这些老人谁见了他都没有一句顺耳好听的话，小顺早就习惯了，心里经常骂这些老东西都是狗眼看人低。当年尚进东办果仁厂被石大川骗了那会子，整个锦官城的人谁不骂尚进东是勾死鬼，是败家子。现在呢？他祖宗的，锦官城的老老少少，谁望见尚进东的影子不是眼红得眼睛冒血水，想把自己变成尚进东。单是尚进东那辆小轿车，从街上一溜烟地跑过去，就不知道能勾掉多少人的眼珠子，勾得他们啪啪地把眼珠子落进了地上的尘土里。还望着车屁股，不知道把眼珠子捡回来，拔开眼皮放进眼眶子里去。

锦官城人都变成什么熊样子了！

小顺心里郁闷，吊着眼睛瞅着路旁的法国梧桐树，觉得那些阔大的梧桐树叶子虽然郁郁葱葱，但却绿得傻头傻脑，在半空中层层叠叠地拥挤着，让人心里愈加郁闷得厉害。尤其是叶子间悬着的一个一个半黄半绿的小圆球，像驴脖子底下吊着的铃铛，在一阵一阵的风里愚蠢而盲目地晃动着，一副茫然四顾又不知所措的样子，看了就让人恶心。

老邮差和二先生那两个老亲家相互点着头，说现在的年轻人都只顾着仰头往高处看，没人会低头看看脚底下，更没人愿意回头看看过去的光景了。过去日子穷是穷，但人心到底平和。现在的人腰里揣了几块钱，富是富了，心里却只剩下两块钱了。

小顺本来想说你们又错了，想想还是走吧，不说了。但心里仍然暗暗地嘲笑着走过去的两个老古董，嘲笑他们的老脑筋已经变成了糨糊，根本就不知道什么是时代的潮流了，更别说去理解什么是以经济建设为中心了。经济建设不抓钱，叫什么以经济建设为中心。现在的时代，已经不是二先生和老邮差的时代了。他们的时代是怎么打日本鬼子，怎么和国民党争夺天下，然后是怎么搞土改，怎么搞大跃进，怎么搞文化大革命那些轰轰烈烈的运动。二先生是锦官城唯一到省城里读过洋学堂的人，接受过那个时代最新潮的言论和思想。读完洋学堂回到锦官城后，二先生把在洋学堂里学的浑身本领都使了出来，无论是搞土改还是搞大跃进，他都是锦官城一马当先的人物。土改一开始，他就率先把家里的一百亩地交了出来，分散给了村里那些手无寸地的佃户。为此，他还被土改组的组长严大鼻子评为了锦官城最进步的开明人士。大跃进时，他又率先砸了家里的铁锅、洗脸盆，起下了门上的铁鼻子、桌子柜子上的锁扣，连同挖草的铲子、炒菜的铲子，甚至他老婆修脚趾头的一片小刀片，都送进了锦官城的炼钢炉里。只可惜到了文化大革命，他的这些举动却被一一掀了出来，让他成了锦官城搞批斗的一只大靶子。

文化大革命的潮流刚刚波及锦官城时，锦官城人对政治运动的触觉已经不是那么灵敏了。不仅不灵敏，众人还都表现出了一种前所未有的迟钝和麻木。他们说革什么命？那都是一些没饿过肚子的人吃饱了撑的！炼了一阵子的钢铁，地里的庄稼都耽误了收，最后还不是弄出了一炉子废渣子，一锦官城的人都饿得灰了脸。

锦官城竖起几个炉子开始大炼钢铁时，在袁济堂的鼓动下，锦官城的人个个豪气冲天。他们把家里所有能翻出来的铁器，包括妇女纳鞋底戴的铁顶针，都交出来投进了炼钢炉里。

炼钢炉子开火前，袁济堂在太阳底下举着一根噼噼啪啪燃烧着的木头棒子，热血沸腾地说："没有顶针纳鞋底做鞋，我们可以光着脚板子走路。但是，现在炼不出钢铁来，去对付那些霸权的修正主义和美帝国主义，我们就是穿着鞋，脚底板子也没有路走。我爹和尚一梁的烈士牌牌，大家都看见了，它们就镶在我们两家的大门上头。如果修正主义和帝国主义再像小日本那样来打中国，你们想想，是不是就会弄出更多这样的牌牌来，镶在各家的大门上。你们说，你们谁喜欢用一个活人去换一块这样不会开口的牌牌来，镶在自家的大门口？"

炉子里大火轰轰烈烈地烧，烧了几个月，挨家挨户、村里村外能烧的东西都烧光了，钢铁还是没有炼出来。人们急了，纷纷围着炉子，问袁济堂到底是怎么回事。

潘有邻说："炼了这么些日子了，还没看见钢铁的一根毛。这样下去，修正主义和帝国主义什么时候攻进来了怎么办？"

袁济堂瞪了潘有邻一眼，说你眼睛盯紧了炉子，猛放柴火，好好地烧火，少放闲屁。又看着众人，给大家鼓着劲说："钢铁没炼出来，是我们的干劲还没冲上天，炉子里的火还不够旺。从今天开始，火势再猛上十分。"

"柴火都快烧没了，还用什么往猛里烧？"潘有邻不失时机地提醒说。

"炉子里冒出来的那些柴火星子，怎么就捂不住你的嘴？"袁济堂狠狠地望了潘有邻一眼，"用什么猛？就是像八仙里的铁拐李那样去烧腿，也得烧猛了，把钢铁炼出来。"

骂完了潘有邻，袁济堂就地下通知开会，要求除了看炉子的，其余全部劳动力都去砍树。全村的树木，不分大树小树，一律砍三留一。

有人说留什么留，都砍了算了。这样才能显出我们钢铁般的意志和炼铁的决心来。

袁济堂斩钉截铁地说："你懂个屁！无论如何得留下一些来，到时候好作掩护。"

那人不明白袁济堂的意思，问道："掩护什么？"

袁济堂笑着骂道："掩护什么？万一修正主义和美帝国主义的飞机飞来了，好掩护你娘的白屁股。"

现砍的树活鲜活鲜的，放进炉子里吱吱啦啦地叫，光会冒烟，不会冒火。鲜木头点不着火，炉子里眼看就没得烧了，急得袁济堂直兜圈子，骂狗日的柴火这么不经烧。二先生从炉子跟前站起来，把烧火的任务交给潘有邻，然后走到袁济堂跟前，郑重地说："我弄烧的去。"

袁济堂不冷不热地说："到处都炼钢，到处都一样没柴烧，难道你二先生会像那些演杂耍的，用变戏法变出柴火来？"

"你就安心地等着吧。"二先生表决心似的说。说完，头也不回地径直往家里走去。

回到家里，二先生把屋里的桌子，凳子，柜子，烧火的风箱，都搬了出来。他先砸了桌子凳子和柜子，又要砸风箱时，老婆就抱住了他的腿，拦着他哭了，边哭边说："你把桌子凳子砸了，再把柜子砸了，我都不心疼，但你总得把个风箱留下来，日后好烧饭吧。"

二先生一听就急了。他上前捂住老婆的嘴巴子，低声吼道："你这个小娘们，再敢红口白牙地胡说，看我不去椿树上刮了粘粘胶，粘住你的嘴巴子。"然后，他一把就把老婆摔在了一边，故意提高了声音说："现在形势这么好，我们都已经在社会主义集体的大食堂里统一吃饭了，马上就要坐着火箭进入共产主义了，你还要这些东西干什么！"

他老婆呆呆地看着，看他搬起墙角上一个方形的猪食槽，高高地举起来，再摔下去，风箱就被砸得稀巴烂了。随着风箱的破碎，一片一片的碎鸡毛从关闭已久的风箱里飞了出来，它们先是优优雅雅地在风里漫舞着，弥漫了满满的一院子；后来有一些更轻盈的，就犹犹豫豫地飘过了低矮的土墙，挂到了墙边的树枝子上，或者飞到了大街上，在大街的上空游荡着，像一名不负责任的地方巡视员，懒散地应付着时光。二先生老婆的眼睛就跟着那些鸡毛飞出了院子，挂在了树枝上，或是飞到了什么空空的地方。几个邻居听见她的哭闹声和二先生的吼声，早就跑了过来，趴在土墙外看她张大的嘴巴。她看着飞起来的鸡毛，大张着空空的嘴巴，嘴里竟然一丝声音也飘不出来了。

在后头尾随着二先生走来的袁济堂，本来是想看看二先生到底用什么戏法往外变柴火，来后就看见了二先生搬桌子搬凳子地一阵忙活。二先生一把桌子搬出来，袁济堂就明白了他的意思。心里说这个二先生，比我袁济堂还敢想敢干。这会子，袁济堂趴在土墙上，看着二先生老婆张大的嘴，打趣地说："二嫂子，你是不是吃鸡毛叫鸡毛咽住了，怎么干张着大嘴不出声呢？"

见其他人都趴在土墙上前仰后合地哈哈大笑，他咳嗽了一声，清了清嗓子，又说："还是二先生说得对，都吃社会主义大食堂了，还留那玩意干什么。我说你们女人吧，就是不识好歹，不让你们天天围着锅台转了，你们也空心得难受。要我说，只要男人裤裆里那件铁家伙还在，你们还用悬什么心了？看来，你们娘们个个都是有福不会享的毛毛虫，让你们变个好看的蝴蝶，你们也不知道怎么张着翅子去飞。"

说完了，又扭头瞅着几个趴在墙头上看热闹的男人，吆喝道：去去去，还看，不怕鸡毛飞进眼里去扎了眼珠子？还不学着二先生，赶紧回去把该砸的都给我砸了！

锦官城人一颗红心要炼出钢铁来，按照上级的指示，向国庆十年大典献礼。烧完了各家的木器家具，钢铁还没炼成。二先生一不做二不休，干脆就爬上了自己的房顶，把房子扒了。房梁、檩棒、杈口、过木，这些木头和屋笆稻草都被一一掀了下来，轰轰烈烈地投进了炼钢炉里。又折腾了一些日子，能烧的东西都烧光了，一炉子钢铁也没能炼出来。锦官城人看着眼前一炉子一炉子的废铁，你看看我，我看看你，大眼对小眼地瞅到最后，满腔的热情只好在一点一点熄灭下去的炉火里，一点点地颓废没了。

天冷了，热闹了一阵子的食堂早已经因为没了粮食，冷锅冷灶地关了门。人们没处吃饭了，都开始饿着肚皮，三五成群地到地里翻找秋里没有收起来、冻在地里的那些冻地瓜。起初，谁也没有料到一饿就会饿那么长的日子，人们在地里翻找冻地瓜时还客客气气的，有礼有让。慢慢地，大家发现情况一点也不像上头说的那样简单和乐观了，人们开始为了抢一块地瓜在地里打斗起来。袁济堂自己因为去抢一块冻地瓜，从背后一脚踢倒了潘有邻的老婆，然后就和赶过来帮助老婆的潘有邻打成了一团，袁济堂的耳朵差点被潘有邻咬掉了半边。

人们的牙齿啃光了地里能翻出来的所有烂地瓜，又把袁济堂下令留下来、等着敌人的飞机来轰炸时作掩护用的那些树木的皮，加上各种草，能吃的都进了肚子里。就这样，数数，锦官城还是饿死了十几口子人。剩下那些还有一口气的，都开始暗暗地怀疑大炼钢铁的合理性，觉得农民的本分就是种地种庄稼，干吗非得头脑发热地去跟着形势炼什么钢铁？这下倒好，钢铁没炼出来，人都饿死了。

大家绿着眼珠子，去找是谁带领锦官城人大炼钢铁的，找来找去，就找到了袁济堂和二先生的头上。他们分析来分析去，最后都把袁济堂放到了一边，一律把矛头对准了二先生。二先生从土改时就带头把家里的地拿出来分了。这些年，锦官城有任何运动，有任何事情，有大小的风吹草动，怎么样样都是他二先生跑在前边带头？笑话！他是一个什么东西？他是一个赤裸裸的地主呀！要不是读了几年的洋学堂，学会了识时务、钻空子，手疾眼快地把家里的土地都拿出来分给了穷人，他不还是一个大地主吗？就是现在，他骨头里肯定还是个地主。分析完了，人人都在心里恨二先生这个地主，恨得牙齿根都痒痒。这个一肚子坏水的地主，学了些洋学问，见了些世面，就把一肚子坏心眼都使在锦官城人身上了。要不是他瞎起哄，煽风点火地把房子都扒了去炼什么钢铁，让锦官城人围在炼钢炉跟前，激动得两只眼睛紧盯着炼钢的炉子，迫不急待地等待炼出钢铁来，连地里的庄稼都顾不得去种和收了，锦官城还能饿死了这么多人？锦官城饿死了这么些人，他们家却没一个人饿死，这是不是就说明了一个很重要的问题？地主永远都是狡猾的老狐狸！锦官城人发誓，无论再来什么运动，他们也不会跟在这个狗日的地主后头瞎掺和了。

所以，文化大革命这股新潮流涌到锦官城时，整个锦官城的人都表现得无动于衷，漠不关心。现在肚子还半饥半饱着呢，谁有闲心思再跟着潮流去瞎折腾。大炼钢铁的教训，还在眼前清清楚楚地摆着。庄稼人，只有一门心思地种好地、收好庄稼、填饱肚子、四平八稳地过好手上的日子，才是正经事。

锦官城人都低估了文化大革命的巨大冲击力和影响力。他们认为文化大革命嘛，顾名思义还不是有文化的人干的事，文化人的事和种庄稼的人根本就是不靠牌的两码事。这和大炼钢铁的意义还不一样。大炼钢铁是全国全民都动员起来参加的事情，是奔共产主义的大跃进，是给国家的生日献礼的大跃进，是打倒修正主义和美帝国主义的大跃进。虽然最后钢铁没炼成，都废在了那些土炉子里，但人人都尽心尽力地去做了，毛主席他老人家是能知道的。虽然因为忙着炼钢铁，误了庄稼，人们挨了两年饿，还饿死了不少人，但是，这一切，相信毛主席都能知道。要不，听说全国的老百姓都挨饿的时候，毛主席自己都不吃红烧肉了。

凭着土改和大炼钢铁的经验，锦官城人普遍地认为文化大革命最多像大炼钢铁和吃食堂似的，一阵大风摇摇晃晃地一夜就刮过去了。

锦官城人都窝在家里，对文化大革命视而不见。他们安稳地在地里忙活着除草、间苗、施肥、收割。在地头上，潘有邻问袁济堂文化大革命的形势，袁济堂说："除你的草去，炼钢铁还没饿死你！我们再也不会上这些运动的当了。"

锦官城的文化大革命，潮头最先在锦官城的学校里涌了起来。学校里停了课，成立了革命委员会，革委会里的老师组织起了他们的学生，让这些革命小将日夜在写大字报、贴大字报，攻击那些缩头缩脑、不积极参加到文化大革命这场革命洪流中来的老师。那些被批判的老师被激怒了，也带领着一帮学生站出来，成立了自己的派别，一层一层地糊大字报，相互攻击，甚至开始了相互殴斗。转眼的工夫，学校里的师生就分成了两派，他们分别派人去跟县里六大派别的革命委员会和八大派别的革命委员会取得了联系。县里的两大派都非常重视，先后来到锦官城进行实地考察。考察了几次，他们都嫌锦官城的人马太少，没有什么大的走资派可以挖，就分别舍弃了他们。学校里斗争的两派看县里的组织看不起他们，觉得受了城里人的极大侮辱，就决定放弃前嫌握手言和，在锦官城搞出点名堂来，让城里的革委会看看。他们团结起来后，二先生首先就被学校的革命造反派袁大材挖了出来。

文化大革命的风头一刮进锦官城，二先生就找到袁济堂，主动要求给学校里掏厕所。

这天下午，二先生去掏厕所，正撞上革命小将袁大材尿完尿后，在那里玩弄自己已经长大的小鸡鸡。袁大材面朝墙壁，背冲着外头站在阴影里，二先生根本就没注意。袁大材听见背后铲大粪的声音，慌慌地扭头看见了二先生，以为二先生早就站在他背后，把他的动

141

作尽收眼底了。他又羞又怕，草草地系好腰里的绳子，然后壮着胆子大吼了一声："二先生，你这个地主！黑五类坏分子！走路鬼鬼祟祟的，是不是要谋害革命小将？"

二先生忙放下大粪桶和铁锨，陪着笑脸说："向毛主席的红卫兵敬礼！袁大材小将，二大爷怎么会谋害你呢！"

袁大材说："你这个大地主，你是谁的二大爷？你竟敢在挖大粪的时候，说'向毛主席的红卫兵敬礼'，你这就是在攻击伟大领袖毛主席，是在破坏文化大革命！"

二先生没想到袁大材会这么说，在这个时候，二先生知道自己千万不能说错了话，就讨好地说："袁大材小将，我是坚决拥护文化大革命，坚决拥护毛主席的。也坚决拥护红卫兵小将。"

袁大材认定自己刚才玩鸡鸡的事是被二先生看见了，所以，他才故意说拥护红卫兵小将，来搪塞他。如果二先生把这件事说出去，让潘红莲知道了，他就完了。袁大材越想心里越恐惧，他为了掩饰自己的恐惧，就恶狠狠地说："你今天不要挖大粪了，站到我们的操场上等着，我要叫革命小将们都来看清楚你这个牛鬼蛇神的嘴脸，狠狠地批斗批斗你。"

二先生一被革命的小将揪出来批斗，锦官城就掀起了一场文化大革命的高潮。锦官城人看着革命小将批斗二先生，心里都想起了二先生做的一桩一桩事，觉得这个人在锦官城就会做讨巧的事。大炼钢铁的时候，就是因为他，锦官城人才整整挨了两年的饿。眼下，袁大材把这个牛鬼蛇神揪了出来，锦官城人一下子就找到了发泄的口子。

开始，众人还只是围观，看着一群革命小将在对着二先生拳打脚踢。渐渐地，他们就围了上去，抓过了二先生，像踢球一样，开始踢来踢去地批斗。锦官城人先是抓住大跃进炼钢铁那阵子，他把老婆的修脚刀片投进炼钢炉里，导致钢铁最终没有炼成这件事，深挖狠挖；又挖出了土改时他伪善地拿出一百亩地，目的就是为了把土地分散掉，将自己从恶霸大地主的队伍里分化出来，欺骗土改小组把他的成分划成了小地主，来逃避锦官城人对他的批斗。

锦官城人挖出了一直埋藏在身边搞破坏的地主分子，有了批斗的对象，都开始载歌载舞，喜笑颜开。把二先生的脖子上挂了破铁锅破铁盆，把他老婆的脖子上挂了铁铲子、铁锁头、铁刀、铁剪子，让他们头抵着头站着。站在他们背后的人一推他们，他们的头撞在了一起，脖子底下的铁家什也跟着叮叮当当地撞击在一块，发出清脆悦耳的声音。众人在铁器的碰撞声里，情绪异常激动，排着队从背后推他们，一直到锦官城的人都玩得厌烦了，才允许他们跪在地上，从脖子上取下一堆铁器，相互敲击着，回答革命群众的审问。人们问二先生为什么把地主婆子修臭脚的刀片子都投进了炼钢炉里。二先生说："传说炼宝剑时，里头都要加上人血才能炼成。我就想试一试，刀片子上沾着我老婆的脚臭味，炼钢炉里的钢铁是不是就炼不成了。一试，果然就没炼成。"

革命群众听了，一阵哄堂大笑。笑完了，他们就倒抽着冷气，说地主可怕，读过洋学堂的地主更可怕。要不是我们挖得及时，他还不知道怎么挖我们社会主义的墙脚。

有人又问："袭击锦官城的各个机关单位，在邮政局里一棒子没砸死尚宗仁，倒把他的洗脸盆砸扁了的那伙人，是不是你在洋学堂里认识的特务？他们来锦官城，是不是想抢占通信设备，和国外的特务组织联系？"

二先生说："我真不知道他们是什么人。不是都在说他们是'六大'组织的人吗？"

革命群众一齐开炮说："你还敢胡说八道，把罪名安在'六大'组织的人身上。你这个潜伏在锦官城的特务，竟然还敢狡辩，说不知道袭击锦官城各个部门的人是什么人指使的？"他们一阵拳脚，就把二先生打得鼻子、口里都在往外窜血。

快过年了，地上是一层厚厚的雪，二先生的血滴到雪地上，就像一朵一朵鲜艳的花一样盛开着。锦官城的人们踩着地上的雪，踩着雪地上二先生的血，都兴奋得嗷嗷直叫。小孩子在人群外头跑来

跑去，更是兴奋得过年似的。只有二先生的老婆，趴在雪地上，看
着二先生鼻子里滴下的血，在心里一滴一滴地数着。数到七十滴的
时候，她就被袁大材一脚踢到了那堆血上。袁大材杀气腾腾地说：
"豺狼都是喜欢喝血的，你把雪地上的血舔干净了，我们今天的批
斗就结束。你若是不舔，人民是不会放过你们两只害人虫的。"

锦官城的人都看着二先生的老婆，她嘴里哈着一丝细若游丝的
热气，把舌头伸向了雪地上。就在她的舌头要舔到血的刹那间，二
先生猛然往她身上一倒，一膀子把她推到了一边。然后，他把自己
的头低了下去，要去舔雪地上的血。二先生的动作惹怒了围观的人
群，他们吼道：抓住他，抓住他，他越心疼地主婆，不让她舔，我
们越不能让他的阴谋得逞。

众人正闹哄成一团时，被送信回来的尚宗仁看见了。他拨开人
群，看着趴在地上的二先生。二先生的鼻子还在滴滴答答地滴着血，
雪地上已经是碗口大的一片红色。尚宗仁瞪着袁大材，大声对众人
说："毛主席说过，文化大革命要文斗不要武斗。他老人家的话你们
都听到脑门子后头去了？要是还不明白，就到我那里拿张报纸，回
去再学习学习。就是对牛鬼蛇神，也要讲一个斗争的方法。"

锦官城有两家是革命烈士家庭，一家是袁济堂家，另一家就是
尚宗仁家。

袁大材瘦瘦的脸上，几乎全是愤怒。他看着尚宗仁，牙口坚硬
地说："我们革命小将搞的批判会，谁也不能阻拦。谁破坏我们批斗
牛鬼蛇神，我们就批斗谁。"然后，袁大材一挥手，手里打起了节拍，
带领众人唱道："毛主席战士心最红，文化大革命打先锋，身背钢枪
手握笔，敢于造反敢革命，跟着领袖毛主席，横扫一切害人虫。"

尚宗仁是革命委员会"八大"组织的成员，在邮政所里值班时，
遭了"六大"组织的袭击。"六大"组织的几个人举着碗口粗的棒子，
半夜里冲进了值班室，其中一个人举棒就往尚宗仁的头上砸。尚宗
仁一躲闪，棒子落在一旁的洗脸盆上，洗脸盆底下的铁架子就被砸
塌了架，洗脸盆的一侧，也被砸下了一虎口深的洼坑。尚宗仁跑进

机房里，赶紧向县邮政局的人报告了"六大"组织袭击锦官城的事。袭击他的人看见他跑进了机房里，以为他是在打电话搬救兵，就匆匆忙忙地乱砸了一气，慌慌张张地溜走了。

眼下，袁大材不是用棒子，而是用唱革命歌曲的方法来攻击尚宗仁，尚宗仁就得考虑一下行动的后果了。尚宗仁摸了一下胸口的毛主席纪念章，他的左边衣兜处戴了一枚瓷制的毛主席头像。然后，他又从绿色的邮递包里掏出一本红宝书，学着袁大材的样子，大声朗诵道："毛主席宝书一捧起，双手猛长千斤力。毛主席语录映眼帘，整个世界全看见。毛主席教导响耳际，叱咤风云有勇气。毛泽东思想印脑海，开辟一个红天地。"朗诵完了，尚宗仁高高地举着红宝书，说："谁不听毛主席的教导，谁就是革命的造反对象。袁大材小将，我们都要誓死捍卫毛主席。毛主席的话，就是最高纲领。我是县革命委员会的红色战士，你们革命小将要听从县革命委员会的指挥。我们要坚决按毛主席的最高指示办事，文化大革命一定要文斗，不要武斗。"

袁大材脸上骤然间容光焕发，很不屑地看着尚宗仁，也从书包里摸出了红宝书，准备和尚宗仁较量一番，杀杀县革命委员会这些红色战士的威风。什么狗屁红色战士，县革委会又有什么了不起？当初还看不起锦官城学校的革命组织，"六大"组织的人杀来的时候，他尚宗仁这个红色战士还不是被"六大"组织举起的棒子吓得屁滚尿流，逃进了机房里。

革命小将袁大材摸出了红宝书，还没举起来，就把书又装回了书包里。他往外摸书的时候，眼睛忽然看见了挤在人群里的潘红莲，潘红莲的两只大眼睛，正在忽闪忽闪地盯着他，眼睛里的光芒盯得他浑身有些打颤。他这才想起来，二先生的老婆，不就是潘红莲的大姑吗？他一心只顾着批判二先生，竟把潘红莲给忘了。

袁大材看了看潘红莲，挠了挠耳朵根，把装进书包的红宝书重又掏出来，高高地举过头顶，慷慨激昂地喊道："毛主席万岁！无产阶级文化大革命万岁！我们要一切行动按照伟大领袖毛主席的指示！现在，批斗会结束！"

第 11 章
"国家大事"

　　锦官城的大多数人，至今还习惯把尚进东的大东集团叫作肉联厂。

　　小顺听了，嘴头上就会禁不住地嘲笑锦官城人的迂腐，不跟形势。他总是似笑非笑地抽抽嘴角，想锦官城人这是怎么了，连个厂子和集团是什么意思都弄不明白。你们该搞清楚了，原先那个肉联厂和今天你们嘴里的这个肉联厂，已经不是同一个概念了。原先的肉联厂之所以叫肉联厂，因为它是个纯粹的肉联厂。每天只是屠猪宰鸡，然后按着市场的需求，把杀完的猪和鸡分门别类地分割好，低温冷藏杀菌包装起来后，再装进一辆一辆的保鲜车里，通过高速公路的入口，驰上一条一条不同方向的高速公路，驰过一棵一棵高矮不一的树木，驰过一条一条流量不同的河流，驰过一座一座姿色各异的城市，驰过一个一个或疏或密的村庄，然后再从高速公路的

146

某一个出口拐出去，拐进某个或大或小的城市。大的比如北京，比
如上海，比如广州和深圳；小的比如那些大城市的翅膀底下覆盖着
的各个小城市。但是，你们现在眼里的这个肉联厂，实质上已经是
一个规模庞大的集团公司了。

　　知道什么是集团公司吗？不论谁在小顺跟前说出肉联厂这个名
字，他都会看着人家，一本正经地这样问道。小顺这么问的时候，
说话的人大多会选择不屑一顾地笑一笑，找个托辞匆忙地走开，没
人稀罕听他小顺在那里装神弄鬼。这些不理会小顺的人，一类是武
清这样的，武清在街上看见小顺就烦，说他身上阴气太重。他从小
跟着鸟人在墓地里学那些滥鸟叫，先是用鸟叫声骗了个城里的老婆，
后来老婆又偷着到别的树上去找鸟叨毛配对，他能不受刺激？"所
以，"武清总结说，"小顺这个人彻底地完了。买了个破城市户口，
到城里混了几年，靠着老婆当了两年什么公司的经理，趁机捞了一
把钱，回来就把锦官城的人都当傻瓜看了。成天摆着一副见多识广
的臭架子，以为世界上就他一个人什么事情都明白。你钱多，有尚
进东多？你见识多，有互联网这个东西见识得多？"

　　另一类就是二先生和老邮差这些老人了，他们不关心小顺在城
里到底受过什么刺激，只是觉得他逃回到锦官城后，精神好像有点
不大正常了，说话做事没根没梢，什么事情也不干，整天在锦官城
的街上闲游逛，样子实在像条无所事事的流浪狗。

　　小顺呢，倒是一点也不在乎别人看他的眼神。他站在街心上，
看着武清他们假装匆匆忙忙赶路的脚后跟，就用嘲弄的口气说："连
个集团公司都弄不清楚，还活个什么劲，一辈子还没有一棵树见识
的风雨多。"

　　尚进东现在的集团公司，正像小顺纠正锦官城人时说的那样，
已经不是一个单一化的公司了。目前的大东公司，拥有了十几个子
公司，已经是一个资产近二十个亿的集团公司了。眼下，仅仅是肉
制品公司本身，就不光是继续把那些分割好、包装好的生肉，源源
不断地提供给更多的大小城市，摆进更多超市的柜台，装进更多人

的菜篮子里了。早在几年前，他们就已经把许多的生肉，加工成了形形色色的熟食，比如各类名目，各种形状、风味，品种繁多的火腿、香肠。这些产品不仅摆进了全国大大小小的超市，同时还摆进了欧盟和其他许多国家的大小超市。

在肉制品公司不断往外地扩张的同时，尚进东还在锦官城不停地构筑着其他生产基地，把触角伸进了所有能和大东相关联的领域，形成了一条结实的产业链。仅仅是对玉米和大豆这两种最普通的农作物的开发，就让他掘开了好几座金矿。单说玉米，从生产火腿之初，车间里每天使用的大量淀粉都要从外地购进来，尚进东就意识到了这是个问题，但他一直没考虑出一个好的解决方案来。他不想单纯地为生产淀粉而去生产淀粉。

那段日子，尚进东正在为淀粉的事头疼时，就在公司门口遇到了武清。武清是到大东公司里买火腿，送给市报社里管着发稿子的几个人。尚进东送完市里的领导回来，看见武清还在门口和蔡雯说话，就叫住了武清，问了他一些武明的情况。尚进东好像听尚进荣说过一回，说武明那个小子，人长得像颗豆子似的，还真就是颗金豆子，听说考上了中国农业大学的研究生后，一直还在那里搞什么玉米还是豆子的研究开发。

尚进东留了个心，武明研究生毕业实习时，就被尚进东邀请来了大东公司。武明一来，尚进东就笑着说："你在这里什么活也不用干，只在各个厂区里转着看看就行。"

武明在大东公司里待了一个星期，就发现了低温线上淀粉使用量的问题：这些每天都需要的大量淀粉，竟然都是大东公司从外边购进来的。凭着大东公司这样的实力，现在还这么做，就可以说有点不可思议了。

从低温线上出来，武明径直进了尚进东的办公室，开口就提议尚进东进行玉米开发，说他的导师正在进行这方面的研究，完全可以和他们合作。如果联合开发成功了，一粒玉米给大东公司带来的利益，可能就不单单是节省了多少淀粉开支的问题了，后面肯定还会有令大东公司意想不到的巨大收获。

尚进东坐在沙发上，看着瘦小的武明，忽然就想起了认识石大川的那一天，在武明家的老房子里，武明说的那些话。武明不像武清，武清从小说话就圆滑得跟条泥鳅似的，武明这小子说出来的话，却是又狠又准。那一次，他说尚进东喝了石大川的药酒，就等于叫蛇咬了舌头，尚进东真的就被石大川那条毒蛇咬到了舌头。后来，尚进东一直在回想着武明说的那句话，觉得小小的武明就是一条精明的小蛇。虽然武明当时是被他逗着，无意中说出来的一句话，尚进东却一直记在心里，始终觉得那是上天对他的一次试练。

请武明来之前，尚进东早就找人搜集了一大堆有关武明导师的资料。现在听着武明的介绍和分析，尚进东就不停地点着头，表示赞同。武明一说完，尚进东几乎没用再考虑，就让武明去联系他的导师。武明没想到尚进东立即就能同意他的建议，他看着尚进东，眼睛里闪着奕奕的光芒说："如果不能在我保证的时间里做成这件事，我就到车间里给你杀三年的猪。"

尚进东不动声色地看着武明，说："你杀猪的手艺肯定没有我好。"

"那我就坚决不拿杀猪刀了。"武明笑了笑，说。

尚进东也笑了笑，问武明："现在还下围棋吗？"

武明说："偶尔在电脑上和那些看不见的对手走几手。"

尚进东点点头，说你什么时候过来和我走几手，我杀猪的手艺比你好，下围棋的手艺和你比起来，现在不知道怎么样了。武明说那就找空下几手看看，在锦官城，你可是第一个捏着黑白棋子下围棋的人。

没几天，尚进东就组织起了一队人马，交到了武明手里，由他带领着，专门从事玉米的研究开发。有武明和他导师前期的研究做铺垫，玉米的开发出人意料地顺利。在成果出来之前，尚进东就已经建好了植物油脂生产线、玉米糖稀生产线、玉米低聚糖生产线和淀粉生产线。从进了实验室，到进入车间试生产，武明几乎没离开过大东公司一步。女朋友从北京来看他，也是天天跟着他在大东公司里看着他干活。直到从玉米里提炼出了玉米油、玉米糖稀、玉米低聚糖，然后又从剩余的物质里生产出了玉米淀粉。

玉米系列产品的开发一完成，尚进东就一次性地给了武明一百万块钱的奖金。另外，又以每年五十万元的年薪，力邀武明正式加入了大东公司，专门负责植物类科研项目的开发。锦官城人看得直咂舌，说武明这颗豆子真是颗金豆子、夜明珠，你看让尚进东宝贝得，出手就给了他一百万块钱的买身钱，还年年再给五十万的佣金。

这段日子，尚进东匆匆地落实好了西安分公司的一些重要事项后，那边的手一放，这边就开始派了人，再一次上北京下上海，请来了各路专家，给公司里的人马重新来了一轮集训，为公司在香港上市做最后的铺垫。他则围绕着公司上市的具体细节问题，在深圳的罗湖口岸进进出出，来来回回地在锦官城和香港之间奔跑，忙得焦头烂额。

给几个副手开了一个简短的会，把几项该注意细节的事宜交代完毕，尚进东就靠在了椅子里，按摩着眼睛，一边考虑着下一步的操作程序，一边等着二哥尚进国。

昨天在电话里，尚进国说他和丹青已经办了离婚手续。尚进东一听火气就上来了，他压着心里的火说："办之前你就不会先给我透过来一丝风，你捂酱呢？明天抓紧回来一趟。"

尚进东已经提出多少次了，让尚进国辞了医院的工作，带着丹青回来，帮着他一起弄公司。现在的医院，有职业道德、有社会良知，对百姓救死扶伤的还有几个？在那样一潭浑水里混，你就是有再强的业务能力，也是多你一个不多，少你一个不少。但尚家的男人似乎都是一样的孤傲、一样的强硬，个个都想靠自己的力量，独自向世界证明自己征服世界的能力。大哥尚进荣宁愿在锦官城当个一文不值的土皇帝，天天围着那些芝麻、绿豆、针尖一样大的琐事转，

150

也不愿加入尚进东的公司，协助尚进东做事情。他说他老了，脑袋跟不上现代化企业这些先进的管理模式了。那个尚连民呢，大学毕业后，情愿跑到别人的草木纸业去给人家卖纸，也不到三叔的大东公司里来学习怎么管理企业。现在，这小子和李蔓开了个自己的铝厂，就更不指望他能参与到大东公司里来了。后来，尚进东把唯一的希望押在了二哥尚进国的身上，尚进国和他挨肩长大，两个人的感情最亲密，但一直到现在，尚进国仍然放不下他手里那张巴掌大的处方签子。

等了几分钟，见尚进国还没来，尚进东就站起来，走到窗台前，伸出手摆弄着窗台上一盆兰花的叶子，打电话问尚进国到哪里了。兰花的叶面碧绿中透着新鲜，在初夏的阳光里闪着油亮的光泽。尚进东的手指落在那些在绿叶上弹跳的阳光里，听见尚进国在电话里沉沉地说："我还在家里和咱爹说话呢。"

尚进东抬起眼睛看着窗子外面的树，说你先不要把离婚的事情告诉爹，别再刺激着他。你知道的，他可是最喜欢你们家丹青和豆豆。

挂上电话，尚进东看着盆子里的兰花，仿佛看见当年那个漂亮的城里姑娘丹青又站在了花盆跟前。第一次见面，丹青嘴里就甜甜地叫着尚进东三弟，指着一盆正在开花的栀子花，问他那些白颜色的花是不是茉莉，这么香。那天，尚进东一直在偷偷地看着二哥和丹青，他们手拉着手在街上走路，毫无顾忌地说笑，一点也不像锦官城的青年男女，在一起时故意扭扭捏捏的，拿文捏醋。他觉得二哥真有本事，能找个城里的女孩子回来，城里的女孩子就像一朵白色的栀子花，静静地站在那里，就飘散着浓香四溢的花香。这样的花香，是农村田地里盛开的所有花草的香味，都不能比拟的。

昨天和尚进国通完电话，尚进东一直就在想尚进国和丹青离婚的真正原因是什么。他记得尚进国刚当上副院长的那阵子，一打电话声音里就异常兴奋，说他现在终于熬出头了，虽然前面还带着个副字，但凭着他的实力，有副就不愁扳正的日子。但是，过了没多

久，一家人聚会时，尚进东就发现他脸上虽然笑得十分开心，可两
片眼镜片后面的眼睛里，却始终像是隐藏了另外一双眼睛，一直在
捉摸不定地躲闪着什么，半点也没有了当时电话里的扬扬得意。

尚进国的车一停到楼前的树荫里，尚进东就从敞开的窗子里看
见了。在高处往下看，他觉得从车里钻出来的尚进国似乎比平时矮
胖了一些，在太阳底下，一步一步地踩着自己的影子往楼里走来。

走进办公楼，尚进国就遇上了从财会室里跑出来的蔡雯。蔡雯
是尚进东大姐家的小女儿，大学毕业后就进了尚进东的公司里当会
计。尚进东一直说这个小丫头是最有心机的，考大学时就选择了会
计专业。毕业后在公司里干了两三年，不显山不露水的，就把会计
师考了下来。现在，她的专业能力已经超过了公司里原先聘来的所
有会计师。

蔡雯趴在桌子上做表累得眼睛酸疼，想趴到窗台边看看外边的
绿树，休息休息眼睛，就看见了从车里出来的尚进国。蔡雯的财务
室就在二楼，蔡雯在楼梯口迎上尚进国，嘴里叫着二舅，上前就挎
住了尚进国的胳膊，说："我妈昨天晚上还念叨着给你打电话呢，你
今天就来了。我舅妈和豆豆她们回来了吗？"

尚进国声音里带着一丝疲惫说："你妈念叨着给我打电话，是不
是又有什么事？"

蔡雯笑嘻嘻地拖着撒娇的声音说："没有什么事，你是我舅舅，
还能不让我妈想你。我姥爷的手现在不是老抖吗，还挺奇怪的，说
只有摸到地里新鲜的泥土才会停止哆嗦。我妈可能想问问你这是怎
么回事，让你回来的时候给我姥爷带点什么药回来。"

尚进国说："我上次回来，你姥爷就给我说过了。如果是神经问
题的话，肯定不会摸摸土就好，所以我也有点奇怪，到现在没想明
白是怎么回事。要带他到医院里查查，他又不去，说医院里那些设
备都是糊弄人的。我刚才已给他送了一些药回去，让他吃吃试试
了。你一会给你妈打个电话回去。"

蔡雯点头答应着，又说："是得好好去给我姥爷查查。他现在可

152

是咱们家国宝级的人物。"

"那不跟熊猫是一个级别了。"尚进国说着看了一眼蔡雯。这个蔡雯，从小吃姥爷买的糖果吃多了，小嘴巴总是甜兮兮的。

蔡雯叽叽喳喳地说着姥爷老邮差，陪着尚进国进了尚进东的办公室。她手疾眼快地给尚进国倒了一杯水，又给尚进东的杯子里续上水，瞅着两个舅舅的神态，估摸他们是有事要商量，就乖巧地说："两个舅舅商谈国家大事吧，我先回避了。"

尚进东说："油嘴滑舌。忙去吧，一会到餐厅里陪你二舅吃饭。"

"那我现在先到餐厅里去看看，给我二舅准备点好吃的。"

蔡雯一走，尚进东就急火火地问："到底怎么回事，怎么不声不响地就弄成了这样？"

尚进国点上了一支烟，看着眼前袅袅的烟雾，忽然就有了一种不知道该怎么开口的感觉。就像他曾经在病房里面对一个疑难杂症病人时，常常表现出来的那种惶惑。他拿不准手里的哪一种药，能够更有效地对他的病人起作用，真正达到起死回生的目的。这些年，尚进东一直在劝他回来，而他却一直不愿放弃自己的追求。他想做一名出色的医生，他也一直认为，自己做一名好医生的梦想，一定能够实现。这些年，锦官城的人病了，都会到他的医院里去找他看病；他不上班，他们就找到他家里去。他从小在锦官城长大，知道农村人的日子什么样，所以他总是想方设法地给他们开最便宜、临床药效又最好的药。后来，只要是农村来看病住院的人，他都给他们开这样的药。有些病人的家属不理解，以为他是在糊弄农村人，怕农村人拿不起钱，所以不给他们开好药，不把他们的命当命看。他们跟着他到他家里，给他送家养的鸡蛋，送核桃、栗子、枣，说给病人用点贵的药没关系，俺们砸锅卖铁，也保证不会拖欠医院的费用，让你坐蜡。用点价钱贵的药，病人肯定会好得快。这样，和多花的住院费比一比，还是用好药划算。

那些人始终不明白好药的概念。什么是好药，对症的药才是好药，不是价钱贵的药就是好药。没办法，他只能这样给他们解释：

那些价钱贵的药，就好比是给地瓜身上裹了一层好看的锡纸，看着外边亮闪闪的，其实里头包的还是地瓜。那些人半信半疑地看着他，他就进一步强调说，我老家就是锦官城的，不信的话，你们可以到锦官城问问锦官城的人，他们来看病，我是不是都给他们开这些最便宜药效又最好的药。后来，慕名来找他看病的人越来越多，弄得医院的营业额直线下降。因为丹青的父亲是卫生局副局长，院长想不出其他办法清理他，就鼓捣着让他当副院长。院长原本的意思是想借着让他当副院长的机会，把他挂起来。至于后来让他去负责药购，那完全是丹青父亲的意思。

从一个喝多了酒的副院长嘴里，无意中知道了他当上副院长和干了药购的真实背景后，尚进国着实地惊得出了一身的冷汗。

尚进东看着尚进国坐在沙发里抽了三支烟都没有回答他的话，就知道尚进国离婚的事不像他在电话里说的那么轻松。他这个二哥，干什么事情都喜欢先斩后奏。而这样做所导致的直接结果，就是让好多事情都失去了弥补的机会，比如他和丹青的这次离婚，不管什么原因，肯定都会伤害了豆豆。

不仅是在他们一家人眼里，就是在整个锦官城，人人都认为尚进国和丹青的婚姻是最和谐、最让人羡慕的。从他们结婚开始，尚进国每次回锦官城来，丹青都跟着他一起回来，从来没有表现出一个城里媳妇到乡下来的不适应和清高。锦官城的人看见了她，觉得她除了走路挺胸收腹、穿衣打扮紧致俏丽，不像锦官城的女人那样松松垮垮外，其他的和锦官城的女人没有一点不同，甚至比锦官城的女人还要让人觉得亲切。回到锦官城来，她会跟在老邮差的后头去菜地里拔菜拔葱、给菜地浇水，还会在院子里或者大街上，手把手地教锦官城的女孩子织城里最流行的毛衣花样和针法。有一阵子，锦官城的女孩子给男朋友织毛衣，都在织一种叫作爱情手拉手的花样，那也是她一针一针教给她们的。小素当时就用她姐姐从棉纺厂里偷回来的棉线，给尚进东织了一件这样的毛衣。另外，如果锦官城谁家有人生病了，到城里看病，到她家里找尚进国帮忙，她一定会把他们待为上宾，甚至还会留他们在家里吃饭。因此锦官城几乎所有的人都认识她，都在不停地赞美她。

吸够了烟，尚进国从一团烟雾里抬起头来，看着尚进东，说："我也不瞒你了，我和丹青离婚，其实是假离婚。"

"假离婚？"尚进东一惊，看着尚进国低垂的头说，"你装神弄鬼地演的什么戏？弄得我昨天夜里一夜没睡好，一直在替你考虑怎么应付咱爹。你离婚这事若是让咱爹知道了，不管真的假的，都会气得他丢了命。"

尚进国往沙发里靠了靠，叹息着说："虽然目前是假离婚，但在我心里就是真的。这个假，只是对丹青来说是假的。我不说假离，她肯定不能同意离。"

"我都让你绕糊涂了，什么真的假的，假的真的？到底怎么回事？"尚进东焦急地说。

尚进国说："这几年弄药，我手里的那些账和钱越积越多，越来越让我焦虑得睡不着觉了。我最近老是梦见自己被抓进了监狱里。"

"我给你说过多少次了，回来和我一起干，可你就是丢不下那张药签子，以为离开了你，医学界就会蒙受多大的损失。有时候，你自己根本就不是你想象的那么重要。"尚进东说。

尚进国说："你不知道，我一直是骑虎难下。都怪我钻了圈套，喝多了酒，一时没控制住自己，把自己栽进了那个姓吴的女人手里。谁知道那个臭女人，竟然是受他妈院长指使的。我和她那点事，全被那个女人录了像。这些年，他们就是用这个拿捏着我。

"你现在是不是想跟他们来个鱼死网破？你往深处想想，跟他们这些王八蛋，值吗！"

尚进国又点了一支烟，凶猛地吸了一口，吐完烟说："我想明白了，就是把我自己弄进监狱里去，弄个身败名裂，我也要把这件事捅出去，让该知道这些黑幕的人知道，这些医院本身到底长着多么大的一个瘤子，需要去切除。我回来找你，就是想跟你说，万一我哪天出了意外，证据都在我家路口那个银行的保险柜里，钥匙我给你拿来了。"

尚进国说着从兜里掏出了一把银色的钥匙，扔在了跟前的茶几上。

"你开始行动了？要是开始了，就赶紧刹车；要是还没开始，就永远也别开始了。抓紧办个手续，回来和我一起干。公司眼看就上市了，上市后，就更需要你来帮着我弄了。"

尚进东看着尚进国，突然觉得尚进国的眼神有些异样，那是一些老电影里英雄人物和敌人斗争时，表现出的一种不屈和决绝的眼神。尚进东记得小时候看完了电影，尚进国就爱模仿里面的英雄人物，他们的一举一动，一个眼神，他都模仿得惟妙惟肖。令他没想到的是，这种眼神，现在又出现在了尚进国的眼睛里。尚进国有这种眼神的时候，就说明他的内心里已经做了某种别人不能改变的决定。当年他偷偷去考了卫校，以及后来坚决不到锦官城的医院里来工作时，眼睛里都流露过这种眼神。只是，尚进国眼神里的不屈和决绝，在今天，糅进了更多说不出来的复杂。那种复杂，绝不是从哪里模仿来的，那是从他心底里一丝一缕折射出来的。尚进东缓和了一下口气，说："回来吧，干吗非在外边把自己弄得那么被动。你看看咱爹，现在天天去看墓地。你想想，人一辈子能有几年的好时光，用这样的好时光来和那些无耻的人争斗，太不值得了。"

尚进国说："你把自己的集团公司弄得上了市，赚了大钱，然后把整个锦官城带动起来，发展成一个规模十足的小城镇，这对你来说可能是最有意义、最成功的一件大事。而对于我，对于一个有职业道德有责任心和良知的医生，怎么去揭开医药界的黑幕，切除医院本身的肿瘤，让老百姓都能看得起病，用得起药；让每个人进医院看病时，都不用再像锦官城的人去看病时找我那样，只有找到我、找到锦官城的尚进国，才能开到最便宜，药效又最好的药，这才是最有实际意义的事情。如果说你这个公司的兴衰，直接关系着锦官城人的生活状态，那么，医药界的黑幕，就是直接关系到老百姓的生与死。咱们锦官城的人，不是都讲究什么事情也没有生和死大吗?"

"我不是说这件事情本身没有意义。我是说,看见这个瘤子的人太多了,比你位高权重的人多的是,他们为什么都视而不见? 就是他们觉得这个瘤子太大了,挖出来的大窟窿,补都补不住,这只能会让老百姓看了更加害怕、惶恐。"

尚进国有些激动,他义愤填膺地说:"不是没有人敢去割它吗? 我就是要拿着我的手术刀,对着这个瘤子割上一刀。不论多么大的手术,总得有人上台。"

尚进东笑了笑,还想说什么,但是看了看尚进国的表情,他就不说了。他发现,尚进国多年行医练就的那副冷静心态,已经被什么东西点燃得沸腾了起来,甚至是要咆哮了。尚进东想这个人已经成了一头暴怒的狮子,眼下恐怕没有人能够让他停下来了。

第 12 章

你一辈子都在寻找证据

　　天热起来后，地面上所有的树木都兴奋和张扬得没了谱，近乎疯狂地在膨胀着枝枝叶叶。不同指向的枝条上，不同形状的叶子一样青翠欲滴，一样浓荫泼地，一样遥望着被雨水冲洗得湛蓝的天空，一样怀揣着彩色的梦想，在梦呓里等待着鸟儿们的翅膀和歌唱。

　　随着天气转热，锦官城的大街上，卖各色小吃的摊子都争相摆上了街头，势头渐渐就稠密得如同树上的叶子了。从锦一路、锦二路、锦三路到大东一路、大东二路、大东三路，各个路口上都有陕西的肉夹馍、山西的凉皮、朝鲜的冷菜冷面、四川的泡菜泡椒、新疆的烤肉串、改进的外国三明治。还有锦官城本地独创的八珍菜，包括海带扣、皮肚丝、龙须菜、黑木耳、白银耳、腐竹、豆芽、香菇，这些事先发好洗好的菜分别装在白色的塑料盒子里，摆在玻璃罩子里。有人来买，可以要了单样的菜独自调，也可以把这些东西混杂在一起，然后加上大料掺着花椒、草果、桂皮、豆蔻等熬制出来的料水，加上酱油、米醋、白糖，味精、蒜泥、辣椒油、芫荽末、花生酱等调料搅和在一起，弄成杂烩八珍。另外还有水饺、油条、菜合子、油饼、馄饨、沙锅、菜串子、煎饼果子、过桥米线、小笼包子、酸辣汤……这些东西南北中的各种口味，一一混杂在了锦官城的街面上。

从早晨到傍晚，这些一两块钱一份、三五块钱就能填饱肚子的东西，配着大肚子灰绿扎啤桶里倒出来的一块钱一杯的扎啤、挂满油污水珠的玻璃杯、油渍麻花的木桌子、看不出本来颜色的马扎、散着二氧化碳气味的蜂窝炉子、炸弹一样满肚子液体爆炸物的煤气罐、水面上浮着油花子的水桶、套在碗上肉眼看着异常洁净的白色塑料袋子、用化学药品熏得泛白的一次性木筷子，与成群的苍蝇、满地横流的污水集结在一起，蜂拥着就漂在了街头上。各路人马嘈嘈杂杂的，就有一些人为了区别邻着的摊子，在摊子前立上一块薄薄的板子，上面刷了一层白色的油漆，然后用红漆黑漆在刷了白漆的板面上，写上正宗的什么什么几个字。其实哪有一份什么东西是正宗的。倒是过路的人和车辆往锦官城一看，立时觉得锦官城大大小小的市面街口，无不彰显着寸土寸金的珍贵和繁荣，处处散发着商家必争之地的热闹气息。

宏发建材店在最繁华的锦一路路口上，这个位置，想插脚进来摆小吃摊的人已经不是一个两个的了。锦官城人手里好几年没有地种庄稼了，相应地也就没有多少人家的粮仓里，还有存下的粮食。农民是习惯看着满仓粮食过日子的，眼睛看见粮仓里空了，心里自然就会跟着发空、发慌、发紧，手心里出汗。虽然地里一年生产出来的粮食，刨去种子、化肥和劳动力这些乱七八糟的成本，再用市场上粮食的价格折算出来，也和一亩地一年领取的那六百块钱地租差不到哪里去。但一堆粮食堆在那里，看在眼里，和六张薄薄的票子放在一起比较比较，就觉得几张票子还是轻了。跟六百块钱同等价值的粮食堆在那里，满打满算地就够吃一年的，但换成了六百块钱握在手里，价值虽然还是那些，可奇怪的是它就流水似的塞不满牙缝了。

　　袁大材这面铺子是去年秋里才盘下来的。这里原来是黄翔的家具店，专门卖从广州运来的沙发。因为他店里的沙发价格要得狠，所以生意一直比较清淡。前年，黄翔不知道怎么和盐业公司的人挂上了钩，三捣弄两捣弄，就在尚进东修的那条一百米宽的大东一路路边弄了个地方，在那里建起了盐业公司锦官城分公司。黄翔呢，在盐业公司建成后，顺理成章地当上了锦官城盐业公司的经理。盐业是个什么行当，稍微有些头脑的人都明白。自古至今，谁沾上了盐业的边，都意味着找到了一条捞钱的通道，何况后头还有尚进东的大东公司在撑着。黄翔当了盐业公司的经理，干了一年，就不在乎这个家具店了。黄翔不在乎了，但黄翔这间家具铺子的位置，在锦官城却依然是在黄金地段。所以，黄翔往外盘铺子这事刚有了点风吹草动，就已经有无数双眼睛在死死地盯着这间铺子，早早地盘算着兑到手后干什么营生了。

　　一闻到黄翔要兑铺子的风声，袁大材就开始装作若无其事的样子，三天两头地往黄翔的家具店里溜达，遇上黄翔在店里，他就四仰八叉地陷在沙发上，和黄翔天上地下地胡扯一气，扯到茶水都喝败了，仍然是谈兴十足。去的趟数多了，袁大材虽然闭口不提黄翔兑店的事，但黄翔心里早就猜到袁大材是冲着什么去的了。袁大材那两根花花肠子，在黄翔眼里秤得比什么都清楚。黄翔家祖辈都是靠做杆秤子吃饭的，黄翔自己也做了二十多年。这些年，卖菜的都用上了电子秤，用杆秤的人日渐稀少了，他才索性把做秤的手艺撂下了，开始一心一意地雇了几个人，从南方往锦官城捣腾着弄沙发卖。手里是不做秤了，但那些星对星的事，他心里透着眼地亮，几乎是一眼就看清了袁大材的意图。

　　黄翔是老邮差的小女婿，在锦官城也是个出了名的人物。当年尚进东被石大川伙弄着开果仁厂时，他不顾老婆小雨的阻拦，拼死拼活地把修秤赚来的两万块钱都投了进去。石大川把钱骗走后，他就三天两头地去找尚进东，破口大骂他是勾死鬼，把锦官城人的命都勾了去。他被那两万块钱迷住了，走到哪里说到哪里，说我要点灯熬油地刻多少颗秤星子，才能挣来两万块钱。后来尚进东弄起来肉联厂，慢慢地干大了，叫黄翔去跟他干，黄翔鼻子里哼了哼，就拒绝了。在尚家三兄弟里，黄翔唯独能听进去尚进荣的话，当年黄翔和小雨偷偷地谈恋爱，还没等和小雨定亲，黄翔就急不可待地把小雨睡得怀了孕。老邮差知道小雨怀孕后，死活不同意闺女跟着黄翔这个没有出息的东西，并恶狠狠地指责老伴不会管教闺女。眼看着事情僵在了那里，黄翔和小雨都要死要活的，俩人商量着一起喝药殉情。小雨已经买好了农药，藏在床底下，被尚进荣发现了。尚进荣就反复地到他爹面前周旋，拿了小雨买的农药给他看，分析利害关系，又三番两次地叫黄翔到老邮差面前认错，最后才促成了黄翔和小雨的婚事。

和黄翔喝了几个月的茶，袁大材认为火候差不多了，就回家指派潘红莲去找尚进荣，要他去把黄翔的家具店给兑过来。袁大材找黄翔喝茶的事，没过多久，潘红莲就知道了，只是她弄不明白袁大材又在闷着葫芦卖什么药，就一直装作不知道，耐着性子想看看袁大材在搞什么名堂。现在，袁大材终于把葫芦盖子打开了。潘红莲说：“听说有那么多人想兑呢。咱们的店不比那个位置差，你瞎折腾什么？”

“你去不去？你不去的话，真就说明你和尚进荣不清不白了。”

袁大材一辈子都在怀疑尚进荣想和他抢潘红莲，现在头发都白了，他竟然还不放过尚进荣。潘红莲转了个身，从沙发上拿起包，想到村委会里去，避开袁大材的胡搅蛮缠。这么多年过去了，他狗嘴里从来就没吐出过一根象牙来。潘红莲每次骂袁大材的时候，就会说锦官城里出了你袁大材和小顺这哥两个，真不知道锦官城的风水是被什么妖风邪气给扑了、破了。

看见潘红莲拿起包往外走，袁大材就嘻嘻地笑着挡在了潘红莲跟前，不恼不火地看着潘红莲说：“你看你这扬风乍毛的模样，要是没和尚进荣有过男盗女娼的事，我一戳到你的病根子，你能把火蹿得这么老高，像揣了火药？"

"你这个下流坏子！"潘红莲想起袁大材这一辈子对她的猜忌和折磨，心里的恨就上来了，她放低了声音，有些咬牙切齿地骂道，"要不是文化大革命时你批斗我大姑一家子批斗得那么狠，我怎么会瞎眼瞎心地跟了你这个狗东西！"

"真是这样吗？你当初要不是一心想当革命小将，你会跟着我？跟了我，你背地里多少下流的事都做下了，还反过头来骂我下流？你潘红莲真行。"袁大材听着潘红莲骂他的那种轻蔑口气，不由得摇着头冷笑了起来。

潘红莲扬了扬声音，说："你找出证据来！你一辈子都在寻找证据，你找出的证据呢？"

袁大材从鼻子里哼了哼，说："你当年在台上借着唱戏，眉来眼去地和尚进荣调情，你以为锦官城人都是瞎子？"

潘红莲不想和袁大材继续纷争下去，就推开袁大材，想往门外走。她和袁大材打打闹闹地折腾了这些年，太知道袁大材是什么东西了。无论刮风下雨，还是天热地冷，什么事情他都能拐弯抹角地扯到尚进荣身上去。每次这样开战，潘红莲都觉得头皮啪啪地在炸，像在黑夜里遇见了狼，不知道这样的日子持续到什么时候才会是个头。袁大材伸手夺下了潘红莲手里的包，说你天天拿着这玩意去纳臭鞋垫子，你纳完都给了谁？我怎么一双都没见到？

潘红莲厌恶地看了他一眼，说你有完没完，你哪双鞋里是空的？我现在纳的，不是都被闺女拿去送人了吗？

"你少拿着闺女去当挡箭牌行不行。你敢说尚进荣的鞋里没有你纳的鞋垫子？看你和小燕近乎得亲姊热妹似的，你以为别人都不明白你是什么意思？从你把她说给尚进荣，我就知道你狐狸肚子里打的什么臊主意了。"袁大材又哼哼地笑了两声。

天上的阳光穿过一碧如洗的天空，刺目地射过来，洒在袁大材的身上和脚下。潘红莲的眼睛越过袁大材的肩膀，看着一棵在阳光里摇动着细碎叶子的榆树，心里忽然阴冷得打颤。潘红莲转身坐在了椅子上，眼睛瞪着袁大材说："袁大材，你别这样没完没了地发神经行不行？小燕是我亲姑家的表妹妹，我能不亲吗？给尚进荣一双鞋垫子，他是我妹夫，又说明了什么？"

袁大材依旧冷笑着说："你要不去把店兑过来，就说明你亲小燕是假，借机亲尚进荣是真。鞋垫子就是你们的信物。我真不明白了，尚进荣裤裆里那个东西到底什么地方比我好，值得你搭上一辈子的眼水，还赔上一个表妹妹当菜头。头上都冒白头发了，你们还不死心，现在还整天勾搭着，用破手机电话发什么狗屁信息来相互调戏。整个锦官城的人，谁不知道我袁大材的老婆白天在外头当婊子，和尚进荣那个狗日的行云布雨，我黑夜里给这个狗日的刷锅，都刷了一辈子了。"

"你愿意给自己扣绿帽子，没人能拦你。你认为自己刷了一辈子锅，你就刷了一辈子锅。你要是不神智错乱的话，就拿过手机去看看、查查，我什么时候和他发过信息。那上面的信息，哪一条不是通知我去开会的？"潘红莲恶狠狠地说。

"现在不说这些了。"袁大材觉得自己点的卤水已经够了，就朝着半空中挥了一下手，转移着话题说，"现在你说你去不去吧。店兑下来了，前面所有的事咱们就一笔勾销，我决不再提。兑不下来，我就满大街地给黄翔贴大字报，举报他贩卖私盐。你要弄清楚，这可不是一出闹着玩的小戏码。到时候，我弄着他妹夫了，看看他尚进荣急不急。"

潘红莲抑着心里泛上来的恶气，大声说："袁大材，你怎么又要来文化大革命那一套？你眼睛要看清楚，现在已经不是文化大革命那个时候了，你那一套把戏已经不管用了。你以为在街上贴几张大字报，就能跟文化大革命似的把一个人批倒？前几年尚进东提出来修路，你领着锦官城那么多人在张贴大字报，锦官城的墙头都被你们糊满了，你又领着人告到了市里，说尚进东修那条一百米宽的马路，是破坏土地资源，是浪费农民的耕地。后来呢，还不是那些和

163

你一块贴大字报贴得最凶的王八蛋，争着抢着在那条一百米宽的马路边上，建了一个一个的厂子，现在富得头发梢都在流油。你去问问，他们现在还贴不贴大字报了，还说不说尚进东修路是破坏土地资源，浪费耕地了。你再叫他们白着两只手，瘪着裤腰带去地里刨食吃，你看他们还干不干？"

袁大材摆开一副充耳不闻的架势说："你说什么也没用，今天你不去找尚进荣，就别想出这个门。我到现在还把头插在裤裆里，任由老婆和别人睡觉是为了什么？咱们现在手里没有一厘地了！锦官城的人都觉得自己不下地种庄稼就不是农民了，就变成城里人了，我可不这么认为。锦官城人现在是什么，是上不靠天下不靠地的狗屁！说是农民，咱们手里已经没有地种了；说不是农民，是城里人，人家城里人有的这保障那保障咱们连边都沾不着。你用脑子想想，什么是两头不着店，这就是两头不着店。一锦官城的人在路上摸着黑走路，还都以为自己是走在去天堂的路上。你说这个时候，咱们不趁着别人还没弄明白的空，先想方设法地多开上个店，多弄几毛养老钱，给往后的日子上上保险，一旦日后老了、病了，你找谁讨饭钱去？尚进荣有再多的钱，也是个白相，你生老病死还得靠我。"

潘红莲的脑子里突然变得空空的。袁大材这个人自私小作得没法形容，坏心眼子一串一串的，但他偶尔说出来的一些话，又会唬得你后背发凉。潘红莲冷冷地说："比你想得周全的人多的是。上头要是不事先想好了这样那样的措施，能盲目地提出来搞小城镇化。"

袁大材很不以为然地看着潘红莲，嘲笑地说："娘们就是娘们，看什么问题都是凭着一个想当然。我算是把这个社会看透了，要么就是上头刮十级的大风，到了底下就变成了一级的微风，要么就是上头刮一级的细风，到了底下就变成了十级的大风。你说你相信什么吧。"

潘红莲说："我什么也不相信，就信自己的眼睛。锦官城的变化，是人人都看在眼里的。"

"行行行，我不管你相信什么，你去把黄翔的店兑来，我就相信了你。"

这几十年，潘红莲算是彻底看透袁大材的卑鄙了，只要他瞄上的事，他就没有做不上来的。潘红莲实在不想再让袁大材把一些事情弄得纠缠不清，就说我去找尚进荣问问看看。

袁大材阴阳怪气地笑了一嗓子，说这才是我老婆潘红莲。

把黄翔的家具店兑到手，袁大材表面上不动声色了，心里对潘红莲和尚进荣的恨却有增无减：两个狗男女，装得一本正经，我叫你们装，现在这个店兑给我，就是你们一直都在私通的证据。跟老子玩花样？我袁大材玩不死你们那才叫个怪。我就是要抓着潘红莲，让潘红莲一辈子在我手里干死，把你尚进荣憋死。

骂完了潘红莲和尚进荣，袁大材想想兑店的过程，就又心悦诚服地评判了自己一番，觉得总体上还比较满意，一点也没输给那个流氓尚进荣。

在街口上听二先生和老邮差又讲了一回庙里的白果树和凤凰，袁大材琢磨着如果真修大庙的话，怎么能从修庙这件事上挣上一笔钱。目前他店里经营的那些物品，除了各种油漆和一些胶、玻璃，其他能用到建庙上的东西恐怕不是很多。他琢磨着还是应该先找个有庙的地方去参观参观、考察一番，到时候对建庙的事能顺口说出个一二三来，再提出来供应什么货就有数了，这也算是做到了未雨绸缪、有备无患。这么想着，他就心里哼着小曲，朝锦一路上的店里走，想到店里坐下来，从头到尾仔细地捋捋这件事。远远地走过来，袁大材就看见店门口一溜儿摆了好几个卖小吃的摊子，于是就黑着脸进了店，问正在卖瓷砖的青海："门口摆了这么多摊子，你怎么不知道撵撵？堵着门口，店里以后还怎么做生意？"

青海放下手里的计算器，看着袁大材阴森森的眼睛，支吾着说："我撵了，但是撵不动。她们说路两旁是属于锦官城公用的地盘，谁都可以过来摆。"

袁大材看了看几个在那里挑瓷砖的人，压低声音说："谁放的屁？谁都能摆也不能摆到灶神爷爷的锅台上去。"

青海看了看袁大材，又看了看门口，指着一个瘦瘦的女人说："那个卖烤肠的女人说的。"

袁大材就点着头，往门口走，想看看这个口气柴柴的瘦女人是谁家的，在他的店门口摆摊子，还敢钢嘴铁舌地叫板，还敢在舌尖上挑着锦官城这三个字说事。

锦一路路口不远处对着的，就是锦官城最大的服装市场步行街和日用品市场，那些逛市场逛累了的男男女女、大人孩子，一脚走出市场，个个都愿意找个小摊歇歇脚，叫上份小吃填填逛空了的肚子。

店门口原来有过几个卖小吃的，几辆破三轮车、几张沾满油污的桌子一字排在那里，不光堵着进货送货的车出来进去，那些残汤剩汁、废塑料袋子什么的，还弄得地上一片狼藉、乌七八糟，看得袁大材直倒胃口。袁大材废了九牛二虎之力，才把他们一个一个地清理走。现在刚干净了没仨月，他们就又卷土重来了。

袁大材手叉着腰在门口站了一会，想认认几个摆摊的都是哪路神仙，再决定撵他们的方式。袁大材仔细地瞅了两遍，除了四傻的媳妇彩霞他认识，其余的几个都不认识。他看着彩霞的背影，考虑着怎么从彩霞的身上开刀。四傻是潘红莲的二叔潘有邻的儿子，这两年，潘有邻的瘸腿生了疽疮，脚趾头都烂掉了，天天躺在床上叫唤。四傻一味地喝酒赌钱嫖娼，在城里给刘秃子当鸡头，去年被公安局扫黄的抓了进去，至今还没出来。四傻虽然人在牢里，但家里三个哑巴挣的工资，家里人谁也不敢动一分。彩霞就天天靠卖菜串子，养着一家人。

潘有邻有四个孩子，上边三个都是哑巴，只有最小的儿子四傻正常。四傻初中还没毕业，就和周围的一群小混子混在了一块，先是天天找地方喝酒、赌牌，带着几个女孩子成夜地泡在录像厅里看三级片。不到结婚的年龄，就和彩霞生了个孩子。生了三个孩子后，尚进荣带着镇里管计划生育的人上门找他结扎、罚款，他上下挥舞着菜刀乱砍，满院子追着尚进荣，说我家三个哑巴都没找上媳妇，我就是要让彩霞一人给他们生一个。后来看挥舞着菜刀也赶不走计生委的人，四傻就顺手抓过来一个孩子，把刀横在孩子的脖子上，说你们再不滚出去，我就杀一个煮给你们当晌午饭吃。

计生委的人面面相觑。尚进荣看着四傻刀子上滴下来的血，说四傻你成疯狗了，你以为你是在杀鸡？你现在把孩子放下，以后就是鸡下蛋一样，一天下出一个来，我们也不管你了。

后来，四傻组织着人买了假警服，夜里到路上冒充交警拦车抢劫，刚抢了两次，就被抓进了牢里。四傻蹲牢的五年里，三个哑巴哥哥都被陆续招进了尚进东的公司里。四傻从牢狱里一出来，就被人带进了刘秃子的按摩房里，和刘秃子成了铁打的哥们儿。他天天在刘秃子的按摩房里找小姐，三个哑巴挣的钱，转眼就被他放水一样灌进了那些小姐的自留地里。

潘红莲看不过去，去找尚进东，让他把几个哑巴的工资在公司里给存下，备着他们以后用。四傻听说了，就拿着刀子找到了潘红莲，他用刀尖指着潘红莲说："你以后再多管闲事、出馊主意，就别怪找四傻不认你这个本门姐姐了。"

骂完了潘红莲，四傻就领着几个混子到了大东公司的门外，等着尚进东的车。等了三天，看见尚进东的车从外边开了来，他就横在了门口的路上，拦住了尚进东，说你尚进东再不把三个哑巴的工资原原本本地交出来，我就先把你的车砸烂，再去告你剥削残疾人。

现在，三个哑巴完全成了四傻的挣钱机器，旁人谁也别想拿走一分。潘有邻躺在床上不能动弹，就天天不停声地咒骂四傻，骂老天爷不开眼，还不快快地把四傻这个王八羔子收割了去。骂完了老天和四傻，就转回头来骂自己，骂自己玩弄了一辈子的蛇，到头来果真就遭了蛇的报应。

潘有邻是在瘸了腿以后，开始玩蛇的。

年轻的时候，潘有邻人长得也算齐整，就是一个字：懒。真是懒得没法治；锦官城人说他懒得比石头还懒，石头被人踢一脚，还能挪挪地方。因为人懒，他借着在清水河里清淤泥时被歪倒的小推车砸了一下子，索性就装起了腿瘸，三装两装的，结果就把一双正经腿装瘸了。

冬里，趁着河里水少，区里就组织着全区的男劳动力和女识字班，到清水河去清淤挖河道。潘有邻下到刺骨的冰水里去挖淤泥，还没挖两锨，就嗷嗷地叫着蹦到了岸上。他家里穷，连一双水套鞋都买不起，赤着脚下到冰碴子里的滋味可想而知。众人听见他嗷嗷地叫着往河岸上跳，都明白他是被冰碴子冻得。零下好几度的气温，人空身裹着一件破棉袄站在河道里，冷风一个劲地往里钻，就已经冻得浑身哆嗦的了，何况还要赤脚站在冰碴子里。二先生看着潘有邻在那里跳脚，就开着玩笑说："他二舅，你是不是叫水蛇咬了脚后跟，怎么蹦得比鱼还高？"

潘有邻正弯腰看着脚脖子上被冰凌子划出来的几条血道子，上面的血正随着他的蹦跳在蜿蜒。听见二先生的声音，就恼火地说："你这个地主，我不是早和你划清界线了吗，你怎么还和我说话。你积极，你脚上套着水鞋，水蛇是咬不到你的脚趾头。"

大伙听了，就站在冰碴子中间一齐笑。袁济堂说："潘有邻你昨日黑夜里耕地使了多少牛力？累得到现在还在甩尾巴刨蹄子。"

潘有邻继续在岸边的枯草叶子上跳着脚，嘴里骂着袁济堂："人老心不老的老杂碎，别人夜里耕个地你也眼红。你白天管着队里的地怎么耕，夜里还管着我炕上那一犁地怎么耕了？"

袁济堂往前走两步，弓下腰，端平铁锨拍击着薄冰底下的水面，用水花溅着潘有邻说："你奶奶的潘有邻，你夜里在炕上怎么耕地我是管不着，可你耕完了地不能到我的地头上歇凉哇。都跟你狗日的学着，这挖河的任务还完成完不成了？嫌水凉你现在推车子去，推车子流汗热乎。你以为你是公社干部，背着手在河边站站、指指戳戳，就是亲临现场指挥大会战了。"

全区的人都来挖河，各个公社各个大队里小队里都插着红旗，河道里就到处是一面一面鲜艳的红旗，在北风里猎猎地飘扬着。潘有邻把身边竖着的一杆红旗拔下来，高高地举起来，在风里迎风展动着，说："公社干部算个鸟，就知道惦记着下边哪个文艺宣传队的小闺女长得好看，先把人家弄进公社宣传队里去演戏，然后再琢磨着怎么去耕人家还没开犁的地。"

潘有邻这么说的时候，就忘了侄女潘红莲也是在文艺宣传队里唱戏的，并且刚被选进公社的文艺宣传队里去。更重要的是，潘红莲在三年前就和袁济堂的儿子袁大材定了婚，只等着袁大材什么时候从部队上复员回来完婚了。袁济堂听见潘有邻在那里一嘴的胡咧咧，恨不得挖一锨烂泥糊进潘有邻的嘴里去。

袁济堂一步跳上岸，站到潘有邻身边，瞪着眼夺过潘有邻手里的红旗，说你狗胆不小，手里举着红旗就敢说这些浑话。要是让公社干部听见了，不立马把你抓进革命委员会里关起来，判你个反革命罪才怪呢。今天看在你跟我扯拉着有亲戚的份上，我就不举报你了。

潘有邻说举着红旗怎么了，他们公社干部还不是举着红旗反红旗？我说的是实话。

袁济堂说红莲刚进了公社的文艺宣传队，你这么说，叫外人听见了怎么想，你这不是给红莲头上扣屎盆子，自己臭话咱们自己吗？这话传到袁大材的部队上去，他还能安心地站岗放哨吗？当兵的不安心站岗放哨了，怎么保卫国家？什么话都分不出个轻和重来，只知道解开裤子就尿尿。

河里的人听不见他们两个人在河边上叽叽咕咕地争竞什么，就站在冰凉的水里看着他们，吃吃喝喝地起哄，说大头和潘有邻你们亲家俩，是不是要给大家伙弄两句地头三句半，给咱们热闹热闹脚趾头？这脚底下的水拔凉拔凉的，都把脚趾头冻成冰块子了。

袁济堂心里憋着气，回过头去看着他们骂道："冻死你们这些狗日的。你们站在水里耍嘴皮子，脚底下就热乎了。"骂完了河里的一群人，又说潘有邻："你往河堤上推淤泥去，省得一身闲力气没地方撒。"

潘有邻狠狠地望了袁济堂一眼，气哼哼地推起一辆车子去装淤泥。小燕不看火候，看见她二舅推起了车子，就跑过去抓起了拉车绳，想给潘有邻在前头拉车。潘有邻一声也不吭，把车子一栽歪到了地上，跑到车前头，三下两下地就把拉车绳解下来，摔在了一旁的烂泥里，弄得小燕泪眼巴巴地看着一河人不知道怎么收场。潘有邻想，你袁济堂是个什么东西，仗着自己是个烈属，去部队上混了两年，就在锦官城耀武扬威得不可一世了。还有那个狗日的袁大材，胳膊上戴个红箍子，就说自己是什么狗屁革命小将，一边批斗二先生他们，一边托人到潘红莲的家里去提亲，说潘红莲要是答应了，他就不组织革命小将批斗二先生了。潘红莲是看着她大姑和二先生被批斗得可怜，一家人在村里走路都要溜着墙根低着头走，活像一群不能看见天日的灰老鼠，她才违心地答应了你袁济堂家的亲事。要不是因为这个，潘红莲早和尚进荣定亲了，他袁大材胳膊上就是套三个红箍子，也别想打潘红莲的主意。

看见潘有邻推过来车子，袁济堂就朝水里的几个人挤巴挤巴眼，意思是潘有邻过来的时候，多给他的篓子里装几锨泥。潘有邻干活不是最爱偷奸耍滑吗？今天咱们就好好地治治他。水里的几个人正想看袁济堂和潘有邻的热闹，袁济堂挤着眼一示意，正中了几个人的下怀。潘有邻气乎乎地把车子推过来，水里的人假装看也不看他，就纷纷地扬着锨，你一锨我一锨地往他的篓子里装泥沙。

潘有邻看着篓子里的泥，说你们是不是成心要把老子弄趴下？

潘有邻说潘有邻的，河里的人都专心装他们的，故意不接腔，看看篓子里差不多满了，才陆续停了手里的锨，看着潘有邻。潘有邻骂道："你们这些孬种，想试老子的活？老子今天就让你们开开眼，看看我潘有邻是不是脓包，一个人能不能把车子拱到堤上去。"

潘有邻弓腰撅腚地抬起车子，脸憋得褐紫褐紫地往河堤上拱。一群人在后头看着潘有邻蹒跚的步子，都开怀地大笑。谁都明白，淤泥里全裹着水。一篓子淤泥和一篓子地瓜比起来，淤泥的分量起码要沉上一半。平常从地里往外推地瓜，谁要是给潘有邻的篓子里装多了，他都要歪倒车子故意撒出来一些，说我的身子骨这么单薄，怎么能推动满篓子的地瓜。今天，这块懒石头憋了气，竟然连这样的亏也认了。

一河道里的人正看着、笑着，等着潘有邻低头服输，潘有邻的车子真就在半路上退了下来。大家伙看着被车子压到底下的潘有邻，说潘有邻你这个懒种，原来还是玩着这倒车子的把戏，你就不能给自己脸上蒙块红旗，让我们评你个先进。

看见潘有邻半天没动弹，二先生和小燕跑过去把潘有邻从车子底下弄出来，才发现潘有邻的腿被车子砸坏了，站不起来了。众人以为潘有邻在装孬种，都站在那里哈哈地笑着看潘有邻的热闹。潘有邻吱吱嗷嗷地叫着，瞅着众人骂道："你们这些狗杂碎，害得老子把腿都弄折了，你们这回死心了吧。"

袁济堂说："伤得还不厉害。厉害的话，你就顾不得张嘴骂人了。"

潘有邻的腿被车子砸折了，但折得并不是很厉害。在车子退回来砸到身上的一刹那，潘有邻就在心里想出了一个歪主意：借着歪车子，假装被车子砸折了腿。他奶奶的，这冰天冻地的日子，让人站在刺骨的冰碴子里挖河底，这不是拿着广大社员的小命耍弄着玩吗？那些大大小小的干部，哪一个挽了裤腿跳进冰碴子里挖过一锹？二先生和小燕过来掀起车子，扶潘有邻起来的时候，潘有邻就装着腿不能站了，吱吱嗷嗷地叫着骂人。他还不知道，他就是不装，腿也真不能站了。

袁济堂一边派人往家里送他，一边骂骂咧咧地说："活没干一晌，你狗日的就弄了个工伤，算你捡了个便宜。"

回家躺在床上，潘有邻想着其他人天天都在冰碴子里顶风冒雪地挖河，就幸福得直哼哼，把腿疼几乎都忘了。他在心里笑着，说冻死你们这些狗日的，你们想害大爷，没想到大爷因祸得福，不用站在冰碴子里挨冻，还照样天天拿工分。补贴的那些细粮，一钱也不会少。潘有邻开心地在床上躺了一个冬天，腿骨就好得差不多了，他偷偷地从床上下来，走两步试试，发现自己的腿好好的，并没变瘸，心里就懊丧得难受。想着腿折后带来的好处，潘有邻就决定继续装瘸，反正腿长在他身上，他想怎么走都是自己说了算。要是腿真瘸了，他就不用去地里花那些狗日的瞎力气了，像牛似的，从白天到黑夜没完没了地出苦力。

　　开春后，潘有邻手里扶着一条凳子走出了家门，袁济堂看他腿成了那样，走路都得扶着凳子，心里也有些愧疚，就不派给他重活了，让他去场院里看场。潘有邻心里嘿嘿地笑着，心想这瘸腿是装对了。后来潘有邻一直装着，装到后来腿就真瘸了，一刻也离不开手里的板凳了，弄得他老婆一辈子都在骂他自作自受。村里人一直没明白她这话是什么意思，都以为她是在说潘有邻逞能推车子那件事。

第 13 章

蛤蟆屁股上的鸡毛

熏熏的南风从窗子里吹进来，带着一院子树木的气息，吹得满屋子的人都在昏昏欲睡。一上午，几个人一直坐在办公室里讨论修庙的事，连续讨论了三个钟头，讨论得烟盒都空了，仍然没讨论出个结果来。尚进荣站起来去了趟厕所，回来建议说："这样空泛地讨论下去，一点实际意义也没有。还是散了，吃饭去，肚子里都开会了。"

其他人跟着零零散散地站起来，说坐在这里腿都僵硬了，这么辛苦，是不是找个地方喝两杯提提神？

潘红莲说要喝你们喝去，一个一个都成酒囊饭袋了，我可要回去好好睡一觉。春困秋乏夏打盹，我坐在这里看着你们抽烟，都快做梦了。一个破庙，说建就建，不建就拉倒，干脆利落。你们倒好，一群爷们儿坐在这里抽烟，弄得比六方会谈朝鲜的核武问题还难。

几个男人就纵声地大笑，伸胳膊伸腿，借机活动着筋骨，说潘红莲行啊，简直比那个美国的黑脸女人什么斯还厉害了，竟然关心六方会谈。

"什么斯，赖斯。"潘红莲说，"你们以为天下就你们男人关心政治与和平？"

潘红莲正笑着，就听见小顺站在门外说："你现在需要关心的，恐怕还不是天下那些与你无关的政治与和平，而是你们家的战争与和平。你快点回去看看吧，你们家袁大材和那个彩霞，都已经进医院了。"

潘红莲朝门外扭着头，看着站在门口的小顺，太阳从天空中射下来，披在小顺的身上，把一个小小的黑影子画在了地上。潘红莲不喜欢看见小顺，觉得他就像落在地上的黑影子，让人看了就精神压抑。她冷漠地问："你说谁和谁进了医院？"

"当然是你们家袁大材和彩霞。你听见我在说谁？"

小顺看着门口里蛇一样扭动着往外飘的蓝色烟雾。那些烟雾一飘到太阳底下，就渐渐地变了颜色，变成了紫色的、黄色的，甚至红色的烟霞，又像一道道若隐若现的彩虹在弥散着。

"袁大材怎么会和彩霞扯到一起了，哪个彩霞？"潘红莲拿眼睛看着小顺，满眼里都是狐疑，以为小顺在耍弄她。这个小顺，不知道耍弄她多少回了。

"你娘家那个彩霞，还有哪个彩霞，潘有邻家的，四傻的媳妇，这回清楚了吧？"

尚进荣说别问了，快到医院里看看什么情况。转身招呼着众人："走，咱们都看看去。"

潘红莲仍然站着不动，又问小顺："你是不是又在这里瞎编排了事吓唬我。好好的，他们怎么就进了医院？你是怎么知道的？"

"我脑子叫猪拱了，胡说八道行了吧。"小顺说，"我怎么知道的？我掐算出来的。你弄个破手机整天关着，青海打不通电话，两手是血地在大街上跑，想来找你。我腿贱，遇上就把他撵回去给你们看店去了，我跑来给你说这事。他们都死了跟我有什么关系，锦官城的墓地里最多一天多埋进两个骨灰盒去。"

"什么屁话！"尚进荣说，"什么正经事到了你嘴里，说出来就变成了玩笑话。整天嚷嚷着改选的时候非进村委班子不可，还说你当干部的话，早把大庙修起来了。就你现在这个说话处事的做派，谁敢选你？就是把你选进来，你还不一天就把村委会折腾烂了。

小顺吹着手里的烟说："就这破房子，早该砸烂起新楼了。你们以为在这么个破房子里办公，锦官城的人就赞美你们，说你们是在建设节约型社会？你们错了！该气派的时候不气派，也是没有魄力的表现。你说你们有什么魄力？一座破庙，研究来研究去的，烤饼一样，多少银子都在你们的炭火里哗哗地变成灰了！你们多研究一天，就是对锦官城的经济发展多犯下一天的罪。"

"我记着你以前不稀罕破庙，也不稀罕什么凤凰的传说，谁提到大庙和凤凰，你都会说凤凰算个鸟。怎么，现在脑子拐弯了？"潘红莲讥诮着小顺，想弄得他下不来台。这个张狂的小顺，锦官城人没有一个把他放在眼里，他也没把一个锦官城人放在眼里。在城里混了几年，混没了老婆，混没了工作，不知道动了哪根筋，看见锦官城这两年发展了，就想回到锦官城来当个针头线脑，管管事，真是蛤蟆屁股上插鸡毛，不知道自己算是什么嘎嘎鸟了。

小顺听着潘红莲的讥诮，鼻子里哼了一声，轻蔑地看着潘红莲，想这个女人，年轻的时候在戏台上走过两圈，戏没唱出个什么道道来，戏子的毛病却学了不少。这些年，她逢人就说自己当年跟着袁大材，是文化大革命的时候被袁大材逼着定的婚，后来袁大材去当了兵，她又不敢退军婚，才和袁大材结婚的。

这话听起来都新鲜。锦官城的人也都认为她说的是真事，但事实却是，当初她想参加学校里的红色小将战斗队，但她的大姑嫁给了地主二先生，审查的时候，由于她和地主家庭有牵扯，就没能加入进去。看见袁大材批斗二先生，她就借着袁大材批斗二先生的机会，坚决地跟地主家庭划清了界线，并频频地接近革命小将。袁大材那时候正偷偷地喜欢她，一看她和地主家庭划清了界线，马上就把她吸收进了红色小将战斗队。为了能到宣传队里演节目，她又暗示袁大材让他父母找人到她家里去提亲。袁大材家是红色烈属家庭，袁大材的爹袁济堂是党员退伍兵，在部队上入的党，又是锦官城说一不二的大队长。锦官城多少人家的小闺女，做梦都想着能跟这个革命家庭里的袁大材定亲。袁济堂是拗不过袁大材，才托人上门去提的亲。跟袁大材定婚后，潘红莲如愿以偿地进了学校的红色小将宣传队，后来又被袁济堂弄进锦官城的革命文艺宣传队里演了铁梅。

袁大材到北京当了两年兵，逐渐发现锦官城以外的天地原来是这么广阔。特别是和战友们看了天安门广场后，觉得天安门广场那个大啊，气派得让人找不到语言和字眼能去形容。和北京一比，锦官城就是块土坷垃大小的地方，就是个井底子。指甲肚子大点的地方，还能扎多深的根，长多高的树，造多大的势？再看看部队里那些穿着军装走来走去，洋里洋气的小女兵，他的雄心壮志就彻底冒出来了，觉得锦官城的潘红莲算个什么？就是一张脸白，像抹了一把石灰，他将来要是在部队上混好了，说不定娶个军长的女儿当媳妇都不成问题。袁大材就连夜给家里写信，要和潘红莲解除婚约。收到信的晚上，恰巧潘红莲到袁大材家串门，看见了信，当时就哭得死去活来。连夜就要袁济堂带着她到部队上找袁大材。

一连几天，潘红莲哭得跟泪人一样，不吃饭、不睡觉、不去演节目，就在袁大材家里坐着。袁济堂看了，只好咬咬牙，借了大队里五十块钱，带着潘红莲去了北京，到部队上找袁大材。

袁济堂和潘红莲刚到时，袁大材还生硬着，不主动和潘红莲说话。到了晚上，领导陪着来队家属吃了饭，又给他批了一个星期的假，叫他带着家属去天安门等景点逛逛、照照像，他就慢慢地不那么生硬了。等他和潘红莲一左一右地站在袁济堂身边照完像，袁大材知道，自己是无论如何也甩不掉潘红莲了。

在他们回锦官城之前，袁大材又带着潘红莲到百货大楼里去裁了一块北京蓝的平纹布，叫她带回家做褂子，那是当时北京最流行

的布。潘红莲去北京的时候，穿着粗布裤子，是她娘用纺车纺出了
线，找人用织布机一梭子一梭子织的那种土布。刚到北京的时候，
潘红莲看着北京人穿的条绒裤子，再低头看看自己的粗布裤子，心
里还害羞。后来她跟着袁大材去逛百货大楼，刚走进百货大楼的门
口，就被三个北京女孩子跟上了。潘红莲发现几个女孩子一直跟在
她的后边看，还指指点点的，看得她心里直发毛，以为她们看见了
她的裤子，是在笑话她的土气。买完了北京蓝的布，要出门了，一
个和潘红莲长得差不多高的女孩子追上来，挡在了潘红莲的跟前，
问潘红莲穿的这条牛仔裤是不是从国外弄来的，能不能把这条裤子
卖给她。潘红莲不明白牛仔裤是什么，但她听明白了是不是从外国
弄来的这几个字，还听明白了这个女孩子想要买她的裤子。潘红莲
摇了摇头，拒绝了女孩子，随即看着袁大材，把头高高地扬了起来。

　　在北京用土布裤子眼馋了一次北京姑娘，回到锦官城，潘红莲
找人把北京蓝的上衣缝好，穿在身上走出家门。锦官城的大姑娘小
媳妇就又众星捧月般地围住了她，纷纷摸着她的衣袖子，羡慕地问
长问短。那一年，锦官城刮起了　阵北京蓝的风暴，凡是家里有女
儿，或是准备给儿子找媳妇的，都纷纷托袁济堂给袁大材寄钱，叫
他抽空去百货商店里给裁一块北京蓝的布，回家的时候给捎回来。

　　现在，小顺每次看见潘红莲张牙舞爪的轻狂样子，都会在心里
骂，他爹袁济堂去世之前，潘红莲可从来不敢这样张狂。

　　小顺撂下他们，转身就走。心想要不是看见青海两手是血在街
上跑，我脚板子痒痒了，学着老邮差到墓地里溜达两圈好不好？墓
地里野花野草地热闹着，大树参天地长着，浓荫蔽日，空气还新鲜
呢。

　　几个人匆匆地到了医院，看见袁大材和彩霞两个人还血头血脸
地躺在门诊室的床上，两个小护士正在那里给他们擦药、包扎。

　　潘红莲往床前站了站，看完彩霞，又瞅瞅袁大材，火急火燎地
问："你们这是怎么回事，怎么打成了这个样？"

　　袁大材闭着眼不说话，彩霞也闭着眼不说话。潘红莲急了，说

你们要是都装死，就装吧，我也不管了。看来你们都是吃饱了没事撑的。

尚进荣站在门口问："你们俩人没事吧？用不用惊动惊动派出所，把那个李所长叫来？"

听见尚进荣说话，彩霞把眼睛睁开了一条缝，愤怒地说："你是村干部，你给评评理，我在路边上摆个小吃摊碍着谁了？他竟然过去给我掀了。店是他们家包的，门口的路还属于锦官城的老百姓吧？地都让你们修路盖厂鼓捣没了，路边的店又让有本事的人弄去了，俺们一家老小瘸的瘸、哑的哑，总得吃口饭活命吧。你们是不是想看着我们去找根绳子来，扎上脖子等死？"

袁大材忽地从床上坐起来，一把撕掉了护士刚给缠好的绷带，指着彩霞说："你别恶狗先告状。要不是看在瘸子潘有邻的份上，三轮车我都给你砸了。多少咱们还是门亲戚，你竟然带着人堵我的店门口。你没地，我就有地了？你想吃饭，我就不想吃饭了？你们家四傻手里还剥削着三个哑巴呢，我剥削谁去？"

"四傻在我眼里就等于是个死人，你要和四傻比，你也吃喝嫖赌当鸡头坐牢去。"

"行了行了！"尚进荣呵斥着，"有理说理，有事说事，胡扯一些枝子干什么。"

潘红莲怒视着袁大材，说你有话不能好好说吗？和彩霞打成这样，你叫我怎么去见二叔。

"狗屁！"袁大材说，"你少装大尾巴狼！三巴的事你管好了？不照样让四傻骂得狗血喷头。"

袁大材指的是潘红莲自作主张，让尚进东把三个哑巴的钱给存在公司里那件事。这事不仅潘红莲被四傻骂了一顿，就连尚进东也被四傻拦住车头骂了一顿。这件事就一直被袁大材拿来嘲笑潘红莲。

在锦官城，只要一说三巴，人人都知道是谁家。锦官城人现在说到潘有邻家，都不叫潘有邻的名字，要不就说三巴家，要不就直接用二三四家来代表：二是潘有邻，三是三个哑巴，四是指四傻。

这些数字代表的什么人人都清楚，就像锦官城的一个通用暗语。不过，人们说到潘有邻家的时候，还是说三巴家的时候多，大家伸三个指头，就都明白了。

撕扯了半天，也没分出个里和表来。两个人都赖在医院里不走，让尚进荣给讨公道。彩霞捂着头，看着尚进荣说："你是干部。我被打成这样，你都看见了。你要是不给处理公道了，说我在那里摆摊子合法，我今天就住在医院里不走了。"

"不走你就烂在这里。"袁大材一字一顿，咬牙切齿地说。

彩霞朝袁大材呸了一口，说："我能烂在这里，四傻就能让你烂在你的店里。"

尚进荣生气地说："你们一个比一个牙硬，还让不让我管了？不行你们就去派出所，找那个彪子所长给你们处理去。"

"你不管也行，先去给我们把地弄回来，让我们种粮食吃。现在种地不用纳粮不用纳税了，听说还有补贴，你们却变着法子把地祸害没了。没有地种粮食了，你让我们这些没本事做大买卖的人吃什么，喝西北风去？"彩霞忽然把话转到了尚进荣身上。

两个人打仗，扯来扯去的，没想到最后却把矛头戳到他这里来了，尚进荣不免有些窝囊。他突然讨厌起这个彩霞来，就厌烦地说："不是一亩地给你六百块钱补贴了吗？一颗汗珠子都不用往土里掉，白白地就拿了六百块现钱，还不知足？你不算算，原来没黑没白地在地里折腾，一年能打多少粮食？省出来的这些工夫用来摆摊子，是不是挣一个都是多出来？"

彩霞已经撒了泼，她不依不饶地把手指头往尚进荣眼前一伸，一个一个掰着说："账不是这么个算法，俺们没本事做生意的人，就愿意种地。换算换算，一亩地的粮食是值六百块钱不假，但那六百块钱的粮食能够填饱肚子，你这六百块钱的票子细分到十二个月里去，一月平均五十块钱，一天还合不到两块。你来说说，两块钱能买来什么东西？你们家吧办厂子的办厂子，开公司的开公司，霸地的霸地，卖地的卖地，你们腰里是有淌不完的真金白银。"

　　潘红莲见彩霞一个劲地把尚进荣往死胡同里逼，逼得尚进荣脸上一阵一阵地白，就斥责说："彩霞你怎么满嘴里胡说八道！锦官城哪一户都是一亩地领六百块钱，谁也没多拿一分的，怎么人家都没饿着？你们家四傻如果不胡混作死，板板正正地做点事，再加上三巴每月挣回来的三四千块钱，你就是不摆摊子卖菜串子，你们家的日子比谁差？比谁都不差！"

　　彩霞咦了一声，冲着潘红莲说："我忘了大姐你也是干部了。你是干部你来说，你家店门口靠着的路边，是属于你家的，还是属于锦官城公用的？"

　　潘红莲被逼得没办法，只好沉着脸说："当然是锦官城公用的。"

　　"你说是锦官城公用的，那我是锦官城的人，你说我能不能在那里摆摊子？"

　　"你能摆，谁都能摆。但是，如果店是你的，别人堵在你门口，让你进进出出都不方便，你说，你愿意不愿意？"袁大材炸雷一般地说。

　　潘红莲从来没见彩霞这样伶牙俐齿过，她看着彩霞，又看看袁大材，觉得锦官城人都不再是往日的锦官城人了。他们都变得像饥饿的狼一样，磨利了尖尖的牙齿，只要面前有猎物出现，他们就会凶残地扑上去，用尖利的牙齿，狠狠地咬住猎物的咽喉，把它们撕个稀巴烂。那个与锦官城人格格不入的小顺，一直在嘲笑老邮差和二先生，说在这些老家伙的眼里，好像现在的锦官城人眼里就只有钱了。潘红莲想，要是仔细地看看眼前的袁大材和彩霞，看看这两个为了挣两毛钱，争地盘子打得头破血流的人，你就一定能看明白，现在，在这些锦官城人的眼里，除了钱，真的是什么也没有了。

下 卷

Part Two

第 14 章

麦子金色的波浪

河道里的麦子已经熟了。金黄的麦子在风里翻滚着、涌动着，像一段黄金铺成的河流，在热烈的天气里欢快地流淌着，波光闪烁，光芒四射。麦子的香味在风里溢漫着，一点一点地荡漾着、弥散着，细细的，却又是无比的霸气和夸张。麦芒相互摩擦的声音穿过河底的风，穿过汪洋、恣意的绿草和花朵，穿过岸边的树干、枝叶，穿过一些昆虫的翅膀，传到岸上来，仔细地灌进了老邮差的耳朵里。

老邮差站在河岸上，两眼看着河底下齐崭崭晃动着腰身的麦子，对站在一边的尚连民说："哪天有空了，去把它们收上来吧。我拿不动镰刀了，要是能拿，就不用你下去割了。"

尚连民也陶醉在麦子金色的波浪里。他先是拿出手机，对着麦子照了一张相，调成了手机的待机桌面，然后又搀着爷爷的胳膊下到河底里，让老邮差站在麦子中间，给爷爷和麦子照了一张相。以后，爷爷和麦子在一起的机会，可能会越来越少了。尚连民心里忽然为爷爷伤感起来，就打电话给李蔓，让她马上把摄像机拿来，到河底的麦子地里给爷爷录像。

从河堤上跑下来，李蔓就举着摄像机，摆弄着给老邮差录像，老邮差摆着手说："录什么像，你们年轻的玩去。我老了，一辈子的美景都装在心里了。"

尚连民说："还是录个带子当纪念吧。要是以后连河底里也不能种麦子了，您再想看锦官城的麦子，上哪里找去？让李蔓给您拍下来，到时候您想看了，就拿出来放放，回忆回忆。"

老邮差暗暗地在心里叹着气，用拐杖拨弄着又长又大的麦穗子，说河底里的麦穗子都长得这么齐整，要是锦官城的地里都种了麦子，今年一定是个好收成。

这一天，老邮差没去墓地。他一直坐在河边上，看着河道里的麦子。他在想自己活了八十岁，头一遭看见种在河底里的麦子。河道里种麦子，这是祖宗们牙齿缝里也不会想到的事情。但是，现在的世道上，好像什么样的怪异事情都在发生，这河道里种麦子的事，也就算不上怪异了。说不定，哪天天上就是冒出来两个太阳，人们也不会觉得有什么奇怪。

尚连民回家找来镰刀，已经开始在河道里割麦子了。看着孙子弓着腰割麦子的架势，老邮差坐在那里直摇头。会割麦子的人一搭眼，就知道孙子不是个割麦子的行家里手，他根本就没割过麦子。还有那个城里来的孙子媳妇，手里举着个录像机，嘻嘻哈哈地照照这儿、拍拍那儿，像是个拍电影的。她哪里知道这些麦子的分量。他们天天吃面包、吃馒头，眼里就只有面包和馒头，根本不去想那些面包和馒头都是从哪里变出来的，更不会想到面包、馒头和脚底下踏着的地有什么关系。

被孙子搀到河底下看麦子时，孙子顺口告诉老邮差，今后可能连河道里也不能种麦子了。老邮差明白孙子的话。去年他让儿子们来河道里种麦子时，小儿子尚进东就说过："这条河马上就要清理了，还种什么麦子。"

这条河是尚进东的厂子污染的，当然还得尚进东去清理。原本清清凉凉流了几百年的一条河，硬是被儿子的几个工厂污染成了臭水沟，老邮差想起来就生儿子的气。几年的工夫，臭水就把干干净净的一条河给吞没了，就像现在那些水泥吞了锦官城的土地一样，眼睛都没眨一下，就把它们吞得没了昔日的影子。前几年，河里的水刚变臭时，臭气天天熏得人头昏脑涨，整个锦官城都被臭气包围着，像被装进了一个臭气瓶子里，让人没处躲没处藏。但是，为了几块钱，锦官城人人都顾不得河里水变臭的事了。他们甚至说，臭味都是洗肉的水和那些粮食弄出来的淀粉弄臭的，臭得有营养着呢。你看河底里那些水草就知道，水草都绿得发黑了，这不是河水有营养是什么？

老邮差被河里的臭气熏得夜里睡不着觉，就去找小儿子尚进东，尚进东却振振有辞地回答："原始资本的积累都这样，都得付出一定的代价。你没听那个马克思说，'资本的原始积累时期，每一个毛孔里都滴着血和肮脏的东西'。咱们这才是臭了一条河，能算什么。"

马克思他当然知道，一个大胡子，大家嘴上整天说的马克思列宁主义毛泽东思想里那个马克思就是他，一个德国人。老邮差不懂什么是原始积累，可他明白中国和德国肯定不一样，中国人和德国人的想法肯定也不会一样。他想不管原始积累是什么，搭上了一条河就是不对。流淌了几百年的一条河，在祖宗们手里多少辈子了都没变臭，都是水清鱼肥，满河的鸭鹅，怎么到了现在，仅仅几年的空里，就把它弄得沙黑水臭，鱼虾鸭鹅都绝了迹呢？靠着厂子，锦官城家家户户都有人去挣到了钱，但多少辈子人守着的一条清亮亮的河，却生生地臭死了。尚进东给他在城里买了房子，叫他去城里住，他不去，他说儿子："你就是把锦官城的人都搬到城里去，我也不去住那些水泥壳壳。"

尚进东说："我不是要把锦官城的人都搬到城里去住，我是要把锦官城变成城里。到那时候，我肯定把一条清凉的河给你变回来。"

现在，儿子的厂里安装了处理臭水的设备。河水是不臭了，但河底里那些烂泥，还牢牢地霸着河道；那些被沤黑的沙子，还在一点点地沤着自己。要是河里是清清流淌的河水，是金子一样干干净净的沙子，河道里怎么会长出这么好的麦子来呢？他每次到河边来看麦子，看着浪一样涌动的麦子，心里都隐隐地作痛，觉得是儿子败坏了锦官城。一想到儿子败坏了锦官城，把锦官城的土地一一用水泥固了起来，他的手就会发抖，抖得他拿不住拐杖。

但是，锦官城的年轻人都欢喜着呢，他们统统都不喜欢种庄稼，不喜欢侍弄土地。他们看着锦官城的土地一块一块地被水泥吃了，都高兴得手舞足蹈、眉飞色舞，恨不得那些水泥一夜之间就把长满庄稼的锦官城都吃进肚子里。他们喜欢水泥马路，在新铺的水泥路上打闹，坐在路边上喝酒、唱歌；他们喜欢城里的商店，就纷纷仿照着城里人的样子，把一些商店搬到了锦官城，搬到了那些水泥马路的边上，然后坐在店里头，像城里人似的忙生意。就连那个花了三千块钱把户口买进城里去的小顺，也托关系找门子把户口从城里迁回了锦官城。

这些事情，让老邮差奇怪得难受。他猜不出来锦官城以后会被弄成个什么样子。还有那块墓地，是不是真会像小顺说的那样，等到有一天，也会被那些水泥吞进了肚子里。他们这些老东西死后，在活了一辈子的锦官城，再也找不到一块安身之地了。

割了一小会麦子，尚连民就累了，他扔下手里的镰刀走到河堤上来，坐到爷爷旁边的树荫里喝水、乘凉。老邮差看着孙子问："小蔓呢，小蔓怎么不上来喝水？"

尚连民笑嘻嘻地看着河底里的李蔓，说："她还没捆完我割的那些麦子呢。"

李蔓跟在尚连民后边录了半天像，说要给尚连民做成个专题片，留着以后给孩子们看，让他们看看尚连民是怎么在挥镰收割锦官城最后一块麦子地的。尚连民想逗逗李蔓，就和李蔓打赌，说割麦子就不让李蔓学了，单是捆麦子，李蔓肯定也学不会。李蔓不服劲，就跟在尚连民后头捆麦子，结果捆来捆去捆得一团糟。尚连民偷眼看了半天，直起腰来，用拳头捶着腰说："要不要叫一声老师，我来教教你？"

李蔓撇一下嘴角，不服气说："你割好自己的麦子吧。"

她不想在尚连民跟前服输，就在那里和麦子赌气，说我不信就捆不住你们。但赌了半天气，连三个麦个子都没捆好。尚连民扔下手里的镰刀，说到树底下喝口水去，你去不去？李蔓说捆不完这些麦子，我渴死在麦地里也不上去喝水。

在树荫下喝了半瓶子水，尚连民揉着酸疼的胳膊，看着坐在阳光里的爷爷。老邮差的眼睛在太阳光里眯成了一条细细的线，一直在盯着河底里那片麦子，好像他不看紧了那些金黄的麦子，那些丰收在即的麦子就会被一阵风刮跑了，被河道里突然而至的洪水卷没了踪影。尚连民没法猜测爷爷看着麦子在想什么，就仰了头去看头顶上一树绿色的叶子，一片一片的杨树叶子映衬着蓝色的天空，在天空辽远的背景里，静谧而祥和地泊着。丝丝缕缕的阳光给树叶子投了一层亮亮的光，然后它们就在油亮光滑的叶面上滑动着、跳跃着、闪耀着。偶尔的，那些明亮的阳光也会和细细的风连起手来，绕着叶子们跳一小节旋律舒缓的舞蹈。尚连民就随着它们轻柔的旋律，在心里轻轻地合着它们的拍子。

"把小蔓叫过来喝口水去，收麦子又不急，慢慢地收。这么热的天，别热坏了她。她没干过这样的活。"老邮差用手里的拐杖碰了碰尚连民的腿。

尚连民从树叶子间收回眼睛，说她捆不好麦子，在那里和麦子赌气呢，不用管她。

老邮差看着孙子笑了，说人年轻的时候，干什么都爱赌气。我大爷当年就是赌气去赌博，后来又赌气去当兵，结果一走就没了踪影，一直到死，也没能回到锦官城来。那年袁大材的爷爷回来说，在台湾的那些年，我大爷到死都在念叨锦官城，一心想回来，但就是没能回来。

　　老邮差又在说他的大爷尚一梁。他的眼睛仍然在看着麦子，好像他的大爷尚一梁正在从那些麦子中间奔跑着走过来。

　　尚连民看着爷爷，觉得爷爷真是老了，每天不是去看墓地，就是在说这些陈芝麻烂谷子的旧事。好像只有过去的那些人和事，才和他有关，而眼下与他有关的事情，就剩下那块墓地了。看完了爷爷，尚连民又看着麦子地里的李蔓，李蔓站在那里，还在对着麦子赌气，对着一捆刚捆好的麦子狠狠地踢了一脚。

　　"小心你一脚又把它踢散了。快来喝水。"尚连民看见李蔓踢麦子，笑着大声喊道。

　　听见尚连民叫她，李蔓对着麦子又示威似的踢了一脚，才松松垮垮地往堤上走来。李蔓从来没见过割麦子，没想到收麦子的活这样辛苦，弯着腰捆了四五个麦捆子，新鲜劲就过去了，只剩下腰和腿在那里酸得僵直。她在那里磨磨蹭蹭地捆着麦子，远远地看着坐在河岸上的老邮差，弄不明白这个老头为什么这样固执，没有种麦子的土地了，他竟然想到让孙子到河道里来种。他为什么就这样喜欢辛苦的活呢？顶着这样的烈日头割麦子，简直就是一种酷刑。这么闷热的天气，人就是清闲地站在太阳地里，站久了也会热得晕倒。

　　倒掉半瓶子水洗了手，李蔓才坐在尚连民的身边开始喝水。尚连民瞅着李蔓被太阳晒得颜如花瓣的脸颊，问道："怎么样，劳动人民是不是很辛苦？"

　　不单是劳动人民很辛苦，我现在也很辛苦。李蔓说着，把手伸到老邮差跟前，撒着娇说："爷爷您看看，我的手都被那些麦叶子划破了。"

　　"一会别去捆了，这样的活你干不了。坐在这里喝口水歇一会，等着你爸什么时候有空了来割。连民自己割多少算多少。"

　　"被爷爷淘汰了吧？"尚连民用膝盖碰了碰李蔓，"做人要谦虚。一会乖乖地叫声老师，让老师教教你怎么才能把麦子捆得又快又好，还弄不破手。"

李蔓打了一下他的膝盖，说："美的你，一边冒泡去吧，你还是个学徒工呢。"

"只要还留在战场上，就依然算个冲锋陷阵的战士。"尚连民夸张地说。

"做人不要太浮躁，先生。"李蔓学着尚连民的样子说，"直觉有时候不是最可靠的。书上讲过，不知死，焉知生？"

"应该是'不知生，焉知死'。记住了，哲学家小姐，这是在锦官城，不是在书上。这里的传统文化和思维方式，和你们城里不一样，更和地球的另一面差着十万八千里。十万八千里这个距离，孙悟空翻一个筋斗就到了，但唐僧骑着白龙马，需要走上十年八载。"

李蔓说："我怎么觉得你和那个小顺似的了，三动两动地，就把锦官城和城里对立起来。关键是，现在的锦官城正在朝着城市化的方向发展。所以，我一直觉得你们的思维都有问题，就像你说带着我到公园里去看野花一样，既想拥有公园，又不想错过野花。"

尚连民侧着头看着李蔓，一本正经地说：说你是哲学家，你还真哲学上了。你现在的思路和大多数锦官城人一个档次，以为锦官城人没了土地，不种庄稼了，铺了几条水泥马路，有了几家工厂，开了几家商铺，多了几个小吃摊，夜里亮起了几盏路灯，锦官城就算城市化了，锦官城人就能过上城里人的日子了。但是事实远远不是这样，即使锦官城的人都在盲目地乐观着，都认为锦官城已经城镇化了，锦官城人就要过上城里人的生活了，我也不这样认为。记得我小的时候，人们听说外地解散了生产队，开始分田到户了，锦官城的人就跟盼过年似的盼着分田到户，梦想着把地分到了手里，就能过上他们向往的富足的日子，就能按着他们自己的愿望安排生活了。实际上呢，土地分到手之后，他们到底有多少人过上了想过的那种生活？到现在，还不是有一大群人吃不上饭，上不起学，生不起病。同样的道理，今天锦官城城镇化了，也不意味着人人都能过上他们向往的那种城市化的优雅的生活。

"你也太杞人忧天了吧。我觉得锦官城人都过得挺好的，到工

189

厂里上班，或者自己做点小生意什么的。比起他们汗流满面地种地，不是强多了？"

"你看到的都是有能力去上班和做小生意的，那些没能力干这些的人呢？你想想，现在锦官城的马路占地是白用的，建工厂店铺的用地都是租用的。一亩地，一年才给老百姓补贴六百块钱的租金，其余的什么都没有。一个人一年就靠这六百块钱生活，他们能过上什么样城里人的日子？六百块钱，还不够你买一双皮鞋的。前两天，小顺的哥袁大材为了不让四傻的老婆把摊子摆在他的店门口，就和四傻的老婆打得头破血流，后来四傻的老婆把咱爸都捎带着骂了。没有土地了，人们的各种生活保障措施却严重地滞后、脱节，或者说根本就没被人去想、去重视，更别说排上什么具体的日程了。这样下去，我敢说，在锦官城，像袁大材和四傻的老婆这样，为了生存所产生的争斗，现在仅仅是开始。"

老邮差瞅了孙子一眼："你知道锦官城人的难处，怎么不多找几个锦官城的人去厂子里干活？硬是招了一帮南蛮子来，高工资都开给了他们。"

李蔓也嘲笑着说："你还不算什么知识分子呢，就把知识分子那点忧国忧民的什么忧患意识发挥得淋漓尽致了。你呀，真不该和我开什么铝厂，而应该去联合国应聘个秘书长之类的职务干干，好为全人类的生存环境和生存状态去呼号奔波。"

尚连民笑着从地上弹跳了起来，说李蔓你和爷爷怎么都在跟我拧劲。和你们说这些，都能累死我，还不如省下点力气，赶快去把麦子割了。伸手就拉着李蔓往河底的麦子地里走。

下到河底里，尚连民没有立即拿起镰刀去割麦子，而是一屁股坐在了一个麦捆上，继续凝望着高远的天空发呆。李蔓拍着他的肩膀说："哎，有完没完，还在忧国忧民哪？我好不容易捆好的麦子，又被你坐散了。"

尚连民有些心不在焉地说："散了再捆，就当锻炼你了。我是想看看，锦官城的天空到底有多高、多大。"

　　李蔓手里举着镰刀在尚连民眼前晃动着，说："中央电视台有句广告词，说'心有多大，舞台就有多大'。用在你这儿呢，就是心有多大，天空就有多大。"

　　尚连民直着眼睛看了李蔓一会，然后像一条跃出水面的鱼那样一跃而起，从李蔓手里接过镰刀，冲着李蔓大声地说："好，那就割麦子！"

第15章

一封从美国来的信

　　锦官城历史上的第一个抽水马桶，是小顺安装的。为了他爷爷袁青山再从台湾回来时，能住在家里，小顺就学着城里人的样子，在父亲袁济堂给他盖的新房子里砌了个卫生间，在里头安装了一个抽水马桶。只是水箱里冲厕的水，要在用的时候拿水桶往里现灌。

　　袁青山是在尚进东办果仁厂的那年春末，杏花桃花都败了之后，第一次从台湾回到了锦官城。回来之前，他先是从台湾写了封信来，告诉家里人他回来的大体日子，然后就是市台胞接待站里下来了一拨人，到小顺的家里考察小顺家里的生活状况。市里下来的人开着吉普车，先是到了乡里，最后才到了小顺家。

　　袁济堂去市里的台胞接待站开过两次会，认识那里的几个人，现在看见他们开着吉普车来了，就知道他们一准是为了他爹来的。他先是搓着手在院子里站了一阵子，看着那些人亲热地拉着他母亲

192

的手问长问短，然后他就折身出了大门，跑到村里的小卖部里买茶叶。锦官城人大都没有喝茶叶的习惯，家里也没有储存茶叶的，他们认为，喝茶叶是那些在机关里上班的人家才有的做派，比如老邮差家和小素家。平常人家吃盐都紧巴，哪里有闲钱去买茶叶。再说了，水里泡了香喷喷的茶叶，人肯定会就多喝一碗水，开水可是用柴火烧开的，不是燃着手指头就能烧开的。

买了茶叶出来，袁济堂一眼看见了在街口上溜溜达达闲逛的袁大材，就吆喝着，说你还不赶紧家去，叫你媳妇来帮忙烧茶，这几天你爷爷就要回来了，市里现在都来人了。

袁大材不以为然地说："我爷爷回来还能惊动市里的人？他又不是国民党的大官。"

袁济堂不满地瞪着儿子说："你以为呢。你爷爷不是国民党的大官，现在也还是代表着国民党那边的人。他从台湾回来，肯定还得受保护。"

"我爷爷是锦官城的人，回到锦官城来，谁还会害他不成，哪里就用得着保护了。"袁大材哼哼地笑了起来。

"你懂什么，这里面也有政治。你爷爷过去是锦官城的人，但现在不能算锦官城的人了。他从台湾回来，名义上就是台湾人。"

好好好，袁大材说，你说他是哪里人，他就是哪里人。不管他是哪里人，他都先是我爷爷。然后转身回家叫潘红莲烧水去了。

袁济堂手里托着一包茉莉花的茶叶末子，远远地看见门口的吉普车和那块圆石头，他就蹲到一棵榆树底下去了。从他爹走了之后，他娘天天就坐在门口的那块圆石头上，看着远处的路发呆，现在那块石头都被他娘身上的衣裳磨得照人影了，他这个爹才要从台湾回来。这些天，他娘手里攥着他爹说要回来的那封信，已经多少日子不睡觉了，那只当年没哭瞎的眼里，天天泪包着泪。他一看见他娘眼里的泪，心里就会想着大门口上那块烈属的铁牌牌发愣。

袁青山第一次回来，并没有住在锦官城的家里，而是白天在锦官城的家里和家里人说话，夜里就和小顺的奶奶被台胞接待站的人用车接回去，住在城里的宾馆里。台胞接待站里的人说，小顺家里的卫生条件不行，怕袁老先生夜里起夜不方便。

小顺不明白什么意思，就偷偷地过去问他奶奶，他奶奶悄声地说："你爷爷在台湾用坐着的抽水马桶用惯了，在咱们这里蹲茅坑蹲不住了。"

"那还不好弄，"小顺说，"等我爷爷下次回来的时候，我保证让他在家里用上抽水马桶。就是我现在还不知道抽水马桶是个什么样子。"

他奶奶喜悦地说："人家晚上再来车接你爷爷去城里睡觉的时候，你跟着你爷爷去，到那里看过不就知道了。"

"我才不能去呢，您都五十年没见着俺爷爷了，俺爹说得让您和俺爷爷仔细地说话。"

奶奶说："顺子你还小，大人的事还不懂。爷爷奶奶是几十年不见了，但见了面就等于把话说完了。你爷爷老了，比我想得还老，他在台湾一辈子没个人照顾，日夜地想锦官城，比起奶奶来，可是苦多了。奶奶身后头不光有你爹，有你们，还有咱们锦官城。"

小顺在一边看着他爷爷，不明白锦官城有什么好想的。

老邮差摸过的第一封美国来信，就是小顺的爷爷袁青山从台湾写来的。

袁青山从台湾写了信，让人捎到美国，从美国辗转寄到了锦官城。锦官城的人这才知道，他和尚一梁原来都跟着国民党跑到台湾去了。他们并没有战死在沙场上，当然也就谈不上是什么革命烈士了。二先生知道事情的真像后，一直用手指弹着他的黑色毡帽子，说什么是历史，这就是历史。历史一开玩笑，就能笑断多少人的肚肠子。全国人民都认为他们两个死在了打鬼子打国民党的战场上，他们家里人也都披麻戴孝地给他们办了丧事、埋了衣冠坟，国家还给他们发了革命烈士的证书和光荣牌子，闪闪亮亮地钉在他们家的门框上，一钉就钉了几十年，让他们家享受着军烈属的待遇，谁知道他们人竟然跟着蒋介石去了台湾，还在那里好好地活着。

尚宗仁把这封美国来信送到袁济堂家的时候，袁济堂一家人都到地里干活去了，只有袁济堂的娘浑浊着眼神坐在门口的石头上，一头白发在秋风里飘着，像一小片茅草在头顶上倒伏着。尚宗仁从绿色的自行车上跳下来，放好车子，手里拿着信走到她跟前，问她还有谁在家里。

"有一封从美国来的信，是寄给您的，把他们叫出来给您念念。"尚宗仁晃着手里的信。

袁济堂的娘往前探了探头，瞅着尚宗仁手里的信，瞅了半天，又扬起脸来看着尚宗仁，疑惑着问："你说信是从哪里来的，美国？咱和美国人不认识，谁会写信来？当年美国人没有来锦官城的，来的都是日本人。一九三九年日本人一到锦官城，就忙着抓人修围子，还杀过好几个人，示威。济堂他爹和你大爷都是那时候被抓到围子里去的，在那里给他们挑水、劈柴。后来八路偷袭了围子，听说他们跟着走了，一走就没了踪影，末了挣块铁牌牌回来，钉在门框上，连把骨头都没见着。美国人没有来过锦官城，他们都在城里，盖了教堂，在里头传教。你爹到城里去买货，回来说日本人屠城的时候，不信教的人也都往教堂里躲，街上都传言，说日本人怕美国人，他们不敢跑进美国人的教堂里去杀人。"

尚宗仁拿着信，说信上明明就是写着寄给您的，锦官城还有谁是袁高氏，不就您吗。锦官城就你们一户姓袁的人家。

袁济堂的娘把信接过去，摸了摸，又递给尚宗仁，说："他们都种麦子去了。要是没弄岔的话，你就给拆开，看看到底是什么人写来的，省得我心里纳闷。"

拆开信，尚宗仁看着上头的毛笔字，刚念了个开头，袁济堂的娘就急急地把信要了过去。她把信兜在衣襟里，颤抖着伸出另一只手，枯树枝子一样的手指来回地在信纸上蹭着，反反复复地摸着上面的字，好像那些字里藏着谁的一张脸。

尚宗仁看着她摸了半天，不知道究竟是怎么一回事。她摸完了，叹了一口气，又把信递给了尚宗仁，说你念念下头说的什么。

念完信上写的字，尚宗仁的手也抖了。信是小顺的爷爷袁青山从台湾写回来的。他还在信上说，村里的尚一梁也在台湾，当年国民党撤出大陆时，他们被迫跟着队伍一块到了台湾。没想到去了就回不来了。

袁济堂的娘听尚宗仁念完信，先是木头似的坐了半天，然后就放开嗓子，拖着长腔哭了起来。她哭的声音像狼嗥一样飘在了锦官城的上空，听得锦官城人浑身发冷，身上就像三九天被谁泼了一身的冰水。

尚宗仁手里握着信，也蹲在一边抱着头流泪。他想起他奶奶临死的时候，人躺在灵床子上好几天了，就是不咽气，手里一直紧紧地攥着半截子麻线不撒手。从尚一梁的烈士光荣牌钉在大门口后，她手里就一天也没断过麻线，逢人就念叨那个耳朵被她穿了麻线的儿子。她躺在那里不咽气，家里人知道她什么意思，都围着她说："人都没了多少年了，过去的事都过去了，您别再念叨他了，安心地走吧。"但她圆睁着眼睛，就是不闭。到死也没闭上。

小顺放学回来时，他奶奶还坐在门口的石头上号哭，嗓子都哑了，一圈子的人里三层外三层地围着她，七嘴八舌地劝，但谁劝也劝不住她的哭声。小顺从人圈子外头挤进去，看看他奶奶，又瞅瞅木木地待在一边的袁济堂，问："我奶奶哭什么，谁惹着她了？"

"你爷爷。"袁济堂说。

"我爷爷都死几辈子了，怎么还会来惹我奶奶。"

袁济堂一巴掌打在了小顺的头上，叫他滚一边去。"乌鸦嘴，没见你奶奶哭。"他骂道。

头上无缘无故地挨了一巴掌，小顺觉得有些莫名其妙，他又没说错什么。他红着脸瞄瞄众人，发现一圈人都在那里严肃地看着他。

二先生手里拿着毡帽子，威严地说："小顺，以后可不能说你爷爷不在了，你爷爷还好好地在台湾活着呢，今天刚从美国来了信。你奶奶是看见你爷爷写来的信，才哭的。"

又是台湾又是美国的，小顺都被弄糊涂了。他说："台湾，那不是蒋介石待的地方吗？我爷爷怎么会跑到蒋介石那里去了？肯定是什么人在胡编乱造！门口那个光荣牌不是说我爷爷是打鬼子的烈士吗，年年过年，村里都敲锣打鼓地来给贴对联，还能假了？"

袁济堂抹了一把泪，把手里的信往他手里一塞，说："上一边放屁去！你睁大眼睛看看，你爷爷从台湾写来的信。"

"也可能是寄岔了。"小顺执拗地说："信不是从美国来的吗？我们在地理课上学过，地球是一个圆的球体，美国在地球的西面，中国在地球的东面，中间那么远的路，还隔着一个太平洋，尚连民的爷爷又不认识英语，你们想想，有没有弄错的可能？我爷爷要是没死，真在台湾，都去了几十年了，他怎么到现在才写信来。"

袁济堂白了一眼儿子，怒气冲冲地说道："你知道个屁，快家去给你奶奶倒碗茶去！"

二先生看着袁济堂说："快扶了你娘家去吧。这是好事，快回去想想，抓紧给你爹回封信，他在台湾这些年，日子也不见得好过。咱们这边以为他没了，心里还能把他忘了，他在那里，想回又回不来，心里还不天天叫灯头子火燎着，想家、想咱锦官城。唉，都是世道赶的。那样的乱世里，打完仗，人不回来，就等于没了，出什么蹊跷事都不足为奇。"

小顺的爷爷在第一封来信里，并没说尚一梁已经死了，只说当年和他一起从围子里跟着八路队伍走的尚一梁，也和他一起去了台湾。

几年后，小顺的爷爷从台湾回到锦官城来探亲，尚家人才知道，尚一梁到了台湾没几年，就在那里病死了。小顺的爷爷一直不敢在信里说他死了，就故意说和他失去了联系。

日本鬼子来到锦官城后，尚一梁仍然天天去赌博。他爹尚大贵给他养的女儿柳叶死了，他爹尚大贵也坐在他家那三亩豆子地头上死了，但他爹为了贪图几亩好地钱，给他娶回来的那个痨病女人，却还半死不活地活着。尚大贵死后，尚一梁索性更放开了手脚，不到一年的工夫，就把家里的地赌掉了一半。他娘边榆叶觉得这个儿是彻底地没指望了，再让他这样赌下去，他爹置办的几十亩地，早晚会被他赌个精光，就把剩余的地都给了二梁和三梁。不给地，尚一梁照样从天明赌到天黑，他拉着母亲穿在他耳朵上的那根麻线绳，眼睛盯着母亲，声音平静地说："什么时候这根麻绳上长了草，我就什么时候不赌了，您慢慢熬着吧。"

尚一梁是在去赌博的路上，被两个日本兵抓去的。他拉着耳朵上那根麻线，声音平静地给母亲边榆叶下完最后的檄文，然后转过身，故做轻松地出了家门，往赌场走去。不用看，他就知道母亲站在那里看着他的后背在怎么打哆嗦。走在路上，尚一梁看着路边的树，看着树上飘落下来的叶子，再摸摸耳朵上的麻线，想想母亲的狠毒，一时悲愤交加，觉得自己竟然活得不如一棵树，树还能在春天里自由地发芽冒叶，在风里随便地摇晃呢。想到这里，他眼里的泪就潸然而下了。十几年来，他横竖也没弄明白，在父母的眼里，儿子一辈子的生活，怎么就没有几亩地重要呢？所以每次往赌桌前一坐，他都会咬牙切齿地想，你们不是觉得地是命根子吗，那我就去挖断你们的命根子。

一梁不像二梁和三梁。在女人身上，一梁从来没有二梁和三梁那样的胆气。尚大贵给二梁娶回媳妇沉香后，二梁扫都没扫她一眼。二梁给一梁和三梁说："看一眼那个黄毛丫头，我心里就起火窜烟。"

沉香比二梁小九岁，头上顶着一头毛茸茸的黄发，人长得骨瘦如柴，犹如一片秋天的黄树叶子，走路脚底下都在打飘。二梁心里无由地讨厌她，瞅见她就生气，为了少看她几眼，干脆就把她打发到磨房里推磨去了。锦官城五天逢一个集，每个集日里，二梁的饭铺子里都要卖三口袋麦子的面食，在散集子里，还要卖一些，所以沉香每个集空里都要没白没黑地推磨，没完没了地用细绢罗筛面，才能供应上铺子里的用量。夜里，沉香磨一会面，就从磨房里跑出来，偷偷地跑到二梁打锅饼的屋门口，趴在门缝里朝里看一会。屋里，二梁在打饼，三麻子的老婆在烧火，两个人嘀嘀咕咕地，有说有笑，比两口子还要亲热。有时候，二梁还会烙上几个糖火烧，两个人边吃边笑。沉香趴在门缝上看一会，就回到磨房里哭一阵，然后再推磨、筛面。

　　沉香偶尔地出门，遇上三麻子的老婆端着铁盆到河里洗衣裳，沉香想起她在二梁面前的浪样子，就远远地躲开她，眼睛不看她。晚上三麻子的老婆再来烧火，把白天遇见沉香的情形给二梁说了，夜里沉香磨完面去睡觉，二梁就会找碴子揍她一顿。二梁先是一声不吭，拿过来一个小口的坛子，叫沉香自己把两只小脚塞进去。沉香把脚塞进去后，二梁就骑在沉香的身上，一边命令沉香不许出声，一边挥动拳头打。直到沉香被打得晕过去了，二梁才住了手，但嘴里仍然气愤地骂着："你个小娘们，胆子越来越大了，竟然敢来管我的事了。"

　　夏天里的一个晚上，沉香在磨房里筛面，筛着筛着，忽然把手里的罗子一扔，随即就扒光了衣裳，跑到了大街上。她的眼睛里，满满的都是二梁和三麻子的老婆光着身子抱在一起，在床上翻来滚去的情景。她想着二梁的身体，就跑到了河边，掀开一梁的棉单子，钻了进去。一梁发现一个裸着身子的女人钻进了他怀里，开始并不知道是谁，只是嗷的一声跳了起来。一梁嗷的一嗓子，把河岸上乘凉的人都喊了起来，众人跑过来，借着月亮，看见在一梁的席子上躺着的裸体女人，竟然是沉香。沉香无羞无耻地躺在那里，瞪着眼睛惊恐地看了会围着她的人，然后一跃而起，像一条白色的鱼，跑进了水一样光滑的月光里。

　　二梁和三麻子的老婆还在他和沉香的床上调情，并不知道沉香已经疯了，正赤身裸体地在锦官城的大街上奔跑。河岸上，三梁看着沉香的裸身子在月亮地里闪着光，忽然仇恨起二梁来。三梁喜欢沉香，觉得她的满头黄发像用太阳的光线做成的，特别是在阴雨天里，你一看见她的头发，眼睛里就会觉得是太阳在当空照着，照得人心里明明亮亮、温温暖暖。他每天看着在磨道里转的沉香，就想沉香要是他的媳妇就好了。如果沉香是他的媳妇，他坚决不会让她天天在磨道里陪着驴转圈子。可是他爹却偏偏给他找了个母夜叉，那个女人每天除了吃酒，就是抽烟、掷骰子，闲着了就和他打架玩。

三梁对二梁的事摸得一清二楚，二梁每次打完了锅饼，都会和三麻子的老婆上床热乎一回。三梁估摸了一下时间，觉得二梁这个时候肯定打完了锅饼，正和三麻子的女人在床上纠缠。他就回家拿了一杆打兔子的土炮，悄悄地溜到二梁的房后听动静。三梁把耳朵贴在后窗子上，果然听见三麻子的老婆在屋里猫一样地叫唤。三梁静着气，举着土炮，在那里等着，一直等到二梁绷不住了，他就举起土炮，朝着天空放了一炮。

沉香疯掉后，暂时被她母亲领了回去。二梁则天天喝黄酒，调养被三梁一土炮吓软的身子。二梁没有本事和女人做床上的事了，看见三梁就恶狠狠地骂他畜生。三梁说你不畜生？你活该！咱爹让一梁娶了那样的老婆，是屈了他，让我娶了那个母夜叉，是屈了我，但你娶了沉香这样的女人，一点不屈。

看着一梁那副可怜相，三梁正经起来的时候，也替一梁打打抱不平，甚至给他出了个主意，问他心里有没有自己中意的女人，要是有的话，卷卷家里的钱，干脆领着跑走算了。只要自己快活，哪里的黄土不埋人，锦官城这个破烂地方，有什么可留恋的。二梁凑过来摇摇头说，你这算什么主意，咱哥不是你，也不是我，他是庙里的和尚，不沾荤腥。三梁说，咱爹都不顾咱了，说让咱娶谁咱就得娶谁，咱还管他干熊。他除了知道敛几亩地，根本就什么都不顾。反正早晚有一天，我会领着个女人逃出锦官城去。做了尚大贵的儿子，算是倒了八辈子的血霉。我可听人说了，当年他为了把三亩地弄到手，硬把一个相好的女人逼得投了井。他这是自己一辈子不舒心，也别让咱们舒了心。

三梁越说，一梁心里就越悲哀，觉得在这个家里一点指望也没有了。他也想过离开锦官城，但他骨头缝里就是留恋锦官城。他自己都弄不明白，他到底留恋什么。他又不喜欢和两个兄弟似的，出去找女人，不去赌博还能干点什么呢？

因为赌博，他母亲已经恶狠狠地在他的耳朵上反复穿了三次麻线了。

慢慢腾腾地走到半路上，尚一梁抹了一把脸上的泪，想象着他母亲站在门前，被他气得打哆嗦的样子，心里不由得冷笑了一声，从心底里冒出了一股子壮士一去不复返的悲壮感。正悲壮着，他就看到了两个鬼子兵，平端着刺刀，赶着一群人朝他走过来。尚一梁不知道他们干什么，斜着身子朝路边靠了靠，想让他们过去。一群人走过他身边后，一个鬼子兵站了下来，用刺刀指了指他，又指了指人群，然后朝人群扬了扬下巴，意思是让他也跟着走。尚一梁看看日本人手里的刺刀，刺刀刃在太阳底下放着铮亮的光，亮光刺激得他眼睛难受。他没反抗，就走进了人群里，问走在后边的袁青山："这是干什么去？"

袁青山说："日本人要修围子，挖壕沟。"

修了三个月的围子，挖了两个月的壕沟，袁青山和尚一梁都被鬼子留住了围子里，给鬼子挑水、劈柴、做饭。两年后，八路军要攻打围子，找到袁青山和尚一梁，想让他们在里面给八路军当探子弄情报。袁青山有点害怕，他看见过日本人杀人，一刺刀劈下去，枪子都不费一个。尚一梁摸摸耳朵上的麻线，想到他母亲的狠毒，他把水罐子往青石铺的井台上一蹾，说："当就当，谁怕个狗日的，大不了掉个头。"

第 16 章
世界地图

　　夏天的锦官城在清晨里依然特别清爽，只是空气里少了些庄稼的味道。没了庄稼和那些无边无际蔓延的野草覆盖着土地，空气就是赤裸裸的空气了，里面彻底失去了庄稼、草木和百花糅和在一起的那种温润和香甜。现在的空气里，荡漾着的是一种让人无法说清楚的味道，干燥、枯涩，仿佛充满了火焰和煤气。这样的空气，已经不是锦官城的空气了。

　　若是在几年前，在这样的季节里，锦官城的空气里早就飘满了庄稼、青草和树木的气息。田野里那些飘浮起来的水汽，它们在滋润着庄稼、草木和百花的同时，就把庄稼、草木和百花的气息一丝丝地携带了出来，糅进了锦官城的夜晚和清晨里。特别是黎明时分，天上的星星挂在高大的树枝上，犹如一盏一盏点燃起来的水晶灯笼，在锦官城的上空，为那些清香的气息照耀着飞扬的通途。天亮的时候，那些庄稼、草木和百花的香味，就挂在了树的枝叶上，村街边的石头上，小河里的流水上，挂在了每家每户的房檐下、窗棂边，和院子里的每一件家什上。锦官城人从睡梦里醒来，鼻子里嗅到的就是庄稼、草木和百花散发出来的清爽味道。现在，虽然清晨的空气依然是清爽的，但这种清爽里再也没有了庄稼、草木和百花混合在一起的诱人的清香。

蔡雯骑在摩托车上，一边想着心事，一边心不在焉地往前赶着路。她觉得人长大后，就变得像现在的锦官城了，虽然每一处肌体里都在涌动着某种看不见的活力，但失去了庄稼作铺垫和底色的锦官城，给人的感觉却是灰暗和单调的。又犹如那些缺乏色彩的水泥马路，表面上车水马龙，内心里却是无限的寂寞。

刚拐过路口，蔡雯就从摩托车的后视镜里，看见了开车尾随在她后面的尚连民和李蔓。蔡雯把摩托车靠在路边停下来，跨下摩托车，站在一棵树下等着他们的车靠近。这条路是去年新修的，路边栽的行道树，树身子细细的，蔡雯伸出手腕比了比，还没有她的手腕子粗。倒是树冠上那些新鲜的枝叶，沐浴在清晨明亮的光辉里，通体都在散发着蓬勃的生机。似乎那种生命的力量，没有任何一种外力可以击垮它们。

车还没停稳，李蔓就已经落下了车窗。她打量了一眼蔡雯，又回头看了一眼尚连民，然后趴在窗子上喜笑颜开地说："蔡雯今天打扮得可真够时尚的。"

蔡雯拢了拢头发，笑着回敬道："再时尚，也比不上你这个城里来的老板娘呀，是不是民哥？嫂子是城里人，就爱笑话咱们乡下人的穿衣打扮。"

李蔓扭回身子拍着尚连民的肩膀，说连民你看，蔡雯的嘴有多刁。我什么时候笑话过你们？真是欲加之罪，何患无词。我是越来越觉得，你们锦官城的人，简直个个都是麦芒子，我一不小心，就会被你们扎一下子。

尚连民说不得了了，跟着我捆过一次麦子，就找到形容词了？

你要是捆两次麦子，保不准就能变成一个麦子体诗人，还能在网络上迅速蹿红。现在你把我们锦官城人形容成麦芒子，那你还不是城里来的针！

李蔓用夸张的眼神看着蔡雯说："蔡雯你听，你哥还装作懂诗呢，人家诗人可都是最能怜香惜玉的，他却净欺负老婆。我跟着他到锦官城这么久了，你听听，他竟然一直都在拿着我当外人看待。"

"我们没拿你当外人，是你本身不拿锦官城当自己的家，老以城里人自居，严重地伤害了我们锦官城土著人的自尊心。你看咱们丹青婶子，都和咱二叔离婚了，还每个星期都来看咱爷爷。他们离婚的事，爷爷至今还蒙在鼓里。这一点，你得向咱丹青婶子好好学学，自己就把自己当成锦官城的一个分子，和锦官城耗上了，谁还敢拿你当外人。"

"好呀。"李蔓说，"什么时候我们也离婚了，我就以丹青婶子当榜样，你放心了吧？"

尚连民的手在方向盘上滑了一下，说："李蔓同志请放心，我们努力不学二叔他们。就是三叔，我们也努力不学。以后，我还想找个机会到澳大利亚哪里的去读读书，让你借着陪读的机会，多给尚家生出几个小怪物来呢。"

蔡雯在车外看着他们两口子没完没了地闹腾，就故做生气地说："我还想和你们说个正经事呢，你们两口子到底有完没完，不怕我这只闪光的电灯泡照得你们眼睛疼？"

"羡慕我们了？那还不抓紧解决问题。我们停下来，也是有正经事要和你说。我们要说的是武明，你说的不会也是他吧？"

"原来你们都在算计我了。"蔡雯假装不满地说，"你们俩不会也赞成我和武明好吧？"

尚连民说："和武明好有什么不好，他不就是在形式上结了一次婚，又离了一次婚吗。你还是锦官城的精英呢，精英就这种思想水平？"

看见蔡雯站在那里笑，尚连民又说："你看城里那些同居的人，同居够了，说分开就分开，本质上和离婚有什么区别？就是少了一个结婚、离婚的本本而已。或者说，他们的行为，还不如武明这样离婚的人纯粹、有责任心。武明离婚又不是武明的错，是他老婆出了国，喜欢上了人家外国的男人。不过话说回来，他老婆也没有错，一个人追求不同了、眼界不同了、能量不同了、磁场不同了，选择生活的空间就一定会跟着变化。谁都想过比眼下更好的生活。"

蔡雯觉得，尚连民的口气里，突然有了些尚进东那种不容置疑的味道。她不喜欢这样的说话方式。蔡雯就看着路对面的树和路上的车辆、行人，说道："我就是不愿意被别人安排生活，尤其是婚姻。在锦官城，武明是很优秀，也给公司里立下了汗马功劳。假如是我自己先喜欢他，那可能就是另外一回事了。"

"你这样就太霸道了！"尚连民说，"凭什么非得你先喜欢别人才行？你这纯粹是霸王条款。我赞成你和武明好，不是看见他给你们大东公司出了多少力、做了多大的贡献，我看中的是他的人品。当初你们公司里奖给他一百万块钱，他一分没留，悉数都拿去给女朋友做了出国的费用。他女朋友拿了钱后，怕他不放心，于是主动提出来和他领结婚证。按照有些人的说法，那也许根本就是她老婆的一个阴谋，就是为了利用他的那笔钱出国。但是，他老婆委托律师前来和他签离婚协议的时候，他对那些钱硬是一个字都没说，就签了字。锦官城的人可能都会笑话他窝囊，包括他爹娘和武清都这么说，但我不这样看他，我觉得他是一个心里有大爱的人。一个人心里有大爱，才能包容、忍耐，承受他爱的人对他的各种伤害。武明是和我一起光着屁股长大的，我最了解他了。"

"他没用重金收买你，让你给他当说客吧。"蔡雯和路上的一个熟人摇了摇手，解嘲似的说。她觉得尚连民说的这些话也有点道理。但是，总不能因为他对另一个女人有什么包容和忍耐的大爱，你就得去爱他吧。

"他本身就是块重金。"尚连民发动着车子说，"包括我，谁也没有勉强你的意思，你有空的时候仔细地考虑考虑。现在不和你说了，我还得给李蔓同志打工去。"

蔡雯依然站在路边，看着他们的车开远了，在车流里变成了一支射向远处的黑色的箭，她才重新跨上摩托车，风驰电掣般地往公司里赶。

一进公司，蔡雯就被尚进东叫进了他的办公室。蔡雯知道，尚进东把她叫进来，除了武明的事，肯定不会是别的。尚进东站在窗子前的阳光里，看了会窗子外面的什么地方，然后又侧过身子，一言不发地看了会蔡雯，看得蔡雯心里七上八下。

这些天，尚进东放下了手里很多事，抽出时间一遍一遍地在游说蔡雯，做蔡雯的思想工作。他甚至给尚连民打了电话，让尚连民和李蔓给他帮忙。他觉得蔡雯如果不嫁给武明，武明早晚都会离开大东集团。而对于大东集团来说，至少在未来的几年内，武明绝对是一个不可或缺的人物。武明加入大东集团后，新产品的开发接连不断，武明的每一个新产品开发出来，都让尚进东觉得武明简直就是上帝赐给他的一根点石成金的金手指。继武明接连地开发了玉米和大豆后，现在，打进国际市场去的所有产品，都是武明带头开发的。仅仅是在肉制品上，那些出口产品的质量和营养指数，全都超过了国际市场对中国农副产品的苛刻要求。今后，这个领域里的一切新产品，当然还需要靠武明这颗火箭带动。

尚进东的下一个目标非常明确，那就是公司一上市，他就要让大东公司的产品马不停蹄地进入更多的国家。除了各类火腿，他还要把锦官城的其他农副产品，一一地远销到美国、英国、法国、德国、瑞士、瑞典、加拿大、西班牙、俄罗斯，销售到世界上任何一个小角落。比如让世界上所有喜欢吃鹅肝的人，都能吃到大东集团出品的鹅肥肝。

尚进东已经考虑很久了，他认为眼下最有力量留住武明的人就是蔡雯。

在武明的老婆刚出国不久，频频地从大洋彼岸的美国，从丹佛的市中心或者郊区，从某一条街道上、某一个角落里、某一部电话机里，给武明打来越洋电话的时候，尚进东就在开始计划，怎么才能最大限度地把武明留在大东集团了。尚进东甚至想，武明的老婆在美国留学毕业后，公司该用什么样的方式，把她从美国挖回来，这样，大东集团不仅留住了武明，还能收获一个打着洋码的海归派。当武明的老婆委托律师，把离婚协议书拿到武明跟前，让武明签字时，尚进东的心里竟然莫名地泛滥起一阵挥之不去的喜悦。他觉得他母亲信奉的那位上帝，又一次在关键时刻帮助了他，暂时替他留住了武明。

当然，不管现在还是将来，有些话他坚决不能给蔡雯说。不仅蔡雯，对任何一个人也不能明说。他不能授人以柄，让蔡雯和武明或者任何其他人，觉得他这个当舅舅的，是在拿着外甥女蔡雯当筹码、当链条，去交换和捆绑武明。

看了一会蔡雯，尚进东就拿起窗台下面的花洒，给盆里的花淋了一些水，然后故意轻松地问："武明的事，这些日子考虑得怎么样了？"

蔡雯几乎有些嗫嚅地说："我妈的意思，还是觉得他太瘦小了。一米七的个，和你们这些做舅舅的站在一起，高矮太悬殊了。"

尚进东说："你妈说你妈的。我是问你，你考虑得怎么样？那些电线杆子更高大，矗在那里，还不就是根水泥杆子。拿破仑一米五六的个头，但没影响他成为一个时代巨人。"

蔡雯笑得捂住了嘴巴。笑完了，心里有了点轻松，就说："三舅，先不说拿破仑的成与败。你怎么把人家早前说你的那些话，都搬出来了。你那年弄果仁场弄砸了，锦官城的人都说你是棵实心的电线杆子，好人坏人拉线点灯，电流都能从你身上传过去。"

你懂什么叫海纳百川？尚进东说人这一生，苦的酸的、咸的辣的、成或者败，什么滋味什么事情都经历过，也是一种收获、一笔财富。当年我如果不被那个石大川欺骗，可能就不会有今天的大东集团。这就是事物的正反面。你学过哲学，自然比我明白，这个世界上无论什么样的事情，有它消极的坏的一面，就必定有它积极的好的一面。就连天上飞来的沙尘暴，你也不能光看见它不好的一面。没有沙尘就没有黄土堆积而成的高原，没有黄土高原，中国就不会有举世闻名的黄河。

尚进东的话蔡雯完全明白。蔡雯是尚家所有的小辈里，头脑最好用的一个。虽然谈不上冰雪聪明，但是她听见你在说一的时候，她心里绝对已经想到七以后的事情了。实际上，自从尚进东给她说了武明的事情后，她已经认真地考虑了很久。她翻来覆去考虑的结果是：心里一点也不厌恶武明，但是也绝对谈不上喜欢。这使她非常为难。她知道武明在公司里的地位，也猜出了尚进东极力撮合她和武明好的意思，但她就是不想放弃自己内心里对浪漫爱情的追求。她始终认为，武明的身上缺乏一种让人心动的东西。而她偏偏觉得，喜欢一个人，一个人身上有让你心动的东西恰恰是最重要的。她在武明的身上，怎么也找不到那点令她心动的东西。

武明这个人从小就特别地安静，离婚后，更是安静得像一件年代久远的古董。假如逢上公司里搞一些活动，大家都在那里热热闹闹地闹腾，每次肯定就只有武明例外。他手里端着一只什么杯子，总是不苟言笑地坐在一个角落里，眼睛盯着某一件物品在走神。别人看了都替他闷得慌，怀疑他手里的杯子是不是已经在他的手里扎了根，或者他眼睛里看的东西，已经在某个地方冒出了鲜活的枝芽。

武明没离婚前，财务部里两个爱闹的女孩子在别处疯完了，最后就爱聚到武明身边，一唱一和地拿着武明开涮，说武明的眼睛是不是已经从飞机上穿过了云层，穿越了太平洋，此刻正在美国某一座城市的上空盘旋着，寻找着降落的机场呢？

武明听了，只是看着她们笑一笑，并不接话，每次都弄得两个女孩子在那里挤眉弄眼地自顾自嘻笑。武明越是这样，两个女孩子就越爱逗他，下一次聚会，她们还是会到武明那儿拿着美国说一阵子事。

公司的人都知道，在大东集团，只有两个人喜欢挂世界地图，一个是尚进东，另一个就是武明。尚进东挂世界地图，是想着有朝一日把生意做到世界的各个角落里去。他现在要先行把那些国家的城市名字，那里的人群最喜欢消费的食品口味、最喜欢的中国物品，都弄得烂熟于心。武明挂世界地图，相对就简单一些，他纯粹是为了用地图做一个道具，在他想老婆的时候，一眼就能在上面看见他用红色笔圈起来的那一小块美国版图。他的老婆生活在美国的版图里，他要想象，他的老婆在那个版图隐藏的空间里。每天是走在去图书馆的路上，还是走在去实验室的路上；是走在去吃西餐和喝咖啡的路上，还是在和美国的某一个男人谈笑风生。或者，也和他想她一样，在想他这个中国男人。或者，仅仅是在想念一个概念里的中国。武明在一次和老婆网上聊天的时候，偶尔听老婆无意中说，到了国外的人，如果不是生活得异常艰难，他们一般是不会想起国内和国内的亲人的。武明想，这就是说，我武明的老婆在美国生活得并不艰难，我每天在中国的锦官城想老婆，老婆在美国是不一定会想起我武明的。武明想到这一点的时候，就常常会坐在一个地方发呆。身边的场面越热闹，他发呆也就呆得越厉害。

在锦官城的历史上，到目前为止，武明是唯一一个读到研究生的人。武明把公司奖给他的一百万块奖金一把给了女朋友，让她去了美国。武明的母亲知道后就一直在骂武明："我割草喂猪供着你读了书，你把书都读到云彩眼里去了吗？书读深了，脑子怎么变得比猪脑子还笨了！挣了钱不知道先孝顺爹娘，倒是悉数被城里的贼女人哄了去。一百万不是一百块，领了本本回来睡了一回觉就一百万，这个价码是不是也忒高了点？就是皇帝老子睡女人，也没有这个价的，最多也就是赏座宅子，那还是用来常走动的。"

武明没法给老娘解释清楚，就嘻笑着说："您就把您儿当回皇帝老子，等于您做皇帝老子的儿子赏了他媳妇一座宅子。不过，您知道在北京弄一座宅子多少钱？咱那点钱在北京置办宅子，恐怕还不够买咱们家一排猪圈那么大点地方。"

武明的娘说："你也不用骗你的娘。那么些钱才去买猪圈大的一点地方，你让锦官城人知道了，还以为你那是去买金銮殿。你买金銮殿也好，买猪圈也好，娘都不嫌你，那是你置办下了家业。但你拿钱供那个城里的贼女人去美国，她去了美国还能回来？她跟着你来了一趟锦官城，走在锦官城的大街上，锦官城的人和你说话，她站在一边，都不抬眼皮去看锦官城的人一眼。那样的雀鸟飞走了，你还指望她飞回来？影都不会有。远的咱们不知道，单说小顺的爷爷，那可是土生土长的锦官城人，他跑去了台湾，几十年都没回来，小顺的奶奶没白没黑地哭，硬是哭瞎了一只眼睛。"

他娘竟然拿着小顺的爷爷来和他老婆作比较，这让武明哭笑不得。武明说："小顺的爷爷回不来那是历史原因，您根本没弄懂是怎么回事。您儿媳妇不一样，她这是出国留学，留几年就回来。等您儿媳妇从美国留学回来了，您就跟着我们享福吧。"

武清从大门外一步迈进来，走到近前，对站在院子里看着母亲笑的武明说："武明你这话不大对头，你应该说，让咱娘等着，等你媳妇什么时候在美国混大了劲，你们好带着咱娘到月球上转一圈，看看嫦娥都在月亮上吃什么。"

武明最烦武清侃洋腔，就把笑容从脸上抹去，不紧不慢地说："吃什么，肯定是吃太空里最时尚最有营养的食品。地球人乘着飞船跑到太空里去，还吃最先进的太空食品呢。嫦娥孬好的也算个神仙，是神仙肯定就比人活得逍遥和有档次。"

武明的娘气冲冲地弯腰端起盛猪食的盆子，往武清的怀里一搡，说你给我喂猪去。你们两个见了面，不是拧绳子，就是顶着罐子钻蒺藜。我起早贪黑地伺候你们大了，读了书，赚了你们什么！

"喂猪也得让武明喂去。你喂猪是供武明读了书。"武清用手一挡猪食盆子。

武清在镇文化站里混，多少也是个有头有脸的文化人了，总觉得自己的孩子得接受好一点的教育。现在国家一直在提倡素质教育，而锦官城小学的那些老师，一天到晚还是教孩子读那几本死书。武清给老婆说，这样的学校，简直把聪明的孩子都给教傻了。我要是能在城里读几年书，一点也不比武明差。武清执意把孩子送到了城里的小学里念书，他老婆也就跟着到了城里，一家人在城里租间房子住着，他老婆还是给尚进东的公司里加工工作服，武清就在城里和锦官城之间来回地跑。

听说武明拿了一百万块钱的奖金，武清急急火火地跑了来找武明。他一开口，武明就说已经晚了，他早把钱悉数打到女朋友的卡上去了。武清心里窝着火，认为武明不够弟兄情份。武明读大学的那些年，他可是没少避开老婆周济武明。他写的那些小豆腐块文章和诗歌挣来的稿费，都寄给了武明。虽然钱不多，但他还是怕老婆知道了生气，就给老婆说他发表的那些稿子都是发在内部刊物上的，都没有稿费。他老婆虽然不懂什么是内部刊物，但还是嘲笑了他一番，说一分钱都不挣，你点灯熬蜡的图什么？还不如省下些工夫，帮我给肉联厂里多做几件白大褂，一件白大褂，还能挣一块钱的加工费呢。武清故做清高地说老婆，你不懂，你男人现在是有身份的文化人，文化人是什么人，你知道吗？不等他卖完关子，他老婆就撇了一下嘴角，武清看见他老婆差点没把嘴岔子拉到肩膀子上去，她撇着嘴角说："是什么？是狗屁！"

后来，尽管武明给了武清二十万块钱，帮他在城里买了房子，但武清头一次开口时没拿到钱，心里始终存着一个梗，老觉着武明一直亏欠着他什么。

武明的老婆不但没从美国回来，还悄无声息地和他离了婚。武明的娘听说武明没把一百万块钱讨回来，就在离婚书上签了字后，当场就挺直身子昏死了过去。一街筒子人又是掐人中又是蜷腿，折腾了半天，个个折腾得汗流满面，才把他娘折腾活。武明被武清叫回家，他娘自始至终闭紧着眼睛，拒绝看见这个被书里的虫子啃光了脑仁子的傻瓜儿子。

武清把武明拉到门外的树底下，气愤地说："咱娘说了，不从那个女人手里讨回那一百万块钱，她就一直挺在床上，不睁开眼看你。当年那个石大川跑到锦官城来，骗着锦官城的人弄果仁厂，把锦官城的人骗了，也把咱爹手里供咱上学的钱都骗了去，害得我高中都没上完。咱爹觉得石大川是投奔他来的亲戚，是他没脑子，没分清好赖人，间接地害了锦官城人，为这事，差点都上吊死了。你说你，书都读到研究生了，还没长点脑子？一把就把一百万块钱拱手送给了一个女人。当初我要买套房子，你都不肯给我一分。"

武明抬头看着天上棉花样的一大朵云彩，无奈地说："她没有你们想象的那么坏。她歹好也做过我几天老婆，我给她花那些钱，是应该的。再说，她并没有骗我，是我主动把钱给她的。她是去了美国之后，才喜欢上美国的。她想留在那里，而我又不想去，所以离婚也有我的错，你们不能只怪她，这对她不公平。"

"狗屁！去之前她说喜欢美国，说她去了就会不回来，你能把钱给她吗？这些城里的女人，一个一个真是妖精变的，吃了你还让你磕头谢恩。"武清冷笑着说。

武明没法和家里人解释，就只能任由他们数落。他能和他们说什么呢？

最后，武明几乎是连家也不敢回了。他的脚一迈进家门，他娘就会撂下手里所有的活，去躺在床上，闭紧眼，一句话也不和他讲。武明看着他娘闭紧的双眼，知道他娘是在心疼钱。想想也是，他爹和他娘在土里刨了一辈子食，在泥巴里打了一辈子滚，想也没敢想过会有一百万块钱。而他领了那笔奖金后，别说家里人了，他自己连摸都没摸，就通过银行把钱转走了。他虽然不疼那些钱，但他心里却比家里的任何一个人都疼痛难忍。在夜里，他趴在地图上，看着被他用红笔圈起来的那一小片地方，他会觉得心里涌出来的血把那个地方都淹没了。那个时候，他甚至听见了自己绝望的号叫。那些脸上被泼了硫酸的人，心里也一定没有他疼、没有他绝望。他想，人的尊严和从心底里付出去的爱，那是多少金钱都换不回来的。

有一阵子，武明差不多都崩溃了，他彻夜彻夜地不睡觉、不休息，埋着头在实验室里工作。尚进东从车间里杀完猪出来，看着厂区里灯火通明，心里毫无睡意，就在厂区里转悠，他走到实验室楼下，看见实验室里还亮着灯，就知道又是武明在里头工作。尚进东本来想进去看看，和武明交流交流，但走到楼下了，他又收住了步子。他站在一棵谢了花的樱树下，闻着樱树叶子和旁边一些树混合着散发出来的淡淡的树木的清香，考虑着怎么才能把武明留住。武明自从在老婆的离婚协议书上签了字，实验室里的灯夜里就没熄灭过。尚进东担心武明这样工作会搞垮了身体，目前正是公司操作上市的关键时刻，哪一个环节都不能出现问题。另外，尚进东拿不准武明的想法，不知道武明拼命地工作是在排遣心里的苦闷，还是在为离开大东抓紧干手里的活。

在樱树下站了一阵子，尚进东又坐了下来，决定朝着武明会选择离开大东这样一个最坏的结果去做打算。如果是这样，那么他眼下必须做的，就是怎么想方设法去留住武明。尚进东在樱树下坐到天亮，就计划出了走蔡雯这粒棋子。人的身体失调了，中医不是都讲亏什么补什么吗，他认为眼下武明亏的就是月亮的照耀。而蔡雯，就是一轮再美好不过的月亮了，他要用蔡雯这轮月亮，用熬中药的文火，细细地去疗武明心口上的爱情刀伤。

第17章

童年都是在乡下度过的

　　群艺馆的范扬扬第三次到锦官城来，直接就打电话找了小顺。

　　锦官城人看着小顺和范扬扬并着肩在大街上走，都不动声色地观察着他们，猜测着小顺身边这个女人的来头。小顺看也不看他们一眼，由着他们去猜测。他已经习惯了锦官城人现在看他的眼神，一群不知道死活的猪的眼神，有什么好计较的。小顺看着锦官城那些头脑简单的人，就替他们悲哀。他们根本不知道什么是农村城镇化，不知道城镇化是一个非常缓慢的过程，不知道在这个过程中他们会付出什么样的代价，不知道他们眼下的日子根本就没有任何保障，不知道被城镇化了的他们，现在和真正的城里人还是不一样。就像他，当年花钱把户口买到城里去，其实只是拿到了一只空碗，里头什么也没有。你只能端着你的空碗，看着城里人吃他们碗里分到的丰盛的食物。看着他们吃东西，你才知道你在他们中间连一个后娘的儿子都不如，后娘的儿子最起码还能喝到家里的一口刷锅水，还能有个屋檐避雨避风，但你连洗脚水都喝不到，避风的屋檐更是想都别想。

武清在文化站闲得骨头疼，就给锦官城的人搞了个名人排行榜。正面角色里排行五星级的五个，打头的当仁不让就是尚进东；但负面角色里五个五星级的人物，打头的两位却被武清弄了个并列：一个是四傻，再一个就是小顺。小顺知道武清把他和四傻并排在了一个括号里，只是撇了撇嘴，骂了武清一句"脑瘫"。

锦官城人对现在的小顺一直持不理解的态度，觉得他的行为怪异、不可思议、琢磨不透。到了城里几年，再折腾回来，怎么就变得判若两人了？小顺从城里回来后，袁大材和潘红莲都对小顺极其不屑，连话都懒得和他说。尤其是潘红莲，背地里一直叫小顺混子、二百五，说武清的排行榜排得太对了。花钱买了个城里的户口，又娶了个城里的媳妇，还到他岳父的北关集团里当了个小头目。多好的事，他偏偏就不知道惜福，竟然就敢把媳妇打得屁滚尿流地离了婚，逃到国外去了。在城里待不下去了，折腾着把户口弄回了锦官城。回来就老实地待着吧，他偏偏就白日做梦一样地想要篡权，说现在的领导班子头脑普遍老化，早已经不适应锦官城经济发展的先进管理模式了，他们只知道把手里的土地浪费没了，急着往城镇化过度，并没有意识到在城镇化之后，锦官城的老百姓要凭着什么资本，才能生活得像城里人一样。潘红莲知道了小顺回锦官城的目的和他这些洋相百出的想法后，冷笑着对袁大材说："狂妄，这个小顺简直是得了狂妄症，在城里被疯狗咬了。"

几个看见范扬扬从公交车上下来的人，在路上遇见了潘红莲，说你家小顺是有能耐，现在又弄来个城里的女人，染着那一头黄头发，像麦穗子。潘红莲说城里的女人好啊，人在哪里摔倒的，早晚还得从哪里爬起来。

小顺先是请范扬扬到锦官城最时尚的海鲜城吃了饭，然后又到旁边的一个茶馆里坐着喝茶。吃饭和喝茶的时候，小顺一直没问范扬扬来锦官城干什么。小顺不问，范扬扬也不说，只是悄悄地揣摩着小顺。接触了小顺两次，范扬扬就觉得小顺这个人非常有意思。你单独和他在一起的时候，他就一点也不张牙舞爪了，反倒更像一头暴怒后安静下来的狮子，眼神温润地看着你，会一直看得你心里对他充满了爱意和温存，而他眼神里的那种温润，绝对是从心底里映照出来的。范扬扬从来没遇见过一个行为反差如此大的人，她觉得小顺的内心和他的表面，绝对是一个物体的两极。或者说小顺就是一块巨大的磁铁，他外表对人有多大的排斥力，内心就拥有多大的吸引力。

喝完茶，小顺问范扬扬想不想看看锦官城的最后一片麦子地，想看的话，就跟着他到河边去。范扬扬惊喜地说："锦官城现在还有种的麦子？那我真要去看看，我从小最喜欢看的就是麦子。我奶奶去世后，我已经多少年没到过农村，多少年没看过麦子了。"

小顺说："我是觉得锦官城没有什么新鲜的东西可以给你看，才想起带你去看麦子，没想到你对麦子还很有感情。"

"当然，"范扬扬说。"我整个童年都是在乡下度过的。那时候，每到割麦子的日子，我就会跟在爷爷奶奶后边，在麦子地里捡他们割掉下的麦穗。现在想起来，心里还是特别地怀念那些拾麦穗的日子。所以，我头一次来锦官城，把锦官城说成是乡下，你反驳我错了的时候，就把我瓷在那里，不知所措了。其实，我特别喜欢乡下这个词，觉得它特别的亲切，像麦子一样，透着太阳的光。"

"看来是我错怪你了。我从内心里讨厌城里人的那种居高临下。"小顺抬头看了看天空和太阳，认真地说，"一会到了河边那片麦子地里，我去揪上一把麦穗子，你带回城里去，放在家里，就可以天天看见麦穗子上的太阳光了。"

范扬扬笑了起来，说你的这些话，都比那些自命不凡的诗人写的诗更有诗的味道了。

小顺不屑地说："你不是说武清那样的半瓶子醋吧？什么诗人，屎壳郎还差不多。"

到了河边，小顺刚要指着河底里的麦子让范扬扬看，突然发现河道里已经没有麦子的踪影了。他两天没来看，麦子就已经被尚连民一家收割走了。他失望地看了看范扬扬，不好意思地咧了咧嘴，说道："你看，你的运气真是不好，锦官城又让你失望了，地里的麦子已经被人割走了。"

范扬扬说那有什么关系，麦子没了，种过麦子的地不是还在这里吗，你陪着我下去捡几穗麦子去，麦茬里肯定会有落下的麦穗子。我们能在里头捡几个麦穗子，就足够了。

小顺说看来也只有这样了，但愿那里还有落下的麦穗子。

去年尚连民种这片麦子的时候，小顺溜达过来看见了，就从河岸上跑下去，帮着尚连民忙活了一个下午。把户口买到城里，然后又在城里结了婚之后，小顺就很少回锦官城的家里帮着种地了。等他在城里离了婚，把户口又从城里折腾回锦官城来，锦官城人都已经没有地种了。这样一算，小顺就已经好多年没种过麦子了。那天，帮着尚连民弄好了地，他抓起一把麦子往地里撒的一瞬间，忽然就觉得自己飘着的身子又像手里的麦子一样，落回了锦官城的土地里，他甚至听见了自己麦子一样在地里鼓芽扎根的声音。但是，只一小会，他又在那种鼓芽扎根的声音里迷失了方向一样混乱起来，他弄不清楚，他的身体是落回了锦官城的土地里，可是已经被水泥禁锢起来的锦官城，还能不能让他真正找到扎根的地方呢？

小顺是锦官城第一个花了三千块钱，把户口买到城里去的人。小顺买户口的钱，是他爷爷从台湾回来看他奶奶时，留给他奶奶的。去买户口那天，他奶奶把三千块钱从枕头里取出来递给小顺，小顺眼里的泪唰啦一下就淌出来了。他奶奶则笑着抬手抹了一把他脸上的泪水，那只没哭瞎的眼睛里放着亮亮的光说："顺子，不哭。都是城里人了，哪能还哭。到时候在城里谋了差事，拿了工钱，再给我领个城里的媳妇回来，咱们家就体面了。你爷爷再从台湾回来看见了，心里也一准高兴。"

在锦官城，小顺最佩服两个人，一个是鸟人于树平，一个就是他奶奶。

开始，小顺只是佩服鸟人嘴上的工夫，因为鸟人的嘴一动，什么样的鸟鸣声都能从他的嘴里飞出来。他一个人，就能摆出一个百鸟朝凤的大场面。小顺十来岁的时候，迷上了鸟人嘴里的各种鸟鸣，为了听鸟人嘴里的鸟叫声，他三天两头地逃学。鸟人在家里，他就围着鸟人的那间破屋子转悠；鸟人出门，他就尾随在鸟人的后头，跟着鸟人进树林子，进墓地。

头一回尾随着鸟人进墓地时，看着一个一个长满杂草的土堆，小顺恐惧得心都卡在了嗓子眼，他弄不明白鸟人为什么要到墓地里来。这个鸟人，他就不害怕那些死人会从坟墓里跑出来，把他抓进去？小顺趴在一棵大树后头，抱着一棵树，看着鸟人往里走。鸟人走到一座坟墓前，先是绕着坟墓走了一圈，然后就盘下腿坐在坟墓前，开始嘟嘟噜噜地说话。小顺跟着他爹到墓地里给他爷爷上过坟，给他爷爷上坟之前，他爹就是这样嘟嘟噜噜地和坟墓说话。小顺以为鸟人在那里嘟嘟噜噜地和坟墓说话，也是去给那座坟墓上坟的，觉得很没意思，就松开了手里抱着的树，准备到墓地的口上等着鸟人，等他从墓地里出来的时候再跟上他，看他能不能到树林子里去，逗着树上的那些鸟和他一起叫上一阵子。

小顺转身正要走，就听见了一阵婉转的鸟鸣从墓地的杂草丛里飞了出来。小顺听得出来，那是从鸟人的嘴里跑出来的，墓地的树林子里，绝对没有这样甜美的鸟叫声。这样的鸟鸣，是加进了红糖水的鸣唱。果然，接下来，一只又一只的鸟轮番上场，墓地里就像有一群鸟在举行歌咏大赛。一只鸟唱完了，另一只鸟来接上；这只鸟唱完了，那只鸟来跟上。小顺觉得自己的眼睛穿过绿色的树叶子，看见了那些鸟一边唱着歌，一边在扑闪着翅膀跳舞。它们彩色的歌声在树叶子间飘荡着，它们彩色的羽毛在天空中张扬着，把空气和阳光染成了彩色的，把风染成了彩色的，把树叶子上正在凝聚的露水染成了彩色的，把墓地染成了彩色的，把小顺的耳朵和眼睛染成了彩色的。小顺就在一群彩色的鸟和彩色的歌声里，飞了起来，变成了一只展着彩色翅膀歌唱的鸟儿。

当那些彩色的鸟儿和歌声纷纷飞出了墓地，消失在树缝里那些跳跃着的玫瑰色光线中时，小顺看见鸟人从坟墓前站了起来，蹒跚着步子朝他走来。小顺躲在树后头，屏住了气息不敢动弹，他以为鸟人没看见他。但是，鸟人在擦身走过他躲藏着眼睛的树时，突然说："走吧小子，天晚了，鸟都散了，归窝了。"

小顺从树后头走出来，大着胆子说："鸟人爷爷，您教教我那些鸟是怎么叫的吧。单教一种画眉鸟也行，百灵也行。我已经会家雀子和燕子的叫法了，不信我叫了您听听。"

正在坠落的太阳红色的光线一跳一闪地穿过墓地里那些高大的树木，被树木碰碎的红色就洒在了鸟人和小顺的身上，一明一暗地亮着。鸟人和小顺一前一后。鸟人倒剪着手，深一脚浅一脚地在路上的杂草丛里走着，烟荷包跟在屁股后头一摇一晃地摆动着。他头也没回地说："小孩子家不务正业，心思不好好地用在念书上怎么行。鸟人爷爷这是没出息，才学鸟叫。你爹要是知道你不上心读书，逃着学出来想学鸟叫，还不打烂你的屁股蛋子。"

"鸟人爷爷，我就学一样，学会了，我保证安心地去上学，再也不逃学。"

鸟人停下步子，侧过脸看了看小顺，说："你要是往后不逃学了，在学堂里用功读书，你放了学后我就教你。中间你要是逃一次学，让我知道了，我就不教你了。"

小顺说："您说话真算话，不改？"

鸟人说："真算话，不改！"

后来小顺大了，有一次悄悄地在家里学了几声鸟叫，不小心被他奶奶听见了，他奶奶立即惶惶地把他拉到了墙角上，揪着他的耳朵嘱咐说："顺子，以后可不敢再学鸟叫了，你看你那个鸟人爷爷，学鸟叫学的，一辈子都没娶上个媳妇。"

看着奶奶惶惶的眼神，小顺说："谁说他没媳妇。他到墓地里去学鸟叫，他说坟子里埋的那个人，就是他媳妇。"

　　奶奶伸手点一下他的额头，说："可不许听他瞎说。这个老鸟人打了半辈子的鸟，学了一辈子的鸟叫，一辈子都疯疯癫癫的。那个坟里埋着的，是人家老邮差的姐姐，是个叫柳叶的小闺女。死的时候还没定亲哩，哪里就成了他鸟人的媳妇？"

　　关于鸟人和坟墓里那个听他学鸟叫的人，一下子就弄出了两套说辞，小顺心里好奇得难受。为了弄明白哪个说法对，再到墓地里听鸟人学鸟叫的时候，他禁不住就把他奶奶的话说了。鸟人听了，半天没作声，只是又把所有的鸟鸣都重复了一遍。所有的鸟都叫完了，鸟人伸手拔着坟墓上刚冒出来的一棵草尖，自言自语似地对小顺说："柳叶活着的时候，我是一个逮鸟卖鸟的，人穷，攀不上她；后来她死了，虽然没和我成亲，但我心里却认准她是我的媳妇。她活着的时候，就爱听鸟叫。我看得出来，她不光是爱听鸟叫，心里也爱惜我。但爱惜归爱惜，她自己做不了主。"

　　小顺二十岁了，心里正朦朦胧胧地渴望着爱情。他没想到，这个走路蹒蹒跚跚、一把花白胡子，爱到墓地里来学鸟叫的鸟人，居然在年轻的时候还有过那么一段惊心动魄的爱情故事。怪不得他嘴里的鸟鸣声，只有在墓地里才叫得最婉转、最动人呢，原来那都是爱情的力量。而爱情的力量，竟然还会伟大到在人的心里一辈子不消失。

　　从墓地里回来，弄清了鸟人和那个柳叶的故事，小顺特别激动。他站在门口，看着门框上他爷爷挣下的烈士牌牌，突然觉得他奶奶其实也和鸟人一样令他佩服。他奶奶和鸟人，不都是爱情的殉道士吗？鸟人一心想着死去的那个柳叶，一辈子不再娶别的女人。他奶奶以为自己的男人死了，一辈子没再嫁另外的男人。世界上还有什么样的爱情，能比他们这样的爱情更伟大？

　　小顺正在想象着自己将来的爱情会是什么样子，他表哥就开着警用三轮摩托车来了。小顺的表哥在城关派出所里当副所长，尚进东和那个骗子石大川弄的果仁厂散了摊子后，小顺的娘一直催着他，让他把小顺的户口给弄到城里去，好在城里找个工作。但城市户口哪里是说弄就能弄到的。现在户籍政策有了松动，省里尝试着办理地方城镇户口，派出所里分来几个名额，他这才给小顺弄来一个。他表哥的三轮摩托开过来时，小顺正站在门口的一棵无花果树底下，看着青绿的无花果，还有在无花果树上爬上爬下的蚂蚁，在想无花果为什么不开花，直接就能结出果子来。听见身后的摩托车响，小顺扭头一看是表哥，就把无花果的事扔开，站在那里看着表哥给摩托车熄了火。小顺和表哥打完了招呼，就过去摸着摩托车的兜子，问表哥："三个轮子的摩托是不是比两个轮子的好开？"

表哥说三个轮子的最难开了，脾气大、爱偏偏，弄不好就翻给你看。表哥从车上跨下来，看着小顺说："顺，想不想买个城市户口？"

小顺笑了笑，疑惑地问："城市户口也能买了？你不是说往城里弄个户口很难吗？"

表哥说："城市户口是开始松动了，不过真正的城市户口还是不好弄。现在我给你弄的这种是地方城镇户口，户口本是蓝色的，户口只在咱们本省里承认。但是，可以通过劳动局招工参加工作。不同的就是不享受城里人的粮油福利，也就是吃喝的那些国家都不管。"

"那有什么意思，说到底还是和城里人不一个待遇。"小顺说。

"这你就不懂了吧？城里人手里拿着粮本，也没有多少人到粮站里买粮食吃了，现在市场上的米面，什么都比粮站里卖的便宜，粮站里卖的还都是隔年的陈米。说到家，到时候有工作干了，领了工资，还愁吃饭？我费了牛劲，才弄了这一个。"表哥逗着小顺说，"你要不要？不要的话，我可给别人了。"

"真要买的话，得花多少钱？"小顺没说要，也没说不要。

表哥说："三千。你要是去城里上了班，一年多的工资就挣出来了。"

办好了户口，小顺的娘又催着小顺的表哥给小顺落实工作。他表哥沉思了一会，说："等着劳动局招工是比较麻烦，还不会有好活。

不过，小顺运气还真不孬，派出所里正好要招几个合同警，我争取个名额，让小顺当合同民警去。虽然工资待遇都不高，但能发警服穿，倒省了衣服钱了，说不定到时候还能转正。"

小顺听了，兴奋得连续好几夜都睡不着觉，躺在床板上反复地想像着自己穿上警服的光彩模样。日后，往锦官城一站，那可是要多威风有多威风，要多牛气有多牛气。小顺特别喜欢他表哥的公安大盖帽，上小学的时候，每次上他姨家，只要遇上他表哥在家里歇班，他就会把表哥的帽子弄过去，戴在头上过一阵子大盖帽的瘾。后来他还从表哥那里弄了两颗大盖帽上的帽徽，一颗藏在家里，另一颗拿去跟尚连民换了一本《故事会》看。谁知道尚连民的《故事会》是从他爷爷的绿邮包里偷偷拿的，是人家订的。他爷爷给人家送的时候找不到了，下午回来找尚连民，结果小顺还没看到一半，就被尚连民的爷爷老邮差给要了回去。他找尚连民索要警徽，尚连民耍狗熊，说警徽让他弄丢了，可以赔给他一本《西游记》画册。《西游记》画册谁都看过，小顺不要，结果就白瞎了一颗警徽。

小顺的运气没像他表哥说的那样不孬，而是非常地不好。去当合同警明明是板上钉钉的事了，表都填了，但末了表哥那头又变卦，不让小顺去了。

"你不是说都定好了吗？"眼看到手的雀子又飞走了，小顺不满地质问着表哥。

"是定好了，但所长那个狗日的小舅子不知道怎么想的，不在棉纺厂里开车了，突然也要当合同警。所长找我，我还能不把名额先让给他？官大一级压死人，你不懂。"

所长的小舅子半路上插来一杠子，小顺的表哥心里也憋气，觉得在小顺面前弄得很没面子。他忿忿地说完了，见小顺还是木讷着脸不高兴，就拍了拍小顺的肩膀，哄着他说："以后有的是机会，下一次肯定会安排你，你放心，哥保证让你穿上警服就是。"

小顺不吭声，心里气恼，暗骂表哥是熊包，是拍驴腚的。但也只能听从表哥的安排，先到一家南方人开的方便面厂里干着活。在方便面厂里，小顺的工作是在车间里灌料包。他搅动着那些粘稠的调料，老觉得它们像他爹怕人家偷他们家的葱，用水稀释了洒在绿葱叶子上的大粪汤，心里总是鼓荡着一股子想吐的滋味。站在那里八个小时，看着八个小时恶心人的调料汤，小顺想原来在城里也不是人人都能过得像花一样自在。后悔那三千块钱是白花了。

到城里后第一件工作的事就没能称心，小顺心里特别地郁闷。下了班，他就骑着自行车到处跑，大街小巷地瞎转悠。在城里待了一年，小顺逐渐觉出城里跟他在锦官城想象它的时候，已经有了天翻地覆的差距。没来城里生活的时候，偶尔地来一趟，觉得它哪里都好，高楼大厦、干净的马路、公园、电影院、广场，就算下雨天，地上也没有烂泥巴臭猪粪，也照样能去看电影。那时候想如果能留在城里，就是去掏厕所也愿意。但是真来了，就远远地不是那么一回事了。什么高楼大厦，什么公园，什么电影院，什么马路广场，这些都跟你没有屁大的关系。谁还能天天去逛大楼，逛公园，压马路，看电影？它们又不能当饭吃当钱花。你要去这些地方，就得往外掏钱。小顺在车间里干着活，搅动着调料，对城里的姑娘杜丽总结道："在你们城里待着，唯一的好处，大概就是每天看的人多，听的各种嘈杂的声音多，累得人眼花耳朵疼。"

杜丽嘻嘻哈哈地说："城里这么不好，你还花几千块钱买城里的户口，不是傻了。"

小顺的眼睛瞪着杜丽看了半天，认真地说："早知道来了城里是这个模样，别说让我花钱买户口了，白给我也不要。说不定有一天，我就再把它弄回锦官城去。"

"和你开玩笑呢，你怎么当真。城里再差，肯定也比你们锦官城好。你现在觉得它不好，一是你还没有混出个名堂来，没有身份感；二是你还没能完全适应它，彻底融进它的细节里去。如果你适应了、习惯了，就会觉得它好了。我说的好，是说在城里生活，吃喝拉撒睡什么都方便。"

"你说的可能对，也可能完全不是那么回事。"小顺说。

爱 情 史

　　到城里的第二年夏天，小顺认识了丁珍珠。丁珍珠是杜丽的初中同学，杜丽叫她的名字叫得节约，一直叫她珠。开始小顺没弄明白，以为杜丽是在开玩笑叫人家"猪"。第二次见到丁珍珠，小顺才知道她的名字是珠宝的珠，而不是他家猪圈里养的那个猪。为此，小顺黑夜里躺在床上想起来就笑，好几次都笑得从床上爬了起来。

　　小顺头一次听见杜丽说到"猪"这个人，是杜丽一次上班来晚了。小顺是他们的组长，那天他搬着一盒子调料，看着满头大汗跑进车间的杜丽问："你干什么去了，怎么会来晚了？"

　　杜丽用手背擦着汗说："钟鼓楼底下新开了一家咖啡店，我被珠拉着品尝咖啡去了。你猜那些破咖啡什么味道，简直就是中医汤子，还二十块钱一杯。他们也就是骗珠那样拿钱不当银子使的人。"

　　小顺以为"猪"是个男的。随口说我们这个"猪"同胞可真够可怜的，请了你们女的喝了洋咖啡，还被你们在背后臭话一顿，值不值。

　　"什么呀。"杜丽说，"你别瞎猜，人家可是个大小姐，是我初中同学。你知道她爸爸是什么人吗？是我们北关居委会的头头，管着好几个批发市场呢。那些卖服装的、卖毛线的、卖鞋的、卖灯具的、卖小商品的、卖床上用品的，这些批发市场，都归他管辖。"

　　小顺把手里的箱子往角落里一扔，有点不屑一顾地说："不就是个土财主吗，有什么可炫耀的。要不是城市发展得快，你们北关人还不跟我们锦官城人一样，天天闷在土里刨食。"

　　"嘀，"杜丽说，"小顺，听你的口气，好像你比人家土财主还财主。人家土财主也好，洋财主也罢，至少，现在不用像我们这样，汗流浃背地在这里出苦力。"

　　"劳动人民有什么不好？"小顺一本正经地说，"我们天天干活，天天出汗，天天制造方便面，给那些喜欢啃烫发头的人吃。"

　　杜丽笑得岔了气，弯着腰直叫唤肚子疼死了。笑够了，捧着肚子说："小顺，你笑断了我们的肚肠子，是不是也准备让医生用方便

224

面给接上？”

“方便面接不上，但我们做方便面挣的工钱，可以拿出来交给医生，让他们去买一节猪肠子给你接上。因为你的肠子是因为先说到了猪，又说到了猪的爹，由猪的爹又说到了我们，然后才被方便面笑断的。”

杜丽又笑起来，说你们锦官城的人是不是喂猪喂多了，所以满嘴里跑猪？

上了一个小夜班，接着翻了第二天的白班。下午交了四点的班，小顺又替了别人几分钟，走出来时看见外边下着夏天里少有的细线一样的雨。他没换工作服，就去推了自行车，磨磨蹭蹭地往厂外走，犹豫着是不是再到他表哥那里问问，近期有没有招合同警的消息。他天天围着那些调料转，实在恶心得受不了了。他觉得自己若是再干下去，非得被这些粘稠的东西恶心死不行。什么是花钱找罪受，小顺想他现在就是个典型的例子。

走到厂子门口，小顺就被一个打扮得十分摩登的女孩子拦住了，问他看没看见杜丽。小顺看着她上眼皮上涂的黑颜色，说杜丽可能回宿舍换衣裳去了。回答完黑眼睛女孩子的问话，小顺就一个劲地想到底什么动物的眼圈这么黑。想了半天，终于想到了熊猫，小顺心里就憋不住地想笑。笑模样还没在脸上散均匀呢，就听见杜丽在身后大声地喊“猪”。小顺回头看了看，猜测那个黑眼睛的女孩子肯定就是请杜丽喝中药汤咖啡的“猪”，还挺摩登的。不过，小顺觉得这个“猪”比杜丽耐看。看来摩登也得区分人，杜丽若是收拾得这么时髦，描上熊猫眼，就肯定比妖怪还吓人。

第二次看见丁珍珠，是杜丽过生日。杜丽邀请的都是同学，只有小顺是厂里的同事。锦官城的人不到六十岁都不过生日，他们认为人不到六十就过生日，地面上一热闹，就会提醒了阎王爷翻看生死簿，查出那些本来该死但还没死的人。尤其是小孩，据说过生日会惊动了那些邪魔鬼祟，那些邪魔鬼祟一眼红活人的日子，就会前来缠身，弄不好就会损了孩子的阳寿。小顺自己从来没过回生日，又是第一次去看城里人怎么过生日，就有些受宠若惊。他看着杜丽，大方地说："杜丽你想要什么礼物，说吧。"

杜丽说："我想要的东西，你肯定买不来。所以，你就什么都不要买了。"

跟着杜丽走进饭店，小顺一眼就看见了涂着黑眼皮的丁珍珠，她穿着一袭到底的白色裙子，正站在那里大声夸张地笑，长头发披在肩上跳舞一样地抖动。小顺听着她大声爽朗的笑，看着她不断抖动的长头发，突然觉得她像锦官城那条四季透着亮的河，冬天里结着一层白白的薄冰，水在薄薄的冰底下清脆干净地流淌着，太阳照耀在冰面上，就折射出一束耀人眼的光芒来，照得人睁不开眼睛。

杜丽叫了一声"珠"，然后把小顺推到她面前说："给你介绍个新朋友，我们车间里的小顺，家是锦官城的。"然后眼睛看了看小顺，指着丁珍珠说，"这是丁珍珠，我的同学，那次请我喝中药汤子咖啡，害我上班迟到的，就是她。"

这时候，小顺才明白过来，杜丽说的珠原来是珍珠的珠，而不是他家猪圈里那个猪。小顺"噢"了一声，想笑，但又忍住了。他对丁珍珠点着头，说我们说过话，在我们厂子门口。

"是吗？"丁珍珠眨着眼睛想了一下，忽然满脸灿烂地笑起来，说，"我想起来了。那次下着雨，我去找杜丽，在你们厂门口问你看没看到杜丽，你说杜丽可能换衣服去了。"

杜丽看着小顺和丁珍珠，夸张地"嗨"了一声，说："看来你们还真是有点缘分，没等我给你们介绍，早就认识上了。"

吃蛋糕的时候，杜丽站起来，说今天她是寿星老，大家都得听她的。她提议每个人给她表演一个节目，就是用不同的方式，给她唱生日歌。大家一听，都拍着巴掌说好。有个男孩子指着丁珍珠说："那就从丁珍珠开始。"

丁珍珠说我来就我来，并且还唱一个英语的。我学了三年英语，就学会了这首歌，别的一个单词都没学会，差点没把教咱们英语的那个老太太气歪鼻子。你说我们汉字都学不好，还学的什么外国鸟语呀，不知道外国人逼迫不逼迫他们的学生学咱们的汉语。

杜丽说唱歌唱歌，现在不去关心那些语言问题了。咱们不会英语，还不照样呼吸、照样晒太阳、照样过生日吃蛋糕，开心起来照样笑得肚子疼。

丁珍珠唱完了英语的生日歌，接下来一个男同学就用快板说。快板说完了，有个女同学就用黄梅戏唱。有两个男同学急了，甚至把《智取威虎山》里杨子荣和座山雕的对白都改头换面地用上了，一个说："你脸怎么红了？"另一个说："急着祝杜丽生日快乐！"一个又问："这会儿怎么又黄了？"另一个说："三爷，我还在排队等着祝杜丽生日快乐，急的！"一个说："说实话，到底怎么回事？"另一个跺着脚说："急的，想吃蛋糕急的！"

一桌子人嘻嘻哈哈地笑着，差点没被那两个人笑翻到桌子底下去。

最后到了小顺，小顺拿捏了半天，说他从来没唱过生日歌，今天就用鸟叫声叫上一遍吧。说着就拿出了从鸟人那里学来的看家本领，学着百灵鸟美轮美奂的声音，将生日快乐改编成了一段美妙的鸟鸣。

小顺学完了鸟叫，一桌子人死死地盯着小顺的嘴巴看了半天，说你不是真的带来了一只会唱歌的鸟，藏在衣服底下吧？

"我是带了一只鸟，这只百灵鸟就在我的肚子里。"小顺诙谐地说。

丁珍珠兴奋地问："你是怎么练会这绝活的？这简直太神奇了，叫得比我爷爷养的鸟还动听。我爷爷养了好几笼子百灵鸟，没有一笼子叫得这么婉转迷人。"

"我这不算什么。我们锦官城的鸟人，那才是鸟国的国王，他一张嘴，就等于全世界的鸟都聚在一块来参加比赛了。"小顺谦虚地说。

"真会有这样奇异的人，能像那个懂鸟语的公冶长一样，会所有的鸟叫，并且比你叫得还动听？我真有点表示怀疑了。"丁珍珠

227

摇着头说。

"当然是真的。特别是在墓地里，他学的那些鸟叫声，能把正在天上飞的鸟叫下来，落在树上和他对唱。不然的话，我们锦官城的大人孩子怎么都会叫他鸟人。"小顺说着鸟人，就开始激动起来。

丁珍珠笑着说："如果你说的是真的，那你能带着我去锦官城，见见那个鸟人吗？"

"当然能。"小顺感觉自己和鸟人都受到了怀疑，心里有点不愉快，他看着丁珍珠质疑的神态，用不容置疑的口气说。

到锦官城的墓地里见了鸟人回来，丁珍珠就开始寻找各种借口，到方便面厂里找小顺，然后带着小顺到城外河边的树林子里学鸟叫给她听。小顺平时显得皮皮愣愣的，其实脸皮子薄得像蒜身上那层透明的膜皮子，单独和女孩子待在一起，就没话说了。加上丁珍珠又是个城里的女孩子，小顺就越发地翻不动舌头，一张嘴就把话说得语无伦次，说得丁珍珠老是笑。丁珍珠越笑，小顺就越紧张，只好在那里拼命地学鸟叫。把学会的那些鸟叫挖空心思地叫完了，小顺就局促不安地坐在树下，仰着头看遮天避日的绿树叶子，看穿过树叶子透进来的一丝一缕的阳光，想象着他是坐在锦官城的墓地里。

丁珍珠坐在一边，看着小顺紧张得大气不敢喘的样子，说你怎么好像是跟一只老虎待在一起？小顺掩饰地笑着，说我在想自己学的那些鸟叫声，怎么和鸟人叫出来的就是有些不一样呢？丁珍珠说当然不会一样，他都练了一辈子了，都叫成鸟人了，就说明他已经叫得炉火纯青了。你呢，才刚刚张开翅膀学飞呢。等你到了七老八十，肯定就叫成他那样了。

小顺若有所思地说："我觉得不是你说的这样。"

丁珍珠说："那肯定就是因为爱情。你不是说，他在墓地里学鸟叫，是叫给墓里边那个他喜欢的女人听的吗？"

听到丁珍珠的嘴里冒出"爱情"两个字，小顺觉得脸上突然被人点了一堆火，烟火在上面蔓延着，火舌燎得他有些睁不开眼睛。

他想丁珍珠这次说的可能很对。小顺看着落在脚前的一缕阳光，说：
"在锦官城，我最佩服的就是鸟人和我奶奶。"

　　丁珍珠还没弄清楚小顺这句话的意思，小顺又已经在那里学鸟
叫了。

第18章

车前子举着一柄小巧的利剑

老邮差坐在院子里的柳树下，头顶上垂着的柳丝一动不动，他也一动不动，眼睛盯着大门口，等着几个儿子回来。他从豆豆嘴里知道了尚进国离婚的事，知道是知道了，但他始终弄不明白这里头是什么意思。假离婚？既然是假离婚，为什么还要去离呢？一旦离了，不就是真的离了吗？离了就是真离了，却又说成是假戏。即便是假戏，做了就是假戏真做了。

他抖动着手，挨着个给三个儿子打电话。他要把儿子叫回来，弄清楚尚进国为什么要跟丹青弄假离婚。还有，现在离也离了，假也真了，后头的事情再怎么解决呢？他必须弄明白。

心里有事，他的手抖动的次数就愈加地频繁，不等他起身坐到凳子上，手马上又抖开了。为了手抖动起来时摸土方便，他索性从石凳子上挪下来，直接坐在了地面上。

柳树底下常年潮湿，地上长了几棵车前子，那些不大像花的花穗子直直愣愣地朝上冲着，好像举着一柄小巧的利剑，不知道它们想去刺穿什么。刮风时被风抽下来的几片柳树叶子，现在正形容枯槁地贴在潮湿的地面上，仿佛是一条一条力不从心的小木船，在无边的水际里横遭了风浪，它们身不由己地在漩涡里打着转转，看得人提心吊胆，猜不出来它们什么时候就会沉没下去。老邮差看着它们，心里更加堵得慌，他觉得自己真是该钻进土里去安歇了，你看看手，连手都活得不耐烦了，一心地在发抖，只有摸到新鲜的泥土后才会安稳，这不是想钻进土里去是想干什么？

尚进国和丹青离婚的事，家里人在尚进东的授意下，一直都在隐瞒着老邮差。

开始的两次，尚进国回锦官城来没和丹青一起，也没带豆豆，老邮差心里就纳闷，问尚进国丹青和豆豆怎么好几次没跟着回来了。尚进国搪塞说："豆豆读高二了，现在不歇星期天了，丹青在家里给她做饭，抽不出空来。"

老邮差说："她三叔要让她到国外去念高中，说国外考大学省力，孩子不用那么累，你们怎么偏偏不让她去呢？"

"是丹青不放心，说她现在年龄小，管不住自己的行为，在外头容易学坏。"尚进国说。

上午，丹青带着豆豆回了锦官城。豆豆好久没回来了，老邮差就让小燕来多做了几个豆豆平常喜欢吃的菜。吃罢了午饭，收拾完桌子，小燕回了家，丹青说她也有点事，要去找尚进东，留下豆豆在家里陪爷爷说话。

走到门口了，丹青又退回来，嘱咐豆豆陪着爷爷，不许上街乱跑。老邮差最喜欢城里的这个孙女了，他瞅了一眼往外走的丹青，护着孙女说："锦官城又不是城里头，车多人多，乱得什么似的，孩子出去不放心。这里还没乱到城里那个地步。都是读高中的大孩子了，你看你们，还像看管三岁小孩似的，就差给孩子头上戴个孙猴子那样的紧箍咒了。"

丹青站在门口木然地笑了笑，说："我是想让豆豆多陪您说说话。这不是高中课程紧，孩子回来的次数少了吗。"

豆豆每次回锦官城来，都会欢喜得像一只小麻雀，满院子里都是她唧唧喳喳的声音。但是这次，老邮差发现豆豆从进门就没开过几次口，一直在旁边闷闷地坐着看电视，就连吃饭的时候，她都吃得心不在焉，好像一点胃口都没有。丹青一走，老邮差就说豆豆："你要是在屋里闷得慌，就到街上玩一会去。去你姑姑家走走也行，你们来前，你蔡雯姐打电话来，说她今天也歇班。"

豆豆摇了摇头，人依然坐在沙发里不动，眼睛直勾勾地瞅着电视。老邮差往豆豆跟前探着身子，递给她一个桃子，问道："是不是来前和你妈生气了？怎么一直闷闷不乐的。给爷爷说说，你妈妈哪里不对了，爷爷去说她。"

老邮差探着身子等了半天，豆豆没说话，也没接他手里的桃子。再细瞅瞅，他看见豆豆的眼睛里竟然滚出了一串泪珠子，无声地在往下流淌着。老邮差不知道豆豆受了什么委屈，就看着豆豆脸上的泪珠子，笑着说："看来豆豆真是受了委屈，你看眼泪都下来了。快给爷爷说说，是你爸委屈了你，还是你妈委屈了你，爷爷好给你讨回个公道来。"

豆豆用手背抹了抹脸上的泪，抬起头来看着老邮差说："爷爷，我爸和我妈已经离婚了，您是不是还被他们蒙在鼓里欺骗着，不知道真相？"

老邮差心里一颤，手一抖，手里的桃子就掉到了地上。

尚进国前几次回来，他一直觉得儿子什么地方有些不对头，打电话鬼鬼祟祟的，脸上的笑模样里藏着几寸厚的阴沉，一瞅就是心里掖了事。他追着问了几次，尚进国都摇着头说没有事。再问多了，就说他这段日子老是在外头跑来跑去地开会，可能是没睡好觉、没休息好，身体有点透支了。

尚进国前头自己回来的两次，丹青和豆豆没跟着回来，老邮差就疑神疑鬼地怀疑过，猜测是不是儿子家里出了什么大乱子。不看别的，单看看电视上演的那些电视剧吧，你就知道外面的世道有多乱了。这样的小姐，那样的情人，这样的诡计，那样的陷阱，这样的钱权，那样的交易，真是五花八门，花样百出。这世上前所未有的诡诈，新鲜的手段，怪异的诱惑，都排着队地冒了出来。人在市面上，就像站在一个眼花缭乱的轮子上，你一步踩不结实，就会摔下来，摔成个鼻青脸肿的大花脸。

后来，他前后左右地想了想儿子和丹青的为人，又觉得不会出那样的事端。只疑心儿子是在工作上遇到了什么难处。人心不足蛇吞象，人不论是谋官还是谋财，只要上了道，就没有个满足的时候。自从尚进国当上了那个副院长，他觉得儿子整个人都变了，原先脸上那一脸的笑，都被那个副院长给抹去了。好好地当个医生多好，非得去当官。当官有什么好处？当多大的官，操多大的心，担多大的险。

上次丹青一回来，他心里所有的疑虑就都被打消了，心想儿子没有说瞎话，要是他们家里面出了事，丹青怎么还会回来看他？出来进去还是带着一脸的笑？

想到这里，老邮差觉得豆豆的话还是不靠谱。他弯腰捡起桃子，眼睛温和地盯着豆豆，笑着说："你是不是在他们吵架的时候听他们说的这些话？爷爷给你说，大人生气的时候，也跟你们小孩子一样，嘴上缺少个把门的，什么话都能从舌头上跑出来。"

"他们真的离了，我已经看见我妈妈藏起来的离婚证了。"豆豆焦急地说，"我问我妈妈，我妈妈说他们那是假离婚，是离给我爸医院里的人看的。我问她为什么要离婚给别人看，她又说我是小孩子，不许问大人的事。他们的离婚证都摆在那里了，怎么又会是假离婚呢？"

老邮差看着豆豆，有些不相信地说："你妈说他们离婚是离给你爸医院里的人看的？"

看见豆豆点头，老邮差忽然就有了一种被豆豆绕糊涂的感觉。市面上钱有假的，吃的喝的用的东西有假的，没听说离婚还有假的。

要说那些造假钱和造假东西的人，末了都是为了用假东西去赚真钱。现在这假离婚能赚来什么？他想不明白。

　　现在，老邮差觉得自己越来越不明白社会上发生的这些事了。先是小顺，折腾着花三千块钱把户口买到了城里去，后来又费了九牛二虎之力，折腾着弄回了锦官城。后来是锦官城开始弄什么小城镇化，建厂子、建店铺、建市场、修马路，把锦官城的土地一寸一寸地作践没了，整个锦官城的人都没了地种庄稼。农民不种庄稼了，还指望什么生活？再后来又是武明的媳妇利用武明手里的钱出国，出了国就在国外断了翅膀，不往回飞了。

　　老邮差实实在在地糊涂了。他不明白现在的社会是怎么了，假药、假钱、假种子、假古董，还有假结婚和假离婚。打开电视、报纸，上头什么五花八门的怪事都有。更让他心边上想不到的是，这些事不光电视里有，就连他的儿子，现在也在依葫芦画瓢地弄开了假离婚。

　　眼下，老邮差是既弄不明白社会上的那些事，也弄不明白自己的儿女了。他觉得整个锦官城的人都快陌生成一些和他不通言语的外国人了。他老是怀疑，这样下去，锦官城最后到底会变成什么样子？夜里睡不着觉，他就一遍一遍地过滤锦官城的人。锦官城的人没了种庄稼的地之后，都慢慢地变得不温和、不亲近、不会本本分分地过日子了。好像有一把看不见的大铲子，在他们的心里不停地搅动着、翻炒着，铲得他们心里没了根，然后把他们的心神搅动得一刻也不得安稳了。这样想着，他就想起了爷爷尚大贵讲过的那个天书的故事。他猜不出来，现在是不是又有一本什么天书在锦官城冒了出来，搅和得锦官城人似乎个个都迷了心智，失了分寸。

　　哄着豆豆出了门去找蔡雯，老邮差给儿子们打完电话，在柳树底下坐够了，就挪到了大门口等三个儿子回来。门外是从河底里收割上来的麦子，几十个麦个子懒懒散散地竖在那里，比起它们先前在河底里晃晃悠悠的样子，现在就跟吃了败仗的散兵游勇似的，没有了一丝一毫的精神气。

"唉，"老邮差叹了口气说道，"什么带根的东西离开了泥土，都会跟这收割后的麦子似的，立时就没了精神气。"

他正自言自语着，一条黑狗突然跑了来，在门外望了他一眼，接着就大模大样地跷起一条后腿，对着一捆麦子撒了泡热尿。老邮差摸起一旁的拐杖，举起来对着狗挥了挥，嘟嘟噜噜地说："狗东西，不管哪里都跷腿，你也过来欺负老邮差人老了，不中用了是吧？"

狗扫了门里的老邮差一眼，伸出鼻子在自己的尿水上来来回回地嗅了嗅。嗅完了，好像对自己的行为还很满意，就奖赏自己似地摇了摇尾巴，大摇大摆地走开了。

黑狗刚走开，二先生就紧跟在后头出现了。大热天的，他头上还是扣着顶黑毡帽子。老邮差看着二先生的毡帽子，笑着说："我说那狗眼熟，过来就对着捆麦子尿了一泡尿，原来后边跟着你这老家伙，它是在那里狗仗人势。"

二先生站在门口的太阳地里，打量了两眼麦子。打量完了，又伸手掐了一穗麦子放在手掌里搓着，一边搓一边说："这两天没看见你往墓地里去，原来是在守着一堆麦子。去年连民到河底里种的时候，我可没指望它们能结穗子。"

老邮差摇着头，继续叹息着说："锦官城是块风水宝地，哪里撒了种子都能结穗。只是现在，地都被水泥壳子固住，不让长庄稼长草了。地里不长草不长庄稼，地就等于死了。那河里呢，河被老三那些厂子里淌出来的臭水弄成了臭河，臭得里头没有一条鱼虾一只鸭鹅的影子了。没有这些鱼虾和鸭鹅，那河也等于死了。唉，锦官城算是败在这茬人手里喽。"

二先生在两只手心里来回地倒着搓好的麦子，用嘴吹着风。把搓下来的麦糠吹干净了，二先生就剪起手指捻起一粒麦子放到嘴里，用舌头搅来搅去地咬了半天，附和着说："还是自己种出来的粮食味道香。可惜锦官城的人没有口福，往后再也吃不到锦官城自己的地里种出来的粮食了。你看从面粉厂里买来的那些面，白得吓死人，听说里头是加了什么增白的东西，有的还掺了些滑石粉。那些东西人能吃吗？现在这人哪，横竖就是算不过账来，为了眼下多赚两毛钱，都在那里变着法子去算计别人。他们就是不动脑子想想，你掺假，我也掺假，满街上都是假东西了，最后还不是自己在害自己。这一世的人，算是都找不到东西南北了。"

"你常说五色叫人目盲。要我说，现在的世道上，根本就乱得分不出什么颜色了。红的能变成绿的，蓝的能变成紫的，黑的也能变成白的。"老邮差闷闷地说。

二先生摊着手掌，在掌心里数着一穗麦子结了多少粒籽，数完了，抬头看见老邮差手上沾满了土，就问道："你这手，还没让进国带着上他那里瞧瞧去？这样抖下去，早晚连饭也不能自己吃了。你想想，儿女伺候得再好，也不如自己的手灵便。"

老邮差现在最不想提起城里的这个混账儿子，提起他心里的气就往头上顶。他瞅了一眼自己的手，满不在意地说："摸摸新鲜的土就好上一阵子。人老了，就跟我骑了一辈子的那辆破脚踏车一样，稀里哗啦地，哪里都不中用了。"

"哪里有靠摸土就能摸好的毛病。还是早去医院看看，查查病因，早治早好。今天没瞅着你去看墓地，我就认为你到城里看手去了。"

"看什么看。"老邮差含含糊糊地说，"进了那些医院里，他们就会用些机器给你照来照去。我这毛病，他们用那些机器怕是看不了。"

"你这人一辈子固执，老了还是不改老毛病。现在科学这么发达，什么先进的药都有，那满医院的药还治不了你这一哆嗦？"

老邮差把手放在地上，在地上来回地摸着，讥诮着二先生："你读过洋学堂，头脑一辈子好使，什么运动来之前，你都能先给自己看好了退路。现在怎么就转不过弯来了？你忘了有句话，说神仙也有治不了的病。"

二先生把手里的麦粒籽撒给一只鸡，又从头上摘下帽子来，用一个指头弹了弹，扣回去，笑道："你天天去看墓地，就你那点心思我还不清楚？咱们现在老了，老了也得跟形势。你琢磨琢磨，就是年轻，管不了的那些事，你我不还是一样阻挡不了。刚解放时分田地，全国哪个地方不跟着分？一九五八年大炼钢铁吃食堂，全国上上下下，哪里不都在炼钢铁吃食堂？还有文革时期搞批斗分派系，咱们锦官城这个指头肚大的地方，不也和别处一样，跟着轰轰烈烈地搞批斗分派系？到了今天这个时代，重头戏就是抓钱。你不抓，你就落后，你就受贫。老百姓受贫你就吃不上饭、看不起病。国家受贫你就造不起火箭飞不到天上去。咱就说老百姓看病，你看锦官城的人，谁看病不去找你家进国。找进国干什么，不就是想着把病看得仔细点，还要少花上几毛钱。你瞅瞅报纸上电视上，治一个感冒都要花上几百块钱，这要是长个大病，你没钱，谁给你看去？你老邮差长病，国家还给你报销一部分，我二先生长病，谁给报去？还不得指望孩子们掏腰包。所以，自古至今谁也不愿意受贫寒，都想过富裕的日子。我这么说，是说一个朝代有一个朝代的戏，一出戏有一出戏的戏眼。"

"你说的是这个理，我不反对他们开工厂赚钱。我就是看着锦官城的地被弄没了，心里疼地。人上不了天不要紧，要紧的是老百姓嘴里得有粮食填饱肚子。"老邮差拍拍手上的土，抬头看见尚连民的车开到了门口，就打住了后面还想说下去的话，对着从车里下来的尚连民说，"进屋给你姥爷泡壶茶去，放上两颗烧好的大枣。枣在玻璃瓶子里。"

二先生摆摆手，仰头看看天，说我还要转转去，窝在一个地方久了，两条腿就抽筋。说着站起来，喊上趴在一边的黑狗，一左一右地走了。

墙脚的一棵榆树上，一只知了趴在树叶里吱吱啦啦地叫着，叫叫停停，跟清水河来锦官城唱戏的人半夜里吊嗓子似的，烦得人难受。这个二先生，还没听他把后边的话说完呢。老邮差瞅着二先生和黑狗拖在地上的长长的影子，看出天色已经晚了，但他打电话叫的三个儿子，一个也没有回来。

尚连民从屋里泡了一壶枣茶出来，又给老邮差接了水洗手，然后问他豆豆到哪里去了。

老邮差接过毛巾，侧了脸看着尚连民说："豆豆找蔡雯去了。你怎么知道豆豆回来了？"

"我二叔给我打电话了。说我婶子和豆豆回来了。"

老邮差点点头，接着问："这么说，你二叔离婚的事，你早就知道了？"

"我二叔离婚的事？谁告诉您的？您肯定听错了，没有的事！"尚连民一愣神，猜测着是谁这么大意，把这件事泄露给了爷爷，心里急急地想着怎么才能先糊弄住爷爷。

"你就给你爷爷作戏吧。你们都瞒着我，都作戏给我看。我老了，在你们眼里没有用了，家里出了这么大的事，你们都遮着盖着的瞒哄我。要不是豆豆今天给我说了，我看你们这戏要唱到什么候。我打了电话叫你爸他们回来，天这么晚了，他们竟然一个也没有回来。"

尚连民看着爷爷，轻描淡写地说："豆豆可能不知道，我二叔他们那是假离婚。"

"假离婚也是离婚。"老邮差忿忿地说，"你知道，你给我透露点风声，说说你二叔究竟做了什么怕见天光的惊天大事，到头来要用假离婚这套把戏来欺骗外人的耳目？是不是怕被人家抄了家？"

尚连民扫了一眼爷爷的脸色，换了一副笑嘻嘻的脸孔说："我二叔不是在医院里负责购药吗，好像是因为什么药价的事，我也不太清楚。但是，我敢给您肯定，我二叔现在做的绝对是一件老百姓都拍手叫好的事。"

老邮差听得更糊涂了，他眯缝着眼睛看着孙子，想从孙子笑嘻嘻的脸上找出个答案来。看了半天，没从孙子的脸上看出答案来，他嘴里就不解地念叨起来："医院里的药价和离婚，这之间又有了什么关系？"

第19章

桑叶上的月光都是绿色的

还没到大暑，天气就热得没了收敛。空气热，风热，地面热，人更热。尚进东站在墓地边上的一个角落里，远远地看着在墓地里挪动的父亲，父亲的身影一会被树挡住了，一会又从一棵树后面闪出来，给尚进东的眼睛造成的直接视觉效果，就是他父亲在树林和杂草间不停地缓慢地跳跃着，像组一起一落的慢镜头。

这个老头，天天跑到墓地里来看什么呢？尚进东觉得自己有时候真是弄不明白自己的父亲。这块墓地又不是诺亚造的那艘方舟，能在洪水毁灭人类的时候，救你脱离灾难。话说回来，你又不信仰上帝。

尚进东看着父亲，忽然想如果说自己不明白自己的父亲，那无论如何都有点像假话。其实，尚进东很清楚他爹看墓地的目的。锦官城人最讲究的就是人死后入土为安，而他爹又是锦官城传统保皇派的代表人物。你单从他指挥着孙子到河里种麦子这件事，就能看出来他有多顽固、多守旧。

墓地被一些高大的树木遮住了光线，里面的光亮就显得比外面暗了许多。看了一会，尚进东觉得眼睛有些酸涩，就把视线从父亲身上缩回来，将肩膀倚靠在一棵树上，点了支烟慢慢地抽。穿过墓地刮过来的风，被无数的杂草和树叶子清洗过滤了一遍，燥热里就夹了些许的清凉。尚进东扯了扯T恤衫的领子，把领口开得大了一些，想让那些清凉的细风在脖子里多逗留一会。扯完了T恤衫的领子，扭动了一下脖子，他就专心地看着鼻子里喷出来的那些烟雾，它们被明暗相间的光线纠缠着，被风刮得披头散发，然后渐渐地模糊了，在他眼睛周围的空间里慢慢地匀散开，消失在了一个更大的无边的空间里。

在母亲去世之前，尚进东从来没到墓地里来过，他的意识里几乎就没有墓地这个概念。母亲去世后，他也只有在清明节和春节这两个日子，和大哥二哥一起到墓地里来给母亲烧纸上坟，他自己从来没单独来过。他不喜欢墓地。他一直在想，这个世界上，人和所有的动物都是公平的，动物死了都不会占据一块墓地，为什么人死了就非要占据一块墓地？仅仅因为人类是有感情的动物？但是，你可以想象，除了人之外，其他的动物也都是有感情的，就连一只蚂蚁在战场上战死了，它的同伴也一定会把这只战死的蚂蚁搬运回家。从蚂蚁身上，尚进东引证出了所有懂得繁育后代的动物，都是有感情的。后来他又推论出，不仅动物，就连所有的植物，也同样是有感情的，因为它们知道花开叶衰，明白四季的轮换。依此类推，世上的万物就都是有感情的，因为它们能感知世界，能知道自己的身份。

他的这种意识逐渐清晰起来，是从那年他母亲拿着《圣经》，给他父亲讲上帝创造了世界开始的。既然人类解释不了的东西，最后都归属到了上帝那里；既然是上帝创造了世界上的万物，那么万物自然就是平等的，没有谁可以凌驾于这个世界之上。果仁厂的钱被那个骗子石大川卷走后，他为了还锦官城人的债，冒雨离开家，没头没脑地满世界瞎走了三个月。后来在一个路口上，一辆车斗里拉满猪的一三〇车拐弯拐急了，侧翻在路沟里，他看见了，急忙跑过去，砸开车玻璃，从车头里救出了丛琳的父亲。后来，他就跟着这个屠宰场的厂长，进了他的杀猪场，拿起了杀猪刀。从杀第一头猪开始，他的万物平等意识就越来越强烈：按照自然规律，如果人类可以去威胁一头猪、一条狗、一只羊的生命，那么肯定就会有生物链上的一节链条，来威胁人类的安全。这是一条公平的法则。

所以，他想，人类有什么资格给自己弄一片墓地？

老邮差从墓地的另一个角走出了墓地。

尚进东看见他快要走出墓地的时候，又蹲下去把手按在了地上。尚进东想他的手肯定又在抖了。他的手现在一天要抖十几次了，这个老头，却固执着坚决不去医院看，谁劝也没用。又像清明节那次他要修龙凤宅，而尚进东没能从西安赶回来，他就一直在和家里人呕气一样。这让尚进东觉得他这样做简直就是在用折磨他自己的方式，在折磨他们这几个儿女。弄得儿女们好像都不孝顺他似的，心里特别难受、委屈，甚至是惶惶不知所措。

老邮差站起来走出墓地，尚进东就扔掉了指头上夹着的烟。他低下头去瞅着鞋尖，踩熄了烟蒂上闪闪烁烁的火星，又借着抬头的工夫顺势扫了一眼四周围，然后就放开步子走进了墓地里。

墓地里比外边凉快许多，所有的树叶子都摇着扇子，在一摇一晃地扇着风。尚进东仰头看了看上方，天空被那些在风里摇扇子的浩浩荡荡的树叶，远远地挡在了它们头顶之外，只把一柱一柱的阳光，见缝插针般地穿过枝叶间的缝隙射进来。经过枝叶的光柱，被枝叶切断，又被风摇落在另外的枝叶上，一直到那些剩余的光柱固执地落在地面的杂草上，或者空地上。看过头顶上被树木遮蔽的天空之后，尚进东就沿着墓地的边缘，看似闲庭信步地转悠起来。虽然四周都被马路和厂房围了起来，但墓地里还是一样的静谧清幽。尚进东脚下随意地迈着步子，心里却在飞速地计算着墓地的面积，测算着墓地搬迁后，这片地方到底能够建多少栋楼。

本来，尚进东准备等公司上市之后，再全力以赴解决墓地的事。但是，这段日子他为了撮合蔡雯和武明的事，弄得夜里老是睡不着觉，在床上辗转反侧，就起来喝茶，越喝越不能入睡，遂又想到了墓地上。经过反复的思忖、度量，他最后得出的结论是：必须得赶在别人动这片墓地的念头之前，先弄份方案呈报上去。这样，无论墓地暂时动或者不动，动时怎么个动法，操纵的主动权都能牢牢地抓在他手里。这些年，他已经习惯了控制局面。

这几个月，他拐弯抹角地和大哥尚进荣谈论过两次墓地的事。谈过之后，他仔细分析大哥的意思，隐约地觉出尚连民那个小子似乎也在墓地上打着什么主意。这个不知道天高地厚的臭小子，凭着他目前的实力，倒不能有什么大动作，怕就怕有人会借着他的脑子使，比如李蔓的父亲李佑辅。李蔓的父亲在锦官城弄这个铝厂，名义上是送给李蔓和尚连民的结婚礼物，但是他葫芦里到底卖的什么药，恐怕只有他自己知道。在尚连民结婚的前前后后，尚进东和他接触过几次，察觉出他到锦官城来投资开铝厂，绝对不排除投石问路的可能。在尚连民和李蔓的婚礼上，这个草木纸业的老板喝多了，曾泄露出一丝有意染指房地产的口风。说现在的锦官城虽然不能跟当年的深圳和珠海那样，摇身一变，一夜就能成了令万众瞩目的国际化大都市，但小地方自有小地方才有的独特风景。锦官城这块风水宝地，谁先涉足进去，谁就可能骑龙驾凤，卷起一场大风浪来。

脑子机器一样飞快地旋转着，步子也跟着迈得快，尚进东把心里的事情捋了一遍，脚就在墓地里转完了一圈。回到刚才站着的树下，尚进东站住脚，下意识里地点着头，心想世上的事情原本就是这样，就是生生相克，有无相生，有"有"就会有"无"作终结，有"无"自然就会有"有"作衍生。

那么，眼前这块墓地，当初可以在这里存在，现在当然也就可以从这里消失。尚进东在心里很果决地对自己说。

以前，锦官城并没有公共墓地，家家户户的墓地都是散着的。

村头上、路边上、菜园里、庄稼地里，甚至自己家的院子里，处处都有。锦官城有人死了，家里有地的，自然是埋在自己的田地里；家里没地的，就只能葬在村头路边上。这些能葬的地方葬满了之后，就只好去葬在大庙一侧的乱坟岗子里了。那片乱坟岗子据说是庙里的和尚发了慈悲心，捐出来供佃户葬死人用的，位置紧靠着河边，在一溜小斜坡上，靠近河滩的地方。夏天里雨水大，河水一上涨，就能把埋在那里的坟子冲跑了。所以不到万不得已，家里有一地的人，都不会把亲人往乱坟岗子里葬。单听听那个名字吧，乱坟岗子，活人怕乱，死人就不怕乱了？锦官城人觉得就凭那一个乱字，人死了埋在那样的地方，就是庙里的和尚夜夜给他们诵经超度，怕是那些死去的亡灵也会永远不得超生。

有一次，老邮差在年夜里给儿孙们讲尚家的家史，说他家的祖宗尚大贵，当初就是为了能把父母家人从河滩的乱坟岗子里迁到自己家的地里，让他们在地下能安安静静地生活，才违心地娶了边家的闺女，惹得一个喜欢他的柳家闺女穿着出嫁的花衣裳投了井。尚进东听父亲说完革命家史，首先就觉得祖宗尚大贵为了几亩地，做人做得近乎有些无耻。尚进东的眼前晃动着跳井女子衣服上那些怒放的花朵，冲着父亲说，为了几亩地，害死一个喜欢自己的女人，我这个祖宗到底明白不明白他做了些什么事！老邮差不满地看着他，说你们这些年轻的知道什么，地是活人的命根子，也是死人的命根子。锦官城的人死了都讲究入土为安，我们家那些老坟要是都在河滩上被水泡着，他们还怎么个安法？

锦官城的墓地第一次大规模地集中迁移，是在一九五五年农业合作化最高潮的那一年。按照区里的部署，所有埋在可耕地里的坟墓，都要挖出来，统一迁到原先的乱坟岗子里去，不能再占用可耕地。

土改之后，锦官城那些祖辈子没有地，祖坟葬在乱坟岗子里的人家，纷纷把祖坟迁到了自己的地里，想让那些活着前没有地的老祖宗们，这会子也能躺在自家的地里，看着自己家里分到手的地高兴高兴。还没高兴上几年呢，又要把他们迁回乱坟岗子里去？这不是拿着死去的人瞎折腾，对他们大不敬吗？

锦官城人一听说要挖了他们祖宗的坟，再统一迁回乱坟岗子里去，一下子就炸了锅。袁济堂的娘和老邮差的奶奶，率先跑到了自己家的墓地里，一个趴在自己男人的坟上，一个护在儿子的坟上，说地下的人是给国家出过力的，是在战场上打鬼子死的烈士，你们要是想把地下死人的棺材挪个窝，葬到乱坟岗子里去，就得先把我埋了。

锦官城的人都看着她们两个，攀比说他们两家不迁，我们就坚决不迁。

袁济堂的娘听了，从男人的坟子上跳起来，哭喊着说："俺男人是打鬼子死在战场上的，是有功劳的人。你们谁家埋在地下的人，要是哪个也是死在战场上的，你们就学着我，趴下来护着！"

尚宗仁的奶奶在坟头上趴了一天。第二天一早，太阳还没出来，尚宗仁就第一个带头，偷偷地把他爷爷的坟和大爷尚一梁的坟掘开，把棺材迁到了乱坟岗子里。他奶奶跑去的时候，棺材已经抬走了。尚宗仁迁完坟回到家里，看见他奶奶坐在屋檐下，两只眼睛如炬一般直直地盯着他，盯得他毛骨悚然。他一走近，她就挥舞着手里的一根麻绳说："你不是我们尚家的子孙，你不是我们尚家的子孙。"

尚宗仁十分恐慌地看着奶奶，听见她嘴里说出来的话分明是他爷爷的声音。

尚宗仁跪在奶奶跟前，把头磕得砰砰响，嘴里说："奶奶，您怎么就不明白，现在是新社会了，地都是集体的了，和过去不一样了。棺材埋在哪里，不是咱个人能说了算的。现在这个形势，早晚都得迁，咱早迁了去，还能占个高地方。"

他奶奶没再说话，只是把身子歪在了地上，然后再没起来。躺倒的几天，她手里捏着根麻线，不停地念叨着儿子一梁的名字，一直到死也没闭眼。

墓地集体迁到乱坟岗子十几年，区里要锦官城跟别的地方学着搞副业、栽果树。有人说乱坟岗子那片地是沙土地，最适合栽果树，尤其是山楂树和苹果树，栽在那样的土里，结出的果子口味肯定沙甜沙甜的，咬一口就流蜜水。问题是锦官城没有比这里更孬的地了，墓地往哪里迁？大队长袁济堂说孬地没有，就往好地里迁，让锦官城这些死去的穷人也体会一下人民公社的好处。

一声令下，墓地就开始了第二次大迁移，集中迁到了现在的地方。

在树下又坐了一会，吸了一支烟，尚进东才抬腿往停车的地方走，眼睛一边打量着路边的厂房。墓地周围的这些厂房，在分田到户以前，曾经是大片大片的桑地。想起那些绿油油的桑地，尚进东忽然间又想起了小素。他和小素在蚕室里养蚕的时候，很多夜晚都是坐在桑地里说话的。

已经多少年没看见小素了。尚进东的心里突然掠过了一丝说不上来的辛酸，像那时候小素在墓地里采来的酸叶草的滋味。他们坐在桑地里吃着酸叶草，酸得尚进东直摇头，看得小素咯咯地笑个不停。

文革一过去，县里要大力发展丝绸业，就要求各个公社里都要种一部分桑养蚕，为丝绸厂提供充足的蚕茧。上边的任务传达到公社里，是要求有条件的大队养；公社里再传达到各个大队里，就变成了每个大队都必须养，有条件的养，没条件的创造条件也要养。一些没条件的大队都养了，锦官城这样人多地肥的大队，当然也得跟着养。大队干部一研究，就决定从各个小队里匀出一部分地来，用来栽桑树。一个冬天，锦官城的社员齐心合力，在墓地的东边、西边、北边，围着墓地整出了好几片地，又在邻近三片桑地的中间，盖了一溜蚕室，就等着春天栽桑养蚕了。

开了春，先是运来了几拖拉机桑苗，人们在袁济堂的指挥下，一棵一棵地、一排一排地、一垄一垄地，把这些桑苗栽到了事先整理好的地里。等到桑苗在地里发了芽，抽了新条子，条子上冒出了一片一片心形的叶子，慢慢地大了，挂在瘦瘦的枝条上，在风里展来摆去地招摇，头一批蚕苗就来了。头一次来的不是蚕纸，是已经孵出来的蚕宝宝。蚕宝宝来之前，养蚕的姑娘们已经花了三天的时间，跟着蚕茧站派下来的技术员学会了喂蚕的方法、一般疾病的预防和治疗，还有用石灰水给蚕具消毒等常识，接下来，她们又到桑地里认领了每个人要采的几垄桑。这些姑娘们从来没养过蚕，在桑地里看着那些绿色的桑叶子，她们就已经开始兴奋了，幻想着她们养的蚕已经结出了白花花的茧子，在丝绸厂的机器上抽出了细细的丝，织出了华丽的绸锻。

蚕苗来后，各个小队里选来的几十个大姑娘凑在一起，集中在蚕室里，她们一边看着那些蠕动的针鼻子大的小东西，一边用剪刀剪着碧绿的桑叶。她们把桑叶剪得像她们绣花的丝线一样细，小心翼翼地覆盖在蚕苗的身上，然后看着它们无声无息地吞噬着绿色的丝线，兴奋得好像丝绸的衣服都穿在了她们身上。但是，仅仅养了三天，她们就都死活不去了。尚进东的二姐小雨也被选去喂蚕，回来说她们夜里起来尿尿，看见墓地里的鬼火一起一没的，三队里几个女的当时就吓得尿了裤子，脚都不会迈了。她们罢工的理由很充足，说蚕茧站的技术员在课堂上讲了，等到蚕大了，上苦结茧之前，要吃七天的大眠食。这七天里，它们日夜不停地吞噬桑叶，一筐子蚕的食量会比一头牛都大。这个时候，她们就要在夜里出去采两到三次桑。她们去采桑，如果墓地里的鬼火跑过来，揪住她们的头发，还不把她们的魂都抓到阎王爷那里去了？

姑娘们闹罢工，负责蚕茧组的民兵连长袁大材第一个就急了。他拿出在部队上学来的那套思想教育方法，先是批评这些大姑娘们觉悟低，年纪轻轻地就信仰迷信、宣传迷信，一个一个都变成了神婆子。批评完了，就要求她们端正思想、破除迷信。他慷慨激昂地说："我们一定要牢记毛主席的语录：下定决心，不怕牺牲，排除万难，去争取胜利。"

姑娘们拧着眉头说："毛主席都逝世了，我们还牢记毛主席语录干什么。"

"毛主席是逝世了，但他的语录没有逝世。他说的话对，我们就什么时候都要牢记。"袁大材很认真地训斥着这群没有觉悟的姑娘们。

"你说没有鬼，那些鬼火是从哪里来的？要是没有鬼，你还要我们下定决心、不怕牺牲？"姑娘们才不理袁大材那一套呢，她们不依不饶地看着袁大材，想出他的洋相。

"朗朗乾坤，清明世界，哪里来的鬼？谁说有，你们谁去捉来一个，我现在就把它吃了。"袁大材看见他的教育方法不起作用，急得差点跳了起来。那些蚕一天不喂，不知道会死多少条。一条蚕变一个茧子，一个茧子卖到蚕茧站里，运到丝绸厂，得抽出多少尺丝来，织出多少丝绸来？账都是算出来的。

袁大材解释不出来那些一蹦一跳的鬼火是怎么回事，说服不了养蚕的姑娘们，心里就埋怨他爹这些干部考虑事不周全。锦官城这么大个地方，把片桑地选在哪里不好，非得选在了墓地边上，惹出这么些个麻烦事。但既然把桑栽在这里了，挪又挪不动，也只好想办法动员养蚕的人了。袁大材想破了脑袋，终于想出了一个男女搭配的好主意，就去要求他爹袁济堂，让每个队里再选派相等数量的几名男民兵来。平时他们在队里干活，夜间就背上枪，像战士在部队上站岗放哨一样，轮流在蚕室里给这些姑娘们值班站岗。一旦到了蚕吃大眠食，夜里需要去桑地里采桑叶的时候，就由他们陪着那些大姑娘们去桑地里采桑。

他这一招果然好使，那些罢工的大姑娘都乖乖地回了蚕室。养了几天的蚕，她们都看清楚了，比起地里那些担水锄地的活，养蚕实在是件轻松又快活的事情，蚕虫小的时候，给蚕撒上桑叶，闲暇的空里，她们还能一边唱着流行的电影插曲，一边坐在蚕室的门口绣鞋垫子。

从养第一批蚕开了头，锦官城蚕室里男女混杂的场面就一直延续了下来。开始，大队干部还担心男女混杂在一起，日子久了，会不会传出点什么让锦官城面子上过不去的事。结果一年的蚕喂下来，什么事也没发生，这些男女青年们都安分得像筐子里的蚕。除了唱唱歌、绣绣鞋垫子，她们就知道采桑、喂蚕。没有纠缠不清的事情发生，大队干部放了心，往下就继续仿效着前边的模式，男女搭配着采桑喂蚕。

尚进东是最后一批到蚕室里喂蚕的。这时候，虽然锦官城的蚕室里还在延续着男女搭配的方式，但所有养蚕的人都已经对墓地视而不见了，有的男青年甚至还到墓地里去追鬼火玩。追鬼火玩的时候，他们发现他们的步子跑得快，鬼火就跑得快；他们的步子跑得慢，鬼火就跑得慢。他们弄不明白原因，白天就抓着天天到墓地里学鸟叫的鸟人，问他知道不知道。鸟人很认真地说："鬼火都怕风，你们的脚一跑起来，鞋底下的风就把鬼火吹跑了，你们当然追不上。到晚上，你们倒穿着鞋再试试。"

"倒着怎么穿？"他们瞅瞅脚上的鞋，不明白怎么个倒法。

"倒着就是把脚趾头抵在鞋后跟上，趿拉着往前赶。这样脚下就不起风了。"看着他们一头雾水的样子，鸟人索性脱下鞋子，倒着穿上，趿拉着往前走走，示范给他们看。

他们看看鸟人，鸟人的脸上没有半点逗他们开心的样子，他们就决定按照鸟人说的方法去试试。到了夜里，几个人果然倒穿了鞋，在地上趿拉着往前赶，希望能追上鬼火，捉住一个看看它们到底是什么东西。但他们无论怎么趿拉鞋，或者干脆赤了脚，还是追不上前边的鬼火。那些闪烁的鬼火总是在他们的前边蹦蹦跳跳着，好像故意在逗引着他们，诱惑着他们玩跑步的游戏，但就是让他们追不上。

那些男青年玩追鬼火的游戏，夜夜乐此不疲，只有尚进东从来不参加。他给小素说这些人追鬼火玩，和猫咬自己的尾巴基本没什么区别，都是大脑空虚的表现。

尚进东不参加其他人追鬼火的行动，还有一个原因，就是他开始在和小素偷偷地谈恋爱了。给蚕撒上桑叶，那些男的到墓地里追鬼火玩，女的聚在电灯下一起谈论刚看过的某一部电影时，尚进东就和小素悄悄地溜出来，躲到旁边的桑地里说悄悄话去了。有时候，尚进东裤兜里还会揣着个手电筒，到地里找桑葚子给小素吃。

小素和尚进东从小学到高中都是同学。只是到了高中，尚进东进了一班，小素分在了二班。毕业时，俩人都没考上大学，一块被选到蚕室里喂蚕来了。

和所有喜欢月亮的人一样，他们也最喜欢有月亮的晚上，尤其喜欢桑地里的月亮。他们发现在桑地里看月亮，和在村子里看月亮，那绝对是两种不能比的风景和心情。在村子里看月亮，月光洒在地上、洒在房顶上、洒在树叶上，也是银子水一样在流淌，珍珠一样在闪动，让地面、房子和树叶都明媚起来，撩拨得人心里蓄满柔软的波光。这些波光在人的心里荡漾着，给人的感觉是在慢慢地接近着春天。但是，在桑地里看月亮，月亮就不仅仅是在流淌着银子水的光华了，它是有颜色、有味道的。而且最重要的，是它的步子已经行走在春天里了。它的银色里掺进了彩霞的颜色，掺进了桃花的花瓣，掺进了青草摇曳的声音，掺进了春天里所能闻到的一切甜腻的清香。

在月亮底下，小素喜欢把手指展开，放在覆着一层银子水的桑叶上，把月亮一粒一粒闪动的光辉迎接在手心里，再握起来洒进尚进东的手里，说是让尚进东喝一杯嫦娥酿的桂花酒，品尝一下月宫里的桂花酒是什么滋味。尚进东把手揾在嘴巴上，仰头喝下小素的桂花酒，嘴里叫着："嫦娥，嫦娥，还有桂花酒吗？快快再来上一杯。"

小素拉过尚进东的手掌，啪地打上一巴掌，说："桂树刚被吴刚伐倒了，大树正好砸倒了装桂花酒的坛子，哪里还有桂花酒。"

"没有桂花酒了，你还敢把月亮挂在天上卖酒？"尚进东揪住小素，让小素去把月亮摘下来。小素就摘下片桑叶，贴在了尚进东的眼睛上。

蚕室里养蚕的人都知道，尚进东和小素在蚕室里喂蚕，俩人肯定都是暂时的。尚进东顶替他爹的班，到邮电局里去当个送报送信的投递员，或者卖邮票的营业员，那是早晚的事。就等着他爹到了时候退休，他去办个顶班的手续了。而小素呢，就更不用说了。小素的爹比尚进东那个送信的爹厉害十分，人家是清水河的公社书记。

爹是公社书记，小素要出去上班，那肯定也是早晚的事。小素的两个哥哥一个姐姐，现在都在城里上班。大哥在百货大楼里管仓库，姐姐在棉纺厂里纺棉纱，二哥在电影院里卖电影票。他们家里兄弟姊妹几个，一直都是锦官城那些青年男女眼红的对象。眼红什么？当然是眼红他们命好，有一个当公社书记的爹。小素的大哥得过小儿麻痹，瘸了一条腿，走起路来一起一伏的，锦官城的人背地里都叫他拉拉夹。拉拉夹原本是锦官城人对一种绿色细腰蚂蚱的叫法，说它腰细，又是比着个头比它大的花袍说的。花袍的长相有点像蛐蛐，头齐身子鼓圆，但比蛐蛐个大劲足，飞得快，一蹬腿一展翅你就看不见它的影了。拉拉夹跟花袍一比，就显得身单力薄多了，它飞起来就跟跳似的，顶多能飞几步远。到了秋天，人们在地里收秋，看见了拉拉夹，就会把它们抓在手里，掐掉两条长长的后腿和外层绿色的长翅子，顺手塞在头上戴着遮阳的席角子檐上，回到家里烧火做饭时放到火上烤熟了，给孩子们打馋虫。

小素的大哥拉拉夹人瘦腿瘸，但他在百货大楼里和主任的关系却弄得最铁。听说城里很多当官的想买彩电和冰箱，都要找他弄票。还有他娶的那个媳妇，是他爹在清水河给选的，说是清水河医院里一个医生的妹妹，好看得跟春天的油菜花似的，要多鲜亮有多鲜亮。后来锦官城人知道拉拉夹娶的媳妇也是农村的，就有好些人家后悔没及时托人到小素家提亲，把闺女嫁给拉拉夹。他们说腿瘸的人，本事都大。

小素的姐姐每个星期从城里回来，包里都装着从棉纺厂里偷回来的一些棉线。小素娘就把那些棉线一律弄成双股的，缠好了，让锦官城公社里那个妇女主任用棒针给织成线衣线裤。小素上学的时候，他们班里就小素穿着用棉线织的毛衣，洋气得不得了。小素还偷偷给班里的女同学说，棉纺厂里的女工每个月来了那个，都没有单独使卫生纸的，她们都喜欢在卫生纸里垫上松松软软的棉花条，那样又吸水又舒服，一点都弄不脏裤衩。

在桑地里，小素看着被月亮照耀得英俊无比的尚进东说："等我们都到城里去了，再回锦官城来的时候，也还是到桑地里来看月亮。你看，桑叶上的月光都是绿色的。"

第20章

俗话说水至清则无鱼

　　锦官城的繁华路段上开了几十家洗浴城，一家挨着一家，一家比着一家。有纯粹按摩的，也有借着按摩另外搞点有色收入的。这些洗浴城，就数着刘秃子的"浪淘沙"最有名。"浪淘沙"里的按摩小姐，都是从南方找来的，只有一个例外，据说是从俄罗斯过来的，按摩的手法最到位也最舒适。很多人到刘秃子的"浪淘沙"里去按摩，都是冲着那个俄罗斯小姐去的。"浪淘沙"里的其他小姐都可以叫外卖，只有这个俄罗斯小姐不可以。刘秃子天天端着一个工夫茶壶，坐在门口的玻璃后头，看着来来往往的风景，说历朝历代都有卖艺不卖身的艺妓，"浪淘沙"卖的就是这道招牌菜。其实"浪淘沙"里的人都明白，这道招牌菜是刘秃子故弄玄虚，专门弄来糊弄派出所那个色鬼李所长的。

　　刘秃子一到锦官城，就拿捏准了派出所李所长嗜好野味这一口，接着就让四傻去找来一个会说几句俄语的东北女人，弄到锦官城的店里来，装猫变狗地钓那个王八蛋李所长。没想到一试就准，这个龟孙子花所长装都没装就咬了钩。刘秃子除了锦官城的这个店，在城里还有一个店，四傻就是在城里的店里给刘秃子当鸡头，被公安局扫黄的时候抓进去的。四傻被抓进去，本来是要判个三年五载的，结果刘秃子指示着假俄罗斯女人，在李所长的身上下了一番洋工夫，玩了几招新花样，四傻的刑期就被他变通得只剩下了一年。

到牢里去接四傻的时候，刘秃子说你知道哥哥当初为什么装神弄鬼地弄什么假俄罗斯女人了吧？这就叫未雨绸缪，这就是计策。他妈的，这些手里捏着点小权力的龟孙子，咱们拿肉骨头调教好了，就是咱们哥们手里牵着的一条看家狗。什么时候叫他汪汪两声，他什么时候就能汪汪上两声。

从看守所里一出来，回到锦官城的当天下午，四傻就到了袁大材的建材店里，把袁大材的建材店给砸了。瓷砖、玻璃、油漆、石膏板，乱七八糟的东西砸了一地，店里店外都是。袁大材被打得躺在门口的油漆里，从头到脚都被油漆漆了一遍。四傻带来的几个小混混，手里拎着铁棍、钢管，手叉在腰上，围着袁大材水桶一样站了一圈。四傻用皮鞋尖踢着躺在油漆里的袁大材，大声地骂道："你装什么死？拿出欺负彩霞的能耐来，最好现在就爬起来报警去，我在这里等着他们。他们今天把我四傻弄进去，我明天出来后不光砸烂你袁大材的店，还扒你的房子灭你的种，信不信由你！"

袁大材躺在油漆里闭着眼，头上流出来的血和油漆混在了一起，在头的旁边开出了一大朵形状不规则的红花，颜色鲜艳而刺眼。四傻他们一来，青海就想跑出去找潘红莲，结果被四傻一脚踹在了玻璃上，玻璃哗啦就倒了一片。四傻把一只脚踏在青海的头上，铁棍子竖在他的腿裆里，裂着鼻子瞪着眼地看着青海，狠歹歹地说："你个狗腿子，以后再狗仗人势，欺负我四傻家里的人，看我不一刀子旋了你裤裆里的玩意，让你一辈子当太监去！"

旁边几家店里的人看四傻砸袁大材的店砸疯了，怕四傻一时砸红了眼，连带着把周边的店也砸了，就纷纷地关门落锁。他们一边关门一边骂袁大材是个蠢种，怎么去招惹四傻家那个彩霞，让左邻右舍的都跟着心惊肉跳。这几年，整个锦官城几乎没有一个人愿意去沾惹四傻了。倒不是人人都怕他，现在谁还怕谁？而是没人愿意去和一个混混纠缠不清地浪费时光，耽误了做买卖赚钱。只有袁大材这种自以为是的傻货，没事干了闲得蛋黄子疼，除了去听二先生喷着唾沫星子一遍一遍地讲什么凤凰，还能腾出工夫来招惹四傻家的人。

瘸了腿后，潘有邻一辈子都在玩弄花蛇，从开春到入冬，手里就不离蛇的影子。锦官城人看着四傻，都说潘有邻往他老婆的地里种四傻的时候，要么是被蛇附了体，要么就是种子染了蛇蛊，反正四傻就不是一颗人种子发出来的芽。

潘有邻躺在床上，天天都在诅咒四傻，叨念着阎王爷早点派出黑白无常来，把他和四傻都一绳子索了去干净。他老婆端着盆子过去给他接屎接尿，听见他那些不正经的诅咒，就说你也别诅咒了，是你一辈子心思不端，好好的一个人偷懒装瘸，瘸了以后又手不离蛇地玩弄蛇，遭了蛇的报应。是你玩死的那些蛇，让你的儿子哑口的哑口，不哑口的也不能行得端、走得正，站起来像个人模样。

潘有邻一挥手把便盆子打翻在地上，弄得床上床下都是屎尿，他恼怒地骂着老婆："你个死蛇精！是你个死蛇精一辈子养不出个整装的人来，给我弄来一群讨债鬼！"

四傻娘怒气冲冲地看了两眼潘有邻，一辈子的委屈直在心里翻涌。她恨恨地看两眼潘有邻后，便盆子也不收拾，就转身朝外走，去给卖菜串的彩霞打下手洗菜串。任凭那些屎尿臭气熏天地围着潘有邻，围着潘有邻嘴里那些不断线的诅咒。

潘红莲得了信跑回店里的时候，四傻他们刚走，青海正在那里搬弄着袁大材，想把他从油漆里扶起来。潘红莲跑上去和青海抬袁大材，一眼看见了地上袁大材流的一滩血，惊得手都哆嗦了。她把袁大材搂在胸前，先叫青海打电话叫了救护车，然后她又哆嗦着打

254

电话找尚进荣，说袁大材已经被四傻打得昏死了，问尚进荣她现在报不报警。

尚进荣正在尚进东的办公室里，和尚进东研究着尚进国的事。尚进国不听尚进东的劝阻，也不听他岳父和丹青的劝阻，已经开始向媒体抖搂医院高收费和高价药为什么高的内幕了。尚进荣的手机铃突然响起来时，尚进东正在抱怨尚进国不考虑事，说全国的医院和医药既然都是这个熊样，他怎么就不想想别人为什么不去揭这个疮疤。这出戏开了场，他到底想没想明白该怎么收场。他这么往外一捅，被好事的人弄到网上一传播，市里那么多领导，谁的面子上都不好看。他是只顾自己一时痛快。

尚进荣听完潘红莲的话，说无法无天了，这么大的事不报警能行吗。

潘红莲在电话里哭着说："青海说了，四傻威胁说我们要是敢报警，他再出来就不是砸店的事了，一准会来灭了我们的种。"

"他还嚣张得不行了。"尚进荣气愤地说，"你只管报警，他不是今天出来的吗，让他一宿也不能在锦官城待下去。这个小混混，不把他弄牢里关死，他还不知道发什么青芽子好。"

尚进荣合上手机，看着尚进东说："四傻那个小狗日的，今天一出来，就把袁大材的店给砸了，还把袁大材打得昏死了。现在要是不除了这帮小混混，任由他们在里头搅和着，锦官城往后还不定有什么好戏看。"

"除几个小混混还不好除，就是不愿动他们。"尚进东说，"留着他们，他们也翻不了船，一时半会地还构不成有影响的黑势力。"

"我是怕他这么一闹腾，往后市场更不好管理了。现在到处乱摆摊子，确实是个问题。"

"什么问题？一点问题都没有。现在上边推行亲民政策，只要不影响交通，大城市里的城管都不敢随便撵那些在路边上摆摊子的人了。你们也学着大城市的模式，规划出一些主要路段，其他不影响交通的地方随他们摆就是了。那个袁大材，也真是需要整治一下子，在他门口摆个摊子怎么了，我这公司门口，还允许那些卖小吃的蹬三轮的摆摊子招揽生意呢。现在锦官城刚起步，人们的行为方式肯定还是停留在种地时候的水平上，心里没形成一个新秩序。锦官城人不是习惯说三辈子才能养出贵族来吗，意思就是富贵气得细细地去调养。所以，你就别指望锦官城人一下子就跟城里人似的那么好管理。锦官城不是一天就能变成真正意义上的城市，城里人的作派也不是锦官城人一天两天里就能够学来的。"

尚进荣把手机揣进后裤兜里，摸出了摩托车的钥匙，往门口走着说："你二哥的事你先筹划着，看看到底怎么弄合适。咱爹那里也得有个说法。我现在还是先到袁大材那里看看要紧，盯着那个狗日的李所把事办利索了。这个事不处理妥当，今天四傻砸了袁大材的店，恐怕明天就会有人去砸我那两间破办公室。现在的人，一个看一个，都往刁民的谱子上靠。你一软，他就以为你是一个软柿子，非捏得你淌水不可。"

尚进东看着尚进荣手里的摩托车钥匙说："别骑摩托了，我让司机送你去。"

尚进荣想了想，说："也行。那个姓李的天天操着刘秃子店里的假俄罗斯女人，四傻这趟出来，他在底下没少出力。刘秃子借他往外弄四傻，我这回往里弄四傻，也得借借他的手。"

"一会我给他打个电话。"尚进东往下撕着指甲上的一块硬皮说，"不行就找个人给他挪挪窝，这个人在锦官城待得是有些讨人嫌了。"

"挪走倒便宜他了。你那些肉包子，岂不白扔了。"

"该扔的就得扔。和这些人打交道，有用加法的时候，就得有用减法的时候。"

尚进东的车把尚进荣送到袁大材的店门口时，派出所的警车也刚停下来。尚进荣看着几个穿迷彩服的人鱼一样从警车里蹦出来，里头并没有李所长。几个人嘻嘻哈哈地和尚进荣打了个招呼，就一起往袁大材的店里钻。袁大材已经被救护车弄医院里去了，只有门口的一滩血还在油漆里汪着，颜色依然鲜艳和醒目。几个人看了看那滩血，踢了踢油漆桶，又在屋里转了一圈，问了青海几句话，就从店里走出来，准备往警车里钻。

尚进荣一看他们要走，就上前拦住了他们，说："这就好了？"

一个手里握着电警棍的小胖子说："好了。尚书记还有什么事，尽管吩咐。"

看着他们潦潦草草地来走过场，尚进荣心里的火直往上窜。这群小王八羔子，除了油嘴滑舌、狐假虎威、到处钻逛着占点小便宜外，其他什么本事也没学会。与其说指望他们来维护锦官城的治安，不如说没有他们锦官城会更安稳。尚进荣压着心里的火说："你们现在准备回所里，还是去抓四傻？"

小胖子笑眯眯地说："他们报警报得这么晚，人已经砸完店跑了，我们也没办法。我们手里只有出现场的权力，当事人跑了，没有所长的命令，我们就没有办法到处去抓人了。"

尚进荣说："店砸成这个样，那滩血你们也看见了，人已经昏死了，你们来看看就回去？"

"我们真没办法。"小胖子继续申辩着，"当事人要是还在现场，我们肯定会把他们带回所里去。关键是现在人已经走了，我们上哪里找去？"

小胖子说完了，看尚进荣不吱声，又给尚进荣出主意说："他们都是你们锦官城的，你书记给调解调解，让四傻家给拿个医药费，赔偿上店里的砖钱漆钱，纠纷不就解决了。"

"一群法盲，还天天在执法，简直是在侮辱法律和警察这些字眼！"尚进荣鄙夷地在心里骂了一句。骂完了，说："我跟你们到所里找你们所长去。"

"我们所长不在。今天是星期天，李所长早带着人找地方钓鱼去了。"

"指导员呢？两个头头，所长不在，指导员总得在吧？"

"指导员也不在。指导员的老婆生孩子，他早回城里伺候老婆生孩子去了。户籍员也不在，户籍员的丈母娘过生日，老婆还没弄到手呢，你说他能不去上贡？"

尚进荣差点就要骂什么狗日的派出所了。除掉跟前这几个狐假虎威的家伙，派出所里总共才有三个正式的干警，现在三个正式干警竟然都不在岗上。你说地方上有这么个派出所，老百姓除了要多缴税负担他们的开支外，还能有什么好处？

停了一停，尚进荣就翻出电话本，说我给你们李所长打个电话。

小胖子乐了，说你打也白打，他这会保准关着机。他出去钓鱼的时候，从来不开手机。

电话果然关着机。尚进荣不再说话，朝几个人挥挥手，示意他们走。几个人就跟来的时候一样，鱼串似地咬着尾巴，一个接一个钻进警车里，打开警灯，一路呼啸着走了。

看着警车屁股后头扬起来的一溜烟尘，尚进荣又骂了一声王八羔子，然后抬起脚往医院里走。袁大材在医院里，还不知道死活呢。

赶到医院里，看见潘红莲正坐在楼下一棵高大的杨树底下拨手机。尚进荣紧走两步过去，问袁大材现在怎么样了。

潘红莲合上手机，靠着树干站起来，火急火燎地说："我正在给你拨电话呢，你就来了。正在里头抢救着，还不知道情况。"

"不会有什么危险吧？"尚进荣看着潘红莲。潘红莲的衣服上脸上到处是一道子一道子的血迹，不知道的倒以为是她身上被捅了刀子，流了一身血。

"谁知道。光看地上那滩血，就知道这回伤得不轻。四傻这个杂碎，是照着死里下了手。"又问，"派出所的人到场了吗，怎么说的？"

"一帮狐假虎威的兔崽子，去店里瞅两眼就走了，说四傻不在现场了，他们没有权力到别处抓人。他们所长钓鱼去了，家里没有主事的。"

潘红莲软软地把身子靠在树上，看着衣服上的血迹说："这次要是息事宁了人，就不知道四傻这号的货，日后会嚣张成什么样子，还会有多少人，会跟四傻学着闹事。我觉着，这一定会牵扯到锦官城往后的很多问题。都没地种了，都意识到需要做个小生意赚钱了，又都想奔着人密集的那些地方去，争地盘子的事肯定会越来越多。"

"先别想那么多。兵来将挡，水来土掩。毛主席他老人家说过，办法肯定会比困难多。"

"你倒是盲目地乐观起来了。"潘红莲叹了口气，眼睛看着远处的一根灯柱子。

"乐观，但是肯定一点也不盲目。"尚进荣看着潘红莲焦急的脸色，故意调侃地说，"你不是喜欢美国那个黑脸的土豆丝吗。她在外交上使用的那些强硬的手腕，如果拿来用在锦官城，就什么问题都解决了。"

"锦官城又不是一个独立的王国，需要什么外交手段？要是那样，你就真成土皇帝了。"潘红莲笑了笑，脸上的肌肉放松了一些。

"这话听起来不好听。但是，有时候一个国家要想各方面都发达起来，各个地方还真就需要有些个手腕强硬的土皇帝，至少是一个具有土皇帝精神的管理者。不然的话，下边一盘散沙，上边又鞭长莫及，一个泱泱大国岂不乱了套。你看各地那些贪官，我看就是杀头杀得轻，如果从乡镇到县市到省部级到中央，大小的单位、一级一级，实行级级连坐，像古代那样满门抄斩、诛灭九族，看他们还敢不敢腐败了。"

潘红莲说："俗语说水至清则无鱼。你现在说的这些话，倒真像那个赖斯那么强硬了。要是让你说了算，你还不把那些当官的杀尽了。现在这些当官的，用手比划比划，手指头肚这么大的官，就敢贪手巴掌那么大的财，做胳膊那么长的恶。大的不说，就那个花所长，在锦官城的这些年，除了四处搜刮，就是带着那些小姐去钓鱼，给刘秃子和四傻这样的渣子当门神，他给锦官城人做过一件什么好事？"

"所以，"尚进荣说，"我们就应该像美国打伊拉克那样，先把四傻这些不安定分子斩了首，再把什么花所长草所长这样的流氓狗官赶出锦官城，看谁还敢在锦官城的地面上制造'生化武器'。"

　　"你不用在这里给我吃宽心丸了。"潘红莲苦笑了一下，"我现在真是左右为难。四傻再孬种，也是我娘家的一个兄弟，他不仁，我这个姐姐又不能不义。他刚出来，再立马把他抓进去，实在对不住我二叔和彩霞。上次和彩霞打起来，袁大材也确实是有错在先，先打了她，事后处理得又不好，没给彩霞弄个好摊子。"

　　"你们女人就是操心的花花事多，小燕也嫌我不给彩霞找个好摊位。锦官城那么多条街，就安不下她一个摊子？要是谁闹就给谁找个好地方，还不都跟着闹去。不用三天，锦官城就成一锅烂粥了。"尚进荣看了看手表上的时间，又抬头朝大门口看去，医院的门两旁摆满了卖水果的摊子和候在那里拉客的三轮车。

　　尚进荣刚要从医院门外收回目光，就看见袁大材的娘从一辆三轮车后头转了出来，用手巾抹着眼泪，一路小跑着进了医院的门。瞅见她进来，尚进荣就故意转了下身子，看着楼上那些大敞四开的窗户。袁大材的娘先是在花坛前四处张望了一眼，看见潘红莲和尚进荣站在树底下说话，就急急地奔了过来，瞅着潘红莲衣服上的血问："你身上淌的这些血，也是叫四傻那个蛇种给打的？"

　　"是袁大材的血。我抱着他来医院，被他身上的血沾的。"潘红莲说。

　　"我那儿，他到底淌了多少血，还弄得你一身都是。人家都说他昏死了，这会子到底什么样了？这当口了，你还有心思站在这里拉闲呱，不去里头守着！"

　　"医生正在里头救着呢，人家不让进去。"潘红莲看着婆婆的脸色说。

　　袁大材的娘又扫了一眼尚进荣，口气冰冷地说："不让进去也得在门口把着听着点动静，你站在这里说话，能听见里头的响声嘛？里头那是自己的男人。"她最后这句话，有意扬了扬声调，给尚进荣听。

　　尚进荣没说话，只是又抬起手腕来看着表，对潘红莲说："你们现在进去瞅瞅什么情况了，我再去趟派出所，看看所长钓鱼回来没有，让他派人找四傻去。"

　　袁大材娘听见尚进荣要去派出所找人抓四傻，才用手里握着的小手巾擦了把鼻子，和缓了声音说："他大哥，你多费点心思，把四傻那个蛇种抓进牢里去，多判他几年，叫他把牢底坐出个窟窿眼子再出来。"

　　尚进荣清了下嗓子，然后故意温吞吞地说："您就放心吧。打人的肯定不让他白打，挨打的肯定也不会白挨。哪能无法无天了。"说完，尚进荣又有些后悔，觉得这些话别扭，怎么有点像表决心讨好袁大材的娘似的。她说话带着倒钩刺，自己和潘红莲可是什么事都没有。

　　袁大材的娘往前走了一步，又退回来，说："这回可不能再看亲戚的面子了。再看，我儿就没命了。"说完，瞥了潘红莲一眼，抹着泪朝楼里走去。

第21章

身在江湖心存魏阙

　　整个下午，尚连民都在爷爷老邮差的屋里，做着爷爷的思想工作。

　　老邮差的手现在抖得别人看见都替他心慌了。而且越到吃饭的时候，就抖得越厉害，仿佛谁把一只看不见的振动器悄悄地安装在了他的手上，害得他把双手紧紧地抱在一起，仍然握不住一双竹筷子和一只瓷碗。坐到饭桌前，他就要一趟一趟地站起来，抖着双手走到院子里，把手放在柳树底下刨开的土里，按一口猪似的使劲按着，一直到手上那个看不见的振动器耗得没了劲，停止了抖动，渐渐平息下来，他才能回到桌子前坐下来吃饭。有时候，吃一顿饭他要去摸三次土。要命的是他在院子里摸完了土也不去洗手，拍打拍打，到屋里坐下就接着吃饭。尚连民瞅着他手上沾的那些土，在一边看得目瞪口呆，怀疑爷爷是不是得了老年痴呆症什么的。要不，他摸完了土怎么连手都不知道去洗，就坐下来吃饭？但是再仔细地观察观察，他除了去摸完了土不洗手就继续吃饭外，其他的又没有任何变化，行动起来腿脚还是那么敏捷，说话的思路也还是原先那么清晰。

尚连民隐约觉得，这一年里，从他爷爷不停地去看墓地开始，他们家里似乎就在发生着某种微妙的变化。尽管他一时还说不出来到底是一种什么样的变化，但这种变化却是真真切切地存在着的，存在他爷爷身上、存在他的身上、存在他们家里每一个人的身上。如果说锦官城的变化是看在眼里的，那么他们家里的变化，就是隐藏着的，就像一些细小的微生物，你的肉眼可能看不见它的存在，但是，它的确是在那里存在着、衍生着，并迅速地改变和摧毁着某一些东西。他想，现在他爷爷的手突然抖起来，也许就是那些看不见的变化无意间泄露出来的一个信号，是一个提醒或者警示。

无论是坐在办公室里，还是在外面办事，只要一想到他爷爷那双发抖的手，尚连民的心里就发慌，好像他爷爷那双手一直托在他的心底下抖动。上午忙完了手上的事，又陪着两个客户吃完了饭，把他们打发走，他估摸着爷爷歇晌也该起来了，就买了一个西瓜放到车上，到了爷爷这里，想和他商量商量，带着他到城里找个医院检查一下手，看看到底是怎么回事。现在，他二叔那个医院是不能去了。自从他二叔尚进国捅出了医院里药价为什么虚高不下，导致老百姓看不起病、住不起院的背后原因到底是什么等等这些问题，又被外地的一家报纸披露出来后，尚进国的行为简直就称得上是一石激起了千层浪。包括市里负责卫生的头头，各家大小医院，还有老百姓，他们先是目瞪口呆，接下来就跟炸了汤锅似的，弄得汤水四溅。先是城里一些住过院的，组织起来，拿着报纸，要求医院里退回多收他们的钱。医院不退，他们就砸了医院的门窗玻璃，还打伤了一个护士和三个医生。后来是医院里给一个胰腺癌病人做手术，手术失败了，病人死在了手术台上。病人的家属就把灵堂摆在了医院的大厅里，要求医院高额赔偿。

现在，医院里反戈一击，马上就把所有的矛头都指向了尚进国，说这些年一直是他在药购中心负责药品和各种医疗器械的采购。那些出国观光高额回扣和女人，所有的好处一一都让他拿了，实际上是他一手造成了医院里药价虚高。他进的药价贵，医生开给患者的药自然就跟着贵，水涨船高的道理谁都明白。还有各种医疗器械，他花上百万上千万的钱引进来，你舍得放在那里当摆设吗？这些钱花出去了，就得想办法弄回来。从哪里弄？当然得从患者身上找回来，要不，收支严重不平衡，医院还能开下去吗？医生也是人，也有家有口，也要挣钱吃饭。尚进国拿出了他这些年记录的所有账单子，想给医疗界投一磅重型炸弹进去，炸开这块钢板。但是到了最后，这些又都成了他所在医院攻击他的罪证，弄得他几乎是百口莫辩了。要不是尚进东到处找人趟路子，尚进国眼下面临的恐怕还不是一般的危险。

丹青的父亲干脆就骂尚进国是狗拿耗子，是神经错乱。说尚进国害得他这张老脸在市里领导面前没处搁没处放的。骂完了尚进国，又骂女儿丹青，说她找了个丧门星，开头就阻着他升迁的路子，现在好容易爬到今天的位子，又让这个精神病给挖断了。丹青夹在中间左右为难，她和尚进国商量着假离婚的时候，没想到尚进国的这一石头砸下去，会掀起这么大的风浪来。现在，事情凶险得超出了她想象的范围，丹青就后悔当初让父亲把尚进国鼓捣进了药购中心去，觉得真是应了那句古诗：悔叫夫婿觅封侯。丹青没了主意，就跑到锦官城来找老邮差。老邮差看着丹青，看了半天，才说："风已经刮起来了，就等着它刮完吧。谁也没条口袋，能把它装起来，扎上口。"

老邮差的手抖起来之后，尚连民一直就觉得非常奇怪，不明白爷爷的手为什么摸到土就会停止抖动。摸着土就能好说起来是件好事，但人是直立行走的动物，你总不能一直趴在地上，把手按在土里吧。

尚连民已经反复地动员老邮差多少次了，但老邮差就是不点头。

劝急了，他就开始发脾气，坐在地上用手掌击打着地面说："我这不是病。不是病去看什么？你们都看见了，只要天天摸着土，它自己早晚会好。"

"咱们去医院看看，找医生确诊一下，没有毛病不是更好吗？"尚连民像哄孩子似的哄着爷爷。

"手是我自己的，长在我身上，我不比医生清楚？你看那些医院，他们只会用些机器摆弄来摆弄去的摆弄你，没病的，也被他们折腾出病来了。就说人感冒了，明明花几毛钱买副麻黄或者桂枝这些中药，回家煎点汤喝下去就没事了。你看他们，恐怕机器生了锈，感冒也让你去抽血检查，仿佛不让机器去给你照一照、查一查，不让你花上几百块钱，你那感冒就好不了。这都是些什么医院！医院是什么地方？是救死扶伤的地方，不是从老百姓身上刮油的地方。你二叔回来学给我一些顺口溜，说什么小病拖，大病捱，要死才往医院抬。什么救护车一响，一头牛白养。什么进了医院，就等着医生谋财害命。还说他们医院里一年不知道有多少人生了病，就因为一时交不起钱，死在了医院里，死在了他们医生的眼皮子底下。你听听，这还是医院吗？这简直就是要人命的阎王殿。"

老邮差挥手赶着尚连民端给他的绿豆水，说："你年轻，不了解过去的事情。60 年代的时候，报纸上有一篇文章，叫什么名字爷爷忘了，上头写的是六十几个农民中了毒，医院里的医生想尽一切办法抢救他们的事。当时为了找药救这些中毒的农民，甚至连部队上的飞机都动用了。你再比比现在的医院和医生对待病人的态度，那样的事，能不让老百姓一辈子记在心里吗！从你二叔考了学去了城里，他干什么事我都看不顺眼，唯有这次，我觉得他做对了。就是你爸和你三叔不支持他这么做，我也拼着老命支持他。他捅出去的事是为了老百姓都看得起病，这老百姓自然也包括锦官城的老百姓。为这事，他就是最后失了业，在城里没了立身的地方，被逼回锦官城来，他也决不是孬种。他是咱尚家门里的一根好骨头。比比你三叔和你开厂子养活的那些人，还是你二叔现在做的这个事意义更大。

这不是关系着锦官城多少人吃饭的事，这是关系到多少人能看起病活命的事。"

说完这些，老邮差的情绪明显地激动起来，他看着孙子，摆摆手说："你去忙你的厂子吧，爷爷这里不用你操心。要操心，也有你爸他们，现在还排不上你。"

看着老邮差一脸的激动和凝重，尚连民笑着说："爷爷，书上说的'身在江湖，心存魏阙'这句话，指的是不是就是你现在这种关心国家大事的状态？"

"什么江湖、魏阙，爷爷学问浅，不懂这些。爷爷只知道老百姓个个都是顶天的柱子，都是行船的水。"老邮差被尚连民逼着喝了一碗绿豆水，又靠回椅子背上，轻轻地摇着手里的扇子。

老邮差一直住在老房子里。在锦官城，也只有他的房顶上还顶着茅草。他坚决不让儿子们给他翻修房子，不让他们给装空调，一台老电风扇，也只有孩子们来了才打开，他自己从来不用。他认为冷热既然是自然界的规律，人就得跟万物一样，跟随着自然，该受冷的时候受冷，该挨热的时候挨热。你人再有能耐，能用空调把屋里头吹凉快，你能把屋外头也吹凉快了？但是自然界凭借自然的威力，却是轻而易举地就能做到：在酷暑天里，庄稼热得俯了身子，树叶子热得蔫头耷脑，花朵热得没了气力和那些蜜蜂、蝴蝶说话，石头热得蹦跳，小鸟热得扇不动翅子，这些，人用多少空调肯定都解决不了；但是，如果天空中飘来一朵云彩，阴一阴脸，遮住太阳的光线，下上一场雨，再刮上一阵凉爽的风，天上地下就都凉快了。所以，人永远不能和天地自然去抗争。你砍光了树，它就给你扬风沙；你拔光了草，它就让你大河小河里没有水流，没有鱼虾。过去那些战天斗地的口号，那些与天斗与地斗其乐无穷的说法，还不都是些过激的言行？用锦官城人的话解释，这些话都是些过头的话。锦官城人讲究烧过头的饭能吃，但是过头的话不能说。无论与天斗还是与地斗，都不见得真是一件趣事；不是趣事，又有什么乐趣可言？

尚连民正在为劝说不动爷爷去看手，心里暗自焦急着，就听见蔡雯在院子里喊姥爷。这是蔡雯从小养成的习惯，蔡雯每次来，都是一进大门就喊姥爷，她姥姥在的时候也是这样。那时候蔡雯进门一喊姥爷，她姥姥就笑话蔡雯只认零嘴不认人，说老邮差会使"糖衣炮弹"，每个月领了工资，去给孩子们买几块糖果回来，就把他们的小嘴都喂甜了。有一次，蔡雯在一边忽闪着眼睛看了半天，等着姥姥说完了，忽然问："姥姥，什么是'糖衣炮弹'？它是不是比糖还好吃？我下回来还是先叫您吧。先叫您，您好去给我买一个'糖衣炮弹'。"

姥姥笑着说你姥爷是造"糖衣炮弹"的，想要找你姥爷要去，姥姥没钱买。蔡雯很认真地说："我姥爷是送报纸的，怎么又成了造'糖衣炮弹'的？姥姥您肯定弄错了。"从那以后，家里人都笑话蔡雯贪嘴，连"糖衣炮弹"都要吃，就都管蔡雯叫"糖衣炮弹"。

蔡雯是尚连民回来前打电话约好，一起来劝老邮差的。尚连民站起来，打开一扇门，看着蔡雯在柳树底下放好了摩托。蔡雯支好摩托，对替她开门的尚连民说："今天真热。"

进了屋，蔡雯找毛巾擦着额头上的汗说："姥爷，您还是装个空调吧。屋里这么热，跟外头的气温都差不多了。"

老邮差用手里的蒲扇指了指桌子，说："锅里有凉好的绿豆水，先去喝上一碗解解暑，一会你们再切西瓜吃。"看着蔡雯走过去盛绿豆水，又说："空调有什么好。天气该热的时候不热，地里的庄稼都长不好。人也一样，热天里把自己闷在冷气里，身子就容易闷出毛病来。"

蔡雯看了一眼尚连民，甜腻腻地说："哥，你听听我姥爷这套理论，这套理论要是推广出去被大众接受了，那些生产空调的厂家都该跳楼了。"

尚连民笑了笑，说："我爷爷说得也有他的道理。现在的人，都以违背自然规律为能事。但是自然界真要是改变了它的规律，让冬天变暖了，夏天变凉了，人类肯定又惊慌得找不着北了。你看美国，现在花那么大的价钱到火星上去搞探测，也许就是怕有朝一日地球环境恶化得人类不能居住了，他们好到另一个星球上去生活。"

"美国人干事，总是能找到各种借口，他们不是杞人忧天，就是耸人听闻。"蔡雯说，"地球肯定有它自己的平衡能力，万物生生息息，都在它的掌控之中，不是美国说它不适合人类居住，它就不适合人类居住了。宇宙形成是在多少亿万年之前，现在谁也弄不清楚。有谁看见宇宙中哪颗星球坠落到地球上来过？"

"你就是改不了爱较真的毛病。"老邮差笑着批评蔡雯。

"本来就是嘛。人类就是真的灭亡了，也不足为怪。恐龙那么强大，最后不是照样灭亡得只剩下一堆化石，供现代人研究？"蔡雯把头侧向老邮差，一副撒娇的口气辩解着。

尚连民说："恐龙没有人类现在的智慧，所以它们灭亡了。"

蔡雯说："人类总是自以为是。我们怎么知道恐龙的智商没有人类高？一个物种的绝迹和繁衍，不仅仅是因为它的智商高低，还取决于它是否适应环境的变化，能以最快的速度，在新环境里找到能让自己生存下去的必要条件。"

"你先别研究恐龙的智商高还是低，还是说说你的婚姻大事。你和武明的事，现在考虑得怎么样了？还没想透彻？你们女孩子都喜欢追求浪漫，往往就被什么爱情迷住了眼。其实在中国，哪有什么爱情，就是说出爱情这两个字来，恐怕都是奢侈。特别是在锦官城，你仔细看看就会发现，这里只有婚姻和婚姻连接起来的亲情。"

"那也不一定。"蔡雯说，"你看那个老鸟人，活着时天天到墓地里去学鸟叫。小顺说他在墓地里学了一辈子鸟叫，是叫给我姥爷那个姐姐柳叶听的。一辈子不娶别的女人，风雨无阻地去给柳叶学鸟叫，他那也不算爱情？"

尚连民正想说他那叫什么爱情，纯粹是一个人病态的自我想象和自恋。还没开口，就听老邮差缓缓地说："那个鸟人一辈子都在瞎胡闹。要不是他把柳叶从外面救了回来，对我们尚家也是有恩之人，咱们尚家哪能容许他一辈子搅扰得柳叶不安。"

"你这回明白了吧？生活是很现实的东西，不是一厢情愿，也不是想当然。"尚连民切着西瓜，抬头看着蔡雯，眼睛里有些得意地说。

蔡雯说："不管你们怎么认为，我觉得他那就是真正的爱情，比梁山伯和祝英台的故事还要感动人。或者说，他更让人敬畏。"

"你这个想法，快跟小顺是一个水平的了。小顺从小跟在鸟人的后头学鸟叫，挖掘鸟人在墓地里学鸟叫的浪漫故事，最后也是学着鸟叫糊弄到手一个老婆。结果怎么样？还不是丢盔弃甲地一个人从城里逃了回来，整天东一头西一头地在大街上瞎转悠。别看他一副桀骜不驯，看谁都不顺眼的样子，其实心里是麻是辣，只有他自己清楚。"

老邮差说："你们年轻人的事我老得都不懂了。不过，武明还是个不错的孩子，能和你过日子。人实诚，不耍花枪，就能一起凑合着过日子。人这一辈子，除了日子是实的，别的都是虚的。"

"姥爷，您怎么也赞成我跟着武明啊。"蔡雯把一片西瓜递给老邮差，撒着娇说。

"武明是在我的眼皮底下长大的，学问和你又相当，你还觉得不般配？"老邮差嘴里没说，心里却在想，武明要不是离过一回婚，蔡雯怕是还配不上人家。你蔡雯就是心高，家务活一点也不会干。武明呢，从小不仅学习好，大学里放了假回来，还知道帮着爹娘割草喂猪喂羊，比那个看着一脸憨厚相的武清不知要强出多少倍去。那个武清，这些年在镇里混，大本事没见长进，倒练就了一张油嘴滑舌的嘴皮子，石头都能说得开花。

蔡雯没回答老邮差的话，而是看着老邮差的手问道："姥爷，您的手现在还抖吗？"

老邮差瞟了一眼自己的手，说："在说你和武明的事呢，怎么又扯到我手上来了。我这手抖不抖的是小事，你的婚姻才是大事。武明是个有出息的孩子，可别错过去了。有些事，一错过去，回过头来再后悔就晚了。"

"您就放心吧，我正在按照咱们整个家族集体的意思，努力试着和武明来往呢。至于最后成不成，就看我和他的缘分了。武明现在还天天趴在那张世界地图上，看着美国的版图走火入魔地冥思苦想呢。不知道他最后苦想的结果会是什么。"

"只要你拉准了风筝线，他的心一定会从美国收回来，看见你的存在。"尚连民说。

蔡雯笑了笑，说："你这就自相矛盾了。刚才还说生活是很现实的，不是一厢情愿；现在又说我拉准了风筝线，他就能看见我的存在。天知道我这算不算一厢情愿。"

尚连民说："现在的现实，是你有足够的力量，把武明这只风筝按着我们的意愿放好。"

"好了，"蔡雯把脸转向老邮差，说，"姥爷，这样吧，我和您打一个赌，您去医院看看手抖到底是怎么回事，要是您的手抖不是神经或其他毛病连带起来的，只是精神性的抖动，那就说明我和武明的婚事有成功的希望。"

老邮差看了看尚连民，又看了看蔡雯，说："你们两个小人精，是不是早就预谋好了，合着伙下套子来套爷爷？就你们那点小把戏，还瞒得了你们爷爷？至于我这手是怎么回事，我心里明清得很。手抖算什么毛病？摸点土就好了。你们好好干好各自的事，别的都不用替我操心。我走过的桥，比你们走过的路都多，你说你们还替我操心什么？"

"我们家里的人脾气一个比一个固执，一准就是打您这里遗传下来的。您看蔡雯都拿着她和武明的婚事和您打赌了，您还不去。"尚连民说完了，看见老邮差闭着眼睛在养神，就冲蔡雯使个眼色，意思是让她继续借着武明出牌。

蔡雯去洗了手，从老邮差的手里拿过蒲扇，身子靠在躺椅的扶手上，一下一下地晃着，说："我小的时候，姥爷您老是买糖给我们吃，结果就把我吃成了胖丫头，怎么减肥也没变苗条。上大学的时候没人追，现在也没人追，好不容易等着个武明吧，心里还觉得七上八下地不如意。我妈说人的缘分都是天定的，我想借着您手抖的事，和您赌上一把，看看我和武明到底有没有缘分，结果您又不和我赌。您要是不和我赌，我就不和武明来往了。哪天我成老姑娘了还嫁不出去，看姥爷您着急不着急。"

"就你雯雯能缠磨人。"老邮差从躺椅上坐起来，先是冲着蔡雯点了两下手指头，又冲着尚连民点了一下，说，"还有你，出谋划策的，把雯雯找来压迫我。好了，今天就看在雯雯的婚事上，我答应你们。现在都回去忙去吧，先把厂子里的事安排妥当，哪天你们有空闲了，我就跟你们检查去。这要是你爸他们，说破了天我也不会去。没有病的事，到了那里看什么？去了就是花上两块钱，去去你们心里的疑头。"

蔡雯笑着说："还是姥爷心疼我。现在回去公司里也下班了，我还是在这里陪着您吃晚饭吧。我刚学了一个拿手菜，正好做给您尝尝。"又对尚连民说，"你晚上要是没有别的事，把李蔓和我大舅他们都叫来，咱们一起吃饭呗。"

"行。"尚连民答应着，立即给李蔓打了电话，说蔡雯在这里，叫她回来的时候买几个菜直接到爷爷这里来吃饭。然后就回家给他妈说去了。

"这帮孩子，为了达到目的，真是什么法子都敢拿出来使。"老邮差摇摇头，嘴里咕咕哝哝地说着，摇着扇子往院子里的柳树底下走。

太阳快坠下去了，还刮着一阵一阵的风，院子里就比屋里凉快了很多。老邮差坐在柳树下边的石凳子上，有一搭没一搭地摇晃着扇子，想着儿子尚进国，不知道他今天有没有到医院里去上班。唉，一个人和一群人斗，难处可想而知。老邮差叹了口气，心里替儿子捏着一把汗。他知道老三尚进东一直在帮着二哥尚进国四处活动，但现在，别说尚进国自己不想抽身，就是他想抽身，恐怕也抽不出来了。那个深不见底的漩涡，没有一本天书投进去，怕是平息不了它。昨天去墓地，老邮差遇到了小顺和一个女的从墓地里出来，小顺看见了老邮差，停下步子对身边那个女的说了句什么，然后就走到老邮差跟前说："老邮差大爷，您家二哥现在真该是锦官城的英雄人物了。您不到城里去，有些事情根本不知道。现在卖药品的在城里那些来回跑的公共汽车身上做广告，上头的广告怎么说的，您猜都猜不出来。我说给您听听那些广告词：'老百姓放心的药，真正有疗效的药'。您听听，这不都是些屁话吗？没有疗效的药，不放心的药，谁买了它自杀去？这社会都乱到什么地步了。老邮差大爷您说说，在过去，只要是药，只要看透了症，能有不放心不管用这个说法吗？但现在，就连敌敌畏都敢药不死人。在这样的风口上，二哥敢和那些不拿老百姓当人看的家伙动刀子，他就是英雄。

小顺油嘴滑舌的，什么事都喜欢拿来评头论足。但是，老邮差清楚，儿子这个英雄，可不是小顺嘴上说一说那么容易当的。锦官城的人只知道尚进国给他上班的医院捅了个大洞，并没有人知道他在给医院捅刀子之前，先一刀子把自己的家都给捅散了架子，捅了个妻离子散。这个臭小子，一直和丹青唱着双簧，说他们离婚是什么假离婚，是给别人看的，弄得一家人都跟着他们俩来哄自己。他们来哄他，无非就是害怕他知道了发脾气，生他们的气。可是，真正心里苦的，还不是他们自己？特别是豆豆，这些日子很少到锦官城来了，来了也懒得说话，总是静悄悄地一个人坐在角落里，呆呆地看着一个什么地方，不知道在想什么。那个像家雀子一样飞到哪里都喜欢唧唧喳喳叫个不停的豆豆，在她爸爸妈妈离婚后的这几个月里，她身上那只小家雀一下子就飞得没了踪影。

眼下，老邮差既担心儿子尚进国的安危，更忧心丹青和豆豆。儿子三个星期没回来了，丹青和豆豆也三个星期没回来了。老邮差坐在夕阳里，看着在风里摇晃的柳树条，想起二先生喜欢说的《道德经》里的一句话。二先生一直喜欢说五色令人目盲。但现在这个世界，你细眼看看，又岂止是有五色六色。

第22章
想捞金子就要先筛沙

    对于墓地的迁移，尚进东已经找到了一个他认为非常满意的解决方案，就是给安息在地下的那些人们，建一座高大的灵塔，让他们统统搬进明亮的楼房里去，也享受一下锦官城活着的人即将要享受到的美好生活。而且灵塔的名字他也想好了，就叫凤凰塔。锦官城人不是一直习惯把墓穴叫做凤凰宅吗，那么凤凰塔这个名字，就再贴切不过了。

    公司上市的事已经进入到最后冲刺的阶段，尚进东预测，如果不出什么意外的话，三个月后，大东公司将会在香港成功上市。现在，大事如公司上市，已经势如破竹，即在眼前；小事如蔡雯和武明的婚事，也已经进入了他预设的那条轨道。一切事情，都在按着他尚进东的设想按部就班地进行着。眼下唯一有碍他心情的，就是二哥尚进国。尚进国往外一披露药价虚高的那些背后原因，立即就成了众矢之的。现在，他没把医院的毒瘤子挖下来，自己倒差点被人挖了根去。尚进东一直弄不明白，自己说了够一千遍了，尚进国做这些事之前，他怎么就是不用脑子去想想后果！做这种事，几个平头百姓为你鼓掌欢呼有什么用？小顺那样的人物说你是英雄有什么用？你就是为此卸了脑袋、血涌出来，也不过是在大海里尿了一泡尿那样的效果，什么也不会改变。那几个百姓的欢呼既改变不了医疗腐败滋生的土壤和环境，也改变不了腐败者个人的幸福指数。而那几个百姓所能做的，最多就是对着各种不平等的制度吐这样一口欢呼的痰，对着各种不平等的待遇惯性地跺一下脚而已。更或者，他们已经变得麻木的头脑和眼睛，只是像看一场起内讧的戏一样，盲目而新奇地看着你在那里表演。你在台上演什么，剧情是什么结局，他们都不会真正地关心，最多是在你的戏演到高潮，无意中碰疼他们变得坚硬如石头的眼泪后，在那里空洞地为你叫上这么几声好。至于好在什么地方，他们可能根本就没弄明白。

但是，这个执迷不悟的尚进国，偏偏就是弄不明白这个简单的道理；不明白，你的能力既然不能改变周围的大环境，为什么就不能试着改变一下自己，或者干脆回到锦官城来，协助弟弟为锦官城的人多创造一些财富？

这些日子，尚进东觉得自己都快被二哥尚进国弄得神经衰弱了。

忙完桌子上的一摊子事，尚进东就打电话，把大哥尚进荣叫到了自己的办公室里，和他摊牌商量建灵塔迁移墓地的事项。

尚进荣看着尚进东墙上挂的那些地图，和上面画的那些圈圈点点，没想到尚进东的脑子里居然能冒出这样的念头。他看了一眼尚进东，故意语气迟缓地说："你最好别动这样的念头，在那块墓地身上打什么主意。要是那样，锦官城还不炸开了锅。"

"该炸的时候就得炸。"尚进东说，"你这个锦官城一把手的思想都快跟不上时代的步子了。就现在这个发展趋势和速度，那片墓地迁走是早晚的事。我琢磨多少遍了，整个锦官城，目前就剩下那块墓地还是个闲场了。"

尚进荣犹疑地说:"你想把墓地迁到哪里去?你也说了,整个锦官城,目前可没有一块闲着的地方了。"

"凭着我这些年在商场上摸爬滚打出来的经验,只要有钱,世界上就没有解决不了的问题。"尚进东悠然地说。

"你也别想得太简单了,迁祖坟可不是一件闹着玩的小事。"尚进荣提醒尚进东。

"但也肯定不是件什么了不起的大事。当年上边统一搞副业、栽果树,那些坟还不是说迁就迁到现在的位置上了。只要政府出面下文件,什么都是一句话的事。你当了一辈子老百姓,还不知道老百姓最怕什么?老百姓最怕的不就是上头下来的红头文件吗。虽然是不起眼的一张纸,但这越轻的东西,有时候它的分量就越重,重得不能估量。"

尚进东一直坚挺着膀子,十足自信的语气里,是隐隐的霸气。

"那一次迁跟现在的这个迁绝对不是一个概念。那次是从乱坟岗子迁到好地里去,当然谁都愿意。现在锦官城已经没地了,你总不能让各家把死人扒出来,供在自己屋里吧。"

尚进东说:"这个你不用担心,总会有地方安置他们。眼下的政策能让锦官城往小城镇过渡,这对锦官城是一个千载难逢的好时机。不光是我和你,也包括锦官城所有的人,我们都得把眼光放开了、放长远了,向大城市看齐。"

尚进荣心里在琢磨着尚进东,觉得尚进东的胃口大得有点吓人了。这一点,他和二弟尚进国谁都没法比。不过,尚进荣想要是让他们的爹知道了尚进东这个想法,不知道那戏又是一种什么唱法。现在,尚进荣好像隐隐地有点明白他爹为什么天天去看墓地了。他猜测老头子的心里是不是早就预料到,迟早有一天,会有这样的事情发生了?

尚进荣说:"你这个想法首先在老头子那里就不能通过。你不会猜不出来,老头子的手抖成那样是因为什么,还不就是因为那块墓地?他担心的,就是死后进不了那块墓地。"

尚进东点击着电脑说:"我不能因为一个爹,就把全盘的计划都打乱了吧?他百年之后,我肯定会找地方给他弄块最好的墓地。至于现在这片墓地,迁走肯定是板上钉钉的事。我实话和你说了吧,我已经把报告打上去了,上边也基本上同意了我的想法。"

尚进荣说:"连民也跟我谈过墓地的事,我觉得还是连民的主意更合适。"

"连民什么意思?"

尚进东有意慢吞吞地问道,心里却想:这个小子,背后里果然有动作。

"连民的意思就是保留住墓地,像城里的烈士陵园似的,把它改造成公园的模式。这样既可以是墓地,也可以是公园。以后锦官城彻底变了模样,完全像城里一样了,也好让众人有个休闲游玩的去处。连民说在德国和法国那些欧洲国家,即使一个村子里只有三户人家,他们也会在村子里建一座教堂和一个广场。"

尚进东在心底里暗暗地冷笑了两声,说:"锦官城也有广场,那就是我们小时候的打麦场。不了解中国历史的人,是不会弄明白,中国的广场,都是和老百姓的肚皮联系在一起的。我承认连民出了一趟国,到欧洲转了一圈,看见了欧洲一些进步的东西,但他却没弄清楚,现在的锦官城,还没人能像他和李蔓那样,提前达到了欧洲人的生活标准,吃着奶酪夹面包,喝着洋酒,还要有个公园去散心。锦官城人现在需要的是腰里多揣上两毛钱,衣食无忧,而不是什么休闲场所。"

"连民有些地方,和你差不多。"尚进荣说,"你当年修那条宽马路的时候,还不是说锦官城人眼光狭窄,说你要放开眼光,甩开步子,奔着欧洲的模式去发展锦官城。"

尚进东笑了笑,说:"人的思路要不断地调整,不断地修正,才能干好一件事。就跟有些地方瞎吹什么 GDP 增长似的,明明只有一个馍馍,他们让它在十个人的碗里传递了三圈,让每个人买了三次又卖了三次,实质上什么也没改变,它依旧还是一个馍馍,既没有变成三十个，也没有变成十个。但是，我们现在的统计局官员却能上对中央，下对老百姓，大言不惭地说我们的 GDP 已经增长为三十个馒头了。而锦官城现在需要的，不是这样虚长的 GDP，而是适合锦官城发展的自己的模式。锦官城人腰包里实实在在鼓起来了，各种保障都跟上了，还能出现四傻砸袁大材的店那样的事？"

"四傻砸店是个别的情况，这跟腰包里的钱既有关系，但关系又不是很大。过去锦官城人穷得穿不上裤子，肚子里天天饿得吱吱地唱洋戏，谁像四傻那样吃喝嫖赌、五毒俱全、无法无天了？现在全地球的人都在吵着嚷着发展经济，结果全地球的人都空虚得没了内瓤，都找不到北了。你看美国人，实在没得玩了，就去打伊拉克玩。这是什么？这就是经济高度膨胀带来的结果。金子从来都是和那些烂泥烂沙掺杂在一起的，你想捞金子，就得先筛泥筛沙，别怕泥沙磨破了筛子底。"

"看来你也与时俱进了。"尚进东瞅着尚进荣说，"既然与时俱进了，那就赶紧下手，把旧村改造完成了。你不想想，你还能在这个位子上干几年？测量和规划这些前期工作几年前就准备好了，你们一班子人讨论来讨论去，到今天还是纸上谈兵。现在赶快弄，明年春天争取把居民楼建起来，弄出一个居民小区，空出原来老北庙的地方，抓紧把崇光寺恢复起来。这些都是你的政绩。你和连民不是都想给锦官城人找个游乐休闲的地方吗，大庙建起来，锦官城人不就有游玩的去处了。这比到墓地里去转悠，感觉上要舒服多少倍吧？锦官城人的思想还没开放到能把墓地当公园的水准。过几个月公司就能上市了。公司一上市，我手里的钱就几倍几倍地翻了，锦官城建小区和建大庙的钱，到时候就全部由大东公司来出。当然，条件还是把空出来的墓地，让给我建职工宿舍，然后在大庙的边上，建一座九层的灵塔。我折腾这么大的摊子，最终受益的还不都是锦官城的人？如果不是想把锦官城变个模样，我劳这么大的神，开这么大的公司，弄这么多的钱干什么？"

尚进荣说："建小区和大庙，可不是一笔小数目，你舍得花那么多的钱？建庙的事，我们已经写好了申请，这两天就准备递到市宗教局去。但是，迁墓地和建灵塔的事，我还得再考虑考虑。"

尚进荣继续在地图上看着尚进东画的那些圈圈点点，心想你弄来弄去，归根到底还不是弄给那个小素的爹看的。小素的爹当年看你没顶成班吃上国库粮，就死活不让小素跟你了。你想弄苗圃场、弄果仁厂，一直到现在把大东公司做得可以上市了，不都是想证明你自己那点能力吗？

小素养了两年的蚕，就去了城里的车辆厂。开始，小素每次从城里回来，都会到尚进东的家里找尚进东谈天说地，给尚进东讲她在城里的各种见闻。两个人都热切地盼望着尚进东办了顶班手续，然后他们就正式递柬子定亲，查日子结婚。依着小素的意思，她早就和尚进东订婚了，但小素的爹娘坚决不同意。小素的爹从清水河公社回来，听小素娘说了小素的想法后，就站在院子里，手背在黑呢子大衣的后头，开始斥责小素："没出息。二十出头的黄毛丫头，在城里有体体面面的工作，你慌得什么？"

小素的爹也看中了尚进东人高马大的牌子，小青年往那里一站，亮亮堂堂的，任谁看了都是眼前一亮。但要是没个好差事，牌子再好看有什么用？不顶吃，不顶喝。过日子可不是只吃你一张好看的牌子。这就是他迟迟不让小素和尚进东订婚的原因。尚进东知道小素的爹在等什么。小素很明白地说了，只要尚进东顶了班，她爹就会找人帮忙，把尚进东弄到城里去。像他爹老邮差那样，一辈子固在锦官城，有什么意思？跟个农民没什么区别！

尚进东听了小素的意思，回家就催着他爹老邮差提前去办退休手续，说："早办晚办都是办。早退几年怕什么，你正好歇歇。"

老邮差一直看不起小素的爹在锦官城的做派。都是锦官城的老少爷们，都是地瓜堆里滚出来的地瓜蛋，你就是当了一个公社破书记，又有什么好牛气的。小素的爹在锦官城走路从来都是阴沉着脸，两个鼻孔子朝天冲着。谁和他说话，他都是目不斜视地从鼻子里朝外哼一声。你哼这一声，水牛还怎么叫了？尚宗仁看着儿子，说你得让我走到人家画下的那条杠吧？

老邮差不同意退，小素和尚进东就只好等着。等到老邮差走到人家画下的那条杠杠跟前时，尚进东却意外地被那条杠杠卡下了。尚进东没顶成班，和小素的戏自然就被小素的爹一把给掐断了。小素的爹瞪着泪水涟涟的小素说："你现在就是哭死一回，扒一层皮去，也比日后跟着个农民，过着苦日子一辈子没完没了地扒皮强。你就哭吧，什么时候哭够了，我什么时候给你找个般配的。"

小素后来火速地嫁给了供销社里的一个会计，据说是她那个瘸腿的大哥给当的介绍人。小素结婚后，一次也没回过锦官城的娘家。尚进东后来听说，小素结婚后五年，她工作的那个车辆厂就散了摊子。小素没了工作，就一直在家里带孩子。又过了几年，她丈夫工作的那个城区供销社也被撤销了。两口子都没了工作。小素就拿出了小时候的手艺，摆个煎饼摊子烙煎饼卖。她烙，她丈夫在一边卖。尚进东知道后，每次到城里去，都想去看看小素，但最后都没去。前几年，尚进东的公司弄大了，他就暗地里让二哥尚进国去找小素，想把她丈夫弄到大东公司里干个会计之类的活，也好让小素别烙煎饼了。小素知道了尚进东的意思后，一口就回绝了，她当着尚进国的面跟丈夫说："我们就是在这里烙一辈子煎饼，也不和锦官城再有一丝瓜葛。"

尚进国回来把小素的意思传达完，尚进东嘴里说他不来没有办法，咱又不能去捆绑人家，但嗓子眼里却突然窜出来一股热热的东西，直往眼睛里顶。小素离开锦官城十几年了。这些年，尚进东常常是一边挥着刀子杀猪，心里一边在不停地猜测着小素这些年的心思。不知道小素还会不会记着喂蚕的时候，两个人一起在桑地里看见的那片绿色的、明亮的月亮地。听完尚进国的话，尚进东就知道那片绿色的、明亮的月亮地，也许已经在小素的心里死去许多年了。或许，在小素被逼着结婚的那一天，她心里的那个月亮就落了。要不，她怎么一次也不回锦官城呢？

尚进东在电脑上浏览了一阵子，见尚进荣靠在沙发上不说话，就从电脑上抬起眼睛，扔给尚进荣一盒烟，说你尝尝，纯韩国的，武明去韩国带回来的。

"武明和蔡雯的事你撮合得怎么样了？"尚进荣从烟盒里抽出一支烟，点上吸了一口。

"还能怎么样？正在按部就班地往下发展。快的话，让他们年底就结婚。"

"速度是不是快了点？那个武明，心从美国收回来了？这可不像你做生意，签个单子就完了。"尚进荣看着电脑后头的尚进东。尚进东现在办什么事，脑子里都像装进了一台电脑，似乎用手里那个鼠标一点，所有的程序就运转完了，快得让人有点匪夷所思。

"你办事就是爱瞻前顾后。话说回来，过日子不就是凑合着过吗。从咱们老爷爷开始，一辈一辈，除了我二哥和连民的婚姻，你数算数算，咱们家还有谁顺心？你当年一心看着潘红莲好，最后娶了二先生家的闺女；我当年看着小素好，现在家里床上睡的是丛琳。"

"行了吧你。"尚进荣说，"没有丛琳和他爹帮你，你当年能扛着一麻袋钱回到锦官城来，然后再靠着杀猪的手艺，挣下现在的大东公司？"

"所以我说，过日子就是得凑合着过。既然找不着情投意合的，那就找个过日子的黄金搭档。当年扛那十万块钱回来，虽然我在丛琳爹的屠宰场里杀了三年的猪，卖了三年的苦力，但我还是感谢那个老头慧眼识珠，不但把闺女嫁给了我，还让我背着一麻袋钱回到锦官城来还债，然后让我顺理成章地回锦官城办起了肉联厂。如果我当时不回来还债，也就不可能再回到锦官城树起威望来，搞成这么个厂子，当然，也就不会有今天可以上市的大东集团。这样一分析，你还说我撮合蔡雯的婚事速度快？古人有古训，讲究当断不断，反受其乱。现在演绎一下，就是当快不快，也会反受其乱。一样的事，你速度慢了，也许就会办得事倍功半、劳神伤脑。眼前这个时代，用争分夺秒来形容都落后了。"

尚进荣一下一下地弹着烟灰，眼睛看着烟灰缸说："快慢得看什么事。有些事情该快是得快，但有些该慢的地方，还就是得慢下步子来，仔仔细细地做。跟你的公司上市似的，你前头请来那么一群人审账目、做表，哪一笔不都是慢工夫、细活。要是全国的部门上上下下办事都这么仔细、认真、不弄虚作假，你说的那个 GDP，就不会把老百姓弄得云里雾里的到处乱抓挠，但就是摸不着地面到底在哪里。你二哥也就不会为了那些乱七八糟的破药价，弄得妻离子散，老老少少一家人都跟在他后头提心吊胆。"

"我二哥那是死心眼。给他说过多少次了，辞了职，回来给我帮忙。他就是实在想弄医院，咱们自己投资办一个还不是很简单的事吗。但他就是认准了那条死胡同，谁还有什么办法？那就让小顺这些人赞美他是英雄去。说不定，他今年还能跃上武清的一个什么排行榜。"

"那个武清，纯粹是闲得舌头痒痒。和武明比比，简直不是一个娘养的。小时候看着武清本本分分的，武明倒像歪了吧唧的；长大了，却掉了个个过来。过去锦官城有鸟人于树平、蛇人潘有邻和铁皮哨子袁济堂三大闲人；现在，武清这个半吊子酸文人再加上小顺和四傻，我看锦官城又有三大名人了。"

"这些年都没看出来，关键时候你还能来上一下，给锦官城评出三大名人来。"尚进东哈哈地笑着，一巴掌拍在桌子上。

"好响的一声雷。"随着说话的声音，派出所的李所长从门口迈了进来。

尚进荣最讨厌这个人，不知道这么个土匪一样的家伙是用什么手腕迷惑住上司的，竟然混成了一所之长。要么就是他的上司比驴还蠢；要么就是和他一路货色。看见供上的几个钱和色，眼睛就顺理成章地瞎了。不然的话，就这么个吃喝嫖赌无度、恬不知耻的东西，怎么会混得如鱼得水。

听见李所长的声音，尚进东收住了脸上的笑，坐在椅子上眼皮抬都没抬，假装继续看着电脑。说今天星期天，秋高气爽，李所怎么没找个美女陪着钓鱼去？

"都快八月十五了，哪里还有闲屁股坐在那里钓鱼？他奶奶的，一到节前，我们这些孙子就成了双重的孙子了。这里烧了香，那里还得拜佛，一个小庙烧不到，到时候就会有一串小鬼在背后鼓捣你。你没看见我这两条腿，都快跑成麻秆了。"

说着，看见尚进荣坐在一旁，就把话题一转，对着尚进荣说："怎么样大哥，四傻那个事办得你还满意吧？这帮难缠的阎王，在锦官城，也就我还能收拾他们。我说关他仨月，就关他仨月；说关他半年，就关他半年。我那些弟兄们，平常都没白喂他们。所以，遇上了要我去干的事，只要尚总和大哥你在这里发下一句话，剩下的事，就是我的了。我就是抛头颅、洒热血，也在所不辞。"

尚进东从抽屉里摸出一盒烟扔过去，说："尝尝，韩国货。还需要送什么，让警务室里那几个年轻的到仓库里给你弄去。"

大东公司里现在不仅驻进了几家银行和工商税务等部门的分理处，派出所也在这里设了个警务室。尚进荣看着李所长把烟屁股点着，又看着他用力地吸了一口，心想这个东西吸口烟都跟吸了上口没下口似的贪婪，做别的事就更可想而知了。

"那东西，关他两天是为了他好。现在要是不镇压镇压他，往后保准就是个死刑犯的料。你看他对袁大材下手下得那个狠劲，纯粹就是一个亡命之徒。"尚进荣把烟头撳在玻璃烟灰缸里，又在玻璃底上来回地蹭了两下。

"那个袁大材现在怎么样了，能走路了吧？"李所长看着尚进荣问。

"走路是能走，但要恢复到原先那么麻利，恐怕够呛了。医生说四傻那一铁棍下去，没把他砸得见了阎王爷，就是袁大材烧了几辈子高香了。"

"不过，"李所长往前倾了倾身子，"袁大材那个兄弟也够狠的，一拳差点没把四傻的眼珠子捅出来。要不是他在刘秃子那里先下了手，恐怕也没那么快就能抓住四傻。"

"你说小顺？小顺在锦官城那也是个响当当的人物。他要真犯起横来，两个四傻捆起来也不是他的对手。当年在他岳父的公司里，三个保镖都没弄过他。"尚进荣瞅着李所长晃来晃去的脚，窗子外照射进来的一缕阳光，在他晃动的鞋尖上来回地荡着秋千。心想这狗日的一肚子肮脏东西，鞋倒擦得铮亮。

"锦官城这个地方，还真是藏龙卧虎。以前我怎么就不知道有这个小顺？"李所长说。

尚进荣说："你这是贵人多忘事了。前几年一趟一趟地跑你的派出所，要求把户口从城里迁回锦官城的那个，不就是这个小顺。"

李所长摇摇头，说："那都是户籍员经手的，我还真不清楚。前几年就把户口从城里往农村迁，好像只有广东那些开放的省份才出现过这样的事。这个小顺，是有点特别。"

尚进东从电脑上抬起眼睛说："不是一般的特别。这个小子到城里混了几年，回来就跟那些搞传销的被洗了脑似的，整个人都不是我记忆里那个小顺了。当年跟着我在果仁厂里干活时，多顺手的一个孩子，说谁牛了，就说牛得像一条牛仔裤。现在可好，见世面了，手里也有钱了，回到锦官城里，在谁面前都摆着一副玩世不恭的臭架子。"

"所以，还是咱爹说的那句话，人到城里待几年，就会跟地里的泥巴被挖起来脱成坯子，放到窑里烧成了砖似的，连形状和颜色都变了，哪里还有泥腥味。"

"老爷子形容得简直是神了。"李所长看着尚进荣说，"哎，对了，说到土，我倒想起老爷子的手来了，老爷子的手现在还抖不抖？我上回听尚总无意中说了，就找人给讨了个偏方，这两天忙得给忘到脑后头去了。说是挖深一点地里的'生土'，每天用三钱泡在一壶水里，敞着壶盖子，在露地里露上一夜，第二天早上把沉淀好的水煮开了喝，喝上半年就能治好。这个方子看着不像个药方子，但是他们说很好使。反正深地里的'生土'没被污染，又不脏，而且还是沉淀了后再烧水喝。我想老爷子的手要是还抖的话，就不妨给试试。"

尚进东笑着摇晃了一下头，说："你这个方子是够偏的，从哪个国家讨来的。我孤陋寡闻，还从来没听说过有用什么'生土'治病的，这真成了'土方子'了。"

李所长说："从来都是土方子治大病。你忘了，我们小时候疯跑起来磕破了腿，不都是抓把土捂上，就当消炎粉使了。那腿上的疤照样都长好了，滑滑溜溜的。"

"行，那就找地方挖点土试试。万一好了，就托李所长你的福了。"尚进荣说。

"咳，大哥你这么说就远了。老爷子健健康康的，是咱们每个人的福。我自己没老爹了，心里可一直在把老爷子看作我自己的爹。"

尚进荣看着他不停摇摆着的腿，心里骂道："狗日的，谁有用都是你爹。你这样的料也配和我们做弟兄？我们老头子要是有你这么个下作的儿子，恐怕早就进天堂多少年了。"

心里骂完了，尚进荣就站起来，踱到窗子前去看楼下的树。楼下的树依然郁郁葱葱的，叶子里似乎含满了夏天的雨水。偶尔有一片叶子直直地落到地上去，也落得悄无声息。尚进荣看了一会儿，正要收回眼睛来，忽然看见蔡雯和武明从楼里走出去，肩并肩地走到了树下的阴凉里。秋天的天空和阳光都是清澈的，路面上也是一片明净。

看着蔡雯和武明，尚进荣的心里竟不由地叹息了一声。

第23章

在地上行走的鱼

往年，八月十五前后正是锦官城人最为忙乱的时候，玉米要收，地要耕，麦子要种。现在没地种了，不用没白没黑地在泥巴里忙活那些化肥、种子和水了，有些人手脚清闲得难受，就什么热闹都爱凑上前去瞅两眼。锦官城的第一座教堂，就是在八月十六这天开始破土动工的。像去年秋天里站在河边看尚连民在河底种麦子一样，一群人面部表情稀奇古怪地站在那里，看小顺指挥着一群人扒他们家的六间老房子，在上面建教堂。小顺家的老房子在紧靠村边的一个角上，尚进荣大体估摸了一下，觉得他在那里盖了教堂，不会影响锦官城的整体拆迁改造，就任由小顺自己在那里折腾。这个小顺，尚进荣算是摸透了他现在的驴脾气，你越和他拧劲，他就越拧。纯粹是牛不喝水强按不得头的架势。

从春天开始，小顺就嚷嚷着要在锦官城建一座教堂。不过，那

285

时候还没有几个人相信他真会去盖什么教堂，都以为他这么吵吵只不过是想给尚进荣那些头头脑脑们将一军，看他们还在那里磨唧个什么劲。不就修复个庙嘛，他们研究来研究去，前前后后都研究三年了，崇光寺还没在纸上画下一条线。

锦官城最先提出修复大庙的，就是小顺。小顺从城里回到锦官城，没人猜出他动了什么心思，只知道他整天串来串去地鼓捣着一些人，联名要求重修崇光寺，说他可以投资入股。

小顺回锦官城之前，在他岳父掌管的集团公司里，干过一个子公司的一把手。锦官城的人后来才陆陆续续地知道，在离开那个公司之前，小顺仅靠着他岳父前几年回购的一个农机公司废弃的闲院子，把那片放置拖拉机、收割机等农机具的五十亩空闲地皮，转手弄成了商品用地，开发成商品楼一卖，一下子就赚了五千万。当时看着一路飙升的地皮价，小顺在丁珍珠面前直骂他岳父是只死老鼠，目光短浅，收购农机公司那个破院子时，怎么就只要了五十亩，另外那三十多亩，都白白地扔了。

当初市里决定扩建市农机公司时，为了进出货方便，就把农机公司选在了城边上。那时候地皮不值钱，城边上又是无垠的庄稼地，农机公司的人要求市里给他们划拨多少亩地，市里领导就痛痛快快地给他们划拨多少亩地。那些领导，他们哪个会去考虑一万台拖拉机、五千台收割机什么的要占多大的空间，他们根本就不去想那些进出流量的问题。所以，农机公司的人说自己是在为全市人民打造全市农业的后盾，那些领导们就为他们打造的这个后盾，提供着一切保障。

小顺在公司指头大的官位上混了几年，混到末了才混明白，其实那些领导的职位越高，他们的眼睛发生眼疾导致眼盲看不见的概率也就越大。只要你声音动听，你在他跟前说什么，他就信什么。他的眼睛看不见，就只能相信你说的一切都是真的。都说是"欲穷千里目，更上一层楼"，这话在官场上纯粹是一句反话。实际上呢，实际上就是你官当得越大，被众人捧得越高，你的盲点就形成得越多。你想想，那些坐在飞机上的人，他们在高空中飞行的时候，在云层里能看见地面上的东西吗？不是一定看不见，而是绝对看不见。说白了，当官和坐飞机就是一样的道理。你人天天坐在云层之上，怎么能看见下边的人在哭在笑，嘴里说什么，手里做什么？所以，只有被手下人糊弄的份。比如前两年市里的一个化工厂发生了爆炸，明明是炸死了九个人，全市人民都知道的事，但市里往省里报的时候，据说就变成死了两个人。省里和市里的报纸报道出来的，也是统一口径死了两个人。看到了这点，小顺算是彻底明白了，只要是给当地政府抹黑的事，就一定要大事化小，小事化了。依此类推，就是一切有碍领导政绩的事，都要这么如法炮制。反过来呢，如果是皆大欢喜的事，那么，你想怎么去锦上添花，就怎么锦上添花。能添多少，就添多少。哪怕你有本事把全世界的花都弄来添上，去弄个什么世界吉尼斯记录回来，也没人向你兴师问罪。

什么事都怕明白。弄明白了，知道从哪里下口了，就什么都好干了。小顺在离开公司之前总算弄明白了一些道理，他就借着天时和地利，名正言顺地狠狠地捞了一把。

这几年，锦官城信基督教的人好像越来越多，有两户人家还把自己宽敞的房子腾出来，当作了教徒们聚会的地方。每到受难日、复活节，还有圣诞节，那些不能到城里的大教堂去做礼拜的人，就在这两户人家的房子里高声地唱圣歌、唱赞美诗，惹得好多孩子都挤在门两旁，争先恐后地挤着看热闹。

锦官城人是纯粹的汉族人，平常没有唱歌的习惯。这些孩子也就从来没有听他们的父母、家人，从嗓子里发出过一声这样那样的歌声。现在，他们听着那些音律悠扬、声音荡气回肠的圣歌，听着那些唱诗人夹杂着眼泪唱出的赞美诗，眼睛里就充满了无限的疑惑和好奇。小顺就是在发现这些孩子眼睛里的疑惑和好奇后，突然决定在锦官城建一座教堂的。他想让锦官城的孩子眼睛看着教堂，自己去判断世界上到底有没有上帝，上帝是什么。假如真有上帝，是不是像美国人在他们的国歌里唱的那样，只保佑他们美国；如果上帝存在,上帝就应该保佑全人类,就应该保佑全人类的每一个角落和每一个人。但是,有一点可以肯定,上帝至少是在现在,还没有在保佑全人类。

在城里时,小顺曾经被一群吃吃喝喝的哥们拉着,到美国人留下的一个大教堂里去,看基督徒们如何过圣诞节。夜幕降临后,教堂里挤满了人。小顺站在烛光里,看着在烛光里晃动的人群,猜测这些人里肯定有很多人,都是像他这样根本不信什么上帝的。他们之所以站在这里,就是因为新奇,就是因为陌生,就是因为心里空虚、郁闷,而又无处诉说。小顺盯着唱诗班的人,盯着他们身上穿的洁白的袍子,盯着他们手心里托着的那只点燃着烛光的玻璃杯,盯着他们一开一合的嘴巴,唱着他不知道名字的一些诗篇,猛然觉得自己在那些声音里慢慢地飘了起来。他随着那些飘渺的歌声,随着那些闪烁的烛光,渐渐地远离了身边的人群,远离了身边的世界。

看完整场弥撒,一群人从教堂里走出来,小顺忽然觉得非常悲哀,他发现自己的心里是空的,空得让人浑身发冷、害怕。他赶走了陪他来的那些人,一个人坐在教堂不远处的空地上,忽然就想到了鸟人。鸟人一辈子都在墓地里学鸟叫,因为在他心里,他相信那个柳叶一直在一个地方等着他,等着听他每天去给她学各种鸟的歌声,所以,他一辈子乐此不疲,一辈子在为他喜欢的人叫呀叫,叫个不停。而他小顺,虽然跟着鸟人学会了各种各样的鸟叫声,却没有他那样的命运。没有那么一个人,值得他一辈子像鸟一样去为她鸣唱。

那段日子,小顺正在和丁珍珠闹离婚。丁珍珠背着小顺和她父亲的一个手下睡觉,睡到第二次的时候,就被忽然回家的小顺遇上了。

小顺在白天从来不回家,那天心里躁得难受,就想回锦官城去和鸟人到墓地里练一阵子鸟叫。车拐出公司大门,往锦官城去的路上走了。小顺忽然想起他去外地时给鸟人买的一根烟嘴镶玉的烟袋杆放在了家里,就拐了弯回家去取。

　　回家开了门，见丁珍珠没在家，小顺鞋也没换，到电视柜上拿了装烟袋杆的盒子，转身就走。回身关门的时候，看见卧室的门关着，就说这个珍珠，从来不知道打开卧室的门，给卧室里串串风。说着又折了进来，走过去推卧室的门。一下没推开，转了转把手，却发现门是锁着的。小顺敲了两下，没听见动静，以为是丁珍珠出门时把门锁上了。心想丁珍珠真是奇怪，现在出门把卧室的门都锁上。钱都在银行里，卡在身上，家里有什么可丢的。

　　小顺掏出钥匙开门。推开一看，看见丁珍珠竟然蜷缩在床上。小顺手抓着门把手，往里探着头说："你在家里，我敲门你怎么不吱声？"

　　丁珍珠躺在床上不动弹，也不回答小顺的话。小顺又说你是不是生病了？说着脱下鞋，走过去摸丁珍珠的额头。丁珍珠闭着眼睛不看小顺。小顺说："不热呀。怎么了，怎么不理我？"说着把手伸进了被子里，想摸一下丁珍珠的乳房。丁珍珠每次不理小顺的时候，小顺只要把手伸进她的衣服里，一摸她的乳房，她保准就会笑。

　　小顺把手伸进被子里，一摸，丁珍珠竟然是赤裸裸地躺在床上。小顺就笑，说："是不是听见我开门，你就在这里锁上门，脱光了衣服等着我了？我昨天晚上不是喝多了吗，要不现在补上？"

　　说着，小顺就假装要去掀被子。没想到丁珍珠却裹紧了被子不让他掀。小顺把手挪了挪，想从丁珍珠的脚下去掀。刚抓住被角，小顺的心跳就加快了，他看见被子底下居然露出了一条带着腰带的裤子。他看着裤子上的腰带，把手从被子上抽了出来，盯着丁珍珠问："床上是谁的裤子？"

　　丁珍珠愣了一愣，仍然闭着嘴巴不说话。

　　"人呢？"小顺吼道。他刚吼完，就听见衣橱里似乎响了一声，像是有只老鼠在黑暗里窸窸窣窣地跑过了草丛。

　　小顺知道人在衣橱里，就坐在床边点了一支烟，慢慢地抽着。抽了几口烟，小顺就哈哈地笑了，笑得丁珍珠睁大了惊恐的眼睛看了他一眼。

　　小顺笑是因为他忽然想起了曾经在报纸上看见的一个故事。故事里的男人也是这样突然回家，看见了他现在看到的情形。那个男人也是点燃了一支烟，坐在那里慢慢地抽着，看着床上的女人，想等着衣橱里的男人主动出来。半天后，衣橱里的人还不出来。那个男人没了耐心，就打电话买来了水泥和砖头，开始围着衣橱砌墙。砖头砌到一米高的时候，衣橱里的人终于出来了。

　　笑完了，小顺想，我该不该也用水泥和砖头把衣橱砌起来？

　　他正想着，就听见丁珍珠说："你想怎么办？"

　　"什么怎么办？"小顺冷冷地盯着丁珍珠，机械地问。

　　见丁珍珠又不说话了。小顺就说："我在想，需要买几方砖。"

　　丁珍珠猜不出小顺的意思来，就奇怪看着小顺，声音僵硬地问："买砖？你怎么想到买砖上去了？"

　　小顺冷笑了两声，声音嘶哑着说："当年杜丽说我给你学鸟叫，肯定学不了一辈子，我不信，还说让她看着。没想到，我给你学了这些年的鸟叫，真的白学了。我现在先买来砖，然后再把你爹叫来，让他坐在这里看着，我是怎么把这个衣橱，砌进砖里去的。"

　　春天的时候，人们听说小顺要在锦官城建教堂，就连那些信奉基督教，每个星期天都要虔诚地到城里的教堂里去做礼拜的人，也都被小顺的言辞迷惑住了：小顺又不是基督教徒，他真会在锦官城建座教堂？城里的那座大教堂，还是日本人来侵占中国的时候，美国一个叫什么威尔逊的传教士，为了宣扬上帝才来盖的。据说教堂刚盖起来的时候，大家瞧着教堂的尖顶子，瞧着上面的十字架，都觉得新鲜，就去围着看，却没有人走进教堂里去信外国人的这种洋教，没有人愿意去认识那个名字叫什么耶稣的上帝。直到有一天，日本人开始屠城，有些人在慌乱中跑进了教堂里，没被日本人杀了，捡回一条命，他们才信了教堂里传教士威尔逊告诉他们的话。传教士威尔逊看着众人，用流畅的中国话说："感谢上帝。日本人之所以没有进来杀掉你们，完全是因为有上帝在保佑你们，他们不敢侵犯上帝，你们才躲过了这场劫难。"教堂保住了这些人的命，他们自然而然地就相信了上帝的存在。在这些人的带领和宣扬下，到教堂里去听洋人威尔逊讲道的人才逐渐地多起来。小顺知道了这段历史后，觉得在一定意义上，是日本人的屠刀，成就了城里的这座洋教堂和洋人传教士威尔逊。

老邮差和二先生从墓地回来，看见一群人围在那里看小顺指挥着工人盖教堂。二先生和老邮差就站下脚，看着锦官城那些信教的男男女女在那里忙里忙外地帮着小顺干活。老邮差手里的拐杖在地上戳了两下，看了一眼二先生说："日本人来占领锦官城的时候，美国人也只是在城里建了个教堂。连传洋教的洋人都没能把教堂盖到锦官城来。现在，一个小顺，还真就把个洋教堂盖到锦官城来了？"

二先生自己摇了摇头，又伸手摸了摸黑狗的头，低垂着眼说："要不我怎么说'五色令人目盲'呢。现在锦官城的人不种地了，眼里没有庄稼，手里不摸土了，人就从身子到心都往里空。人心里空了，可不就要找个东西填补一下。你没看见，这几年，有多少人嚷嚷着要把崇光寺重新弄起来。说白了，就是人现在手里有几个钱了，闲心多了。闲心多了没处搁，不就得变着花样找个搁闲心的地方。"

潘有邻的老婆手里搬着几块砖，颠颠地走过来，走到老邮差和二先生跟前，看见二先生和老邮差站在那里，她就停下来，看着他们，咧开嘴巴笑着说："你们看，这是神拣选了小顺，让小顺给锦官城人办了这件天大的好事。锦官城有了神殿，上帝就更庇佑咱锦官城人了。"

老邮差和二先生装作没听见，都没接她的话。她也不当回事，笑嘻嘻地看他们两眼，又抱着砖继续忙活去了。

儿子四傻成了吃喝嫖赌的混子之后，潘有邻的老婆就开始信基督教，一心地期待着上帝能把四傻从邪恶的路上拉回来，改邪归正，洗心革面，重新做人。从信教开始，每天晚上，不论刮风还是下雨，她都会风雨无阻地跪在院子里祈祷。一到礼拜天，她就撂下家里所有的活，撂下潘有邻，到城里的大教堂里做礼拜。现在，小顺把教堂盖到了锦官城，就数潘有邻的老婆最满意。她带领着一帮人，先是趁着在城里的教堂里做礼拜的机会，募捐了几千块钱，然后又号召全体信教的人，到工地上来搬砖、和泥，忙里忙外。起初小顺不让他们干，说他请了工人，根本用不着他们。他们一群人就围住了小顺，理直气壮地说："你在给神做义工，我们这些受神恩惠的羔羊，哪里能有袖手旁观的道理。"

小顺没办法，就任由他们在工地上进进出出地忙活。

安排好工人，小顺拿着一张图纸在一旁看。看了半天，抬头看见了老邮差，他就把手里的图纸卷了卷，握着图纸走过来，无限感慨地说："老邮差大爷，我弄这个教堂，三哥让人送来了五万块钱。从这一点上，我就特别佩服三哥。我手里的钱，建十个八个这样的教堂还算不了什么。这个教堂既然是我自愿盖的，我就不需要任何人来捐资。但是三哥送来的钱，我收下了。"

老邮差说："我不关心你们这些事情。给不给，是他自己的事。"

"您是不关心这个，我知道您不信什么上帝。我也不信，但我就是要盖座教堂，让锦官城这些信奉上帝的人，能在锦官城看见他们想看见的上帝。我还想让锦官城的人知道，上帝一点也不神秘。外国人遇到了为难的事，人家都安慰说：'上帝永远和你在一起。'咱锦官城人遇到了为难的事，那些前去安慰人的是说：'老天在头顶上看着呢，他不会负了苦心的人。'这说明了什么，说明了外国人是在把神叫做上帝；而我们中国，习惯把神叫做老天。神是什么？神就是良善之心，是代表公道、正义、慈爱和怜悯的一个符号。"

二先生看着小顺手里的图纸，笑着说："我说小顺从城里回来后，就是一个人物了。你小顺果然是个人物。一回来就嚷嚷着修大庙，现在倒把洋教的教堂修到锦官城来了。无论怎么说，那都是洋人的玩意，不适合在这锦官城弄。"

小顺摇了摇手里的图纸，带着嘲笑的口吻说："二先生大爷，您老人家也读过洋学堂，脑子现在怎么老化得跟不上时代的趟了？那电脑、飞机、汽车，样样都是洋人发明的，但全人类都在使用它们。

还有电话、电灯，就连自行车，都是人家洋人发明的。我们不是天天都在用着它们，用得顺风顺雨。"

"那都是科学的东西，和这个不是一个道理。"二先生摸着下巴上的胡子，看着小顺。

老邮差用拐杖碰了碰二先生的脚，说走吧走吧，这些事不是咱们这些老东西能管得了的。

老邮差和二先生带着二先生的黑狗，三个黑影在秋天的艳阳下晃晃悠悠地走出了人群。小顺盯着老邮差和二先生，盯着盯着，就从心里往外"嘘"出了一口气，心想锦官城的这几个老古董，他们的眼里现在就只有他们的墓地了。这个世界上，再没有什么东西能比那块墓地更能打动他们了。

看着他们，小顺又想到了鸟人，鸟人现在安安稳稳地躺在墓地里，已经羡慕死这两个老家伙了。你看那个老邮差，听说他的手抖得都拿不住吃饭的筷子了，现在除了摸土，还天天喝派出所那个花所长给他讨来的用"生土"泡水喝的偏方。老邮差的手为什么抖，别人不清楚，但是小顺知道。

春天的时候，小顺在墓地里跟鸟人联合学完了两只百灵鸟清澈婉转的啼鸣后，鸟人看着老邮差从墓地里往外走的背影，神神秘秘地对小顺说："你还没看出来吧，老邮差是怕死后进不了这墓地，他的手才一天比一天抖得厉害。我问他锦官城这样被糟蹋下去，墓地还能不能保住了。他嘴里含含糊糊地说'墓地还能跑了？'，可我耳朵里听得出来，他其实比我还怕这块墓地被弄没了。锦官城人都把人看得透，知道人活在世上几十年，无非就是吃土、喝土、死后还土，所以祖祖辈辈都讲究死后入土为安。他这是怕死后入不了锦官城的土，吓抖了胆子，就先在手上抖起来了。"小顺看着鸟人浑浊的眼睛，问道："鸟人大爷，您就不怕这块墓地没了，您白白地在柳叶大姑的坟前学了几十年鸟叫？"

鸟人瞅着柳叶坟墓上绿绒绒的细草尖说："你现在年幼，还弄不明白一些事。谁说柳叶是在墓里？她是装在我心里的。我到墓地里来学鸟叫，是觉得这里清净，没人来打扰我和柳叶说话。就你这个实心眼的傻小子，偷偷地跟着我到了这里。因为跟着我学鸟叫，学没上好，没少挨你爹的巴掌。最后媳妇也混没了。往后可记着喽，人活在世上，什么事情都是命里注定。这就是命里该着八寸长，你万万求不来一尺短。人遇到了心里过不去的事，多去往宽处想想，脚底下就没有窄路了。"

鸟人去世后，小顺在街上溜达完了，就爱到墓地里去，坐在鸟人和柳叶的坟墓间，给他们学鸟叫。有时候，小顺眼睛看着鸟人坟墓上的绿草，耳朵里就能听见百鸟喧哗争鸣的声音，那是鸟人活着时学过的百鸟的啼鸣声，在窄窄细细的草叶上飘摇、鸣唱。这时候，小顺眼里的泪就会随着那些飘摇的细草叶，无声地流淌下来。在百鸟的争鸣声里，小顺发现鸟人是整个锦官城里最幸福的一个人。他忽然觉得鸟人就是锦官城的百鸟之王，就是传说中那只统领着百鸟的凤凰。

和范扬扬来往之后，小顺还是忍不住带着范扬扬去了两次墓地。

范扬扬坐在墓地里，听小顺给她说完了鸟人和他自己的故事，就坐在那里听小顺学鸟叫。

范扬扬闭着眼睛听小顺学完鸟叫，睁开眼睛看着小顺说："你学的鸟叫声里，怎么总是透着一股子悲凉呢？好像所有的鸟鸣，都是从二胡的弦上飞起来的，无论它们叫得多么欢快，里头都杂糅着一丝苦的底蕴。"

小顺心里一惊，他没想到范扬扬竟然能从他学的鸟鸣声里，听出苦味来，心里不由得对范扬扬生出了几丝温情。他沉思了一会儿，才淡淡地说："或许所有美好的东西里，都会隐藏着一种平常人觉察不出来的悲凉。"

"但是从我第一次来锦官城，看见的你一直就是意气风发的。"范扬扬说。

"是吗？"小顺叹息了一声，仰着头笑了笑说，"那是你被我表面的假象欺骗了。"

"锦官城的小顺原来也会骗人？"范扬扬笑眯眯地看着小顺，眼睛里荡着一丝温柔的光。

小顺从地上站起来，拍了一下范扬扬的肩膀说："你别忘了，锦官城的小顺前些年可是一直在你们城里的染缸里泡着。就是没有颜料，光是那些缸里的臭水也把我泡黑了。"

范扬扬说："打铁需得自身硬。你要是一颗莲子，在一缸臭水里沤上几百年，还是照样会长出一棵出淤泥而不染的莲藕来。"

小顺想说你们城里的女人，真是个个都伶牙俐齿。但话到了嘴边，又收了回去。小顺点点头说："你说的也许对。我们锦官城有个二先生，喜欢说'染于苍则苍，染于黄则黄'，还喜欢说'五色令人目盲'。也许是城里的各种颜色堆积得太多了，人在那里走着走着，就容易被繁花杂色迷了眼睛。目盲了，就难免要弄个遍体鳞伤出来。我不是颗莲子，受了伤，就只能找着原因，抱怨城里的水臭了。"

"可我一直不明白，你怎么突然想起来要在锦官城盖座教堂？我记得头一次单独来锦官城找你的时候，咱们在河底的麦地里捡着麦穗子，你的意思好像是希望重新修起你们锦官城的大庙来。"范扬扬疑惑地看着小顺的脸。

小顺重新蹲下来，拔着鸟人坟上的几棵青草说："修庙我一个人说了不算，那关系着锦官城的整体拆迁和规划问题。但盖教堂，我扒掉自己的房子，就可以动工了。话说回来，修什么对我都一样。相比之下，修教堂的意义也许比修庙更大一些。你到处忙着搜集故事、抢救文化遗产，有没有发现这样一个问题，就是中国本土的东西越来越没人重视了。而那些洋文化、洋快餐、洋垃圾，却从大都市出发，四处辐射着，暴风骤雨一样地四处横流。我建教堂，就是想让锦官城的人慢慢地意识到，教堂里的上帝，永远是高高在上的上帝。假如真有上帝，假如上帝是怜悯的，人间怎么还会有那么多不公平和肮脏的事情？我们能把教堂建在锦官城，但上帝的脚步会不会走到锦官城来，真的就只有上帝自己才能知道了。"

爱 情 史

范扬扬说："不管怎么说，你给锦官城那些信仰上帝的人，做了一件好事情。其实，人能够信仰一个东西，不管他是信仰上帝，还是信仰佛教，都不是坏事情。至少，这些信仰可以让信仰它的人找到一种心理的依托。这世上必须有一种东西让人们心存敬畏，对人们的行为形成约束。一个社会，仅仅依靠法制的力量应该是远远不够的，它还要依靠道德的力量和信仰的力量。你说锦官城现在信仰上帝的人越来越多了，多得让人不可思议。这里面，也许还有一种身份缺失的问题。锦官城的人现在既不是种地的农民了，也算不上真正的城里人。一个人没有了身份的认同感，就会逐渐地导致一种心理的惶惑和危机。这时候，他们就会自发地去寻找一个身份，寻找一种认同。你看那些在你那里干活的人，他们个个都干得眉开眼笑。因为他们觉得自己是上帝的孩子。他们为上帝建殿堂，是一件无上荣耀和快乐的事。如果你是在盖居住的普通房子，你就是付给他们工钱，他们也不会干得这么欢心。"

"你这一套长篇大论，都快把我绕晕了。不过，你说的好像也有那么点道理。在过去，每座城市都是有城门的。城门有开有关，都是有形的。但是，这种看似有形的城门，其实是无形的，你可以任意地来、随意地往，来来往往，留去自由。现在的城门呢，看似是敞开的，是四通八达的，可是，里头那些各种制度堆砌起来的无形的门，却不是谁想进去就能走进去的。我当初花了三千块钱，把户口从锦官城买到城里后，就产生过你说的这种身份的认同问题。说自己变成城里人了吧，城里人的各种待遇你还没有；说自己仍然是农村人吧，但户口又挂在了城里，农村里也没有地了。那时候，我突然意识到，自己一不小心，就成了动物园里的四不像了：不是鹿却还长着鹿的角，不是马还长着马的蹄子。"

说到这里，小顺忽然捉摸不定地笑起来，然后一拳打在了鸟人的墓上，仰头看着范扬扬痛心疾首地说："你读过古今中外的书，你说除了中国，世界上还有哪个国家人为地把它的公民分成了城乡对立的模式？一个人出生在农村，他就失去了那么多自由迁徙的权利。

他到城里去居住，就要办理暂住证，搞得像到了外国似的。你要弄一个城里人的身份，比到外国弄张绿卡还难。你说这不是一种身份的歧视又是什么？这种身份歧视是什么，说到底就是一种变相的种族歧视！现在我把户口迁回了锦官城，没想到还是个四不像。整个锦官城的人，都不知道自己是谁了，都变成四不像了。"

范扬扬哈哈大笑起来。笑完了，抹着眼角笑出来的眼泪说："没想到你还这么忧国忧民，我今天又认识了一个全新的小顺。不过，你给我的感觉好像越来越与众不同了。"

"我倒不希望上帝这样垂青我。"小顺若有所思地说。

"你也开始信仰上帝了？"范扬扬仍然笑着，目光柔和地看着小顺。

小顺缓缓地摇了摇头，说："我没有信仰上帝，我只是在建一座形式上的教堂。"

范扬扬仰头看着墓地上空遮天避日的树木，看着它们的枝枝杈杈和碧绿的叶子，说："这就是你和别人不一样的地方。你就像一条长了脚，离开了水，在地上行走的鱼。"

"你这个比方真是异常形象。"

小顺看着墓地外的某一个地方，看着老邮差说的那些水泥壳壳，苦笑着想，那种离开了水、没有水的感觉，可能没有谁能够去想象和体会。想到老邮差，小顺的嘴角挂上了一丝豁然开朗的笑，他终于彻底明白老邮差的手为什么抖了。也许，老邮差和他一样，也如范扬扬所比喻的，变成了一条长着脚，在水泥地上行走的鱼。

第24章

撑什么船也要见风使舵

　　凤凰塔的效果图，是和大庙以及锦官城旧村改造的小区效果图一块展示出来的。展板就竖在二先生经常坐在那里讲锦官城各种传说的十字街口上。

　　二先生坐在路口晒着太阳，等着有人过来听他讲故事。听故事的人没等着，却看见一辆蓝色的卡车停在了路口。车停下来，先是从车上下来几个人，下来的几个人又手忙脚乱地从车厢里卸下了一些梯子钢管之类的东西。卸完了东西，车开走了，留下的人和钢管梯子就开始在那里忙活。二先生坐在那里猜了半天，不知道他们又在鼓捣什么。这些车和人，成天在锦官城的街上窜来窜去地跑，看得人眼累。二先生听尚连民说过，那都是鼓捣着弄一些广告牌子的人。

　　天已经上黑影了，这些人才鼓捣完钢管架子和广告牌，然后又和梯子一起，被上午来卸下他们的车拉走了。他们走了，二先生就和黑狗晃晃悠悠地走过去，想看看这些人忙活了一天，又弄了个什么广告牌子竖在那里。路灯的光线暗暗淡淡的，二先生擦了擦眼镜，还是影影绰绰地看不清楚上面到底是什么东西。似乎一头画的是楼房，楼下还有一些模模糊糊的树和一些走动的大人孩子。另一头的房子矮一些，但三进三出都是上翘的飞檐，大致的模样好像跟过去的北大庙差不多。但奇怪的是，大庙的旁边，又竖起了一座高楼的样子。楼顶被云彩绕着，给人的感觉仿佛是直入云霄。二先生摘下头上的毡帽子摸了把白头发，估摸着这是要修大庙了？这么大的事，锦官城怎么就风平浪静得没有一丝风吹草动？

正猜测着，尚连民的车就停在了二先生的背后。尚连民摇下窗子，对着二先生的背影说："姥爷，天都黑了，您怎么还在这里？"

二先生转过身子，对尚连民招了招手，说你下来给我看看，这个大牌子上广告了些什么？

尚连民从车上下来，瞅了瞅效果图，说："是新建小区和大庙的效果图。以后旧村改造，村子里的人就要搬到这个新建的小区里去住了。"

二先生往大庙效果图的边上一指，问："庙边上那个顶上绕着云彩的高楼呢，楼顶都插进云霄里去了，那是个什么去处？"

"噢，"尚连民指着灵塔的效果图说，"那个呀，那是凤凰塔。"

"凤凰塔？"二先生看着尚连民，一时有些疑惑不解。

尚连民说："咱们锦官城的人不是都把墓穴叫龙凤宅吗，我三叔要把那片墓地迁了，把地下那些人都搬到这个凤凰塔里去。以后锦官城的人去世了，骨灰都要安置在塔里头，不能再埋进墓地里了。"

二先生木然地点着头说："倒是取了个好名字。这么说，墓地真的就要没了？"

尚连民说："就要没了。凤凰塔一建成就迁墓。"

"那腾出来的墓地呢，派什么用场？"二先生惶惑地问。

"用场有的是，我三叔想在那里给职工盖十二幢宿舍楼，建个生活小区。"

二先生想，这事还真让小顺那个怪物测着了，看来这个小顺在城里真是没有白混。地下的一帮死人，哪里是地面上一群大活人的对手。

二先生闷了半天，又想起什么似地转过身子，看着尚连民问："你妈说你和李蔓都要到国外去，还说这次去就不准备回来了。你爷爷能让你们去？"

"是有这么个想法，但是还没最后定下来。就是去了，也不是不回来了，只是近几年内不会回来。我们想到美国去读几年的书。"

二先生摆着手说："不去也罢。世上的学问都是一个道理。读洋人的书，也是万变不离其宗，拿回来还是洋为中用。姥爷读过几天洋学堂，这一辈子积攒的经验，就是明白了撑什么船都得见风使舵，洋人的东西拿回来，也不是件件都好使。你们走了，你那个厂子谁来弄？"

尚连民轻松地说："再还给李蔓的爸爸，那本来就是他投的钱。"

二先生摘下毡帽子在手里弹着，迟缓地说："我们这些老骨头，现在算是搞不明白你们的想法了。你看你三叔，明明知道你爷爷的手抖是害怕墓地没了，他倒好，偏偏就在这个当口上紧锣密鼓地张罗着迁祖坟，弄什么凤凰塔。这不是往死里挤兑你爷爷吗？"

"他现在是锦官城的老大，镇里那些人，包括市里的一些头头，都听他的。我们拿他没有办法，谁让他是我三叔。光我二叔，现在就够我爷爷头疼的了，他随便折腾去吧。

"我还不糊涂，有些事还能看开，不像你爷爷。你回家吃饭去吧，我在这里再瞅瞅这个凤凰塔。"二先生说着，连连地朝尚连民扬着手，催着他上车。

尚连民又在原地站了一会儿，看着二先生转过了身子，仰着头，聚精会神地看着凤凰塔不再理他，他才钻进车里，一踩油门走了。

效果图展出来两天了，也没有几个人凑到跟前细看。二先生坐在街边数着人数，发现还没有小顺扒房子盖教堂时围在那里看热闹的人多。

吃过午饭，袁大材晃晃悠悠地走了过来，让二先生给他讲崇光寺里落过凤凰的那棵白果树。二先生隔几天就讲一遍这个故事，只有袁大材百听不厌。往常，袁大材都是支棱着耳朵凝神听着，挑着二先生讲的和上一次不一样的地方，惹得二先生老是停下来和他纷争。这次袁大材没挑二先生的毛病，而是一直朝效果图的方向瞅着。二先生一讲完，袁大材就说："大庙再怎么重修起来，修得再有气势，也没有这棵落过凤凰的白果树了。"

二先生摇晃着头，手里摸着黑狗柔顺的毛说："你不是一直想听我讲那个天书的事吗，今天我就一块儿给你讲了。往后，崇光寺里白果树和凤凰的传说，还有这个天书的故事，恐怕就要靠你传下去了。"

"靠我？"袁大材拍了一下大腿，说，"还是潘红莲骂我骂得有分寸，她说我的名字叫袁大材不假，但我根本就是一个狗屁，什么正经事也做不了。过去那棵白果树和凤凰，还有什么天书，看来到您这里就要失传了。现在除了我，还有谁爱听这些陈芝麻烂谷子的事。"

"现在你爱听，我就讲给你听。至于以后你能不能传下去，就看锦官城的造化了。"

二先生摸着黑狗的耳朵，无限怜惜地说："锦官城不仅崇光寺里的白果树上落过五彩的凤凰，西庙和东庙之间的这条河里，还有过一条蛟龙。所以说，锦官城就是一块龙凤宝地。当年几个南蛮子在崇光寺里偷了白果树后，又有一个南蛮子惦记上了河里的那条蛟龙。这一年，他就揣着天书到锦官城来了。"

袁大材用手按着头上的疤，嘴里说："好你个二先生，你憋到现在才讲蛟龙，是不是打算把它带进墓地里，让它慢慢地往外冒龙子龙孙去？"

二先生指了指效果图上的凤凰塔说："看来是带不进墓地里去

了，你看那个凤凰塔，已经被尚进东竖在那里了。现在不说墓地的事了，还是接着说天书、说蛟龙。"

据说，河里的蛟龙只在每年的六月初六雨节过后的第十天，才会从深堰子里翻着浪花出来一次。那一天，如果蛟龙翻着浪花出来，南蛮子只需把手里的天书投进水里去，跳下去就能把蛟龙缚上来。

南蛮子在五月里揣着天书来了锦官城，一直等待着时机到河里捉拿蛟龙。不巧的是，这一年从春上起就一直干旱。六月六的雨节里没下大雨，眼看快到六月十六了，河里还是淌着一股子细细的水，半点也没有要发大水的迹象。六月十四这天，南蛮子怕误了时机，白等一场，就在傍黑时来到了锦官城北边的一座高岭上。他坐在岭尖上，看着锦官城家家户户做饭冒起来的青烟，嘴里嘟嘟囔囔了半天之后，突然高声唱道："锦官城好烟啊，锦官城好烟啊。"

南蛮子唱完，就从岭尖上站起来，头也不回地往锦官城疾走，路边的草皆被他踢得东仰西合。南蛮子走得急，没想到他唱的那句"锦官城好烟啊"恰巧被庙里外出私会女人的一个小和尚听见了。小和尚去会女人，原本要往东去，但他怕被人看见，所以每次都是先绕一个大圈子，再从北边的庄稼地里折过去。

小和尚不明白南蛮子这话的意思，心里又忍不住好奇，就急急地去会了女人，折回庙里来问老和尚："南蛮子唱的那一嗓子'锦官城好烟啊'到底是什么意思？"老和尚听完，脸色大变，说锦官城就要大难临头了。小和尚糊涂着，说南蛮子只是唱了一嗓子'锦官城好烟啊'，师父怎么就说锦官城会大难临头呢？老和尚说南蛮子都会邪术，他不是平白无故地在唱'锦官城好烟啊'，而是下了咒语，说大水就要来淹没锦官城了。说完，老和尚又嘱咐小和尚，对谁也不要再提起此事。夜里，他要到高岭上去破解南蛮子的咒语，解救锦官城。

当天夜里，老和尚让小和尚带着他，来到南蛮子打坐看烟的地方，开始做法事。月上中天，老和尚做完了法事，看着天上清明的月亮，说："好清明的天啊，清风吹得大烟去，和风细雨下三天。"

往回走的路上，小和尚问老和尚这样能破解南蛮子的咒语吗。老和尚说，能不能破，就看锦官城的造化了，天亮看吧。如果破了南蛮子的咒语，锦官城就淹不了。如果破不了，就是锦官城的劫数了，我也无能为力。接着，老和尚又把南蛮子手里大概有天书的想法，说给了小和尚听。小和尚不明白天书是什么。老和尚说，天书是一本法术无边的奇书，只有拿着它，才能缚住蛟龙。

小和尚问："天书除了能缚住蛟龙，还能干什么？"

老和尚意味深长地说："它的法术无穷无尽。"

第二天，小和尚又到相好的女人家里去。为了显摆自己，就把他和老和尚夜里如何去破解南蛮子的咒语，以及天书的事都说了。女人的丈夫瞎汉躲在门外听小和尚这次会给女人几文钱，就把小和尚的话一句不落地听进了耳朵里。

瞎汉平时就爱好些搬运术之类的玩意，现在南蛮子的手里竟然有这么一本奇异的天书，他还能不琢磨着怎么去把这个奇物弄到手？琢磨来琢磨去，瞎汉就有些飘飘然了。瞎汉想，有了这本天书，我瞎汉说不定就能呼风唤雨，拿妖捉鬼，修炼成半个张天师了，以后，再也不用屋里那个臭娘们去勾引小和尚，赚那几文灯油钱了。瞎汉越想越觉得眼前铺了一条金光大道。

六月十五这一天，南蛮子见锦官城下起了点点入地的细雨，知道他的咒语是被高人破了，就到锦官城的户里去买黄豆，准备晌午头里再用黄豆去下一次谁也破不了的咒。瞎汉在南蛮子住的屋子边上转悠着，一天都在暗中盯着南蛮子。见南蛮子出来打听着找黄豆，就借机把南蛮子骗到了家里，想趁南蛮子弯腰查看口袋里的黄豆时，一扁担打死他。

南蛮子到了瞎汉的家里，并没去看瞎汉搬出来的黄豆，而是专注地看着瞎汉，问瞎汉愿不愿意给他帮个忙。

瞎汉说："帮什么忙你先说出来听听，能帮你的，我肯定不推辞。"

南蛮子说："明天，我要到河里去捉蛟龙。我已经准备好了一箩筐白面馍和一筹筐石头。明天午时，河里发起了大水后，我会跳到蛟龙翻水花的堰子里去和蛟龙搏斗。到时候，我把天书给你，你拿着天书坐在岸上，看见堰子里往上翻白沫，那是蛟龙饿了，你就打开天书，往里扔石头；看见水里往上翻血沫，那是我饿了，你就打开天书，往里扔白面馍。记住了，扔三次石头和白面馍之后，赶紧把天书扔进水里。你要是扔晚了，我就会被蛟龙吃掉。你把天书扔下去，待我缚住蛟龙之后，会用一只龙角谢你。你若贪心留下了天书，不往水里扔，我被蛟龙吃了之后，你就会因为这本天书弄得家破人亡。"

天书在你手里能捉蛟龙，在我手里就弄个家破人亡？瞎汉想，用这个吓唬我？奶奶的南蛮子，就是阴险的花招多。但是，我瞎汉也不是瞎眼瞎心的汉子。你想捉蛟龙？门都没有。除了庙里那棵落过凤凰的白果树，锦官城可是人人都知道河里的蛟龙是锦官城的镇河之宝。落过凤凰的白果树已经被你们偷走了，现在又想来捉走蛟龙？我瞎汉为人再瞎，也不能做让锦官城的子孙后代骂我千万年的臭事，让你捉走了蛟龙，破了锦官城的风水。蛟龙吃了你驴日的南蛮子，我弄到了天书，还给锦官城人保住了河里的蛟龙，这样一举三得的好事，打着灯笼都没处找。真是天助我瞎汉！

想到这里，瞎汉就说："河里有三个堰子，你说准哪个，我明日午时在河边等着你就是。天书那玩意在你眼里是宝贝，在我眼里就是草芥，我要它干什么。你信着我了我就去，信不过你就再去找别人。"

次日，大雨如注。到了午时，南蛮子挑着筹筐，来到瞎汉跟前，指着水花翻腾的河水，说你看准了，就是这个堰子。南蛮子撂下挑子，把怀里的天书取出来，交到瞎汉手里，问瞎汉："记住我的话了？记住，千万不能错了！"

"你放心，记住了。"瞎汉说。

南蛮子跳进水里，不一会儿，水里就冒出了白沫。瞎汉一看，拿起白面馍就往水里扔。白沫下去了，又冒出了红色的血沫，瞎汉看了，抓起石头就往里扔。白沫冒了三次，瞎汉扔了三次白面馍，血沫冒了三次，瞎汉扔了三次石头。

瞎汉坐在岸上，看着渐渐平息下去的水面，冷笑着说："南蛮子，你以为你真精明吗，谁让你有这本天书，又偏偏让你瞎汉爷爷知道了。"

袁大材瞅着二先生一翘一翘的胡子，说瞎汉这狗日的运气可比我袁大材强百倍，搭了个老婆，却得了本天书，还赚个给锦官城保住了蛟龙的好名声。不过，敢坐在河边上看着蛟龙吃了南蛮子，瞎汉也是个人物。

二先生说："你就爱揢断我的话。你当年带着红袖箍子批斗我的时候，比瞎汉差不到哪里去。"

"你年轻的时候在省城里读过洋学堂，什么西洋景没见过。各样运动来的时候，谁还能管住脑子不发热？大炼钢铁的时候，你不是带头连房子都扒了，把能烧的都投进了炼钢炉里？这一点，咱们两个半斤八两。你看，最后听你讲了一辈子锦官城传说的，还是我袁大材。"

二先生说那你就接着往下听。

跑回家里，瞎汉从怀里翻出天书，横看竖看书上都没有字。就张口骂道："什么破天书，上头连个狗日的字都没有。死南蛮子骗死人不偿命，还说能去缚什么蛟龙，我看点着烧火还差不多。"正骂着，灶屋里的柴禾就着了火。瞎汉一看灶屋里的火，禁不住欣喜若狂，他赶紧合上天书揣在怀里，急急火火地喊着老婆去灭火。

瞎汉得了天书，开始还瞒着锦官城的人，日子长了就憋不住了。在路上走路，瞎汉看见别人在地里锄地，他就走过去，说你请我喝碗酒，我能让锄头自己去给你锄地。锄地的人一撇嘴，说那样你瞎汉早就成神仙，走路都腾云驾雾了，还用在地上用脚走路。瞎汉从怀里掏出天书来，掀开两页，口里念念有词，那人手里的锄头果然就脱了手，自己锄起地来。

慢慢地，锦官城人都知道瞎汉手里有了本奇异的天书，刮风下雨的事、开花结果的事，都有求必应，神奇得不得了。整个锦官城的人眼睛都直了，他们盯住瞎汉手里的天书，个个眼红心热，做梦都梦着天书能到自己的手里。弄得老老少少上上下下，没有几个人能本本分分地种地过日子了。

崇光寺里的老和尚知道瞎汉害了南蛮子，得了天书，说天书是好东西，但你动了邪念，它就是邪术了。此天书再不毁掉，恐怕锦官城人心就乱了，什么稀奇事都会出来。

果然，瞎汉在家里一打开天书，锦官城就出稀奇事，不是西家的儿子跳墙睡了别人家的媳妇，就是东家的闺女发了疯，看见男人就痴痴地笑。今天是李家的猫被一群老鼠围住吃了；明天是刘家的母猪下了头长着长鼻子的象猪；后天是胡家藏在粮食缸里的银子统统变成了石头。后来，不是孟铁匠家打的铁器都敲不出刃来，就是范记染坊里的布都染成了花脸；不是乔家织布机上的梭子自己来回地在空飞，就是张屠夫家大年夜里包的肉馅饺子都变成了死蛤蟆。那些以往有过节的人，心怀鬼胎的人，都在想方设法收买瞎汉，想利用瞎汉手里的天书去达到目的。

刚过了年，一群人看完了舞龙灯耍南狮，闲着没事干，就聚在街上晒着太阳看一个卖糖人的在捏糖人。有人抬头看见村外的小路上走着一个桃红柳绿的小媳妇，胳膊上挎着个花包袱，在扭搭扭搭地走路，就鼓动瞎汉说："你靠着天书各样的法术都施了，就是没见过让女人当街脱裤子。这回你要是能让那个小媳妇脱了裤子给咱们看看，你瞎汉就真是有本事。以后不管锦官城的地面上有什么事，我们都听你的。"

瞎汉其实不瞎，因为他一辈子畏惧老婆，看着老婆和庙里的小和尚偷着睡觉都不敢过问，所以锦官城的人都公开地笑话他白是条汉子，连老婆的裤腰带都看不住。现在瞎汉仗着本天书，好不容易在众人面前挺回了腰杆子，哪里能再缩回去。就说这还不简单，你们等着。

瞎汉打开天书，动了动嘴，那个小媳妇就站在原地，放下了手里的花包袱，然后抽下红腰带，把裤子褪到了脚踝上。众人看得开眼，都在那里嘻嘻哈哈地拍着巴掌笑。瞎汉看着众人笑，更是得意非凡，满面冒红光。

看着小媳妇提上了裤子，瞎汉把天书揣进怀里，又开始看那个卖糖人的捏糖人。看了半天，听见闺女在人群外头叫他爹，瞎汉回头一看，看见闺女的一身打扮，方明白刚才那个脱裤子的小媳妇竟是他的亲闺女。那群鼓动瞎汉的人一个个地噤了声，也不围着捏糖人的看了，全都悄没声地散了去。瞎汉想起南蛮子说的那句话，觉得这本天书留在手里，不知道以后还会出什么妖事，说不上真就家破人亡了。他缩着脖子一耸一耸地回了家，当天夜里就悄悄地把天书烧了。

二先生讲完天书的传说，就摸着黑狗的耳朵不再言语，眼睛盯着凤凰塔的效果图，想着心事。

袁大材看了看二先生摸着狗头的手，也随着二先生朝大庙和凤凰塔的效果图看着，说："这要是在以前，锦官城人碰到这样的事，就是明明知道胳膊拧不过大腿，肯定也会有人上前去拧上两下子。别人都不去，我袁大材也会上去。可现在人都变得实惠了，拨拨自己的小算盘，看看不关自己的痛痒，干脆就冷眼旁观着，试都没人愿意出来试了。我也一样，不愿挑任何事了。看来，我们还不如那个烧了天书的瞎汉。"

二先生点点头说："现在人人都揣着自己的一本天书，都在忙着赚钱。忙活得那个样子，像是活都活不过来了，谁还有闲心去自寻无趣。死了，死了，死了就了了，一把火烧成灰都不知道了，谁还在意烧成灰后是埋在土里还是葬在水里。现在只有那个老邮差，老是怕死后埋不进土里去。你看他那个手抖得，喝了两个月生土泡的水，越喝抖得越厉害了。"

"等他看了这座灵塔的效果图后，不知道他还去不去看墓地了？

这可是他自己的儿子出的妖蛾子，想把锦官城的祖坟都给掘了。"
袁大材的眼睛里闪着幽幽的光。

二先生不满地扫了一眼袁大材，说你往后说话得学着积点口德
了，不为别的，也得为了小顺。停了停又问："小顺这会儿什么样了，
醒过来没有？现在这个世道，真是怪事百出，什么怪事都有。老邮
差的手只有摸着土才不抖。小顺呢，好好的人被辆汽车撞了那么一
下子，摔在地上就成"植物"了，你说怪不怪。"

袁大材的眼睛一直在大庙和凤凰塔的效果图上来回地扫描，心
里盘算着这些东西从图纸上走到地面上后，他店里能卖出多少材料
去。于是心不在焉地说："还那样躺着。谁知道他中了哪门子邪，没
事干了想起来去盖什么教堂，教堂的尖顶和上头的十字架还弄得那
么高，说是要让整个锦官城的人都看见。盖就盖了吧，还要去找什
么彩绘大师来雕梁画栋，非要弄得和欧洲的教堂一模一样。他就不
想想，你就是把上帝画成真人一样，他不还是个画出来的上帝？现
在可好，上帝没请来，他倒先被上帝请到天堂里观光去了。"

"现在还是城里那个女子在伺候他？"

"还是那个女人。要不潘红莲一个劲地在说什么人什么命呢。看
来小顺命里就注定和这些城里的女人纠缠不清。你单说这个叫范扬
扬的女人吧，跑到锦官城来搜集故事，没找到您和老邮差，倒和小
顺搭上帮了。我一直没弄明白，这么一个有知识有文化的女人，听
武清说还会编戏，她怎么就看上小顺这样一个半瓶子醋了。连医生
都断言小顺没有醒过来的可能了。她呢，还在心甘情愿地守着小顺
这个植物人，天天拉着他的手，给他说话、唱歌，放各种鸟叫的磁
带，说什么一定要把小顺唤醒。二先生您说说看，遇上城里这些女
人，到底是小顺的福还是小顺的祸？"

二先生说："是福是祸，都是命里的事。我给你讲过《封神榜》，
你看里头那只小狐狸，变成了人形，一心地跟了纣王，纣王为此失
了天下。天下人都说红颜祸水，但是那些纠缠不清的事，只有他们
自己心里最清楚。"

　　二先生说着，抬头看见老邮差蹒蹒跚跚地走了来，看样子是从墓地里回来的，他就扬了扬手，招呼老邮差到凳子上歇歇脚、晒晒太阳。

　　老邮差一只手拄着拐杖，另一只手却一直揣在上衣的兜里，直到坐在凳子上，也没抽出来。二先生见老邮差一直把手揣在兜里，就瞅着他的脸说："又得了什么宝贝，手一直窝在里头，不抖了？"

　　"我找到了一个好方子，"老邮差有些诡异地说，"我把土装在衣兜子里，手一直攥着它们，这样试了两天，白天手果然就没抖过。我得赶紧回家去，让他们再给我缝个大袋子，装些土铺在床上，夜里也一直摸着它们。我估摸着这样，夜里手也不会抖了。"

　　说完，老邮差从凳子上站起来，招呼也没和二先生打，就又蹒蹒跚跚地往家里走去。二先生提心吊胆地在背后盯着老邮差，猜不出老邮差一旦看见了凤凰塔的效果图，会出现什么状况。他手里不由地攥紧了黑狗的一把狗毛。

　　老邮差走到凤凰塔效果图的下面，头也没抬一下，就慢慢腾腾地走了过去。

　　二先生暗暗地松了一口气，放开了手里抓紧的黑狗毛，眼睛又瞟向了效果图上的凤凰塔。凤凰塔上，那片白色的云彩还在插入云霄的楼顶上缠绕着，好像在一阵一阵的风里，一飘一飘地摇荡着。

后　记

　　"我们把琴挂在那里的柳树上。"翻开《圣经》里的诗篇，在这句优美浪漫的诗歌背后，我们似乎看到了 2500 多年前，"我们在巴比伦的河边坐下 / 一追想锡安就哭了"的场面。来自巴比伦河畔的痛彻心扉的哭声，记录了犹太民族被巴比伦帝国掠夺、驱使、奴役的一幕，丧失土地，背井离乡，家园不再，如何不长歌当哭？

　　对于土地的情感，贯穿了人类文明的全部历史。无论东方还是西方，今天，掠夺、驱使、奴役我们的是比巴比伦帝国更强大的力量——以现代化之名进行的城市化进程。尤其对于我们这样一个以农耕为主的泱泱大国，土地的命运，即是人的命运。反过来也是如此，人的命运多舛，土地的命运也是多舛。近几十年来，我们天天看到的，都是周围的土地被"城市化"所包围、蚕食。一片片耕地和山林变成工厂、车间、楼房，群山不再静谧，溪水不再潺潺，鸟儿找不到筑巢的大树，动物迁徙时找不到回家的路。所以，美国乡村歌手约翰·丹佛在《乡路带我回家》里，才会反复吟唱，回到"天

310

堂般的西弗吉尼亚"。

我们都知道，人是需求非常简单的动物，一杯水，一点食物足矣。我们小时候听的故事里，不乏洪水到来时，有人带了银子逃出来；有人没有银子，但他却带了活命的食物。于是，在等待平安重新来临的漫长过程里，带食物的人因为有食物活了下来，带银子的人却因为饥饿毙命。这就是说，当灾难降临时，黄金和王冠的价值不抵一块面包，所有的荣耀和梦想都不复存在，也没有了任何意义。但是在今天，即使是与土地朝夕相处的农民，对土地的认识也处在一种从来没有过的矛盾之中，他们一方面离不开土地，一方面又因为生存的艰难、劳作的艰辛，拼命想逃离土地。可是，当土地和身份双重缺失后，他们又陷入了更大的惶恐之中。

《史记》中说，仓廪实而知礼节，这是古人孜孜以求的理想境地。可是置身繁荣的城市，我们却似乎越来越不知礼节。现在，我们去银行或车站等公共场所，需要排队的地方，都会有醒目的一米线标识，有的是一条线，有的是排队栏杆。这些看似周到、细致入微的服务，却在无意中拷问着我们的心灵，如此简单的问题却需要这样"手把手"的教导，难道我们真的没有如此高的修养吗？难道我们的文化中就拒绝排队、拒绝礼让和尊重隐私吗？没有，传统文化中言辞凿凿：华夏文明，礼仪之邦。彬彬有礼的古人曾经让我们多么骄傲，所以我们才有资格嗤笑欧美诸邦为蛮夷之地。而现在，我们自己却变成了"蛮夷"之人。

其实，迄今为止的人类文明的历史，大部分篇章是农业文明的历史。是土地、农业支撑着我们周围的世界运行了几千年。当我们一步步拒绝大地的怀抱的时候，人类必然就踏上了不归之路。这不是危言耸听。我们现在面临的所有已经出现的问题，道德的、经济的、文化的，也许就在于人们对这一根本的问题缺乏足够的反省。从内心深处对土地的纠结，才导致整个社会在今天产生了价值观上的混乱。记得上个世纪八十年代，我们在城市里，在动物园或街心公园看到石头堆积成的假山，我们不会认为这是假山，而是风景、是美。而现在，公园里的假山大部分不再是用石头堆砌的，而是一些假的石头，是用水泥和钢筋石膏板做出来的装饰的石头，我们的心底便再也不会泛出对假山的流连，因为我们知道连那些石头都是假的。这就是我们今天遭遇的城市化。

所以，城乡之间的矛盾并非是一个悖论。我们所理解的对立与矛盾，并不是真正的矛盾，这一切的背后都是人为的制度造成的。看看欧美等发达国家，他们并没有严格的城乡分野，除了经济社会高度繁荣外，制度的设计也为和谐发展奠定了基础，每一个公民都是平等的，人是不具有城乡属性的，在巴黎生活的市民和在西班牙小镇生活的人没有区别。没有城市与乡村的身份界定，也没有市民和农民的身份等级鸿沟。如果愿意，小镇上的人可以搬到巴黎去居住，巴黎的人也可以到小镇上去生活。我们现在所看到的所理解的约定俗成的城乡矛盾，仅仅是为了国家管理的方便，人为设置的制度藩篱。这种等级森严的管理制度看似不可调和，其实就是一层窗户纸。一个上海人到乡村定居，与一个乡村人到上海生活，都是很自然的事情，不是什么进步或不进步。只有这种城乡的制度束缚解除了，两种文明的人为鸿沟才会渐渐填平，互为倚重，最后融为一体。这才是真正的"城市化"，这才是真正的"现代化"。

前些年有一个反思的论调，叫做"现代化的陷阱"，是说现代化造成了人的异化、社会的异化。其实我们曲解了现代化，准确的表述应该是"技术的陷阱"。我们今天的生活过分依赖于技术进步，技术发明在所有领域的贡献功不可没，但是技术有它自身的缺陷，总有图穷匕见的一天。事实已经证明，技术越先进，时代就越脆弱，社会就越容易出问题。置身今天这样一个时代，我们已经无法渴求像湖水一样平静的生活，我们平静的生活已经被打破。技术的进步，经济的繁荣，物质生活的极大丰富，包裹着我们，在时代的滚滚洪流中，个体的人就像一片漂浮的苇叶，在时代的滔滔巨浪中浮沉。

"日出而作，日落而息，帝力于我何有哉！"，这是2500年前中国先秦一位乡间老人吟唱的《击壤歌》。可是这一切却永远逝去了。

在城市化的繁荣背后，在貌似物质极大丰富的自由世界中，我们的心灵却失去了它应有的自由。人类在过去的一百年里，尤其感受到了这一点。对人性的解放与追逐，曾经让我们兴高采烈、手舞足蹈，以为从此可以天堑变通途。束缚人性的黑暗的笼子打开了，但人性的"恶"也随着一起被放大了，并且变本加厉，成为了我们新的牢笼。

　　似乎没有任何一首曲子，像萨克斯名曲《回家》那样让我们这个时代心旌摇荡。悠扬，清亮，浪漫，忧伤，缥缈缠绵、如泣如诉的旋律，安抚着每一颗焦虑的心灵，召唤你逃离身心俱疲的城市，重新审视爱情、时间、故乡等这些简单而永恒的词汇。回归美丽的土地，回到每一个人心中的西弗吉尼亚。

常　芳

2013 年 7 月于济南